ANJA SASKIA BEYER

Liebes Herz

ROMAN

KNAUR

Besuchen Sie uns im Internet:
www.knaur.de

FSC
www.fsc.org
MIX
Papier aus verantwortungsvollen Quellen
FSC® C083411

Originalausgabe Dezember 2015

Ein Imprint der Verlagsgruppe
Droemer Knaur GmbH & Co. KG, München

Redaktion: Julia von Natzmer
Umschlaggestaltung: ZERO Werbeagentur, München
Umschlagabbildung: FinePic®, München
Satz: Adobe InDesign im Verlag
Druck und Bindung: CPI books GmbH, Leck
ISBN 978-3-426-51770-3

2 4 5 3 1

KNAUR

Über die Autorin:
Anja Saskia Beyer studierte in München Theaterwissenschaft, Kommunikationswissenschaft und Werbepsychologie. Seit 1996 schreibt und arbeitet sie erfolgreich für das Fernsehen, z. B. als Dramaturgin der *Lindenstraße*, als Autorin für *Für alle Fälle Stefanie, Anna und die Liebe, Verliebt in Berlin* und *Dahoam is Dahoam.* 2013 ist ihr Debütroman *Himbeersommer* erschienen, der zum E-Book-Bestseller wurde. Die Autorin lebt mit ihrem Mann, ihren zwei Kindern und zwei Wellensittichen in Berlin.
Besuchen Sie die Autorin im Internet:
www.Anja-Saskia-Beyer.com
www.facebook.com/AnjaSaskiaBeyer

Für mein liebes Herz

Kapitel 1

Susa saß halb nackt, nur mit schwarzem Baumwollslip und BH auf ihrem Bett und versuchte, ihre innere Leere mit einem Stück Schokolade zu füllen. Doch es gelang nicht: Ihre beste Freundin war weg. Einfach weg. Seitdem bewegte sich Susa wie in einer Blase, unfähig, ihre Gedanken zu sortieren.

Sie vermisste Betsys Stimme, ihr helles Lachen, die langen und intensiven Gespräche. Wenn sie sich nicht sahen, telefonierten sie fast jeden Tag. Wie das als Single so ist, wenn man abends müde in eine leere, kleine Wohnung kommt, in der nur die Stimmen aus dem Radio zu hören sind. Ihr Handy mit Betsys Bild im Display blieb stumm.

Mit zittriger Hand steckte sich Susa noch ein Stück weiße Crispy-Schokolade in den Mund, starrte auf ihr geöffnetes schwarzes Notebook, das vor ihr lag, und knabberte an ihrer Lippe. Das Klingeln ihres Telefons ließ sie zusammenzucken und erstarren. Es kann nicht Betsy sein, versuchte sie sich zu beruhigen. Sie angelte nach dem Hörer und nahm ab.

»Susa, hast du heute auch wieder so einen fürchterlich dicken Kloß im Hals?« Lauras Stimme klang noch höher als sonst. Susa öffnete ihren Mund, um zu antworten, brachte aber keinen Ton hervor, denn sie spürte ihre Zunge plötzlich nicht mehr. Es war Betsys Schwester.

»Susa, bist du dran?«

»Was? Ja.« Susas Stimme klang etwas schwach. »Mir schnürt sich auch wieder alles zu.« Die Schokolade in ihrem Mund schmeckte plötzlich bitter.

»Ich wollte dir nur sagen, Wilma ist wie immer zu spät. Die Kita hat angerufen, und Wilma weiß noch nicht, ob sie überhaupt kommen kann. Ich sitze schon im Café und trinke einen Cappuccino, du kannst dir etwas Zeit lassen. Aber wehe, du kommst nicht! Ich ziehe das nicht alleine durch. Auf gar keinen Fall, hörst du?«

»Nein, natürlich, ich muss mich bloß noch anziehen. Ich lasse dich nicht im Stich.« So, wie Betsy mich im Stich gelassen hatte, dachte sie, und ihr Magen krampfte sich zusammen.

Susa legte auf, riss sich zusammen und schleppte sich zu ihrem weißen Kleiderschrank. Es war ihr egal, was sie trug, und so zog sie einfach irgendetwas heraus. Ein rotes T-Shirt, auf dem ein rosa Herz prangte, ein mintgrüner Rock, auf dem sich viele bunte Schmetterlinge tummelten. Schlagartig fiel ihr ein, wann sie den Rock zuletzt getragen hatte: voriges Jahr in der Toskana, in ihrem letzten gemeinsamen Urlaub mit Betsy.

Aufgewühlt strich sie mit der Hand über den weichen Satinstoff, eine Welle der Sehnsucht erfasste ihren Körper und ließ ihn ein wenig erzittern. Ein Gedanke schoss ihr durch den Kopf, während sie den Bildschirm ihres Notebooks betrachtete, auf dem der Ordner mit den Fotos der letzten Jahre offen stand. Rasch setzte sie sich wieder auf ihr Bett zurück, immer noch in Unterwäsche, das Bett quietschte. Sie klickte ein Foto aus dem letzten Sommer auf: Betsys fröhliches Gesicht in Großaufnahme strahlte ihr entgegen. Ihre grünen, suchenden Augen, die kleinen Lachfältchen, hohe Wangenknochen umrahmt von dunklen, kurzgeschnittenen Locken. Betsy sah auf diesem Bild aus wie ein wilder, unbezähmbarer Engel. Susa wurde erneut schmerzlich bewusst, dass sie dieses Gesicht nie wieder würde berühren können. Ein Schluchzen stieg in ihr auf, sie ließ es leise zu, gefolgt von einem tiefen Seufzer.

Es durfte nicht sein, es durfte einfach nicht wahr sein! Fünf Monate war es jetzt her, dass das Unfassbare geschehen war, das, was sie immer noch nicht begreifen konnte. Es musste einen Hinweis geben, irgendein winziges Indiz, das sie alle übersehen hatten. Vielleicht würde sie ja durch die Fotos etwas entdecken? Wieso hatte sie daran nicht schon früher gedacht!

Rasch öffnete sie den Ordner mit den ersten Urlaubsfotos mit Betsy. Vor sieben Jahren waren sie sich in Florenz das erste Mal begegnet. In diesem kleinen Hostel mit der herabblätternden, türkisgrünen Fassade, umrankt von Blauregen.

Der Sommer in Florenz, als Susa von ihrer Chefin zu einem Fortbildungskurs für Physiotherapeuten in diese große, heiße Stadt geschickt worden war. Natürlich auf eigene Kosten, wie sollte es bei Frau Rose auch sonst sein. Stefan, ihr damaliger Freund, hatte für sie ein günstiges Bett auf der *Via dei Mille* gebucht, in einem schlauchförmigen Viererzimmer mit zwei Doppelstockbetten, in dem es von Silberfischchen nur so wimmelte. Da stand sie plötzlich in der Tür. Eine kleine, temperamentvolle, sportlich wirkende Frau. Betsy, mit ihren kurzen, dunklen Locken, völlig aufgelöst, aber dennoch lachend. Sie trug einen roten Rüschenrock, ein weißes Top und schwarze High Heels. Ihr Koffer wurde statt nach Florenz versehentlich nach Florida verschickt und sie hatte nichts in ihrem Handgepäck, nicht einmal ihre Tagescreme, geschweige denn einen Schlüpfer. Susa hatte sofort Mitleid mit dieser Frau, die die Sache mit erstaunlich viel Humor nahm, und half Betsy mit allem aus, sogar ihre Unterwäsche lieh sie ihr. Und wenn das nicht zwei Frauen zusammenschweißte, was dann? Zusammen verspeisten sie Susas selbstgebackene, bunte Cupcakes – es war der Beginn einer wunderbaren, lustigen Freundschaft. Betsy fand Susas Cupcakes »so lecker und hübsch dekoriert, erst recht die mit den rosa Herzchen«, und baute Susas Selbstbewusstsein, das durch Stefans direkte Art etwas gelitten hatte, somit wieder auf.

Am nächsten Tag wurde das kleine Zimmer voll. Erst kam Betsys große, etwas korpulente Schwester Laura dazu. Sie war mindestens einen Meter achtzig groß und trug trotzdem immer hohe Schuhe. Denn »Männer müssen zu mir aufsehen«, das war ihre Devise. Die beiden Schwestern mussten auf eine Familienfeier irgendeines italienischen Großonkels und wollten zuvor eine gemeinsame Woche in Florenz verbringen. Das vierte Bett wurde kurz darauf von einer zarten, fröhlichen Modedesign-Studentin aus München belegt. Von Wilma.

Vier Frauen, die unterschiedlicher nicht sein konnten: Betsy, der kleine, temperamentvolle Wirbelwind, der die große Liebe finden wollte; ihre Schwester Laura, die kurvenreiche Operndiva und Single aus Überzeugung; Wilma, die patente, blasse Studentin mit ihren rotblonden Haaren, die fest an sich, ihre Designer-Karriere, das Schicksal und das Universum glaubte – und Susa, die einfühlsame Physiotherapeutin, die sich leidenschaftlich gerne in ihre Liebesromane träumte und es liebte, über Bücher, die ihr gefielen, zu bloggen.

Seitdem sie sich damals kennengelernt hatten, war so viel geschehen. Jetzt, mit Anfang bis Mitte dreißig, war die Welt der Freundinnen auf einmal aus den Fugen geraten.

Wehmütig klickte sich Susa weiter durch die Fotos von vor sieben Jahren und blieb an einem Schnappschuss der »Venus« von Botticelli hängen, dieser schönen, nackten Frau, die auf einer Muschel über die Fluten gleitet. Ein Symbol der Liebe. Wie sehr sie dieses Gemälde faszinierte! Und es erinnerte sie an ihren ersten Abend mit Betsy in Florenz, auf der *Piazza della Signoria,* vor der Kopie der Statue von Michelangelos »David«. Er, der bereit war für den Kampf gegen Goliath. Die Luft war warm und flirrte, Straßenmusiker spielten auf. Sie hatten eine Flasche Chianti aus dem Supermercato dabei, und jede von ihnen hielt ein Stück Pizza Diavolo in der Hand, das nach frischem Basilikum und sonnengereiften Tomaten schmeckte.

Immer wieder hielten knatternde Mopeds mit attraktiven Italienern neben ihnen. Betsy schäkerte mit den Jungs in perfektem Italienisch oder wimmelte sie charmant lächelnd ab.

Ob es diese ungewohnten Komplimente waren, die sie von deutschen Männern nicht kannte, oder der Vino rosso – Susa wurde immer lockerer, und die zwei Frauen erzählten sich von ihrem Leben, ihren Sehnsüchten und Träumen. Betsy wollte die Welt verändern, sie studierte in Berlin internationale Beziehungen, und Susa, deren Vater schon gestorben war, wollte einfach nur geliebt werden. Sie wünschte sich mit Stefan eine kleine Familie, ein Kind.

Susa erinnerte sich noch genau, wie sie das sagte und wie dann plötzlich dieser blondgelockte Deutsche mit dem weißen Leinenhemd und dem Strohhut auf dem Kopf vor ihnen stand. Er sah sie mit seinen grünblauen Augen an, hielt einen verknautschten Stadtplan in der Hand, und als Betsy ihn fragte, ob sie ihm helfen könnte, sagte er provozierend: »Das kann ich mir nicht vorstellen.«

Er wollte zur Galerie der »Uffizien«, dem weltberühmten Kunstmuseum. Und Susa, die alles las, was ihr in die Finger kam, konnte ihn mit ihrem Wissen über die »Geburt der Venus« von Botticelli beeindrucken. Die »Venus« wurde dort ausgestellt, wie auch die drei Werke von Leonardo da Vinci und eines von Michelangelo. Bis dahin hatte Susa noch keinen Mann getroffen, der ihre heimliche Leidenschaft für »alte Schinken«, wie Stefan es immer abfällig bezeichnete, teilte. Sie wusste selbst nicht, was es war, aber alte Gemälde zogen sie wie Bücher in ihren Bann, katapultierten sie in eine andere Welt, ließen sie träumen. Der Deutsche sah sie merkwürdig von der Seite an, während ihn Betsy anflirtete und in ein lockeres Gespräch verwickelte.

Susa saß neben den beiden und roch sofort diese Mischung aus angenehmem Aftershave und frisch gewaschener Wäsche, die ihn umgab. Der Geruch einer blühenden Sommerwiese. Die Waschmittelindustrie hatte ganze Arbeit geleistet. Sie musterte ihn neugierig von der Seite: In seiner Linken hielt er einen braunen, hübschen alten Koffer, seine sonnengebräunten, schönen Füße steckten in gegerbten Ledersandalen.

Er war ein paar Jahre älter als sie, damals vielleicht bereits Anfang dreißig, und schien auch Betsy gut zu gefallen. Gerade, weil er Kontra gab. Susa, die ja mit Stefan liiert war, ließ ihre neue Freundin neidlos gewähren. Der Mann hatte nicht nur große Füße, sondern auch sehr große Hände, ein markantes, allerdings nicht klassisch-schönes Gesicht. Seine Lippen waren voll, die blonden Haare ziemlich zerzaust.

Sein Name war Bennett. Er hatte einen warmen, lebhaften Blick, der immer wieder den ihren suchte, zumindest bildete sie sich das ein. Er erinnerte sie an einen Cowboy aus diesen alten Filmen, die sie an Weihnachten so gerne sah, und vermutlich deshalb fühlte sie sich in seiner Nähe irgendwie unbeschwert.

Betsy scherzte mit ihm, sie tauschten ihre Nummern aus, doch Bennett wollte am nächsten Tag schon weiter nach Rom, so dass sie sich nicht mehr trafen.

Die kurze Begegnung mit diesem Fremden hatte Susa zutiefst verwirrt. Auch wenn sie nur ein paar trockene Kommentare zur »Venus« hatte fallenlassen, während Betsy ihren ganzen weiblichen Charme auspackte, hatte er doch immer wieder sie, Susa, angesehen.

Stefan und sie lebten damals seit zwei Jahren zusammen in einer kleinen Zweizimmerwohnung in Berlin-Charlottenburg und hatten zweimal die Woche Sex. Auch wenn er morgens etwas mundfaul war und abends immer Punkt acht Uhr die Tagesschau sehen wollte, war Stefan bisher immer das gewesen, was Susa wollte.

Sie dachte nach der Begegnung mit Bennett viel darüber nach, ob Stefan wirklich der Richtige war, wenn sie ein fremder Mann so durcheinanderbringen konnte. Sie sprach mit ihren drei neuen Freundinnen damals darüber, ob es die ewige Liebe überhaupt gab und wie man ganz sicher sein konnte, ob man den Richtigen gefunden hatte. Die Zweifel jedoch blieben.

Die vier Frauen hatten in dieser einen Woche in Florenz unendlich viel Spaß, erzählten sich ihre Dramen, ihre Lieben, Schwächen und Träume. So verschieden die vier waren, so nah waren sie sich auf Anhieb. Die Enge des Zimmers und mehrere Flaschen Bardolino taten vermutlich ihr Übriges. Sie beschlossen, von nun an jedes Jahr zusammen in die Toskana zu fahren, und es gelang ihnen auch fast immer. Eine besondere Freundschaft entwickelte sich im Alltag vor allem zwischen Susa und Betsy.

Susa klickte sich weiter durch die Jahre, die im Zeitraffer vor ihr abliefen, wie ein schöner, erfrischender Film. Auf diesem Foto standen sie schief und lachend vor dem »Schiefen Turm von Pisa«, da auf der *Piazza del Campo* und dort, irgendwo in der Toskana, vor einem blühenden Sonnenblumenfeld, hier picknickten sie in einem Olivenhain. Auf den meisten Fotos saßen sie am Strand, in bunten Bikinis oder Badeanzügen, und lachten in die Kamera, die jeweils eine von ihnen mit weit ausgestrecktem Arm von sich hielt. Doch Susa fand, so sehr sie auf ihren Selfies auch suchte, keinen Hinweis darauf, was mit Betsy geschehen war, keinen einzigen.

Sie durfte nicht aufgeben und klickte weiter: Hier lachte Betsy in die Kamera, umringt von mehreren Männern. Mit ihrer lustigen, charmanten Art hatte sie so vielen den Kopf verdreht. Doch eine feste, ernsthafte Beziehung, nach der sie sich so sehr sehnte, entwickelte sich nie aus ihren Bekanntschaften.

Susa hielt inne und blickte auf. Konnte das vielleicht ein Grund gewesen sein? Doch sie verwarf den Gedanken wieder. Denn wie vielen anderen Frauen um die dreißig ging es ähnlich? Einen Mann für eine ernste, schöne Beziehung zu finden, war in ihrem Alter und in dieser Großstadt ungefähr so schwierig, wie einen Monat auf Schokolade zu verzichten.

Susa grübelte weiter. Kam vielleicht Betsys ungewollte Schwangerschaft und die stressige Geburt der kleinen Emmi als Auslöser in Frage? Ein gutes Jahr nachdem sie sich kennengelernt hatten, verkündete Betsy den anderen unter Tränen bei einem alkoholfreien Cocktail in ihrer Lieblingsbar in der Gipsstraße in Mitte, nach einem One-Night-Stand von »diesem Typen aus dem Berliner Nachtleben, von dem ich nicht einmal den Namen kenne«, schwanger zu sein. Es war ihr anzusehen, wie viel Angst sie davor hatte, alleine Mutter zu werden, und wie wenig sie es sich zutraute. Die Geburt war schwierig, der Schlafmangel groß, und so war es für die Freundinnen nicht weiter verwunderlich, dass Betsy in der ersten Zeit danach viel weinte. »Babyblues« nannte es die rundliche, energische Hebamme, und nach und nach fing sich Betsy auch wieder. Nicht nur ihr Vater Alfons, sondern auch die Freundinnen standen ihr, so gut es eben ging, bei der Erziehung der Kleinen und den täglichen Aufgaben zur Seite. Dank Opa Alfons konnte Betsy sogar bald wieder ihrem geliebten Job nachgehen: als Vertreterin einer Entwicklungsorganisation Gutes tun, anderen Menschen helfen. Dafür musste sie oft wochenlang nach Kanada oder Chile und vermisste ihre Emmi sehr. Diese zog dann immer bei Opa Alfons ein, der sich liebevoll um sie kümmerte. Und Susa, der die Ehre zuteilgeworden war, Emmis Patentante zu sein, besuchte die kleine Maus in dieser Zeit noch häufiger als sonst.

Susa starrte auf ihren offen stehenden, weißen Kleiderschrank und dachte angestrengt nach. Es hatte eigentlich keinen Zeitpunkt in Betsys Leben gegeben, an dem alles komplett auseinandergebrochen war. Es war ein Leben mit Höhen und Tiefen, wie jedes der Freundinnen oder einer jeden anderen Frau auch.

Laura beispielsweise musste die letzten Jahre viel mehr Rückschläge einstecken als ihre kleine Schwester. Sie wünschte sich zwar keine eigenen Kinder und, wie sie stets behauptete, auch keine feste Beziehung, aber sie stürzte sich auf ihre Musik und hoffte so sehr, eine große Opernsängerin zu werden. Doch es hagelte nur Kritiken und viele, viele Absagen. Dabei war es der Sinn ihres Lebens, zu singen und anderen Menschen damit eine Freude, sie glücklich zu machen. Und trotz aller Ablehnungen stand Laura immer wieder auf und machte weiter, gab nie klein bei. Um sich über Wasser zu halten, jobbte sie als Empfangssekretärin in Büros oder kleineren

Hotels. Privat trieb sie sich viel in Künstlerkreisen herum, wurde die Muse von Regisseuren, Malern und Musikern. Im letzten Jahr versuchte sie ihr Glück sogar in New York am Broadway, endete aber als Serviererin in einem Drive-in in Queens, zwischen Fritten und Burgern.

Was war aus ihnen geworden?

Wilma, die sich so sicher gewesen war, dass das Schicksal erst sehr spät Mann und Kinder für sie bereithielt, lernte früh ihren Thomas kennen. In den letzten sieben Jahren bekam sie mit ihm drei Kinder. Und trotzdem gelang es der ehrgeizigen Dreifach-Mama, ein Berliner Taschenlabel zu gründen und die Taschen online weltweit zu verkaufen. Das Geschäft florierte. Wilma, die Thomas zwischenzeitlich überredet hatte, zu Susa, Betsy und Laura nach Berlin zu ziehen, brachte Kinder und Karriere perfekt unter einen Hut. Zugegeben, Thomas, der als selbständiger Architekt viel von zu Hause aus arbeiten konnte, unterstützte Wilma sehr, denn er war, wie Betsy zu sagen pflegte, »ein richtig waschechter Traummann«.

Und ich?, dachte Susa und fröstelte wieder ein wenig. Wie sieht mein Leben aus? Kein Traummann, keine Karriere, keine Kinder … und noch nicht einmal eine beste Freundin. Ihr Vater war schon lange gestorben und der Kontakt zu ihrer Mutter nicht der beste. Hätte sie nicht viel mehr als Betsy Grund gehabt, zu verzagen? Nach wie vor arbeitete Susa in der gleichen kleinen Physiotherapeuten-Praxis mit ihrer anstrengenden Chefin, Frau Rose, und ihren zwei älteren Kolleginnen, die nichts anderes zu tun hatten, als über andere herzuziehen. Betsy hatte Susa immer wieder ein paar Tritte in den Hintern verpasst: »Liebes Herz, mach endlich was aus deinem Leben.«

Doch Susa wagte es einfach nicht. Sie konnte sich nicht entscheiden, fühlte sich wie gelähmt. Zwar lernte sie bei Frau Rose auch, die Buchhaltung zu machen, aber weiter entwickelte sie sich in diesem Job nicht. Susa wartete und hoffte. Und hoffte und wartete. Auf was genau, das wusste sie selbst nicht. Vielleicht darauf, dass ihr Leben von alleine losging, darauf, dass Stefan, mit dem sie insgesamt bereits seit vier Jahren zusammen war, ihr endlich einen Antrag machen würde? Während sie wartete, betrog er sie mit seiner blonden, vollbusigen Tennis-Partnerin, der Steuerfachfrau aus der Kanzlei. Und Susa musste dies auch noch mit eigenen Augen mit ansehen.

Die Szene in der Tennis-Umkleidekabine brannte sich so fest in ihr Gehirn ein, dass sie seitdem keinen Mann mehr an sich heranlassen konnte. Dieser Vertrauensbruch erschütterte ihr von Betsy so liebevoll aufgebautes Selbstbewusstsein sehr. Tief drinnen wusste Susa zwar spätestens seit der aufwühlenden Begegnung mit Bennett, dass ihre Beziehung mit Stefan eigentlich auf einer Illusion aufbaute, aber der Wahrheit auf diese Weise ins Gesicht blicken zu müssen, tat einfach zu weh. Leider konnte nicht mal Betsy, die ihr so sehr über diese erste schwere Zeit half, diese Bilder oder das Gestöhne, das sie lange verfolgte, löschen. Betsy versuchte Susa über Monate einzuhämmern, dass es die große Liebe für sie beide noch gab, »da bin ich mir ganz, ganz sicher, das spüre ich«, aber bis heute hatte Susa den Richtigen noch nicht getroffen.

Tränen schossen ihr in die Augen, als sie daran dachte und Betsys Stimme tief in ihrem Inneren zu hören schien. Wie sehr fehlte ihr dieses ansteckende, helle Lachen, wie sollte sie nur ohne sie die nächsten Jahre überstehen? Sie, die ihre kleine Ersatzfamilie geworden war, sie, mit der sie alt werden wollte. Denn Männer kommen und gehen, Freundinnen bleiben. Dachte Susa zumindest bisher, jetzt nicht mehr.

* * *

Laura saß in diesem lauten Café in Berlin-Mitte mit seinen plüschigen grünen Sesseln, die aussahen wie aus DDR-Zeiten. Das Café war um diese Zeit gut besucht von Müttern mit kleinen, quäkenden Kindern und Freundinnen, die sich lachend unterhielten, es duftete nach frisch gebackenem Kuchen und gemahlenem Kaffee. Lauras angeborene Präsenz fiel jedem sofort auf, der diese großgewachsene Frau, die schätzungsweise zehn Kilo zu viel hatte, sah. Selbst, wenn sie einfach nur dasaß und nichts sagte, wie jetzt, tief in Gedanken. Laura starrte auf ihren zweiten Cappuccino, auf dessen Schaum ein zartes Kakao-Herz prangte.

Ein kleines Mädchen im rosa Kleidchen deutete mit dem Finger auf sie. »Guck mal, die dicke Frau weint.«

»Schschsch«, machte ihre Mutter, eine kleine, zierliche Rothaarige, peinlich berührt und sah Laura mitleidig an. Tatsächlich rann Laura gerade eine Träne über die Wange. Sie wischte sie ärgerlich weg und rückte ihr Dekolleté zurecht, das dem jungen Mann am Nebentisch einen Blick auf ihre üppige Oberweite gewährte. Die Pfunde saßen bei Laura an den richtigen Stellen. Sie trug gerne figurbetonte Kleidung, stand zu ihren Kilos, und auch ihre Liebhaber mochten gerne »etwas zum Reingreifen«.

Laura versuchte, das fröhliche Geschnatter zu ignorieren, aber sie konnte sich nicht überwinden, dieses braune Herz auf der wunderschönen Crema mit dem Löffel unterzurühren. Es erinnerte sie an Betsy, an ihre kleine Schwester, auf die sie seit Kindheitstagen eifersüchtig gewesen war. Wie dumm das von ihr war, das wusste sie jetzt. Doch leider zu spät.

»Entschuldigung.« Sie hielt den jungen, hippen Kellner mit dem großen Ohrring an, dem die Hose auf Halbmast hing. »Könnte ich bitte einen Cappuccino ohne Herz haben? Auf dem davor war auch keines.«

Der Kellner starrte sie mit seinen graublauen Augen an und lachte ungläubig. »Das ist jetzt nicht dein Ernst, oder?«

»Doch. Bitte.« Lauras Augen füllten sich erneut mit Tränen, und der junge Mann, der mit so viel Emotion offenbar nicht umgehen konnte, schnappte sich schnell den Cappuccino und verschwand damit hinter der Bar. Laura atmete erleichtert aus und summte leise vor sich hin: ihre Lieblingsoper von Wagner. Gedachtes und Gefühltes wollte er mit seiner Musik ausdrücken, und bei »Tristan und Isolde« war ihm das großartig gelungen.

»Mein Gott, wie lange war ich nicht mehr in Betsys Wohnung?« Laura zermarterte sich den Kopf, so wie sie es die letzten Monate getan hatte. Sie konnte sich nicht erinnern, und das erschreckte sie sehr. Ihr Vater Alfons hatte diese schweren Gänge alleine erledigt, um wichtige Papiere und Unterlagen zusammenzusuchen.

Ihr Handy blinkte und vibrierte. Eine SMS von Wilma. »Matti kein Fieber, nur überhitzt. Bin gleich da«, schrieb sie.

Himmel, woher wusste man, ob ein Kind Fieber hatte oder ob es einfach nur vom Herumtoben verschwitzt war? Was kam da ab jetzt alles auf sie zu? Die fünfjährige Emmi sollte nach Betsys Tod ihr zugesprochen werden. Merkten die vom Jugendamt denn nicht, dass sie denkbar unfähig war, ein Kind großzuziehen? Laura hatte es nicht übers Herz gebracht, der netten, hageren Frau vom Jugendamt zu sagen, dass sie das Sorgerecht nicht wollte. Oder besser gesagt, nicht haben *konnte*. Aber sie war es ihrer kleinen Schwester schuldig, das wusste sie, und deshalb hatte sie wie in Trance »Ja« gesagt.

Es war ihre Chance, ein wenig von ihren Schuldgefühlen, die sie jede Nacht nassgeschwitzt aufschrecken ließen, wieder auszugleichen. Das ganze letzte Jahr, als sie in New York auf ihren Durchbruch gehofft hatte, hatte sie Betsy kein einziges Mal gesehen. Zweimal hatten sie kurz telefoniert, ab und zu gemailt, mehr nicht. Lauras Kloß im Hals ließ sich seit Betsys Tod einfach nicht mehr herunterschlucken. Ihr Mund war trocken, ihre Stimmbänder belegt.

Der Kellner brachte einen neuen Cappuccino, diesmal ohne Herz. Er stellte ihn ab, lächelte ihr kurz aufmunternd zu und ging zum nächsten Gast. »Danke«, rief ihm Laura noch hinterher. Sie nahm ihren Löffel und rührte um. Immer schneller, immer schneller, bis ihr ganz schwindelig wurde.

Ihre Gedanken fuhren Karussell: Emmi war ihr so unglaublich fremd. Die Kleine hatte sich noch nie sonderlich für ihre singende, »dicke Tante Laura« interessiert, nur immer für ihre Patentante Susa. Wieder stieg Eifersucht in Laura hoch, doch sie versuchte, sie zu verdrängen. Emmi verhielt sich in Lauras Anwesenheit immer sehr schüchtern und zurückhaltend. Wenn sie sich sahen, drückte die Kleine einmal sogar nur wortlos ihr Köpfchen in ein Kissen, als Laura sie ansprach. Wie sollte man zu so einem ängstlichen Kind ein Verhältnis aufbauen?

Laura musste sich bitter eingestehen, dass sie es eigentlich auch nie wirklich versucht hatte. Dass sie die letzten Jahre viel zu sehr mit sich selbst, mit ihrem eigenen Leben beschäftigt gewesen war. Weder hatte sie Betsy nach Emmis Geburt besucht, noch hatte sie jemals babygesittet. Doch, ein Mal, fiel ihr ein, da sollte sie Emmi aus dem Kindergarten abholen, weil Paps krank geworden und Betsy auf Reisen war. Ein Mal. In fünf Jahren. Sonst hatte Laura der Kleinen lediglich jedes Jahr zum Geburtstag ein kleines Geschenk geschickt, oft nur ein online bestelltes Kinderbuch, das sie garantiert schon kannte. Verdammt. Sie hatte einfach keinen Bezug zu kleinen Kindern, versuchte sie sich vor sich selbst zu verteidigen.

Es half alles nichts, ihr schlechtes Gewissen blieb – wie eine schlecht verheilte Narbe an der Stirn, die einen bei jedem Blick in den Spiegel an den Schmerz erinnerte.

Laura musste ihr Leben komplett neu überdenken. Sie hatte nun ein Kind zu versorgen, wollte aber dennoch auf die Bretter, die die Welt bedeuteten. Das blieb ihr oberstes Ziel. Danach kam nun Emmi: Sie musste es schaffen, ein gutes Verhältnis zu der Kleinen aufzubauen und aus ihr einen glücklichen, fröhlichen Menschen zu machen. Ein Unterfangen, das nach diesem tragischen Ereignis nahezu unmöglich erschien. Laura trank mit zittriger Hand einen Schluck Cappuccino, die Wärme in ihrer Kehle tat gut. Sie durfte ihre kleine Schwester nicht erneut enttäuschen. »Ich werde alles geben, Betsy, ich bin für deine Emmi da, werde ihr von dir erzählen, ihr Leben lang, das verspreche ich dir«, flüsterte sie.

* * *

Berlin Alexanderplatz, am Bahngleis der U2 in Richtung Ruhleben. Ein hektisches Gewusel und Geschiebe der unterschiedlichsten Menschen. Eine rotblonde Frau Anfang dreißig, im roten Regenmantel und mit Ohrstöpseln ihres weißen iPods im Ohr, stand fröstelnd und mit geschlossenen Augen da. Wilma hörte »Here without you« von 3 Doors Down, hielt sich mit ihren zarten, porzellanfarbenen Händen den Kragen zu, öffnete die Augen wieder und wartete, ungeduldig mit den Füßen wippend, auf die U-Bahn. Selbst kam sie zwar fast nie pünktlich, doch gerade deshalb durfte die Bahn nicht auch noch Verspätung haben. Es waren jetzt schon acht Minuten.

Wilma riss sich ungeduldig die Ohrstöpsel heraus, ging ein paar Schritte auf und ab. Sie dachte an das, was ihr gleich bevorstand. Ihr Blick fiel dabei auf eine kleine Frau, die mit dem Rücken zu ihr stand und die sie mit ihren lockigen, dunklen Haaren für den Bruchteil einer Sekunde an Betsy erinnerte. Doch die Frau drehte sich um, und Wilma sah, dass sie ein etwas aufgequollenes, rotes Gesicht hatte und mindestens Ende fünfzig war. Sie war normal gekleidet, in Jeans und grauem T-Shirt, ging auf einen der überquellenden Mülleimer zu und fing an, darin zu wühlen. Dabei fiel ein leerer »Coffee-to-go«-Becher heraus. Sie ließ ihn liegen und wühlte hektisch weiter. Mein Gott, die Arme, schoss es Wilma durch den Kopf, wie schnell konnte man selbst in so eine Not geraten, und wer wusste schon, was das Schicksal für einen bereithielt? Wilma kramte rasch in ihrem Portemonnaie und nahm ein Zweieurostück heraus. Sie ging zu der Frau, lächelte sie an und hielt es ihr hin. Die Frau blickte erst das Geldstück, dann Wilma an, ihre Miene wurde unnahbar. »Was soll das, ich brauche keine Almosen, ich komme alleine klar.«

Wilmas Hand zuckte zurück. Erschrocken sah sie der Frau in die trüben, kleinen Augen. »Natürlich, tut mir leid. Ich wollte Sie nicht beschämen.« Verwirrt ging sie ein paar Schritte weiter, das Gleis entlang, in dem eine Maus dahinhuschte. Sie drehte sich erneut zu der Frau um und sah ihren gebeugten Rücken, während sie wieder im Mülleimer kramte. Wilma fühlte sich schlecht, und ihre Gedanken schweiften wieder zu Betsy und dahin, wie sehr sie die Freundin bei ihrem letzten Treffen unbeabsichtigt verletzt haben musste. Sie war manchmal einfach zu direkt, nicht so einfühlsam wie Susa. Auch wenn sie es tatsächlich nie böse meinte. Aber bei manchen Leuten kam ihre norddeutsche Art einfach falsch an. Diese Erfahrung hatte sie in München oft gemacht.

Sie beobachtete die Frau und fragte sich, was aus Betsy geworden wäre, wenn sie nie wieder in ihren Job hätte zurückkehren können. Diese schreckliche Erkrankung! Sie würde Betsy nie wieder im Arm halten können. Nie wieder. Wilma atmete tief und langsam, so, wie sie es im Yoga gelernt hatte. »Sat nam. Ich bin.« Sie zweifelte daran, dass dieses tiefe Loch, das in ihr Herz gerissen worden war, jemals wieder heilen würde.

Die Anzeigentafel signalisierte, dass die U-Bahn nach Ruhleben in zwei Minuten einfahren würde. Wilma atmete durch. Sie musste jetzt diese Bahn nehmen und mit Susa und Laura in Betsys Wohnung gehen, um diese für immer aufzulösen. Sie durfte ihre Freundinnen bei diesem schweren Gang nicht alleine lassen. Auch wenn sich Wilma sicher war, dass Betsys Seele lebte, dass sie nur aus Betsys Körper herausgeschlüpft und ins Universum zurückgekehrt war, hier auf der Erde fehlte sie ihr, unendlich! Und der Gedanke, in diese Wohnung zu gehen, machte ihr Angst.

Ein Windhauch war zu spüren, die U-Bahn fuhr ein. Viele Leute stiegen aus, und die Wartenden drängelten hinein. Die Sprecherstimme vom Band bat die Anwesenden, zurückzutreten, die Türen wurden geschlossen, der Zug fuhr wieder an.

Wilma in ihrem roten Regenmantel stand immer noch da wie gelähmt und sah der Frau beim Wühlen zu. Es tut mir so leid, Betsy, dachte sie. Wie gerne würde ich das, was ich zu dir gesagt habe, rückgängig machen. Ich bin manchmal so ein Trampel.

Endlich schien die Frau etwas gefunden zu haben, denn ihre Miene erhellte sich. Sie zog zwei leere Pfandflaschen aus dem Mülleimer, freute sich wie eine Schneekönigin, drehte sich zu Wilma um und lächelte sie an. Erleichtert lächelte Wilma zurück. Die Frau hatte ihr vergeben, das war ein Zeichen, oder etwa nicht? Das Universum hatte ihr eine Botschaft geschickt, ganz sicher! Wilma litt so sehr unter diesem Gefühl, ihrer Freundin Betsy mit ihren letzten Äußerungen weh getan zu haben. Wenn sie gewusst hätte, dass sie Betsy nach diesem letzten Besuch in der Klinik nie wieder sehen würde, dann hätte sie es doch nie im Leben so gesagt! Wie gerne würde sie die Uhr zurückdrehen, wie gerne ihre Worte einfach löschen, so einfach wie mit ihrer Computertastatur. Delete.

Susa und Laura hatte sie nichts davon erzählt, da sie sich zu sehr schämte. Wilmas Herz raste seitdem so oft, besonders nachts, als wüsste es nicht, wohin es rennen sollte, ihr Magen zog sich zusammen, als wollte er verhindern, dass sie Nahrung aufnahm. Die zarte Wilma hatte bereits drei Kilo abgenommen, und Thomas hatte es noch nicht einmal bemerkt. Wie er auch sonst die letzte Zeit viel zu wenig Notiz von ihr genommen hatte, dachte Wilma, und das nach einem so schweren Schicksalsschlag. Konnten Männer mit dieser Erkrankung nicht umgehen? Vielleicht, weil die Angst zu groß war, dass es ihre Frau oder Freundin als Nächste treffen könnte? Dabei musste sich Thomas bei ihr wirklich keine Sorgen machen. Wilma war von Grund auf ein fröhlicher, optimistischer Typ, das war sie als Kind schon. Auf jedem ihrer Kinderfotos strahlte sie. Nur heute nicht. Seit fünf Monaten nicht mehr.

Die nächste U-Bahn fuhr ein, die Scheinwerfer sahen aus wie zwei Augen, die Lok erinnerte an ein höhnisch lachendes Gesicht. Es schien, als riefe sie Wilma zu: »Du weißt es. Das Leben geht weiter. Es kommt immer wieder eine Bahn. Und irgendwann, wenn du so weit bist, wirst du sie nehmen. Oder du nimmst sie einfach sofort.«

Kapitel 2

Susa schleppte sich die knarzenden Stufen des Altbautreppenhauses hinauf zu Betsys Wohnung in den vierten Stock. Ihre Hände fühlten sich eiskalt an, obwohl es draußen fünfundzwanzig Grad hatte. Sie steckte sie in die Taschen ihrer Strickjacke, um sie zu wärmen. Vergebens. Ein roter Teppich auf den Stufen dämpfte jeden ihrer Schritte. Laura und Wilma folgten ihr, sie redeten nicht, atmeten schwer. Susas Lunge fühlte sich an, als werde sie von der Faust eines Riesen zusammengequetscht, ihr Atem ging flach und stoßweise. Endlich kamen sie vor Betsys Wohnungstür an. Susa starrte auf die dunkelbraune Holztür, deren Farbe ein wenig abblätterte. Sie sah aus wie immer, als hätte sich nichts verändert. Gleich würde die Tür aufgehen, und eine lachende Betsy stünde da, im Hintergrund laute, fröhliche Musik.

Doch die Tür ging nicht auf.

Laura, die den Schlüssel in der Hand hielt, wirkte blass, sah Susa ängstlich und hilfesuchend an. Die große Laura. Ihre Hand zitterte ein wenig und ließ die Schlüssel fast unhörbar klirren.

Susa nahm ihr mit einem schwachen Lächeln den Schlüssel aus der Hand, steckte ihn ins Schlüsselloch, drehte ihn zögerlich um und betätigte dann entschlossen die Türklinke.

Durch die Sichtung der Fotos der letzten Jahre mit Betsy war sie leider keinen Schritt weitergekommen. So schlecht sich Susa bisher zu irgendetwas aufraffen konnte, so entschlossen fühlte sie sich nun, auf keinen Fall aufzugeben. Betsys Tod schien sie aufgerüttelt und eine seltsame Leidenschaft in ihr entfacht zu haben, die sie bis dahin von sich nicht kannte. Susa musste wissen, was mit Betsy geschehen war, um selbst ihren inneren Frieden zu finden. Hätte sie mehr tun können? Aber was? Sie selbst kannte sich mit dieser psychischen Störung nicht aus, und all ihre Recherchen oder Lösungsansätze hatten Betsy keine Linderung gebracht. Diese Gedanken nagten an ihr, jede Minute, jede Stunde, jeden Tag.

Die beste Freundin für immer zu verlieren konnte jedem passieren, und diese Gewissheit, dass es möglich war, hatte ihr den Boden unter den Füßen weggezogen.

Die Tür knarzte, stand nun offen, und die drei Frauen sahen stumm in den kleinen, vollgestellten Flur. Betsys Schuhe lagen unordentlich auf dem Dielenboden, ihre Jacken und Mäntel hingen an der Garderobe. Ein bunt eingerichtetes Zweizimmerappartement in einem typischen Berliner Altbau. Ein Zimmer hatte Emmi gehört, ihre Habseligkeiten waren aber inzwischen alle bei Opa Alfons untergebracht. Das andere war Betsys Schlaf-, Wohn- und Arbeitszimmer und sah aus, als hätte sie den Raum nur gerade mal kurz verlassen. Die Decken waren dreieinhalb Meter hoch, die Dielen alt und zerkratzt. Es hat all die Jahre schon einiges miterlebt, auch mit uns, dachte Susa, während sie als Erste über die Dielen schritt, auf denen sich schon eine feine Staubschicht abgelegt hatte. Laura und Wilma folgten ihr, Hand in Hand. Und noch immer sagte keine von ihnen ein Wort, sondern jede hing ihren Gedanken nach. Susa ging voran, an weißen, vollgestellten Billy-Regalen vorbei in Betsys Zimmer, das wie immer nicht besonders ordentlich, aber sehr gemütlich eingerichtet war. Rechts eine orangefarbene Couch, links ein weißes Himmelbett und in der Mitte ein alter Holztisch. Ihr grüner Kleiderschrank stand offen.

Die Wohnung sah aus wie immer, und doch ganz anders.

Der Esstisch, den Susa mit Betsy an einem sonnigen Tag auf dem Trödel am Arkonaplatz gekauft hatte, sah plötzlich aus, als breche er gleich zusammen. In der Vase aus ihrem letzten Urlaub in Sorrent sah sie einen winzigen Sprung, der grüne Kleiderschrank, den ihr ein Ex-Lover aufgebaut hatte, wirkte trostlos, und die schwarz-weißen, zertanzten Schuhe, die achtlos neben ihrem Himmelbett lagen, sahen müde aus.

Hier in diesem Zimmer hatten sie so manch köstliches Festessen mit Freunden veranstaltet, einige Abende mit einem Glas Wein auf ihrer Couch verbracht, so mancher Liebe hinterhergetrauert und nächtelang geredet, geredet und Schokolade gegessen.

»Das willst du jetzt alles entsorgen lassen?« Wilmas Stimme klang brüchig.

Laura knetete ihre Hände. »Was soll ich denn sonst tun? Ich kann hier nicht wohnen. Auf keinen Fall. Ich will nichts davon haben. Nichts.«

»Und Emmi zuliebe?« Susa sah Laura fragend an. Emmi hatte hier ihr kleines Kinderzimmer gehabt, aber Laura schüttelte den Kopf.

»Wir werden bei Paps wohnen, so wie geplant. Emmis Sachen sind eh schon alle dort, und sie freut sich, bei ihrem Opi zu sein. Sie kennt das doch schon. Ich brauche jetzt öfter einen Babysitter, sonst halte ich das alles nicht aus. Paps ist bei Betsy doch auch immer eingesprungen. Er war so oft für sie da.«

Susa und Wilma sahen sich an und nickten. Laura blickte Susa entschuldigend an. »Wir würden die Wohnung ja noch eine Weile so lassen, aber die Miete … Fünf Monate, länger geht's für Paps wirklich nicht mehr.«

Susa legte ihr beruhigend eine Hand auf die Schulter. Es musste sein, das wussten sie alle, auch wenn es ihnen unendlich weh tat. Wilma entdeckte ein vergessenes, weißes Stoffschaf von Emmi, nahm es in die Hand und strich ihm behutsam über das Fell. »Wie geht es Emmi? Redet sie etwas mehr?«

Laura schüttelte den Kopf, sah gedankenverloren aus dem Fenster, von dem aus man in der Ferne die Spitze des Fernsehturms erkennen konnte. »Nein. Mit mir zumindest nicht.«

Susa spürte, wie getroffen Laura im tiefsten Inneren war. »Mit mir auch nicht, zumindest nicht über Betsy. Es ist, als würde Emmi alles verdrängen, als würde sie es einfach nicht wahrhaben wollen. Aber uns geht es ja ganz genauso.«

Wilma betrachtete das Stoffschaf nachdenklich. »Jeder trauert anders, das ist völlig in Ordnung. Kinder erst recht.«

Emmi hatte nach dem Tod ihrer Mama noch kein einziges Mal geweint. Auf die Beerdigung wollte sie nicht mit, und sie respektierten das natürlich.

Dass ausgerechnet Susa Emmi die Nachricht überbringen musste, dass ihre Mutter tot war, war für Susa einer der allerschlimmsten Momente in ihrem ganzen Leben. Alfons hatte sie, nachdem er die schreckliche Nachricht bekommen hatte, angerufen und sie unter Tränen gebeten, die Kleine aus der Kita abzuholen. Es war keine Zeit, zu überlegen, wie und was sie Emmi sagen würde. Sie hatte keine Zeit, zu recherchieren, wie man Kindern so eine Nachricht überbrachte. Emmi hatte ihr sofort angesehen, dass etwas Schlimmes passiert sein musste. »Was denn, Susa, sag sofort!?« Susas Tränen hatten sich emporgedrängt, unaufhaltsam, schnell, und sie hatte die Kleine fest in den Arm genommen. »Erinnerst du dich an die Amsel, die vorgestern im Garten lag? Ich habe dir doch erklärt, dass sie jetzt im Himmel ist. Auch, dass es ihr gutgeht dort oben. … Süße, es ist etwas ganz Schreckliches passiert. Die Mama ist … jetzt auch … im Himmel.«

Sie hörte Emmi in ihren Armen leise atmen, und dann flüsterte sie: »Die Mama is nich tot.« Mehr sagte sie nicht.

Susa hatte gespürt, wie Emmis kleiner Körper zitterte. Dann umklammerte Emmi ihre Puppe mit den schwarzen, lockigen Haaren, drehte sich von ihr weg und schwieg. Drei lange Wochen. Wilma hatte Susa kurz darauf erzählt, wie ihr Kleiner, Matti, reagiert hatte, als sie ihm erzählte, dass jemand gestorben war und dass es sich um Betsy handelte: »Ach, echt? Ich dachte schon, der Mickey ist tot.«

Mickey war sein Hamster, der bereits eineinhalb Jahre alt war. Wilma graute schon jetzt vor dem Moment, wenn er sterben würde. Denn Hamster werden ja nur zwei, maximal drei Jahre alt.

Bei Hamstern ist das Buch schon geschrieben, dachte Susa. Und bei uns?

Es half alles nichts. Sie mussten damit beginnen, Betsys Habseligkeiten durchzusehen, ob es noch etwas Wichtiges gab, das Alfons bisher übersehen hatte. Susa sah die Freundinnen auffordernd an. »Lasst es uns hinter uns bringen.« Sie konnte mit ihnen noch nicht darüber reden, dass sie etwas suchte, da sie selbst nicht wusste, was es war. Schnell begann sie, Betsys Sachen auf dem kleinen Nachttischchen zu durchforsten, und kam sich dabei vor wie eine Diebin. Aber der Gedanke, dass etwas, das Betsy wichtig gewesen war, einfach in den Müll geworfen würde, kam ihr noch schrecklicher vor. In Susas Wohnung oder ihrem winzigen Kellerabteil war einfach kein Platz, all das von Betsy aufzubewahren, was sie gerne vor der Vernichtung gerettet hätte.

Susa dachte an ihre Mutter, die die Sachen ihres Vaters noch zehn Jahre nach seinem Tod in ihrer Wohnung hortete. Sie konnte sich bis heute nicht von seinen ausgelatschten Schuhen trennen. Aber von ihr wurde verlangt, Betsys Leben, das, was noch von ihm übrig war, binnen ein paar Tagen auszulöschen? Was blieb von einem Menschen, außer Erinnerungen, die verblassten, Gerüchen, die entschwanden, Gegenständen, die kaputtgehen konnten?

Ihr Kind.

In Emmi lebte Betsy weiter, und das beruhigte Susa zwar irgendwie, machte die Sache aber gleichzeitig so viel tragischer.

Susa, Wilma und Laura waren beinahe fertig damit, Betsys Sachen durchzusehen, aber Susa konnte bisher keine Spur finden, die sie weiterbringen würde. Sie starrte die schwarz-weißen Pumps auf dem Boden an.

»Ich nehme ihre Schuhe mit.« Betsy hatte sie oft getragen, als sie zusammen aus gewesen waren. Zuletzt, als Betsy auf der Bühne stand und einen Preis für ihre Arbeit bekommen hatte.

»Willst du die wirklich anziehen?« Laura sah sie verständnislos an.

»Nein, natürlich nicht, ich … will sie nur als Andenken. Auch diesen Spiegel, darin sah sie immer so hübsch aus, und ihren Koffer, den hatte sie in jedem unserer Urlaube dabei – und diesen kleinen Bär.«

»Das ist doch kein Bär, das ist ein Hase.« Wilma, die ebenso verstört wie Susa wirkte, deutete auf die langen Hasenohren.

»Das ist ein schizophrener Bär.« Susa lächelte. »Ich wollte ihr einen Osterhasen schenken. Dann haben wir bemerkt, dass er gar keine Ohren hat, dass es ein Bär ist, der nur einen Hasenohren-Mantel trägt. Ein Bär, der ein Hase sein will, versteht ihr?«

Sie sahen sich an, Susa zog dem Bären das Mäntelchen mit der Hasenohrenkapuze ab, und sie lachten alle drei erleichtert los.

Als hätte sie der Himmel gehört, erhellte ein Sonnenstrahl Betsys Zimmer und ließ den Raum in einem wunderschönen Licht erstrahlen.

Sie hatten ihre Habseligkeiten durchforstet, alles, woran sie hingen, eingepackt und sahen sich nun an.

»So, der Rest kommt dann wohl zum Sperrmüll.« Laura schnaufte, und Susa, die neben ihr auf Betsys Bett saß, nahm schnell ihre Hand und drückte sie fest. Durch diese Bewegung verrutschte der kleine Bär und fiel zu Boden. Susa bückte sich und entdeckte auf dem verstaubten Boden unter Betsys Bett ein Blatt Papier.

»Da liegt etwas.« Sie angelte danach, erwischte es aber nicht und kroch schließlich richtig unters Bett. Da entdeckte sie, ganz hinten an der Wand, noch ein kleines Kästchen. Neugierig zog sie Papier und Kästchen hervor, sah sich die marokkanischen Ornamente der Schatulle an und fuhr sie mit den Fingern nach. Laura und Wilma sahen gespannt zu. Susa nahm das DIN-A4-Blatt zur Hand, drehte es um und erkannte Betsys Handschrift. Eine kleine, schnörkelige Schrift, nur krakeliger als sonst.

»Ein Brief, von Betsy … an mich!« Mit belegter, angespannter Stimme las sie vor.

Liebe Susa, liebes Herz,
ich kann nicht mehr, und ich konnte es Dir nicht sagen, es tut mir so schrecklich leid. Dass ich Euch das antun muss. Ich liebe Euch so sehr, vor allem meine Emmi. Sag ihr bitte, dass ich ganz bestimmt, von oben, von einer kleinen, weichen Wolke auf Euch aufpassen werde. Auch wenn ich den Gedanken, Euch traurig zu sehen, kaum ertragen kann.
Bitte verzeiht mir alle. Es hat nichts mit Euch zu tun. Es sind diese unmenschlichen Qualen, die niemand versteht,

der sie nicht selbst durchmachen muss. Ich habe so sehr gekämpft, aber es geht nicht mehr.

Bitte, Susa, kümmere Dich um Emmi und mache alles, dass es ihr gutgeht. Ich weiß, Du kannst das. Du bist so viel stärker als ich.

Auch wenn ich es nicht geschafft habe: Lebt Eure Träume. Für mich.

In Liebe,
Betsy

Susas Tränen rannen unaufhaltsam über ihre Wangen. Wilma schluchzte leise, und Susa sah, wie Lauras Hände zitterten.

»Dann hat sie uns ja doch noch etwas hinterlassen!« Wilma, die sich als Erste gefangen hatte, sah zum gegenüberliegenden Fenster. »Seht mal! Der Brief muss vom Wind unters Bett geweht worden sein. Deshalb hat Alfons ihn nicht gefunden.«

Susa nickte durcheinander und sah, wie erschüttert Laura wirkte. »Dann hatte sie also doch nicht gewollt, dass Emmi mir zugeschrieben wird. Sondern dir, Susa«, stellte Laura bitter fest. Eifersucht schwang in ihrer Stimme mit.

Erschrocken sah Susa sie an. »Nein, du meine Güte, nein. Das steht hier doch so ganz und gar nicht. Sie hat mich als Patentante lediglich gebeten, mich auch um Emmi zu kümmern. Mehr nicht. Laura, auch wenn sie uns alle liebt, du bist und bleibst ihre Schwester. Es ist doch vollkommen klar, dass Emmi in eurer Familie bleibt.«

Doch egal, was sie sagte, Susa spürte, wie sehr es Laura kränkte. Und auch Wilma schien enttäuscht, dass der Brief nur an Susa gerichtet war. Um die beiden von dem Brief abzulenken, öffnete Susa rasch das marokkanische Kästchen. Darin lagen mehrere Notizen, in Betsys Handschrift. »Ah, sie hat doch immer alle möglichen Gedanken aufgeschrieben, wisst ihr noch? Hier hat sie die Zettel also verwahrt!« Susa nahm zitternd einen davon heraus. Es standen tagebuchähnliche Notizen und Erinnerungsfetzen darauf. Aufgeregt überflog Susa ein paar der Zettel und hoffte, hier eine Spur über Betsys Gefühle und Gedanken kurz vor ihrem Tod zu finden.

»Emmis Vater ist so ein gemeiner Schuft. Sommer in Casalappi ...«, las sie leise vor.

»Ich glaube, ich habe was ... ich meine ... ich habe was Wichtiges gefunden!«

Während Laura sie nur finster anstarrte, setzte sich Wilma zu ihr aufs Bett und nahm ihr den Zettel aus der Hand.

»Emmis Vater ist so ein gemeiner Schuft. Sommer in Casalappi«, wiederholte Wilma und fuhr sich nachdenklich durchs Haar.

»Das war der Sommer vor sechs Jahren, als wir in der Toskana, in Casalappi waren, das kommt hin!«

»Der Sommer, in dem Emmi gezeugt wurde.« Susa fühlte sich, als hätte sie fünf Tassen Kaffee hintereinander getrunken. Sie rätselte. Keine von ihnen hatte bemerkt, dass Betsy während des gemeinsamen Sommers damals eine Affäre gehabt hatte. Bisher waren sie ja immer davon ausgegangen, dass Emmi bei einem One-Night-Stand gezeugt worden war. Verehrer gab es viele, in Berlin auch hin und wieder kurz einen Freund. Aber in Italien? Hätte sie ihnen nicht bis ins kleinste Detail von diesem Mann berichtet? Sie hatten sich doch alles erzählt. Oder etwa nicht? Ihre Gedanken schwirrten in ihrem Kopf.

»Offensichtlich war Betsy nicht ganz ehrlich zu uns.« Wilma unterbrach Susas Gedanken, nestelte an ihrem roten Regenmantel, den sie immer noch trug, und sah die Freundinnen nachdenklich an.

Susa seufzte. »Sie wollte nicht darüber reden, weil es nur ein One-Night-Stand war, wie sie mal sagte. Daher habe ich auch nie genauer gefragt. Emmi sollte auch nicht in dem Bewusstsein aufwachsen, kein Wunschkind zu sein.«

»Das ist ja auch nicht schön für ein Kind.« Wilma, die erfahrene Mama, sah Laura an, die immer noch ganz still und getroffen wirkte.

Susa registrierte das, konnte sich jetzt aber nicht um Laura kümmern. Sie setzte sich wieder und nahm aufgeregt ein paar andere Zettel in die Hand. »Lasst uns noch die anderen Notizen ansehen. Vielleicht ergibt dann alles einen Sinn.«

Sie sahen sich noch ein paar Notizzettel an, doch der höhere Sinn, falls es denn je einen gegeben hatte, erschloss sich ihnen nicht.

Susa legte die Zettel beiseite, dachte angestrengt nach, starrte auf das Kästchen mit den marokkanischen Ornamenten. Da wurde ihr Gesicht bei einem plötzlichen Gedanken ganz heiß und rot. »Das heißt dann ja, dass wir Emmis Vater finden könnten. In Casalappi irgendwo? Ich meine, so groß ist der Ort doch nicht!«

»Ich weiß nicht. Genauso gut könnten wir eine Nadel im Heuhaufen suchen.« Wilma war schon immer die Realistische, Bodenständige der Freundinnen. Daher überraschten Susa ihre Einwände nicht. »Was meinst du, Laura?«

Laura, die mit ihrer neuen Mutterrolle und dem soeben Gehörten hochgradig überfordert schien, schüttelte ebenfalls vehement den Kopf. »Wenn Betsy gewollt hätte, dass wir ihn suchen, hätte sie es dir geschrieben, Susa.«

Susa schluckte. Sie konnte sich gut in Laura hineinversetzen und wäre genauso enttäuscht gewesen, wenn Betsy sie in ihrem letzten Brief nicht einmal namentlich erwähnt hätte. Sie sah Laura nachdenklich an. »Vielleicht. Emmis Vater scheint Betsy sehr weh getan zu haben, deshalb wollte sie wohl nichts mehr mit ihm zu tun haben. Aber jetzt ist Betsy tot. Und

Emmi lebt. Sie hat keine Mutter mehr, aber möglicherweise noch einen Vater. Selbst wenn er kein besonders guter Mensch ist, er kann doch wenigstens für seine Tochter Unterhalt bezahlen. Dann wäre sie finanziell abgesichert. Er weiß ja gar nicht, dass sie existiert, und vielleicht ist er ja lieb zu der Kleinen. Es würde ihr so guttun, noch ein Elternteil zu haben.«

Laura schien noch nicht überzeugt. »Sie hat jetzt mich.« Wilma bemerkte die Spannung zwischen den Freundinnen und pflichtete Susa auf einmal bei. »Ein Kind großzuziehen kostet so viel wie eine Eigentumswohnung, Laura. Du bist immer knapp bei Kasse, es wäre für Emmi und auch für dich eine echte Erleichterung.«

Susa nickte dankbar. »Wir müssen ihm ja nicht gleich alles erzählen, was geschehen ist. Wir lernen ihn einfach in Ruhe kennen, und dann sehen wir weiter.« Nachdenklich fügte sie hinzu: »Ich will auch wissen, was er Betsy angetan hat. Und was für ein Geheimnis sie vor uns hatte.«

Wilma nickte betroffen. »Du hast recht. Einen Versuch ist es wert. Ich dachte nur immer, wir könnten uns alles …« Sie hielt inne und sah die Freundinnen schuldbewusst an. Susa horchte auf. Was hatte Wilma? Doch sie wurde von Laura abgelenkt.

»Und wie willst du ihn bitte schön finden, Susa?« Lauras Stimme wurde schrill, ihr gefiel die Sache offensichtlich immer noch nicht.

»Wir fahren nach Casalappi, und dort ergibt sich mit Sicherheit eine Spur. Schließlich haben wir ihre ganzen Notizen, ein paar machen dort ganz sicher Sinn.«

Doch Laura schüttelte den Kopf. »Was, wenn er dort überhaupt nicht wohnt? Wenn er damals genau wie wir einfach nur im Urlaub war? Und selbst wenn er Italiener ist, wir haben keinen Namen, nichts.«

»Wir werden ihn finden, da bin ich mir ganz sicher. Ich spüre das irgendwie. Bitte, Laura, wir sind doch sowieso jedes Jahr zusammen in die Toskana gefahren. Auch wenn wir es diesmal ausfallen lassen wollten, haben wir jetzt doch wenigstens einen triftigen Grund, es doch zu tun. Und zwar am besten ganz, ganz bald. Es war Betsys Wille, dass wir alles für Emmi tun.«

»Dass *du* alles für Emmi tust.« Laura starrte verletzt auf den schizophrenen Bär, der allein auf Betsys Bett lag.

Susa folgte ihrem Blick und schluckte. Ihre Stimme wurde sanft. »Laura, Betsy wollte dir ganz sicher nicht weh tun. Wir können uns eben einfach nicht vorstellen, wie es in einem Menschen aussieht, der so verzweifelt ist und so leidet, dass er …« Sie hielt inne, atmete durch und wischte sich eine Träne weg. »Ich glaube, dass uns allen so eine gemeinsame Reise wirklich guttun würde. Und Emmi auch, die nehmen wir diesmal natürlich mit.« Susa sah Laura bittend an. »Bitte, denk wenigstens darüber nach. Du kannst das ja auch erst mit Alfons besprechen. Er kommt doch mit Emmi morgen Abend zur Abschiedsfeier, oder?«

Laura nickte, knetete ihre Hände. Susa sah erschüttert, wie verletzt Laura immer noch auf Betsys Brief starrte, der neben Susa auf dem Bett lag.

Kapitel 3

Es war ein lauer Sommerabend, die Luft flirrte. Ein paar Grillen, die sich in den kleinen Park in Mitte verirrt hatten, zirpten laut. Die Wiese wurde von zahlreichen Touristen und Jugendlichen mit Bierflaschen in der Hand bevölkert, ein Mann mit Hut spielte »More than words« von Extreme auf seiner Gitarre, ein anderer schmiss gerade einen kleinen Einweggrill an. Der köstliche Duft von gegrilltem Steak stieg Laura in die Nase, und sie bemerkte erst jetzt, wie hungrig sie war.

Einige Kinder sprangen herum, spielten Star Wars oder Verstecken und warfen Stöckchen nach den Enten im Teich. Laura, in einer gewagten Pink-Gelb-Kombination mit wehenden Tüchern, ging langsam neben ihrem Vater Alfons her, der immer wieder nach Emmi Ausschau hielt, die weiter hinten einer Ente hinterherrannte. Er konnte nicht so schnell gehen, denn sein linkes Bein blieb nach einem Schlaganfall vor zwei Jahren halb gelähmt. Er zog es leicht hinter sich her und stützte sich auf einen Stock. Laura sah ihrem Vater sehr ähnlich: sie hatte die gleichen vollen Lippen, die lange Nase und die hohe Stirn. Auch mit zweiundsiebzig hatte er immer noch dichtes, schwarzes, lockiges Haar. Doch durch die Trauer der letzten Monate sah sein Gesicht mittlerweile grau und eingefallen aus.

Ihm würden ein paar Tage Pause guttun, dachte Laura, während sie ihn betrachtete. Wie hatte er noch auf der Trauerfeier gesagt: »Eltern sollten ihre Kinder nicht zu Grabe tragen müssen.«

Laura hatte mit ihrem Vater bisher nicht über Susas Plan, Emmis Vater in der Toskana zu suchen, gesprochen. Denn sie hatte Angst, dass er sofort dafür sein könnte. Erst aber wollte sie selbst in sich hineinhorchen, ob sie die Idee gut fand. Vielleicht bedeutete Emmis Vater zu finden auch, dass er ihr womöglich in ihre Erziehung, in ihr Leben hineinreden würde. Dass er ihr verbieten würde, als Ersatzmutter weiter eine Karriere als Opernsängerin zu verfolgen. Natürlich hätte es finanzielle Vorteile, aber was, wenn er ein armer Schlucker war? Hinzu kam, dass Laura nach dem Brief von Betsy nicht wirklich gut auf Susa zu sprechen war. Insgeheim wusste sie zwar, dass Susa nichts dafür konnte, dass sie Betsy näherstand als sie selbst, aber trotzdem hatte sie keine Lust, gerade jetzt mit Susa in den Urlaub zu fahren, noch dazu mit Emmi. Sie ertrug diese ständige Ablehnung der Kleinen einfach nicht mehr. Laura entfuhr ein leiser Seufzer. Ihr Vater sah sie lieb von der Seite an. »Alles klar, Große?«

Laura zuckte hilflos die Schultern und hätte sich am liebsten an ihn gelehnt und hemmungslos geweint, wie damals als kleines Kind. Aber sie war erwachsen und musste stark sein. Vor allem vor Emmi.

»Wie gesagt, ich bleibe mit Emmi nur ganz kurz auf der Feier. Ich bin sehr müde, die letzten Monate waren anstrengend. Und die Kleine muss ja auch ins Bett.«

»Natürlich, Paps.«

Alfons hatte eigentlich nicht zu der Abschiedsparty kommen wollen. Aber Emmi zuliebe, die auf »Mamas Feier« dabei sein wollte, hatte er sich letztendlich zu ein paar Stündchen überreden lassen. Laura war froh, jetzt nicht alleine zu sein. Sie sah sich nach Emmi um. Diese hatte die Lust am Entenjagen verloren und trödelte mittlerweile hinter den Erwachsenen her. Immer wieder blieb sie stehen, um ein Gänseblümchen zu zupfen oder sich ein Insekt aus nächster Nähe anzuschauen. Sie trug ein weißes Trägerkleidchen mit einem roten Herz darauf, weiße Strümpfchen und kleine rote Chucks. Mit ihren dunklen, lockigen Haaren sah sie aus wie Betsy als Kind, dachte Laura, als sie sich zu ihr umdrehte. »Na komm endlich, Emmi, Mamas Feier geht gleich los.« Sie bemühte sich um eine besonders nett klingende Stimmlage und streckte ihr auffordernd die Hand entgegen. Doch Emmi schüttelte nur verstockt den Kopf, rannte zu Opa Alfons und schob ihre kleine Hand in seine. Alfons blickte Laura entschuldigend an, doch sie bemühte sich, sich ihre Verletzung nicht anmerken zu lassen.

Das Verhältnis zu ihrem Vater war ohnehin etwas getrübt, seit er vor zwanzig Jahren die Familie wegen einer Jüngeren verlassen hatte. Ihrer Mutter, Betsy und ihr hatte er damit sehr weh getan. Vor elf Jahren war ihre Mutter an Leukämie gestorben und hatte ihm bis zu ihrem Tod nicht verziehen. Betsy auch nicht. Das hatte Betsy Laura kurz vor ihrer Abreise nach Amerika noch anvertraut.

Alfons hatte damals kaum Zeit mehr für seine zuvor so heißgeliebten Töchter, denn seine neue Liebe war nun Mittelpunkt seines Lebens. Für Betsy war eine Welt zusammengebrochen, auch wenn er einen Teil seiner »Schuld« später dadurch beglich, indem er Betsy bei Emmi, so gut es ging, unterstützte. Doch für Laura war seit der Trennung ihrer Eltern klar: Die ewige Liebe gab es nicht, und sie würde sich auf keinen Fall so verletzen lassen wie ihre Mutter damals. Das Single-Leben hatte eindeutig Vorteile, und kein gebrochenes Herz zu haben war einer davon.

Betsy hingegen, die viel emotionaler veranlagt war als Laura, sehnte sich sehr nach der großen Liebe. Erneut wurde Laura an den Brief erinnert, der ihre Schuldgefühle noch verstärkt hatte. Wieso nur hatte Betsy sie, ihre einzige Schwester, in ihrem Abschiedsbrief nicht erwähnt? Es fühlte sich wie eine Ohrfeige an. Laura konnte ihre Schwester nicht verstehen, so wie sie sie eigentlich nie so recht verstanden hatte.

Aufgewühlt versuchte sich Laura zu beruhigen und sich einzureden, dass Betsy beim Schreiben wirklich nicht mehr ganz bei Sinnen und bereits in einer Art Delirium gewesen sein musste, vollgepumpt mit Tabletten. Genau. So war es. Laura atmete ein, und die gute Sommerluft strömte in ihre Lungen. Sie versuchte ihre Gedanken auf die Abschiedsfeier zu lenken, die die Freundinnen zusammen organisiert hatten.

An Betsys Beerdigung waren sie zu gelähmt, um sich etwas Angemessenes für Betsy auszudenken. Der Schock und der Schmerz über Betsys unerwartet plötzlichen Tod saßen einfach zu tief. Daher hatten sie etwas später beschlossen, eine große Abschiedsparty für Betsy zu geben. Denn eine coole Party mit all den Menschen, die Betsy geliebt hatte, mit Musik und Tanz, das passte zu ihr.

Auf der Beerdigung hatten sie alle Blumengestecke und Herz-Kränze in Rot gehalten. Denn Betsy liebte die Farbe Rot über alles. Warum, das wusste Laura eigentlich gar nicht, das fiel ihr gerade erst auf. Sie hätte sie jetzt so gerne danach gefragt. So wie ihr so viele Fragen im Kopf herumschwirrten, wie ein Schwarm lästiger kleiner Eintagsfliegen.

Im dem Restaurant, wo die Party gleich stattfinden sollte, hatten sie wieder alles mit roten Rosen dekoriert. Rosen, die so schön aussahen wie Betsy und genauso stachelig waren wie sie. Denn das konnte sie sein, vor allem zu Männern, und manchmal auch zu ihr, ihrer großen Schwester. Doch Betsy hatte gleichzeitig auch ein sehr großes Herz, dachte Laura überwältigt. Sie hoffte sehr, dass sich Betsy genau so eine Abschiedsfeier gewünscht hätte, und musste an Wilma denken, die heute früh am Telefon behauptet hatte, sie hätte Betsy über sich gespürt, als sie morgens aufgewacht war. Betsy hätte gewirkt, als würde sie sich auf ihre Party sehr freuen. Doch Laura konnte ihre Schwester bisher nicht spüren. Sie glaubte an keinerlei Existenz nach dem Tod, hatte für alles, was irgendwie in die Kategorie ›übersinnlich‹ gehörte, absolut keinen Sinn. Wilma dagegen war sich so sicher, dass Betsy in irgendeiner Form weiterlebte, und hatte auch schon versucht, Kontakt mit ihr aufzunehmen. Und Susa? Sie war, wie eigentlich immer, unentschieden.

Emmi stolperte gerade über ihre eigenen Beinchen und riss Laura damit aus ihren Gedanken. Alfons, mit seinem gelähmten Bein und seinem Stock, konnte sie nicht halten. Emmi purzelte hin, Laura war sofort bei ihr und kniete sich nieder. »Auweia. Tut dir was weh?«

Emmi schüttelte tapfer den Kopf. Ein Gefühl der Wärme strömte durch Lauras Bauch, und sie wurde sich ihrer Verantwortung für dieses kleine, verletzte Wesen bewusst. Plötzlich konnte sie eine Verbindung zu der Kleinen spüren und ahnte, wie es in deren kleiner Kinderseele nach diesem tragischen Verlust aussehen musste. Ein paar Tage Urlaub wären vielleicht eine echte Chance für sie beide, sich etwas anzunähern. »Komm, ich helfe dir hoch, okay?«

Emmi zögerte, nickte schließlich vorsichtig, steckte ihre kleine Hand in Lauras große und ließ sich hochhelfen. »Gleich gibt's Zitronenlimo.« Laura lächelte sie verschmitzt an. »Und wenn du ein bisschen was von deiner Tante geerbt hast und genauso gerne Eis isst … die haben da auch Pinocchio-Eisbecher für Kinder.« Sie grinste. »Den mag Tante Laura nämlich auch sehr gerne.«

Emmi sah sie mit ihren dunklen, großen Kinderaugen an und lächelte plötzlich, wenn auch nur ganz zaghaft. Laura atmete insgeheim auf und lächelte vorsichtig zurück.

* * *

Susa hatte das angesagte Lokal als Location für die Feier ausgewählt, da sie mit Betsy dort viele schöne Abende verbracht hatte. Die Terrasse, die auf den Park hinausging, war mit vielen bunten Lichtern geschmückt und bereits gut gefüllt. Ein paar Kinder der Gäste spielten auf der Wiese, rannten lachend herum und bewarfen sich gegenseitig mit Grasbüscheln und Regenwürmern. Der DJ, ein Bekannter von Betsy und in der Szene hinlänglich bekannt, legte loungige Musik auf, und ein paar Gäste wippten bereits im Takt mit.

Susa stand im roten Minirock mit schwarzem T-Shirt und roten Sandaletten am Rand der Tanzfläche und beobachtete die Leute. Sie hatte sich noch eine künstliche rote Blume ins Haar gesteckt, klammerte sich an ihrer grünen Handtasche und ihrem Gin Tonic fest und fühlte sich unsichtbar. Am liebsten wäre sie an einem anderen Ort. Die meisten Gäste kannte sie nicht, und ihr dämmerte, dass sie wohl doch nicht alles von ihrer besten Freundin wusste. Ganz im Gegenteil. Unwohl sah sich Susa um. Laura hatte all die sogenannten »Freunde« über Betsys Facebook-Account eingeladen, und es waren wirklich viele gekommen.

Sie betrachtete die fröhlich wirkenden Gäste, und wieder wurde Susa schmerzlich bewusst, dass das Leben ohne Betsy einfach weiterging. Wie oberflächlich das alles doch war. Vermissten Betsys »Partypeople« sie denn nicht genauso? Wo blieben Wilma, Laura, Emmi und Alfons? Susa hoffte so sehr, dass Laura sich in der Zwischenzeit dazu entschlossen hatte, mit ihr nach Italien zu reisen, um Emmis Vater zu finden. Wenn nicht, so überlegte Susa, würde sie zur Not einfach alleine fahren. Oder zusammen mit Wilma. Susa blieb wild entschlossen. Sie musste wissen, was dieser Typ mit Betsy gemacht hatte und wieso sie es ihr nie erzählt hatte.

Sie schaute auf die Uhr und blickte sich suchend um. Wilma war vorhin, als sie telefoniert hatten, noch zu Hause bei den Kindern gewesen. Aber Wilma kam ja immer später, das war mittlerweile normal. Vermutlich waren die Kinder noch nicht im Bett oder Thomas, der seit der Geburt des dritten länger in seinem Architekturbüro arbeitete, als Babysitter nicht verfügbar. Susas Mund fühlte sich trocken an. Der Gin Tonic war bereits leer, und sie bahnte sich ungeduldig den Weg zur Bar. Ein paar Frauen nickten ihr zu, und Susa grüßte nett zurück, obwohl ihr kaum ein Gesicht bekannt vorkam.

An der Bar war es bereits voll, denn es gab Bons für Getränke, die ersten fünf gab es umsonst. Ungeschickt versuchte sie, sich bemerkbar zu machen, doch der Barkeeper schäkerte gerade mit einer großen Blondine mit ziemlich tiefem Dekolleté. Susa war fast so klein wie Betsy, ihre braunen Haare sahen heute aus, als wären sie schon seit vier Tagen nicht mehr gewaschen worden. Sie hatte in der Hektik zu viel Haarwachs genommen, damit die Spitzen nicht so spröde aussahen. Ihre Haare hätten sie normalerweise in eine tiefe Krise gestürzt, aber heute war es ihr schlichtweg egal. Die rote Blume im Haar verrutschte.

Auf einmal rempelte ein Typ hinter ihr versehentlich einen anderen an, und dieser wurde sofort aggressiv. Susa stand genau neben den beiden und zuckte erschrocken zusammen. Gleich würde sie einen Ellenbogen ins Gesicht bekommen, doch anstatt sich zu ducken, stand sie einfach nur da, ganz starr, und fühlte sich plötzlich wieder einsam wie nie zuvor.

Da schob sich ein großer Mann im weißen Leinenhemd vor sie, um sie vor diesen Kerlen zu beschützen. Seine Arme stützten sich um sie herum an der Bar ab, und so federte er genau im richtigen Moment den Typen neben ihr ab und bekam dessen Ellenbogen in den Rücken.

Für ein paar Sekunden wurde sein breiter Oberkörper auf sie gedrückt, und sie konnte ihn riechen. Eine Mischung aus einem angenehmen Aftershave und frisch gewaschener Wäsche. Der Geruch einer blühenden Sommerwiese!

Ihr Magen rebellierte, ihr Herz stolperte.

»Alles in Ordnung?«

Seine Stimme kam ihr bekannt vor, allerdings hatte sie sie nicht ganz so tief und beruhigend in Erinnerung gehabt.

»Nein, gar nicht. Überhaupt gar nichts ist in Ordnung.« Susa musste ein Schluchzen unterdrücken.

Bennett sah sie mit seinen grünblauen Augen an, hatte sie zwar ganz sicher nicht erkannt, verstand aber sofort und nickte. Die Mitte-Typen neben ihnen bekamen ihren fünften kostenlosen Whisky und begaben sich wieder ins Freie.

»Du warst das, damals in Florenz, habe ich recht?«

Susa sah ihn verblüfft an. Das war jetzt sieben Jahre her, und sie hatte damals so gut wie nichts zu ihm gesagt.

»Die, die die Galerie der Uffizien ganz bestimmt nicht kennt.« Sie konnte es sich nicht verkneifen.

Er grinste. »Ich provoziere gerne. Es macht das Leben spannender. Wie heißt du?«

»Susa. Und ich hätte gerade ganz gerne ein Leben, das nicht so aufregend ist.«

Er sah sie an, als sagte ihm ihr Name etwas, und seine Miene wurde ernster. »Es ist so unfassbar. Als ich es auf Facebook gelesen habe, musste ich einfach kommen, weil ich es sonst echt nicht geglaubt hätte.«

Sie sahen sich beide an, und Susa spürte ein tiefes Verständnis. Verwirrt blickte sie zu Boden. Bennett trug eine Jeans und schöne Schuhe. Braun und männlich, etwas abgeschabt, lässig.

Betsy und sie, sie hatten bei Männern immer sofort auf die Schuhe geschaut. Sie sagten viel aus, und die Freundinnen hatten sich immer einen Spaß daraus gemacht, das Schuhwerk eines Mannes zu analysieren. Dass Bennett ein besonderes Exemplar war, das hatte sie bereits damals sofort gesehen. Wie Betsy auch, dachte Susa wehmütig. Ob sie zwischenzeitlich noch öfter Kontakt gehabt hatten? Immerhin waren sie auf Facebook befreundet. Betsy hatte ihr nie davon erzählt. Wie merkwürdig.

Heimlich sah sie ihn von der Seite an, sein Blick war zu einer Gruppe lachender Gäste gewandert. Ihr kamen die Tränen, wie so oft in letzter Zeit, so völlig unvorbereitet. Aber Bennett hatte es nicht bemerkt. Er strich sich lässig mit der Hand übers Gesicht, da klingelte sein Handy. Schnell nahm er ab, horchte und ging ohne ein weiteres Wort zu Susa nach draußen.

Susa fischte nach einem Taschentuch in ihrer Handtasche und versuchte sich zusammenzureißen, da wurde sie von hinten stürmisch umarmt. Es roch nach Wilma. Sie drückte Susa ganz fest, und es fühlte sich so gut an. Wilma trug ein rotes, weiß getupftes Kleid, dazu waren ihre rotblonden Haare aufgesteckt zu einem lässigen Dutt. Sie sah hübsch aus, und ihr Anblick tat Susa unendlich gut. »Mensch, Susa, was stehst du denn hier so alleine herum? Es sind ja so viele Leute gekommen, ist das nicht schön?«

Susa schniefte, schneuzte in ihr Taschentuch und nickte lächelnd. »Ja, das ist es. Bist du auch erst jetzt gekommen?«

»Leider, ja. Matti hat darauf bestanden, dass ich die ganze Geschichte vorlese, und Lotta hat ihr Lieblingsnachthemd nicht gefunden.« Sie seufzte. »Thomas ist natürlich erst auf den letzten Drücker gekommen, wie so oft in letzter Zeit. Ausgerechnet heute. Komm, wir wollen feiern, das haben wir doch gesagt.« Sie wippte mit den Hüften und sah sich um. »Laura, Emmi und Alfons habe ich da hinten gesehen.«

Susa folgte ihrer Geste, konnte sie aber nicht entdecken. Am liebsten wollte sie Wilma fragen, ob sie einen Bennett kannte, doch es kam ihr unpassend vor.

»Kommst du mit?«

Susa steckte das Taschentuch wieder weg. »Klar.«

Sie ging vor, und Wilma folgte. Dabei hielt Susa Ausschau nach Bennett, doch er war noch nicht zurückgekommen. Da sah sie die drei etwas unbeholfen am Rand stehen. Emmi schmiegte sich mit einer Limo in der Hand schüchtern an Alfons, beobachtete die bunten Lichter und die vielen hippen Gäste mit staunenden Augen. Laura sah aus, als wäre sie müde, doch als sie Susa und Wilma erblickte, kam Leben in sie. »Endlich. Da seid ihr ja!«

Susa begrüßte Emmi, die sich stürmisch in ihre Arme warf. Sie registrierte Lauras enttäuschten Blick und setzte Emmi schnell wieder auf dem Boden ab.

»Tut mir leid, die Kinder …«, begann Wilma zu erklären, doch Laura winkte ab. Sie sah die Freundinnen verschwörerisch an, nickte vielsagend und flüsterte, so dass es Emmi und Alfons nicht hören konnten: »Ich bin dabei, Mädels. Auf nach Italien.«

Susa juchzte leise auf, und auch Wilma freute sich sichtlich. Laura flüsterte weiter: »Wir sagen ihnen aber erst mal nichts davon, dass wir Emmis Vater suchen, okay?« Susa und Wilma nickten erleichtert und ebenso verschwörerisch. Dann wandte sich Laura an Alfons und Emmi. »Paps, Emmi, wir haben eine Überraschung für euch.«

Alfons blickte sie kraftlos an. »Und was?«

»Nichts Schlimmes, ganz im Gegenteil.« Laura lächelte Susa an. »Susa, du hast vollkommen recht. Paps braucht dringend ein paar Tage Erholung und Ruhe. Und wir alle auch.«

Susa lächelte zurück. Es war ein kleines Friedensangebot.

»Paps, wir fahren mit Emmi in die Toskana!« Emmi reagierte nicht und blickte Susa nur fragend an. Diese nickte lächelnd, beugte sich zu ihr und erklärte weiter: »Wir vier. Wir fliegen nach Italien, baden im Pool und im Meer und essen ganz viel Eis.« Emmi strahlte und umschlang Susa wie ein kleiner Klammeraffe. Alfons' graue Haut schien schlagartig rosiger geworden zu sein.

»Und vielleicht fährst du in der Zeit mal wieder in den Schwarzwald, Paps, da warst du doch früher so gerne.« Laura lächelte. Alfons nickte, und seine Augen funkelten glücklich. »Das ist wirklich eine schöne Idee.«

Wilma klatschte in die Hände und sah die Freundinnen und Emmi fröhlich an. »Das wird toll, Emmi, du wirst sehen.«

Emmi machte sich von Susas Beinen los und umklammerte nun Alfons. Sie schien ihren Opi jetzt schon zu vermissen.

»So, jetzt geht mal mit den andern feiern, wir brauchen keinen Babysitter, was, Emmi?«, scherzte Alfons plötzlich besser gelaunt und wippte sogar ein wenig mit zur Musik.

Susa zog Wilma und Laura lächelnd mit sich in eine etwas ruhigere Ecke und bedankte sich bei Laura herzlich. »Danke, Süße.« Sie sah auch Wilma an. »Ich bin so froh, dass es euch gibt.«

Wilma und Laura nickten ergriffen. Susa sah auf die Tanzfläche. »Aber nach Party und Small Talk ist mir leider immer noch überhaupt nicht, wie ist es bei euch?«

»Na ja, Mädels, denkt daran. Betsy hätte gewollt, dass wir wieder Spaß haben. So war sie.« Wilma lächelte traurig.

»Schon, aber so einfach ist das nun mal nicht«, entgegnete Susa überwältigt. Wilma hatte so recht, genau das hätte Betsy gewollt.

Wilma strich sich eine Haarsträhne zurück und sagte: »Ich habe ja auch nicht behauptet, dass es einfach ist. Aber wir müssen kämpfen. Wir sind alle verzweifelt, wütend und traurig, dass sie uns verlassen hat. Und das ist auch völlig normal. Aber jetzt ist bald schon ein ganzes halbes Jahr herum, und Betsy hätte ganz sicher nicht gewollt, dass wir so lange traurig sind. Sie wollte selbst nicht mehr leiden und deshalb gewiss auch nicht, dass es uns schlecht geht. Versteht ihr?«

Laura nickte gerührt.

»Das hier, das ist unser Leben. Jede von uns muss selbst damit klarkommen. Jeden Tag. Wir müssen etwas daraus machen. Für uns ... und für Betsy. Denn sie soll glücklich und stolz sein, da, wo ihre Seele jetzt ist, stolz auf ihre Freundinnen.«

Susa atmete ergriffen durch, sah Wilma an, die über ihre Worte selbst etwas überrascht schien, und lächelte.

Laura verkündete ergriffen: »Ich würde sagen: ja, verdammt! Du hast vollkommen recht, Wilma. Aber wie sollen wir das hinkriegen? Ich meine, was sollen wir jetzt anders machen als die Wochen zuvor?«

Wilma zuckte lächelnd die Schultern. »Deine Schwester war eine wirklich verrückte Nudel. Das war richtig toll an ihr. Vielleicht sollten wir uns alle drei davon eine kleine Scheibe abschneiden. Alles lockerer sehen, jeden Tag, jede Stunde genießen.«

Susas Herz schlug plötzlich ganz aufgeregt. »Ich weiß ganz genau, dass sie das großartig gefunden hätte. Und damit wir das auch wirklich machen und nicht nur reden ... sollten wir einen Eid schwören.«

»Einen Eid?« Laura sah Susa verwundert an.

»Ja, einen Eid. Sonst gehen unsere Vorsätze doch einfach so unter, das kennt man doch.«

Wilma nickte angetan. »Der Alltag frisst einen auf, findet ihr nicht? Zumindest mit Job und Kindern ... Man organisiert deren Dates und vergisst dabei sich selbst. Was habe ich für Zeit mit Müttern vertan, die mir eigentlich nicht nahestanden, nur weil sich unsere Kinder mochten. Dann, ein paar Wochen später, wenn Timo seinen neuen Freund doof fand, habe ich die Frau nie wieder gesehen.«

»Wunderbare Mütter-Welt«, konstatierte Laura sarkastisch und schüttelte fassungslos den Kopf. »Da muss ich mich jetzt wohl daran gewöhnen, als ›Plötzlich-Mama‹.«

Susa sah die beiden an. »Wisst ihr was? Wir schwören uns hier und jetzt, auf Betsys Abschiedsparty, hoch und heilig, dass wir unser Leben ab jetzt jeden Tag genießen.«

»Oh ja! Und dass wir unsere Träume nicht aufgeben, komme, was wolle!«, warf Wilma ein. »Auf unsere Freundschaft, auf unsere Kinder, auf Emmi, auf die Liebe und unser Leben. Und auf dass wir diesen Typen finden!«

Sie legten ihre Hände übereinander, sahen sich ergriffen an, und Susas Herz begann schneller zu schlagen.

Dann wurde ihr schlagartig klar, dass sie ihre Träume eigentlich gar nicht wirklich kannte. Dass sie es nie gewagt hatte, darüber nachzudenken. Vielleicht, weil sie fürchtete, sie würden nicht wahr werden? Ihr Vater arbeitete in einer Tütenfabrik, ihre Mutter dort als Sekretärin. Träumen, das machte unzufrieden, das war deren Devise. Doch Susa wusste, dass es auch unzufrieden machte, *nicht* zu träumen. Sehr sogar. Sie dachte an die Heldinnen in ihren Romanen, an die große Liebe, nach der sie sich sehnte, so wie Betsy. Das war auf jeden Fall schon mal ein Traum. Ihr größter.

»Und jetzt los, Mädels, lasst uns tanzen«, schlug Wilma lächelnd vor. Susa stimmte zu und erinnerte an einen von Betsys Lieblingssprüchen: »Dein Leben ist vielleicht nicht die Party, die du dir erhofft hast, aber während du hier bist, solltest du tanzen.«

Susa wurde von Wilma kurzerhand an der Hand gepackt und einfach mit auf die Tanzfläche gezogen, wo sich inzwischen ein paar Frauen dem Groove der Musik verschrieben hatten.

Es lief »Wish you were here« von Pink Floyd, und Susa bewegte sich erst unsicher, dann immer befreiter. Sie dachte an Betsy, wie leidenschaftlich gern und gut sie getanzt hatte, schloss überwältigt ihre Augen und gab sich im Rhythmus der Musik ihrer Melancholie und Trauer hin. Auf einmal fühlte sie sich Betsy wieder ganz nahe.

Als das Lied zu Ende war und sie ihre Augen wieder aufschlug, bemerkte sie, dass sie von Bennett beobachtet wurde. Er stand jetzt am anderen Ende des Raumes mit einem Bier in der Hand und schien sie bereits eine Weile anzusehen. Ihre Blicke trafen sich, doch da tanzte plötzlich Laura genau zwischen ihnen und versperrte mit ihren wehenden Tüchern die Sicht. Susa ging einen Schritt zur Seite, doch sie konnte ihn nicht mehr sehen.

Die drei Freundinnen tanzten, als würde es kein Morgen geben. Die Stunden vergingen, Alfons und Emmi hatten sich längst verabschiedet. Susa war total verschwitzt, ihre Füße taten ihr weh. »Ich brauche eine Pause«, sagte sie zu Wilma und ging hinaus auf die Terrasse, an die frische Luft.

Die bunten Lichterketten verbreiteten ein heimeliges Licht. Einige Raucher standen zusammen und unterhielten sich angeregt, lachten. Der Rauch stieg Susa in die Nase, sie hustete und ging weiter in den Park, in die Nacht hinaus.

Neben einem Busch machte sie halt, sah in den klaren Sternenhimmel und dachte wehmütig an Betsy. Was hatte sie ihr alles verschwiegen? Und warum? Eine Träne rann ihr über die Wange, und sie rieb ihre Augen, die schwarze Farbe der Wimperntusche blieb an ihren Fingern zurück. Da hörte sie plötzlich eine tiefe, männliche Stimme neben sich. *Seine* Stimme.

Ihr Magen, der seit Stunden nichts mehr zu essen bekommen hatte, begann zu rebellieren.

»Susa, da bist du! Gut, dass ich dich noch sehe.« Er sah ihr tief in die Augen.

Sie senkte den Blick. »*Du* warst doch vorhin so plötzlich verschwunden.« Ihre Stimme klang enttäuscht, sie ärgerte sich über sich selbst. Dann registrierte sie einen braunen Koffer, den er in Händen hielt und neben sich abstellte.

»Was schleppst du denn mit dir herum?« Sie fröstelte, schlang ihre Arme um sich.

Bennett lächelte. »Ich bin am liebsten mit Koffer unterwegs.« Doch dann wurde er ernster. »Es tut mir leid. Ich wäre gerne länger in Berlin geblieben. Aber mein Flieger geht morgen schon um sechs Uhr früh ab Schönefeld.«

»Ah«, machte sie nur und sah in die sternklare Nacht.

Sein Atem roch gut, sie waren sich nah. Susa wagte erneut einen Blick. Bennetts Augen sahen sie unverwandt an. »Ich hätte dich gerne richtig kennengelernt.«

Ihr Herz schlug schneller. Sie musste es einfach wissen. »Hast du mit Betsy noch oft Kontakt gehabt, ich meine, nach Florenz damals?«

Seine Miene wurde schlagartig unnahbar. »Ab und zu.« Mehr sagte er nicht und bemerkte, dass sie zitterte.

»Soll ich dir eine Jacke leihen? Ich habe zufällig ein paar dabei.«

Er deutete auf seinen Koffer, sie folgte seinem Blick und musste lachen. Schmunzelnd begann er, seinen Koffer zu öffnen.

»Nein, warte, wann soll ich sie dir denn zurückgeben?«

»Bald.« Er sah sie an, und seine Augen sahen so warm aus, so in sich ruhend. Bevor sie widersprechen konnte, zog er eine kuschelige, schwarze Fleecejacke heraus. »Wie wär's mit dieser hier?«

»Perfekt«, brachte sie heraus und zog sie an. Die Jacke fühlte sich weich an, wie ein Teddybär, und roch nach Bennett. »Schwarz passt bestimmt zu meiner total verlaufenen Wimperntusche«, mutmaßte sie nun etwas besser gelaunt, und er lachte, sah ihr in die Augen und strich ihr mit einer zarten, leichten Geste übers Gesicht.

Was soll das?, dachte sie überrumpelt, unfähig zu reagieren.

»Sieht gut aus.« Er sah sie lange an, als hätte er etwas Wunderschönes gesehen.

So standen sie eng beieinander, sahen in die Nacht hinaus, in den Sternenhimmel, und Susa kam ein Gedanke: Ob wohl Betsy dahintersteckte und sie hier mit Bennett verkuppeln wollte? Waren sie sich deshalb wiederbegegnet? Sie musste lächeln.

Bennett blickte sie weiter forschend an, seine Wirkung auf sie war irritierend. Unsicher rückte Susa etwas von ihm ab.

Er fuhr sich mit seiner großen Hand durch das strubbelige Haar und trat von einem Bein auf das andere. »Schade, dass ich gleich wieder fliegen muss. Aber vielleicht ist es auch besser so.«

»Wie meinst du das?«, entfuhr es ihr.

»Ich glaube einfach, dass es besser ist, wenn wir uns nicht wiedersehen, das meine ich. Ich … bringe Unglück.«

Verblüfft und enttäuscht sah sie ihn an. Was sollte das auf einmal? »So eine Macht meinst du, über Frauen zu haben?«, versuchte sie zu scherzen. Doch er blieb ernst.

»Lassen wir das.«

»Aber wie soll ich dir denn deine Jacke zurückgeben, wenn ich nicht mal deine Telefonnummer habe?« Sie wollte ihm nichts schuldig bleiben, redete sie sich ein.

Er lächelte, dachte einen kurzen Moment nach und holte einen Kuli aus seiner Jackentasche. »Überredet.« Dann nahm er ihre Hand, drehte ihren Unterarm vorsichtig um und schrieb ihr seine Handynummer darauf. Dabei hielt er sie mit seiner Linken ganz fest, so dass sie seine warme Haut spürte, die seltsam rau war, als arbeitete er viel mit seinen Händen.

Er sah auf seine goldene Armbanduhr und wurde hektisch.

»Mist, so spät schon, ich muss zum Flughafen. Du meldest dich, ja?«

Sie nickte, sah ihn an, und ihre Blicke verloren sich ineinander. Dann löste er sich, nahm seinen Koffer, ging den Park Richtung U-Bahn und verschwand in die Nacht hinein.

Susa kuschelte sich geborgen in seine weiche Jacke, schnupperte glücklich daran und blickte hoch in den Sternenhimmel.

Ein kleiner Stern, der Susa zuvor nicht aufgefallen war, funkelte hell.

Kapitel 4

Als Susa am nächsten Morgen die Augen aufschlug, brauchte sie wieder einen Moment, um sich von dem spitzen Schlag in ihre Magengegend zu erholen. Um zu begreifen, dass das Unbegreifliche geschehen war. Sie krümmte sich wie ein Embryo, doch heute ließ der Schmerz etwas schneller nach als die vergangenen Monate. Die Abschiedsparty hatte gutgetan. Eine Welle der Wärme umschlang ihren Körper, als sie an Bennett dachte. Schnell schlug sie die Bettdecke zurück.

Himmel, nein, sie hatte heute Nacht vergessen, seine Nummer abzuschreiben! Langsam, fast wie in Zeitlupe, zog sie den Ärmel ihres mintgrünen Pyjamas hoch und starrte entsetzt auf ihren Unterarm. Nur noch ein paar klägliche, einzelne Zahlen standen höhnisch auf ihrem Arm. Verdammt! Sie hatte, wie immer in letzter Zeit, heute Nacht geschwitzt. Susa entfuhr ein spitzer Schrei. Arrgh! Jetzt würde sie Bennett vermutlich niemals wiedersehen! Susa spürte kurze, tiefe Stiche in ihrem Herzen, stand mühevoll auf und ging schweren Schrittes in ihre kleine, schlauchförmige Küche, um sich einen Cappuccino zuzubereiten. Sie schäumte etwas Milch auf und drückte auf »Cappuccino Single«.

In dieser Wohnung lebte sie, seitdem sie sich von Stefan getrennt hatte. Eine kleine Zweizimmerwohnung, Sechziger-Jahre-Bau, ohne besonderen Charme. Die Einrichtung war weitestgehend von Ikea, eine alte Couch hatte ihr Betsy geschenkt, ein gläserner Tisch stammte aus dem Keller ihrer Mutter.

Ein köstlicher, beruhigender Kaffeeduft strömte in ihre Nase. In Bennetts Nähe hatte sie sich sofort wohl gefühlt und eine Vertrautheit gespürt, die sie so noch nie bei einem Mann empfunden hatte. Susa nahm die fertige Tasse Cappuccino und wärmte ihre Hände daran. Sie musste ihn finden. Natürlich! Über Facebook! Schließlich hatte Laura die Gäste alle darüber eingeladen, er musste also einen Account besitzen. Rasch holte Susa ihr Notebook, setzte sich damit auf das zerwühlte Bett und klickte Betsys Seite auf. Sie scrollte zu deren Kontakten, suchte verzweifelt nach »Bennett«, fand aber niemanden, der so hieß. Sie klickte sich weiter durch Betsys »Freunde«. Es waren zweihundertzwölf, doch sie konnte ihn nicht finden. Zweihundertzwölf Menschen können niemals deine Freunde sein, dachte sie enttäuscht und erinnerte sich daran, wie sehr sich Betsy viele Freunde gewünscht hatte. Doch in letzter Zeit hatten sich einige verabschiedet.

Fieberhaft suchte sie weiter nach einem Foto von ihm. Vermutlich hatte er sich irgendeinen Nicknamen gegeben und ein Foto, das alles oder nichts sagte.

Während sie an ihn dachte, machte sich wieder ein wohliges, kribbelndes Gefühl in ihrem Bauch breit, das sie so lange nicht gespürt hatte. Plötzlich verstand sie. Dieses Gefühl war genau das, worauf sie bei Stefan immer gewartet hatte, was sie bei ihm aber niemals so intensiv empfunden hatte. Es war das, wonach sie insgeheim schon so lange suchte. Wonach auch Betsy immer gesucht hatte und wonach sich vermutlich jede Frau sehnte.

Susa wurde klar, dass sie für Betsy wieder glücklich werden musste. Vielleicht konnte sie ihrer Freundin so ein bisschen Leben zurückgeben. Sie wusste, dass es verrückt klang, aber für Susa machte der Gedanke auf einmal Sinn.

Ihr Blick blieb auf Bennetts flauschiger Jacke hängen, die sie gestern über ihren Stuhl im Schlafzimmer geworfen hatte. Sie zog sie an, und sofort umgab sie sein wunderbarer Geruch. Bennett hatte sich, ohne sie zu fragen, einfach in ihr Herz geschlichen. Noch einen so schmerzlichen Verlust, das wusste sie, würde sie nach Betsy nicht mehr ertragen.

Seufzend steckte sie ihre Hände in die Seitentasche und spürte einen Zettel, den sie herauszog. Es war ein Werbeprospekt. Für ein Agriturismo in der Toskana! Verdutzt starrte Susa darauf, denn es lag direkt bei Casalappi. Ängstlich sah Susa gen Himmel. Danke, Betsy. Das war ein eindeutiges Zeichen. Allein die Vorstellung, eventuell auf Bennetts Spuren zu wandeln, ließ sie lächeln. Aufgeregt tippte sie die Internetadresse ein.

Es war ein außergewöhnlich hübsch aussehendes Agriturismo mit einem großen Garten, ein paar Tieren, einem wunderhübschen Pool und sogar einer liebevollen, deutschen Kinderbetreuung. Der Ort war nur zehn Minuten mit dem Auto vom Meer entfernt, sie kannte die Gegend noch von ihrem Freundinnenurlaub vor sechs Jahren. Sicher hatte sich in der Zwischenzeit einiges verändert, aber einen Versuch war es wert. Denn nichts bleibt, wie es ist, dachte sie.

Es gab einen Last-Minute-Preis für ein kleineres Appartement, das gerade noch bezahlbar und die nächste Woche ein paar Tage frei war. So einfach konnte es doch nicht sein?

Argwöhnisch, wie sie von Natur aus war, klickte sich Susa durch die Bewertungen. Sie klangen durchweg positiv. »Familiäre Atmosphäre, tolle Kinderbetreuung, köstliches, original italienisches Essen.« Was wollte man mehr? Eigentlich war es auch mal wieder höchste Zeit, dass sie ein wenig Glück hatten.

* * *

Die wenigen Tage bis zur Abreise hatten sich etwas gezogen. Nicht nur Frau Rose, sondern auch Wilma und Laura waren ziemlich außer sich gewesen, dass Susa so kurzfristig und einfach über ihren Kopf hinweg einen Urlaub gebucht hatte. Sogar die Flüge. Was war bloß in Susa gefahren? Aber Susa hatte es geschafft, Wilma und schließlich sogar Laura einigermaßen zu besänftigen, und zu ihrer Chefin zum ersten Mal »Nein« gesagt, als diese sie umzustimmen versuchte. Frau Rose hatte ziemlich verdutzt geschaut, und Susa hatte sich so gut gefühlt wie selten zuvor.

Ihr Flieger ging in ein paar Stunden, und Susa überlegte gerade hektisch und aufgeregt, ob sie alles dabeihatte. Sie stopfte Betsys Koffer, der natürlich mitmusste, noch voller, so dass er fast zu platzen drohte. Der gute Alfons würde jeden Augenblick hier sein. Er wollte Wilma und sie mit dem Auto abholen, war, wie früher schon so oft, gerne ihr Chauffeur.

Schnell griff Susa noch nach ein paar neuen Filzstiften für Emmi und vier Packungen Schokolade für sie alle. Da ihr Beautycase wie immer ihre Handtasche verstopfte, wurde sie kurz etwas panisch. Da entdeckte sie ein Reißverschlussfach an Betsys Koffer, das ihr bisher nicht aufgefallen war, und quetschte die Stifte hinein.

Dabei fühlte sie ein Papier. Was war das denn? Neugierig zog sie einen kleinen Notizzettel heraus und sah, dass etwas in Betsys Handschrift daraufgekrakelt war.

»Er spielt mit mir.«

Fassungslos starrte Susa darauf. Es war typisch für Betsy, sie hatte ja immer alles auf Zettel notiert, jeden Gedanken, jedes Gefühl. Sie hatten bereits so viele davon gefunden und sie zu den anderen in die marokkanische Schatulle gesteckt.

Das Ganze schien ein großes Puzzle zu werden, das Puzzle ihres Lebens, dachte Susa. Und sie musste es unbedingt lösen.

Die Schatulle befand sich bereits im Koffer, denn in ihrem Urlaub sollte genug Zeit sein, alle Notizen noch einmal in Ruhe zu durchforsten. Bisher ergab nichts einen Sinn. Wenigstens standen einige italienische Straßennamen darauf, denen sie vor Ort nachgehen wollten. Es war ein Anfang. Immerhin.

Er spielt mit mir. Es waren so viele Männer, die nicht besonders nett zu ihr gewesen waren.

Das schrille Klingeln der Wohnungstür schreckte Susa auf. Schnell stopfte sie den Zettel in ihre Hosentasche, zog ihre Jacke an, schrie »Ich komme runter!« in die Gegensprechanlage, sah sich noch einmal im Spiegel an, blickte in ihr entschlossenes Gesicht und versprach Betsy, den Schuft zu finden, der sie geschwängert und abserviert hatte. Sie würden ihn zur Rede stellen. Und wenn er ein Idiot war, dann würden sie ihm ganz sicher nichts von Emmi erzählen.

Susa schleppte Betsys Koffer hinunter und wurde von Alfons, der neben dem Wagen stand, herzlich begrüßt. Gemeinsam verfrachteten sie den Koffer, Alfons schichtete das Gepäck noch etwas um, während sich Susa ins Auto nach hinten zu Emmi setzte. Die Kleine, die ihre Puppe mit dem dunklen, lockigen Haar kämmte, umarmte sie stürmisch.

»Susa!«

»Ach, wie schön«, Susa schloss für einen innigen Moment die Augen. »Ich freu mich schon so.«

Als sie die Augen wieder aufschlug, sah sie, wie Laura sie beide beobachtete. Schnell beugte sich Susa zu Laura vor und gab ihr ein dickes Bussi. »Hey. Na, bist du mir hoffentlich nicht mehr böse, dass ich so spontan gebucht habe?«, kam sie jeglicher Anschuldigung zuvor. »Tut mir echt leid.«

Laura zögerte, schüttelte den Kopf, doch Susa spürte eine gewisse Distanz.

»Du weißt ja, wer schuld ist, wenn alles in einer Katastrophe endet.«

»Ich. Schon klar«, erwiderte Susa reumütig lächelnd. »Ich weiß auch nicht, was mich da geritten hat.«

»Ich auch nicht. So spontan und mutig kenne ich dich gar nicht.« Laura grinste schief und fügte nachdenklich hinzu: »Sie hat viel in uns ausgelöst.«

»Das hat sie.«

Emmi horchte auf, wollte wissen, um was es ging, aber Laura erfand kurzerhand eine Ausrede.

Susa dachte über Lauras Worte nach. Wie recht sie hatte. Betsys Tod schien alle verändert und aufgerüttelt zu haben.

Alfons schloss den Kofferraum mit einem lauten Rums, kam um den Wagen gehumpelt, setzte sich ans Steuer und schnallte sich an. »So, los geht's. Der Flieger wartet nicht auf euch.« Er atmete schwer. »Emmi, bist du startklar?«

»Ja, Opi. Und Püppi auch.« Emmi hielt Susa ihre Püppi hin. »Susa, die ist von Mama.«

»Das weiß ich, Süße.« Susa drückte Emmis kleine, kalte Hand. Die Reise würde vor allem auch Emmi guttun, zumindest hoffte Susa das sehr.

Wilma wohnte in Charlottenburg, unweit von Tegel. Alfons startete den Wagen und gab Gas. Während der Fahrt überlegte Susa, ob sie Laura von dem gerade entdeckten Zettel erzählen sollte, doch sie wollte Alfons und vor allem Emmi schonen. Emmi sah sie mit ihren großen Kinderaugen erwartungsvoll an.

»Susa, fliegen wir dann echt mitten durch die Wolken?«

»Ja, klar, aber du brauchst keine Angst zu haben, das merkt man gar nicht.« Es war ihr erster Flug.

Emmi nickte ernst, und Susa wurde schmerzlich bewusst, was die Kleine vermutlich gerade dachte. Da sprach sie es auch schon aus.

»Dann sind wir ganz nah bei Mami.«

Laura, Alfons und ihr schossen gleichzeitig Tränen in die Augen, und Emmi sah sie erschrocken an. Susa streichelte sie schnell beruhigend am Arm.

»Alles gut, wir sind gerade nur wieder ein bisschen traurig.«

»Mmhm. Kenn ich ja«, sagte sie nur und streichelte über das Haar ihrer Puppe.

Laura wischte sich mit einem Taschentuch die Tränen weg und wechselte schnell das Thema. »Hast du die Tickets, deinen Reisepass? Den mit der schrecklichen Frisur?« Sie bemühte sich vor Emmi, ein bisschen witzig zu sein.

Emmi sprang sofort darauf an und juchzte auf. »Zeig her! Was für 'ne blöde Frisur? Zeig sofort her, Susa!«

Susa schenkte Laura einen dankbaren Blick und lächelte Emmi an. »Guck. Ich, vor gefühlten hundert Jahren, mit einer echten Banane-Frisur.«

Emmi lachte, als sie das Foto sah, und Susa war so froh, dass es sie gab. Selbst wenn sie niemals eigene Kinder bekommen würde, hatte sie ihr Patenkind, und ein ganz besonderes noch dazu.

Eigentlich sollte Wilma unten vor der Haustür stehen, doch natürlich war sie mal wieder zu spät.

Der arme Alfons wurde ganz nervös, hupte und trommelte aufs Lenkrad. Seine Nerven hatten sehr gelitten in letzter Zeit.

»Ich gehe hoch und hole sie, sonst verpassen wir wirklich noch den Flieger«, beschloss Susa und faltete sich aus dem Auto.

Laura unkte trocken: »Vermutlich muss sie Thomas noch zeigen, wie man die Spülmaschine anstellt. Männer!«

* * *

Wilma stand aufgelöst in ihrem lichtdurchfluteten, hübsch und modern eingerichteten Wohnzimmer. Sie durchwühlte panisch ihre Handtasche, eine gelbe Eigenkreation, ihr Label. Oh nein, wo war bloß ihr Reisepass hingekommen? Sie hatte ihn doch ganz sicher eingesteckt! Oder etwa nicht? Ihr roter Hartschalenkoffer stand wartend neben ihr. Die Doppelbelastung als Dreifach-Mama und toughe Geschäftsfrau brachte sie manchmal fast um den Verstand. Wilma war kurz vorm Durchdrehen, ihr Tinnitus summte.

»Hast du ihn gefunden?«, rief Thomas aus der Küche.

»Nein!« Sie begann zu schwitzen. Es war früh am Morgen, die Kinder mussten in die Kita und zur Schule, das Chaos war wieder einmal perfekt.

»Lotta, beeil dich, Zähneputzen nicht vergessen«, rief sie, während sie verzweifelt den Papierberg auf der Kommode durchstöberte. Nichts.

»Ja, ja«, hörte sie Lottas Stimme aus dem Bad. Die Kleine war erst sechs, hörte sich aber manchmal an wie ein Teenager.

»Ja, ja heißt: Leck mich am …«, murmelte Wilma kopfschüttelnd und wühlte in den Magazinen auf dem Wohnzimmertisch. Kein Reisepass weit und breit. Ihr Personalausweis war abgelaufen, ohne Reisepass würde der Flieger also ohne sie gehen. Das konnte sie den Freundinnen nicht antun.

»Thomas, jetzt hilf mir doch mal!« Wilma wurde langsam hysterisch. Sie wischte sich über ihre klatschnasse Stirn. Doch anstatt zu kommen, rief Thomas nur aus der Küche: »Bestimmt liegt er in den Untiefen deiner Handtasche, Schatz. Ich frage mich eh, was du da immer mit dir rumschleppst.«

Das konnte Wilma jetzt gerade gebrauchen. Da klingelte es auch noch. Das musste Susa sein! Sie hörte, wie jemand den Türöffner betätigte. Wilma überlegte fieberhaft, schnaubte genervt und kippte die Handtasche wie zum Beweis einfach aus. »Der ist da nicht!«, rief sie gleichzeitig.

Doch was war das? Ihr weinroter Reisepass lugte frech zwischen ihrem Brillenetui, diversen Lippenstiften und Puderdosen hervor. Er hatte sich offensichtlich doch in ihrer Tasche versteckt. Erleichtert stopfte sie alles wieder hinein und rief grinsend Richtung Küche: »Hab ihn. War in meiner Jackentasche.« Diesen Triumph gönnte sie ihm nicht. »Thomas«, rief sie weiter, »denkst du an Timos Judo und ans Mutter-Kind-Basteln heute?«

»Ja, ja«, kam es aus der Küche, und es klang genauso wie bei Lotta.

Wilmas Kleinster, der sommersprossige Matti, kam mit Susa im Schlepptau ins Wohnzimmer und schlang seine Arme um Wilmas Beine. »Du bleibst da, Mama!« Er hängte sich an sie, so dass sie fast keinen Schritt mehr gehen konnte.

»Hi Susa, ich hab's gleich. Ach Matti, bitte, es sind doch nur ein paar Tage.«

»Nein, du bleibst da.« Der Kleine klang unerbittlich.

Sie seufzte. Wie süß er aussah mit dieser Schnute und seiner Stupsnase. Sie liebte ihre Kinder über alles, aber ein paar Tage ohne sie waren jedes Mal wie eine Verjüngungskur. Susa lächelte. »Komm, Matti«, versuchte sie es lieb. »Die Mama braucht auch mal eine Auszeit, verstehst du?«

»Was ist denn das?«, wollte er wissen.

Wilma grinste schief. »Das frage ich mich auch.«

»Na, Zeit für sich, für ihre Freundinnen.« Susa lächelte ihn verschwörerisch an. »Bestimmt bringt sie dir auch was mit, wenn du lieb bist.«

Doch nicht mal das zog.

»Die schwarze Star-Wars-Flotte?«, fragte er und verstärkte seinen Klammergriff.

Wilma schüttelte stoisch den Kopf.

»Ich will aber mit. Emmi darf auch mit.«

»Das ist mir blöderweise rausgerutscht«, erklärte sich Wilma zerknirscht. »Thomas, jetzt komm endlich! Lotta, putz deine Zähne, und Timo, hast du dich endlich angezogen?«

Thomas kam mit seiner Kaffeetasse in der Hand gemütlich angeschlendert und gab Susa in aller Seelenruhe ein Begrüßungsküsschen.

»Gut siehst du aus.«

»Selber.« Susa lächelte.

Wilma sah ihn an und überlegte, wie er auf Frauen wirkte. Er war nicht mehr ganz so durchtrainiert wie in den letzten Jahren, hatte ein kleines Bäuchlein angesetzt, sein T-Shirt spannte an der Stelle ein wenig. Seine braunen, kurzen Haare sahen aus, als wäre er gerade erst aufgestanden. Er ließ sich einen Bart wachsen, so wie man es momentan eben trug. Es stand ihm, dachte Wilma, auch wenn sie sonst Bärte nicht so gut fand. Thomas fuhr sich über sein Gesicht, lächelte Wilma an und steckte seine Hände in die Taschen seiner trendigen Jeans. Er trug immer angesagte Klamotten wie all seine Architekten-Kollegen, sah aber verschlafen und übernächtigt aus, vermutlich hatte er wieder bis spät in die Nacht gearbeitet. »Ihr habt's gut«, sagte er zu Susa.

Diese sah ihn traurig an, und er verbesserte sich sofort. »Ich meine, ich finde das gut, dass ihr trotzdem fahrt, na ja, du weißt schon … Betsy hätte das bestimmt auch gewollt.« Er lächelte schwach.

Wilma warf Susa einen entschuldigenden Blick zu. Thomas verstand einfach nicht wirklich, wieso die Freundinnen von Betsys Tod so tief getroffen waren. Für ihn war es Betsys Entscheidung gewesen, mit diesem Leiden, mit dieser Erkrankung nicht länger leben zu wollen. »Jetzt geht es ihr doch besser«, hatte er auf der Beerdigung zu Wilma gesagt. Wilma sollte sich für Betsy freuen. Doch so sehr Wilma auch versuchte, diese männliche Sichtweise zu verstehen, war es ihr bisher nicht geglückt. Nicht einmal ihr, die sich sicher war, dass Betsys Seele weiterlebte, im Universum, irgendwo da oben. Denn es war einfach zu tragisch, dass diese junge, schöne Frau nicht mehr lebte. Betsy hatte ungewöhnlich schnell aufgegeben, da hatte Susa vollkommen recht. Und auch Wilma hoffte, dieses Rätsel bald zu lösen. Es passte einfach nicht zu Betsy, denn gerade sie war eigentlich eine Kämpferin gewesen. Wieso hatte sie bloß nichts gemerkt?

Thomas versuchte, Matti von Wilmas Beinen loszueisen. »Lass los, Matti, Frauen mögen das nicht, wenn Männer klammern.«

Susa und Wilma mussten unwillkürlich lächeln.

»Stimmt, Schatz, woher hast du das denn?«

»Habe ich in einer deiner Frauenzeitschriften gelesen.«

»Echt?«, fragte der vierjährige Matti und ließ los.

»Echt.« Wilma lächelte, schnappte schnell ihre Reisetasche, die Handtasche, ihren Strohhut und ihre Jacke und drückte ihren Lieben einen Kuss auf. »Ich denk an euch. Sei schön lieb, und mach ausnahmsweise mal, was Papa sagt, ja?«

Thomas sah seine Frau gespielt empört an und küsste sie zärtlich.

»Darling, ich vermisse dich jetzt schon.«

Wilma seufzte amüsiert. »Klar, weil du nicht mal weißt, wo das Mutter-Kind-Basteln stattfindet, stimmt's?«

Er knuffte sie spielerisch, und sie knuffte zurück. Sie war gespannt, wie sehr sie ihn vermissen würde, denn in letzter Zeit hatten sie sich immer weiter voneinander entfernt.

»Jetzt aber los, der Pool wartet«, verkündete Susa lächelnd, mit Blick auf die Uhr.

»Oh ja«, rief Wilma übermütig. »Bella Italia, wir kommen! Lotta, Timo, kommt, Abschiedsbussi!«

Lotta kam mit dem fünfjährigen Timo an der Hand angeflitzt, und beide drückten ihrer Mutter einen Kuss auf. Matti bekam auch noch einen, und endlich konnte sie gehen.

Wilma und Susa stolperten die Treppen herunter. Jetzt mussten sie sich richtig beeilen!

Alfons gab nervös zu viel Gas, und sie fuhren mit quietschenden Reifen los. Im Radio dudelte wieder »Wish you were here«, und Wilma und Susa nahmen je ein Händchen von Emmi und drückten es sanft.

* * *

Das Flugzeug schwebte über den Wolken, die aussahen, als hätte jemand Zuckerwatte im Himmel verteilt. Susa, die ein wenig Flugangst hatte, diese aber normalerweise mit Tabletten ganz gut in den Griff bekam, wurde ganz schummrig. Heute schienen ihre Tabletten nicht richtig zu wirken. Susa sah Emmi von der Seite an, die sich an den Armlehnen festkrallte und hinaus in die Wolken starrte, die gerade so wunderbar weiß und weich aussahen, dass man sich am liebsten hineinkuscheln würde. Was für eine tapfere Maus sie doch war.

»Mama«, flüsterte Emmi gerade leise, »ich hab dich lieb.«

Susa spürte wieder ihr Herz, das seit Betsys Tod so oft geschmerzt hatte. Jetzt wusste sie, was es wirklich bedeutete, ein »gebrochenes Herz« zu haben. Dass es dieses Phänomen tatsächlich gab. Jetzt wusste sie, was alles möglich war.

»Sie hat dich auch lieb, Emmi«, sagte Susa, »ich hab es gerade ganz leise gehört.«

Ihr Sitznachbar auf der anderen Seite drehte sich um und sah sie verständnislos an. Susa hatte mal wieder das Glück, einen ziemlich Dicken mit Knoblauchatem erwischt zu haben. Sie schenkte ihm keine Bedeutung, denn sie hatte die letzten Wochen gelernt, die unwichtigen von den wichtigen Dingen zu trennen. Und jetzt war Emmi wichtig. Sie hatte unbedingt neben Susa sitzen wollen, und Laura hatte sich enttäuscht gefügt. Sie saß nun zwei Reihen vor ihnen neben Wilma, und beide redeten ungewöhnlich wenig.

Der Flug zog sich. Aus Gewohnheit bestellten sie Sekt, wie sie es immer auf ihren Flügen taten, doch er schmeckte lau und schal. Susa spielte mit Emmi Kniffel und Mau-Mau und versuchte, sie bei Laune zu halten und aufzumuntern. Emmi spielte zwar mit, blieb aber sehr still.

Nach gefühlten dreihundert Stunden setzte der Flieger endlich zur Landung an. Sobald die Anschnallzeichen erloschen waren, standen die Freundinnen erschöpft auf und suchten ihre Sachen zusammen.

»Ich will noch ganz oft fliegen«, sagte Emmi zu Susa, so dass Laura es hören konnte, und Susa gab ihr einen kleinen Kuss auf die Wange.

»Das werden wir, versprochen.«

»Bist du verrückt?« Laura zerrte ihr Gepäck gerade aus der Ablage über ihnen. »Ich habe nicht so viel Geld.« Laura hörte sich verletzt an, und Susa verstand sie.

»Ich weiß, aber ab und zu wird es schon gehen, dann legen wir einfach alle zusammen.«

Die kleine Emmi stand da und sah sie mit großen, traurigen Augen an.

»Was ist, Emmi, freust du dich schon auf dein erstes Gelato? Das italienische Eis ist einfach zu lecker«, versuchte Susa sie abzulenken.

Emmi schüttelte nur ernst den Kopf.

»Aber natürlich, Vanille mit Schoko, das liebst du doch.«

Wilma lächelte sie an. »Genau wie Matti. Und dann zermanscht er es immer und nennt es Monsterschleim.«

Emmi lächelte kurz, endlich.

Laura raunte Susa zu: »Wir müssen unbedingt ihren Vater finden, wenn der zahlt, kann sie von mir aus fliegen, so oft sie will.« Sie seufzte. »Ich weiß nicht, wie Alleinerziehende das alles hinkriegen.«

»Na ja, fliegen ist bei den meisten halt nicht drin.«

Mit Geld konnte Laura so gar nicht umgehen, dachte Susa. Selbst wenn sie etwas verdiente, war es sofort wieder ausgegeben. Für ausgefallene Schuhe, Make-up oder bunte Kleider. Sie kleidete und schminkte sich wie eine Operndiva, um sich wenigstens als solche fühlen zu können. Susa wünschte ihr so sehr, dass es endlich mit der Karriere klappte, die Laura sich schon so lange erhoffte.

Die Luft war stickig, alle wollten ungeduldig hinaus, doch die Türen blieben weiterhin geschlossen.

Susa wurde unwohl, denn auf einmal kam ihr ein schlimmer Gedanke, den sie in ihrer Seifenblase nicht bedacht hatten. Was, wenn Emmis Vater ein kinderlieber Italiener war, der um das Sorgerecht kämpfen und mit ihr in Italien bleiben würde? Waren sie gerade dabei, einen riesigen, schrecklichen Fehler zu begehen?

Doch da wurden die Flugzeugtüren geöffnet, die Meute strömte nach draußen. Und es gab kein Zurück mehr.

Kapitel 5

Endlich Italien. Laura stieg als Erste die Treppe vom Flugzeug hinunter, und sofort umarmte die warme Luft ihren Körper, der in letzter Zeit so sehr gefroren hatte.

Laura liebte diesen Duft von Oleander, sie hatte ihn so vermisst. Der Flughafen von Pisa war umgeben von weißen, rosa und roten Oleanderbüschen, und es schien, als würden sie ihnen allen zuwinken. Dabei war es nur der Wind, der wie eine frische Brise durch die Büsche wehte.

»Ich muss Pipi«, meldete sich Emmi, als sie gerade italienischen Boden betreten hatten und das Flughafengebäude noch in einiger Entfernung vor ihnen lag. »Schnell, ich halt's nicht mehr aus.«

Laura fühlte sich kurz vorm Herzinfarkt. »Wie? Jetzt? Hier? Wie soll das denn gehen?«

Doch die erfahrene Mutter Wilma blieb cool. »Schaffst du's noch ungefähr fünf Minuten?«

Emmi schüttelte den Kopf, blieb stehen und verknotete bereits ihre Beinchen.

Laura sah Susa entsetzt an. »Mist, was machen wir denn jetzt?«

»Keine Ahnung.«

Auch Susa schien endlich mal überfordert, dachte Laura insgeheim mit ein bisschen Genugtuung.

»Seid mal froh, dass sie nicht kackern muss«, stellte Wilma nur trocken fest. »Komm, Emmi.«

Wilma nahm resolut ihre Hand und führte sie hinter den Gepäckwagen, der bereits beladen wurde. Sie scheuchte die

Männer dort in wildem Englisch-Deutsch-Italienisch-Gemisch weg, zog Emmi, als keiner mehr zuschauen konnte, das Höschen herunter und hielt sie in die Luft zum Pinkeln.

Die anderen Passagiere gingen weiter, Laura und Susa warteten.

Laura wandte sich erleichtert an Susa. »Wie gut, dass wir Wilma haben. Ich glaube, ich brauche jetzt erst einmal einen Crashkurs. ›Wie erzieht man ein Kind – in vier Tagen‹.«

»Ach komm, das kriegst du schon hin. Lernt euch jetzt erst mal in Ruhe kennen, dann machst du das alles sowieso ganz aus dem Bauch heraus.«

»Du meinst, jede Frau trägt ein Mama-Gen in sich, selbst ich?« Laura lachte unsicher und fasste sich auf ihren üppigen Damenbauch. Dann starrte sie erst auf den Asphalt und sah dann Susa mit ihren grünen Augen lange an. Die Sonne Italiens schien auf einmal alle Schleusen zu öffnen. »Du denkst, dass ich schuld bin, stimmt's?« Es rutschte ihr einfach so heraus. Mitten auf dem Rollfeld.

»Was? Nein!« Susa wirkte ehrlich verblüfft.

Es nagte schon so lange an Laura. »Ich hätte mich einfach öfter bei ihr blicken lassen sollen. Oh man. Ich hab meine Schwester das letzte Jahr nicht ein einziges Mal besucht.«

Susa blickte sie aufrichtig und eindringlich an. »Laura, du warst in Amerika und hattest deine eigenen Sorgen. Denk an die Worte des Pfarrers: Niemand hat Schuld. Jeder Mensch ist für sein eigenes Leben verantwortlich. Und Betsy hat eine Entscheidung getroffen, die mit keiner von uns zu tun hatte.«

»Ich weiß.« Ihre Stimme klang dünn. »Mein Verstand weiß es, mein Herz aber nicht.«

»Sie hat dir so gewünscht, dass es in New York am Broadway endlich was wird. Ich meine …«

»Schon gut. Danke, Susa.« Laura knetete ihre schwitznassen Hände. Die Sonne schien heiß. »Trotzdem. Es ist einfach … Sie war meine Schwester. Sie hatte auch Träume.«

* * *

Susa spürte, dass Laura nicht weiter darüber reden wollte. Sie dachte erschüttert über ihr Geständnis nach, sah Laura, die zitternd nach dem Fächer in ihrer Tasche kramte, traurig zu. Sie alle hatten sich dieselben zerfleischenden Gedanken gemacht.

War Betsy in dieser Klinik in guten Händen gewesen? Oder etwa nicht? Hatten sie alle irgendwelche Zeichen übersehen? Wieso hatten ihr die Ärzte in diesem Zustand Ausgang gewährt? Und woher hatte sie die vielen Schlaftabletten? Fragen über Fragen, die seitdem in ihren Köpfen herumschwirrten und immer wieder emporkrochen, wie glitschige Aale aus dem Morast. Nachdem das Unfassbare geschehen war, hatte Susa sogar kurzzeitig mit dem Gedanken gespielt, die behandelnden Ärzte anzuzeigen. Doch letztendlich hätte es ihnen Betsy nicht zurückgebracht.

Es war Betsys Entscheidung gewesen, die sie zu einem kleinen Teil auch nachvollziehen konnte. Denn Susa hatte gesehen, wie rasend schnell sich die Depression in diesen letzten zwei Monaten in Betsys Körper gefressen hatte. Wie elend sie aussah, ein Schatten ihrer selbst, auch wenn sie es immer zu überspielen versuchte. Susa hatte gespürt, dass es für Betsy vermutlich kein Zurück mehr geben würde in ihren heißgeliebten Job. Und ein Leben in Kliniken schien für die lebenslustige Betsy verständlicherweise keine Option. Susa, die zusehen musste, wie ihre Freundin binnen Wochen verschwand, verstand diesen schrecklichen Entschluss ein klein wenig mehr als Laura, die noch die lachende Betsy vor Augen sah.

Dennoch. Wieso war es auf einmal so schnell gegangen? Zwei Monate zuvor schien es Betsy doch noch gutzugehen. Natürlich hatte sie immer ihre Höhen und Tiefen, aber niemand hätte kurz vor ihrem Tod vermutet, wie schlimm es um sie stand. Susa musste herausfinden, was wirklich mit Betsy passiert war, um ihres eigenen Friedens willen.

Das Bodenpersonal winkte ihnen offenbar schon länger hektisch zu. Sie waren die Einzigen, die noch auf dem Flughafengelände umherirrten. Sie sollten sich beeilen. Endlich kam Wilma mit Emmi auf sie zu.

Susa saugte die warme Luft Italiens ein, beobachtete Laura, wie sie sich Luft zufächerte, dachte an Betsy und plötzlich an Bennett. Und ihr Gesicht wurde schlagartig heiß.

Laura sah Susa an. »Was bist du so rot? An was denkst du?«

»An Bennett«, platzte es aus Susa heraus. »Kennst du ihn? Ein Bekannter von Betsy, von früher? Er war auch auf der Party.«

Wilma war mit Emmi nur noch ein paar Schritte entfernt.

»Bennett? Nie gehört. Was soll mit dem sein?«

»Ach, nichts«, entgegnete Susa schnell. Sie versuchte, ihre Gefühle zurückzuhalten. Ihre Gefühle, die so verrückt schienen und so unvermittelt gekommen waren, als wären sie von Betsy geschickt worden.

Emmi hüpfte auf Susa zu, nahm ihre Hand. »Alles gutgegangen?«, fragte Susa schnell, und Emmi nickte.

»Los, kommt, Mädels. Der Pool wartet.« Wilma übernahm die Führung, wie sie es als Mutter und Chefin gewohnt war und gerne tat. Sie gingen ihr schnell hinterher.

Susa schaltete im Gehen ihr Smartphone an und bekam sofort ein paar Nachrichten. Einmal die Begrüßung ihres italienischen Providers und dann eine Nachricht über Facebook.

»Immer mit Koffer« hat Ihnen eine Freundschaftsanfrage gesendet.

Verwundert sah sie sich das Bild an, auf dem keine Person, sondern nur ein brauner Koffer zu sehen war. Spontan klickte sie auf »Bestätigen«. Sekunden später kam eine Nachricht.

Es war Bennett! Er hatte sie ausfindig gemacht und ihr sofort geschrieben. Ihr Herz begann zu rasen, ihre Hände zitterten, und Susa musste lächeln. »Immer mit Koffer«. Mit diesem Bild und einem Phantasienamen hätte sie ihn ja nie finden können.

Laura, Emmi und Wilma liefen vor ihr, während Susa auf das Profilbild in ihrem Handy starrte. Zum Glück bekamen sie von ihrer Gefühlsverwirrung nichts mit.

Susa las noch einmal:

Immer mit Koffer: Liebe Susa, ich würde Dich gerne etwas fragen. Lieben Gruß, Bennett.

Ihr Herz schmerzte nicht mehr, es flatterte. Er wollte sie etwas fragen! Aber was? Susa lächelte rätselnd vor sich hin, als Laura skeptisch fragte: »Hast du einen Glückscookie verschluckt, oder was ist los?«

Susa lachte unwillkürlich auf, riss sich aber sofort wieder zusammen. »Nichts ist los. Nichts Besonderes.« Von wegen! Es war etwas Besonderes. Das spürte sie, und vor allem auch, dass sie es diesmal nicht vermasseln durfte.

Am Flughafengebäude angelangt, sahen sie sich um. »Pisa Galileo Galilei«, stand auf einem großen Schild.

»Wo geht's denn hier zur Autovermietung?« Wilma blickte sich um. Ein günstiger Mietwagen war nach Susas Berechnungen noch drin gewesen.

»›Autonoleggio‹, das heißt doch Autoverleih, oder nicht?« Laura wedelte sich hektisch Luft mit ihrem Fächer zu.

Emmi stand neben ihr und sah ihrer Tante fasziniert dabei zu.

Susa zuckte die Schultern. Sie konnte zwar ein bisschen Urlaubsitalienisch, aber keine von ihnen konnte Betsy ersetzen. Denn sie war ihre Dolmetscherin gewesen, ihr Sprachtalent. Italienisch, Englisch, Spanisch, fließend. Betsy hatte ein Jahr in Chile gelebt und mehrere Monate in Kanada, denn sie liebte es zu reisen.

»Dort, wir müssen da rüber.« Wilma deutete energisch auf ein Schild, das zum Shuttlebus zeigte. Darunter stand wieder »Autonoleggio«. Während sich die Gruppe Richtung Autovermietung bewegte, überlegte Susa, was sie Bennett antworten sollte.

»Dass ich ihn vermisse, oder vielleicht auch nur die Vorstellung von ihm, da ich ihn doch überhaupt nicht kenne?« Sie fragte sich, ob man einen Menschen vermissen konnte, von dem man nichts, aber auch gar nichts wusste, oder ob sie einfach gerade ein großes Vermissen-Gefühl, das Betsy in ihr ausgelöst hatte, im Bauch fühlte.

Nein, es musste witzig sein und irgendwie interessant. Sie tippte in ihr Smartphone:

Susa: Hallo Bennett, ich bin gespannt. Susa.

Das klang nicht schlecht. Trotzdem war sie unsicher.

Der Bus kam, sie stiegen ein, fanden vier Sitze und ließen sich nieder. Sofort maunzte Emmi: »Ich verhungere, Susa, sofort! Und verdursten tu ich auch!«

Laura kramte panisch in ihrer großen silbernen Glitzer-Handtasche. »Mist, jetzt habe ich *einmal* keine Schoki dabei, weil ich so zugenommen habe … und mein Wasser … Shit, ist auch alle.« Sie sah Susa traurig an. »Ich denke immer nur an mich. Das ist die Quittung.«

All die Jahre hatte sie keine längere Beziehung, musste wirklich nur an sich denken. Sie war es einfach nicht gewohnt, dass da plötzlich so ein kleiner Mensch war, der Bedürfnisse hatte, der sie so dringend brauchte.

Susa öffnete schnell ihre Handtasche, kramte darin herum und zog die in letzter Minute noch eingesteckten Schokoladentafeln heraus. Hungrig machten sie sich darüber her. Wilma hatte noch etwas Wasser in ihrer Flasche, und alles war gut. Zumindest fast alles.

»Abnehmen wird sowieso komplett überbewertet«, stellte Wilma fröhlich lächelnd fest.

»Sagt die, die dünn ist wie ein Model«, erwiderte Laura trocken.

»Ich bin zwar dünn, aber das störende Fett sitzt auch bei mir da, wo es überhaupt nicht sitzen soll. Nach drei Schwangerschaften ist das aber auch kein Wunder. So was ist aber nicht wichtig.«

Sie lächelte. Und sie hatte recht. Und auch Laura grinste wieder. Eigentlich war sie mit ihren Rundungen ja ganz zufrieden, und die Männer auch.

Ihrer aller Laune stieg, die Sonne schien, sie waren zusammen, das war das Einzige, das gerade zählte. Und das tat so gut.

»Susa, darf ich mit dir im Zimmer schlafen?«, fragte Emmi, den Mund jetzt voller Schokolade. »Ich will nicht mit Tante Laura.«

Laura sah Susa zutiefst getroffen an.

Susa wusste nicht, was sie sagen sollte, und wollte Lauras Gefühle nicht noch mehr verletzen.

Sie beugte sich zu Emmi und flüsterte ihr, extra hörbar für Laura, zu: »Das würde ich mir aber gut überlegen. Tante Laura hat ganz viel Schoki und Gummibärchen in ihrem Koffer.«

Emmi sah Laura mit großen Augen an. »Echt?«

Susa nickte Laura heimlich zu. Diese schwindelte dankbar. »Ja. Klar. Im Koffer. Ganz tief unten drin.«

Der Bus bremste, sie hatten die Autonoleggio-Station erreicht. Susa betete, dass es auf ihrem Weg nach Casalappi irgendwo einen netten kleinen Laden mit italienischen Süßigkeiten oder eine Tankstelle gab. Sonst hätten sie später ein großes Problem.

Vor der Vermietstation standen sie ewig in der Schlange. Als sie endlich drankamen, waren sie schon ziemlich durchgeschwitzt. Wilma managte alles auf Englisch, und der kleine, glatzköpfige Italiener, der sie kaum verstand, reichte ihnen lachend ihren Autoschlüssel, brabbelte etwas von »Che bella bambina« und sah verzückt Emmi an. »E chi è la mamma?« Er sah Susa fragend an. Sie schüttelte den Kopf, deutete auf Laura, aber Emmi widersprach heftig. »Die is nich meine Mama.«

Der Mann blickte irritiert auf.

»Das muss der ja nicht wissen, Süße«, flüsterte Susa ihr zu und sah, wie Laura schluckte.

Anschließend irrten sie auf dem Parkplatz herum und suchten ihre Wagennummer.

»So ein Mist, das gibt's doch nicht. Ach, da!« Susa hatte ihn entdeckt. Ein Cinquecento! Da musste irgendetwas gehörig schiefgegangen sein. Sie hatte einen größeren Wagen bestellt, da sie ja so viel Gepäck dabeihatten. Doch der Mann von der Autovermietung am Parkplatz schüttelte nur den Kopf. Es gab keinen größeren mehr. Das Auto war zwar sehr hübsch hellblau, aber viel zu klein. Zumindest, wenn man zu viert unterwegs war und bepackt, als bliebe man vier Wochen.

»Oh mein Gott, das ist nicht euer Ernst.« Laura sah sich den himmelblauen Kleinwagen an, daneben sie alle, samt dem ganzen Gepäck: drei große Koffer, Emmis etwas kleinere Reisetasche, drei Handtaschen, drei Frauen, ein Kind.

Susa versuchte ganz pragmatisch, die Koffer und die Freundinnen in dieses Auto zu quetschen, doch entweder hatten nur die Koffer Platz oder die Frauen mit ihren Handtaschen.

»Und jetzt?« Sie sah die anderen verzweifelt an.

* * *

Wilma saß neben den Freundinnen im Schatten des Cinquecento auf dem Bordstein und überlegte fieberhaft. Sie könnte anbieten, einen größeren Wagen bei einer der anderen Mietwagenfirmen aus eigener Tasche zu bezahlen. Doch sie wusste, dass Susa und Laura das auf keinen Fall annehmen würden. Wilma verdiente mit ihrem Taschenlabel zwar ganz gut, aber Thomas als Architekt dafür umso weniger. Davon wussten die Freundinnen aber nichts. Wilma hatte Thomas versprochen, nicht darüber zu reden. Thomas und sie hatten sich vor zwei Jahren, als es bei ihm noch besser lief, ihre loftähnliche Wohnung gekauft, und Wilma zahlte mit den Gewinnen aus ihrem Unternehmen nun die ziemlich hohen Raten alleine ab. Drei Kinder kosteten auch nicht wenig, und so schwammen auch sie gerade nicht wirklich im Geld. Wilma war sich sicher, dass das Universum sie auf die Probe stellen wollte. Und Geld war nicht die Lösung. Die anderen sahen ziemlich frustriert aus, Emmi jammerte bereits herum, aber Wilmas unerschütterlicher Optimismus blieb.

»Was hätte Betsy gemacht?«, überlegte sie laut.

Susa horchte auf, sah auf den attraktiven Fahrer des Mietwagens neben ihnen, und ihre Augen leuchteten. »Sie hätte ihn gefragt, ob er unsere Koffer mitnimmt«, lächelte sie.

Wilma grinste. »Und wie sie das hätte.«

»Bitte, Wilma, dein Italienisch ist besser, fragst du?« Susa sah sie flehentlich an.

Wilma zögerte und betrachtete den Kerl. Er hatte braunes Haar, sein Pony fiel ihm verwegen in die Stirn, dazu trug er Chucks, eine abgewetzte Jeans, ein schwarzes T-Shirt und ein breites Lederarmband. Eine Porsche-Sonnenbrille steckte lässig in seinem T-Shirt. Schwungvoll warf er gerade seine schicke Sporttasche auf die Rückbank eines Volvos. Ein echtes Sahneschnittchen, dachte Wilma. Aber er weiß es auch.

Sie stand auf und strich sich verlegen eine Haarsträhne zurück. »Äh, scusi. Parla tedesco?« Wilma sah ihn charmant an.

Die Freundinnen grinsten sich zu.

Der Mann strich sich cool den Pony zurück, so dass seine braunen, funkelnden Augen zum Vorschein kamen. Er lächelte Wilma frech an. »Ciao, Bella. Mein Italienischkurs ist auch schon länger her.«

Wilma lächelte und warf ihre rotblonden Haare, die sie momentan etwas länger trug, schwungvoll zurück. »Sie fahren nicht zufällig Richtung Livorno, und dann noch etwas südlicher, in diese Gegend bei Campiglia Marittima?«

Susa und Laura warfen sich einen hoffnungsvollen Blick zu, was Wilma aus den Augenwinkeln registrierte.

Der Mann lächelte und strich wieder seinen Pony zurück. »Ich weiß ehrlich gesagt noch nicht so genau. Ich lasse mich im Urlaub am liebsten treiben.«

Wilma sah ihn verzückt an. Es war genau das, worauf sie auch mal wieder Lust hätte. »Wunderbar. Geht mir genauso. Wir haben allerdings ein kleines Problem.« Wilma deutete auf die Koffer und dann auf das Auto. »Ein großes Problem mit einem kleinen Auto. Wir würden Ihnen auch etwas bezahlen ... Ein bisschen zumindest.«

»Kommt überhaupt nicht in Frage. Ich bin Mischa, und drei so hübschen Frauen in Not helfe ich doch gerne.«

»Schleimer«, raunte Laura Susa zu, etwas zu laut, so dass es Wilma und Mischa hören konnten.

»Also los!« Er packte die Koffer in seinen Mietwagen. »Wo soll's denn genau hingehen?«

»Nach Casalappi, das ist in der Nähe von Piombino.« Wilma strahlte ihn an. So charmant war schon lange kein so gutaussehender Mann mehr zu ihr gewesen. »Wir haben da eine Ferienwohnung gemietet, in einem sehr hübschen Agriturismo, mit Pool. Alles im toskanischen Stil. ›Antico blanco Casalappi‹.«

»Klingt gut«, grinste Mischa. »Vielleicht ist da ja auch noch ein Plätzchen für mich frei.« Er zwinkerte ihr schelmisch zu.

Laura und Susa sahen sich ahnungsvoll an, und Wilma wusste, was sie dachten. Mit dieser Charmeattacke konnte Thomas mit seinen kleinen Liebesbekundungen nicht mithalten. Ihr wurde wieder einmal klar, wie vergänglich die Liebe war und wie schwierig es oft sein konnte, sie im Alltag festzuhalten.

Mischa hatte ihre Koffer bereits in seinem Wagen verstaut.

»Okay girls, see you in Casalappi.« Mischa klappte den Kofferraum seines Volvos zu, stieg ein, zog sich die Sonnenbrille auf, winkte und brauste los.

Sie sahen ihm überrumpelt hinterher.

Emmi brach das Schweigen als Erste: »Jetzt hat der Onkel unsere Koffer geklaut.«

Entsetzt und schuldbewusst sah Susa Wilma an.

»Sie hat recht. Wie konnten wir nur einem Wildfremden unser ganzes Hab und Gut anvertrauen?«

»Es war doch deine Idee, Susa.«

»Ich weiß.«

Laura schrie auf, als schmettere sie eine Arie. Dann schnaufte sie durch. »Was, wenn er wirklich ein Dieb ist?«

Susa nickte nur kleinlaut. Und auch Wilma fühlte sich schlecht. Daran hatte sie nicht den Bruchteil einer Sekunde gedacht.

»Jetzt beruhigt euch doch mal«, Wilma sah die anderen bemüht zuversichtlich an. »Der ist schon kein Dieb, das hat so einer doch gar nicht nötig. Der war doch sehr nett.«

»Zu nett für meinen Geschmack.« Susa klang abgeklärt.

Sie hatte in ihrem Leben mit Männern eindeutig zu viele Enttäuschungen erlebt, genau wie Betsy, dachte Wilma mitleidig.

»Okay, wenn wir Pech haben, müssen wir vier Tage in denselben verschwitzten Klamotten herumlaufen«, stellte Laura trocken fest.

Wilma schüttelte schnell den Kopf. »Man kann doch alles neu kaufen. Wir sind in Italien und nicht am Südpol. Und wenn es wirklich so ist, kaufe ich euch was, okay?«

»Wie oft noch, wir wollen keine Almosen.« Laura klang gereizt. Wilma schluckte. Sie erinnerte sich an die Frau an der U-Bahn.

»Außerdem kann man nicht alles einfach so ersetzen.« Susas Nerven lagen blank. »Nicht Betsys Koffer! In dem so viele Erinnerungen stecken. Und ihre Notizen.« Sie knetete ihre

Hände. Wilma betrachtete sie zerknirscht. Da hatte sie eindeutig recht.

Laura sah die Freundinnen entschlossen an. »Los, Mädels, diesen Charmebolzen schnappen wir uns, steigt ein.«

Sie klemmte sich mit ihrem grün-gelben Kleid hinters Lenkrad, Wilma und Susa stiegen ebenso rasch ein, schnallten Emmi in Windeseile im Kindersitz fest, und Laura gab Gas.

Vorbei an großen Zypressen, am Schiefen Turm von Pisa, den man von hier leider nicht richtig sehen konnte, brausten sie weiter auf der Autostrada nach Süden.

Mischas Volvo war schon lange außer Sichtweite, doch Lauras Fahrstil ließ vermuten, dass sie ihn bald eingeholt hatten. Zumindest, wenn er wirklich in Richtung Casalappi fuhr. Wilma hoffte so sehr, dass sie ihre Menschenkenntnis nicht im Stich gelassen hatte. Ansonsten hätten sie keine Chance, ihr gesamtes Gepäck jemals wiederzusehen.

Emmi wimmerte. »Was ist mit den Kleidern von meiner Püppi?«

Wilma sah sie tröstend an. »Zur Not nähe ich dir neue, versprochen.«

Emmi nickte und hielt sich an ihrer schwarzgelockten Püppi fest.

Laura fuhr Wilma wütend an. »Wieso flirtest du eigentlich mit so einem Schnösel? Du hast doch Thomas!«

»Na und? Flirten wird ja wohl noch erlaubt sein. Also wirklich.«

Susa versuchte die beiden zu beschwichtigen, sie war wie immer auf Harmonie aus. »Jetzt hört bitte auf. Es wird schon alles gut werden.«

Es war sehr eng, und Wilma bekam bereits Kopfschmerzen, massierte sich mit den Fingern die Schläfen.

Sie fuhren weiter auf der Superstrada Richtung Firenze, Pisa und Livorno und nahmen, wie ihnen das Navi befahl, die Ausfahrt Genova-Livorno. Die hügelige Landschaft rauschte an ihnen vorbei, aber Wilma hatte gerade keinen Sinn dafür.

Es herrschte Schweigen im Auto, die Stimmung blieb weiterhin angespannt. Emmi summte leise vor sich hin.

Wilma blickte aus dem Fenster und sah, wie Susa ständig auf ihr Handy schaute. »Was starrst du denn immer auf dein Handy, Susa?«

Erschrocken sah diese auf. »Nur so. Ich guck … wie's Wetter wird.«

»Wie wohl. Sonne, Sonne, Sonne. Bella Italia.«

In dem Moment kreischte Laura auf. »Da, seht mal, da ist sein Wagen!« Sie setzte in letzter Minute den Blinker zur Raststätte und trat auf die Bremse. Der Lastwagen hinter ihr fuhr laut hupend an ihnen vorbei.

»Puh, das war knapp.« Laura bog auf den Parkplatz ein.

Mischa hatte hier haltgemacht. Er kam gerade mit einer Packung Chips und einer Cola von der Kasse zurück, sah Wilma im Wagen und winkte ihr freudig zu.

Wilma durchfuhr ein wohliges Gefühl.

»Na also«, konnte sich Wilma nicht verkneifen. »Der ist völlig harmlos, wusste ich's doch. Sie stieg aus und lächelte ihn an.

»Hi.«

»Hi, ihr auch hier?«

»Ja, ich hatte plötzlich auch so eine Lust auf …« Sie sah ihn lächelnd an, doch dann, als sie die Cola und die Chips sah, verfinsterte sich ihre Miene. »Du weißt schon, dass Cola schädlich ist? Auf jeden Fall für die Leber. Hat mir ein Leberspezialist gesagt.« Wilma achtete sehr auf ihre Ernährung, seit zwei Monaten ernährte sie sich nur noch vegan, und ihre ganze Familie musste mitmachen.

Er lächelte amüsiert. »Kann sein. Ich lebe aber lieber wild und gefährlich.«

Ein Abenteurer, dachte Wilma, und ihr Herz pochte, ohne dass sie etwas dagegen tun konnte. Wie gerne würde sie auch mal wieder so leben. Wild und gefährlich. Also mal abgesehen vom Junkfood. Ganz ohne all die Termine im Job, die vielen Dates für die Kinder. Mutter-Kind-Basteln, Fußball, Ergotherapie für Matti, Logopädie für Timo, Ballett mit Lotta. Ihr Leben fühlte sich durchorganisiert und geregelt an. Als einzigen kleinen Ausbruch erlaubte sie sich hin und wieder, zu Freundinnentreffen zu spät zu kommen. Und dann regten diese sich auch noch auf. Wilma atmete durch und merkte, dass er ihr tief aus dem Herzen gesprochen hatte.

»Ich auch«, hörte sie sich sagen. »Ich meine, ich lebe eigentlich auch gerne wild und gefährlich.«

»Ach ja?« Er grinste. Und dann zwinkerte er Susa und Laura zu, die noch im Wagen saßen. Wilma registrierte das irritiert, sah, wie Laura die Augen verdrehte.

Verdammt, er war genau Wilmas Typ, erinnerte sie an ihren Freund vor Thomas, der sie mit ihrer damaligen besten Freundin betrogen hatte. Sie dachte an Thomas, der einiges von seiner damals unkonventionellen Art verloren hatte, und ihr wurde klar: Wenn dieser Mischa in ihrer Anlage ein Appartement beziehen würde, könnte es für ihre Beziehung gefährlich werden.

* * *

Laura beobachtete Wilma und diesen Mischa vom Wagen aus mit zusammengekniffenen Augen. »Das müssen wir auf jeden Fall verhindern.«

»Allerdings. Der arme Thomas.« Susa sah Laura, die ihre Stirn krauszog, nachdenklich an. »Wieso schaust du eigentlich so grimmig? *Du* bist doch sonst immer offen für kleine Flirts.«

»Ach ja«, gab Laura nur brummelnd von sich. »Auf Dauer ist das doch … ach.« Sie ließ die Fensterscheibe hoch, so dass sie von Wilmas Geplänkel nichts mehr hören musste. Aber sie sah immer noch, wie Wilma Mischa anstrahlte und wild gestikulierend auf ihn einredete.

Laura schwieg, machte mit ihrem Kaugummi eine riesige Blase und ließ sie platzen. Emmi sah ihr begeistert zu und war das erste Mal sichtlich beeindruckt von ihrer Tante.

»Zeig mal!«, rief sie, und Laura machte es ihr vor. Große, dicke Kaugummiblasen, die immer wieder platzten, wie Seifenblasen oder Träume.

Ihr ging die Sache in New York einfach nicht aus dem Kopf. Endlich hatte sie ihr Herz ein wenig geöffnet, deshalb hatte es sie tief getroffen, tiefer, als sie das je für möglich gehalten hätte. Laura wusste, warum sie nie etwas Festes wollte, warum sie ihre Affären zelebrierte. Ganz im Gegensatz zu Betsy, die immer auf der Suche nach den großen, ganz verrückten Gefühlen, nach einer tiefen, alles in den Schatten stellenden Liebe gewesen war. Ihre Schwester hatte kein Glück gehabt, und für sie würde es die perfekte Beziehung auch nicht geben. Kein Wunder, denn ihrer beider Urvertrauen in Männer wurde schon früh durch ihren Vater zerstört. Laura, die schon zwei Jahre älter war, hatte die Trennung damals nach außen ein kleines bisschen besser weggesteckt als Betsy. Aber tief in ihr drin tat es immer noch sehr weh.

Laura ließ erneut eine Kaugummiblase platzen, und Emmi grinste.

Susa lächelte Laura zuversichtlich zu, und Laura nickte dankbar. Vielleicht waren diese Tage mit Emmi wirklich eine

Chance. Auch wenn sie riesige Angst hatte, als Ersatzmama zu versagen. Aber Susa und Wilma würden sie unterstützen. Laura freute sich darauf, mehr Zeit mit den Freundinnen zu verbringen, denn wenn sie es sich recht überlegte, hatten sie sich viel zu selten gesehen. Was wusste sie schon wirklich von Susa? Oder von Wilma? Von deren Gefühlen zu Thomas, ihrem Druck im Job oder ihrem Stress als Dreifach-Mutter? Laura musste sich eingestehen, dass ihre Freundschaft das letzte Jahr – oder waren es sogar die letzten zwei oder drei? – ziemlich gelitten hatte.

Emmi hatte das Interesse an den Seifenblasen mittlerweile verloren und wurde quengelig. »Wann sind wir da?«

»In drei Tagen, wenn Wilma nicht endlich kommt.« Laura hupte, und Wilma zuckte zusammen. Sie sagte noch lachend etwas zu Mischa und kam dann zu den anderen zurück.

Da Susa ständig auf ihr Handy starrte, fragte Laura nach und tippte einfach ins Blaue. »Und? Hat dieser Bennett geschrieben?«

Ertappt sah Susa sie an. »Einmal kurz, mehr nicht.«

»Dann vergiss ihn.«

Wilma öffnete die Tür des Wagens und stieg verträumt lächelnd ein.

Susa wirkte nachdenklich, und Laura fuhr los.

Die restliche Fahrt über sprach keine von ihnen ein Wort, jede hing ihren eigenen Gedanken nach.

Kapitel 6

Inmitten einer hügeligen Landschaft erstreckten sich Sonnenblumenfelder und Olivenbäume, so weit das Auge reichte. Susa entdeckte als Erste auf einem Hügel ein altes Castel mitsamt den Gehöften. Das Anwesen war zu einem wunderhübschen Agriturismo, ganz im toskanischen Stil, umgebaut worden. Die Internetseite hatte nicht zu viel versprochen. Susa fühlte sich zurückversetzt in einen alten italienischen Film, und es hätte sie nicht gewundert, wenn gleich ein edler Gutsherr im langen Frack um die Ecke gebogen wäre.

Prächtig blühende Büsche in Weiß, Rosa und Pink wuchsen entlang der gepflasterten Wege. Neben dem großen ovalen Pool sah man geschmackvolle Liegen und hübsche weiße Sonnenschirme. Daneben zwei kräftige Palmen, die dem Ganzen noch mehr Charme verliehen.

Der ehemalige Conte wohnte offenbar tatsächlich noch im Castel, wie ihnen Wilma, die einen zerknautschten Computerausdruck herausgezogen hatte, vorlas. Das Agriturismo gehörte zu Casalappi, das nur wenige Einwohner hatte.

»Wie viele davon sind denn Männer? So zwischen Mitte zwanzig und Mitte vierzig?«, fragte Laura trocken.

»Keine Ahnung, steht hier nicht.« Wilma seufzte. »Aber so viele können es ja nicht sein.«

»Wenn er hier noch wohnt, dann finden wird den Schuft schon«, versuchte Susa, Optimismus zu verbreiten. »Also, Mädels, betet, dass es ein Italiener war und kein Tourist, sonst wird die Sache noch schwieriger.«

Ihr Cinquecento rumpelte Mischas Volvo hinterher und wirbelte auf einer holprigen Schotterpiste einiges an Staub auf. Doch plötzlich gab es einen lauten Rums, und sie saßen auf.

»Das gibt's doch nicht! Wir sind zu schwer, besser gesagt, ich!« Laura fluchte, gab noch einmal Gas, doch nichts bewegte sich.

Mischa hatte vermutlich nichts davon mitbekommen und fuhr in seinem Volvo einfach weiter, die Toreinfahrt hinauf.

»Ach was.« Wilma lächelte sie an. »Hauptsache, du fühlst dich wohl, das sagst du selbst doch immer.«

»Schon, aber das, was du die letzten Monate abgenommen hast, habe ich zugenommen. Drei Kilo! Wenn ich frustriert oder traurig bin, esse ich einfach noch mehr.«

Susa sah Laura tröstend an. »Das wirst du wieder los, Laura. Also, Mädels, aussteigen, gemeinsam sind wir stark.«

Wilma, Emmi und Susa stiegen aus, Wilma und Susa stemmten sich gegen das Auto und versuchten, es über den kleinen Hügel zu wuchten. Doch es bewegte sich keinen Millimeter. Susa fühlte sich wie eine muskellose Schaufensterpuppe.

Emmi pflückte währenddessen am Straßenrand eine Sonnenblume und schenkte sie ihr. »Da, für dich, Susa.«

»Danke, Süße.«

Sie sah Lauras verletzten Blick, flüsterte Emmi zu, Laura doch auch eine zu schenken, aber sie schüttelte nur stumm den Kopf.

»Wir schaffen es nicht«, seufzte Wilma. »Dieser Mischa muss denken, wir sind völlig unfähig.«

Da klingelte ihr Telefon. »Oh nein, Thomas, ausgerechnet jetzt! Hoffentlich ist nichts mit den Kindern.«

»Ja?«, meldete sie sich besorgt und lauschte. »Nein, das Fußballtrikot ist frisch gewaschen und hängt noch im Keller auf der Wäscheleine ... Was? Die Paste muss er essen, Soja ist gesund. Ja, bis später. Ich dich auch.« Sie legte nachdenklich auf.

Susa und Laura warfen sich einen kurzen Blick zu. Dann sah Susa den Hügel hinauf. »Was machen wir denn jetzt? Vielleicht soll es ja einfach nicht sein. Vielleicht will uns Betsy irgendetwas sagen, oder uns warnen?«

Sie sprach extra leise, damit Emmi, die etwas abseits stand, sie nicht hören konnte.

»Vor dem Schuft warnen?« Laura blickte Susa kopfschüttelnd an. »Jetzt hör bitte auf mit dem Unsinn.«

Susa zuckte die Schultern, sah hoffnungsvoll in die warme, gleißende Sonne Italiens, schloss ihre Augen, und ihr wurde seltsam warm ums Herz.

Als sie die Augen wieder öffnete und in Richtung Castel blickte, sah sie in der Ferne einen großen Mann, der einen Esel an der Leine führte, auf sie zukommen.

»Guck mal, Susa, ein Esel«, quietschte Emmi begeistert los.

Wilma hatte ihn auch gesehen, zog ihre rosarote Brille heraus, die sie nur in äußersten Notfällen trug. »Das ist aber nicht Mischa, oder?«

»Der Esel?«, konnte sich Laura nicht verkneifen. »Oh nein, dein Mischa würde auf einem weißen Schimmel dahergeritten kommen«, stellte sie grinsend fest. »Du solltest mal wieder zum Optiker. Der da ist blond.«

Susa blinzelte, denn die Sonne hatte ihr Tränen in die Augen getrieben. Wie durch einen Schleier versuchte sie, den Mann zu sehen. Doch in der flirrenden Mittagssonne sah er aus wie eine Fata Morgana.

Fest kniff sie ihre Augen zusammen, da sah sie ihn. Verstrubbelte, blonde Haare, ein beigefarbenes Leinenhemd, braune, geschmackvolle Schuhe.

Es war Bennett! Er hier? Von dieser Möglichkeit hätte sie nie zu träumen gewagt, als sie den Werbeflyer des Agriturismo in seiner Jacke gefunden hatte. Betsy! Susa war sich sicher, dass hier höhere Mächte im Spiel waren. So einen Zufall konnte es nicht geben!

Bennetts Miene erhellte sich, als er sie ebenso erkannte.

Lauras und Wilmas Köpfe flogen sofort zu Susa herum, und sie sahen sie beide fragend an.

Susas Magen krampfte sich zusammen, denn schlagartig kam ihr eine Idee: Was, wenn er es war, nach dem sie suchten? Wenn er Emmis Vater war, der Schuft, der Betsy damals weh getan hatte?

Ihre Gedanken fuhren Achterbahn.

Es musste nicht sein.

Aber es konnte sein.

Und es sprach einiges dafür: Bennett war Betsys Beuteschema. Er war auf ihrer Abschiedsparty gewesen, war extra aus Italien dafür angereist! Oder hatte er ohnehin gerade in Berlin zu tun gehabt? Susas Beine drohten ihren Dienst zu versagen, während Bennett immer näher kam.

»Susa«, rief er von weitem freudig. »Das ist ja ein Zufall!«

Laura und Wilma starrten sie weiterhin fragend an.

»Woher bitte schön kennst du denn den?«, zischte ihr Laura zu.

»Ich kenne ihn nicht. Aber das ist Bennett, von Betsys Abschiedsparty. Betsy und ich … hatten ihn damals in Florenz kennengelernt.« Susas Stimme klang hohl, das merkte sie selbst.

»Aha. Sieht ja wirklich niedlich aus, zumindest von weitem.«

»Sag mal, wieso weiß ich von dem nichts?« Wilma klang enttäuscht. »Seit wann haben wir Geheimnisse voreinander?«

»Das haben wir nicht«, versuchte Susa sie zu beschwichtigen. »Ich weiß doch auch nicht viel über ihn. Eigentlich so gut wie gar nichts, wir haben uns doch nur auf Betsys Feier unterhalten.« Susa merkte, wie sie sich zu rechtfertigen begann. Zum Glück war Bennett noch etwa zweihundert Meter von ihnen entfernt und somit außer Hörweite.

Emmi versuchte im Straßengraben einen gelben Schmetterling zu erhaschen und sah dabei immer wieder lächelnd in Richtung Esel.

Laura runzelte ihre Stirn, wie sie es immer tat, wenn sie nicht lockerlassen konnte. »Er gefällt dir, Susa, gib es zu!«

Susa atmete hörbar aus. »Mein Gott, nein. Ich meine, ja, er sieht gut aus, aber das weiß er sicher auch. Der kann ganz andere haben.« Ihre Beine wurden immer weicher, als hätte man ihre Knochen entfernt, und sie spürte erst kleine, dann immer tiefergehende Stiche in ihrer Brust.

Bennett war mit seinem Esel nur noch ein paar Schritte von ihnen entfernt. Je näher er kam, desto schneller raste ihr Herz.

Wenn er tatsächlich dieser Schuft war, nach dem sie suchten, dann durfte es nicht sein! Dann musste sie sich von ihm fernhalten und sich vor ihm schützen!

Plötzlich zweifelte Susa wieder an der Existenz des großen Ganzen, daran, dass Betsy doch noch zu einem kleinen Teil hier bei ihr war, was sie so sehr gehofft hatte. Es hatte sie ein bisschen getröstet zu glauben, dass Betsy ihr ihre große Liebe, auf die sie so lange gewartet hatte, geschickt hatte. Aber warum fühlte sie sich auf einmal so elend? Das hätte Betsy bestimmt nicht gewollt. Jetzt, wo Susa nicht mit Sicherheit wusste, ob er vielleicht doch dieser Kerl war, nach dem sie suchten, musste sie all ihre hervorsprießenden Gefühle sofort im Keim ersticken.

»Vielleicht ist er das«, sprach Wilma jetzt leise aus, was sie alle drei insgeheim dachten. »Emmis Vater.«

Laura nickte nur stumm, und ohne dass sie es wollten, sahen sie ihn auf einmal an, als würden sie ihn gleich ermorden.

Bennett war mit seinem Esel inzwischen bei ihnen angelangt.

»Susa, das gibt's ja nicht. Dann seid ihr die vier Feriengäste aus Berlin, die sich extrawarme Wolldecken bestellt hatten?«

Er grinste amüsiert, doch Susa nickte nur stumm, unfähig, irgendeinen Ton von sich zu geben.

Wie unangenehm. Wilma und sie hatten nachts oft eisig kalte Füße. Darum hatte sie, wie in jedem Urlaub, diese Bestellung aufgegeben.

»Ihr habt doch nichts dagegen, dass wir uns duzen?«, fragte er lächelnd. »Ich bin der Verwalter hier.«

Laura überlegte einen Moment und nickte dann kühl. »Wir sind ja im Urlaub, nicht wahr?« Sie zwang sich zu einem Lächeln, denn sie hatten eine Mission. »Gut, dass du der Verwalter bist, wir haben nämlich ein Problem. Denn irgendein Idiot hat hier dermaßen dämliche Bremshügel aufhäufeln lassen …« Sie sah ihn sauer an. »Jetzt sind wir mit unserem Mietwagen aufgesessen, das zahlt keine Versicherung. Also, wer dann?«

»Das tut mir leid«, Bennett sah sie aufrichtig an. »Der Idiot war wohl ich, weil hier einige Touristen rumheizen, als wäre hier Paris–Dakar. Dabei wurden sogar schon ein paar Tiere getötet.«

Ein mitleidiges »Oh« kam aus Susas Mund, ehe sie es verhindern konnte, und auch Wilma taten die Tiere sichtlich leid.

Bennett sah Susa forschend an. Er spürte, dass etwas anders war zwischen ihnen, aber er wusste nicht, was.

»Unser Internet ist leider kaputtgegangen, Susa, deshalb konnte ich dir nicht mehr über Facebook schreiben.«

Sie nickte nur und spürte die Blicke von Laura und Wilma von der Seite wie kleine Nadeln.

Da kam zum Glück Emmi auf sie zu. »Darf ich den Esel streicheln?«

»Klar.« Bennett wandte sich jetzt nett an Emmi. »Wer bist du denn, kleine Dame?«

»Emmi.« Sie lächelte ihn offen an.

Die drei Freundinnen starrten die beiden an, suchten nach Ähnlichkeiten, konnten aber bis jetzt keine erkennen.

Vielleicht der Mund oder die Grübchen? Die Haare auf jeden Fall nicht. Emmi hatte dieselben Haare wie Betsy. Genauso dunkel, lockig und glänzend.

»Ui, der ist ja gar nicht weich.« Emmis kleine Hand berührte zart das staubige Fell des Esels. Sie strahlte Bennett an.

»Pass auf, der beißt bestimmt«, sorgte sich Laura, die den Esel ansah wie ein Wesen von einem anderen Stern.

»Nein, tut er nicht. Willst du dich mal draufsetzen?«

Emmi nickte, Bennett umfasste ihre Hüfte und hob sie hoch.

»Nicht!«, rief Laura entsetzt, und Bennett hielt mitten in der Bewegung inne.

»Wieso nicht?«, wollte Emmi, die in seinen Armen in der Luft hing, wissen, und auch Bennett sah sie fragend an.

»Weil ... das ... ein Tier ist, da weiß man doch nie, ob das plötzlich durchdreht.« Laura, für die Tiere ausschließlich zum Essen da waren, glotzte den Esel an und er sie.

Bennett setzte Emmi schmunzelnd auf den Boden. Emmi bettelte.

»Bitte, Tante Laura. Nur eine Runde!«

Wilma foppte Laura. »Der italienische Esel, das gemeine Raubtier. Mach dir keine Sorgen, Laura. Matti ist auch schon auf einem Esel geritten.«

»Na und?« Laura konnte manchmal richtig störrisch sein.

Bennett blickte Susa, die immer noch nichts gesagt hatte, fragend an, doch sie sah weg, warf Wilma einen hilfesuchenden Blick zu.

»Ähm … ist euer Mund auch so trocken?«, lenkte Wilma ab und benetzte ihre Zunge. »Wir haben alle viel zu wenig getrunken, kein Wunder, dass wir keine Energie mehr haben.« Sie nahm ihre Wasserflasche aus ihrer Handtasche und trank, als wäre sie am Verdursten.

Emmi sah Susa bettelnd an. Aber Susa konnte nur die Schultern zucken und versuchen, Bennetts Blick zu entkommen. Seine Nähe brachte sie fast um den Verstand. Sein Geruch stach neben dem Eselsgeruch blumig und süß hervor, aber vermutlich nahm das außer ihr niemand wahr.

Laura gab sich schließlich einen Ruck. »Also gut, aber ich halte dich fest, Emmi.« Laura schob Bennett energisch beiseite, nahm Emmi mühevoll hoch und setzte sie auf den Esel. Sie wollte nicht, dass er Emmi anfasste, das war offensichtlich.

»Hüa, hüa«, rief Emmi begeistert, doch der Esel machte keinen Schritt vorwärts.

Bennett amüsierte sich sichtlich. »Der Esel beißt nicht, und ich übrigens auch nicht«, wandte er sich leiser an Susa.

»Aber ich vielleicht«, konterte diese bissig.

Er lachte überrascht auf und sah ihr fragend in die Augen, aber Susa wandte den Blick sofort ab. Wilma sprang ihr wieder bei: »Was machen wir denn jetzt mit dem Auto? Ich muss außerdem ganz dringend zur Toilette!«

Bennett wandte den Blick von Susa ab und antwortete Wilma: »Wenn ihr wirklich einen Schaden am Unterboden habt, kümmere ich mich darum.« Seine Stimme klang beruhigend und seltsam vertraut.

Dann lächelte er Susa an und drückte ihr einfach die Leine des Esels in die Hand. Dabei berührten sich ihre Hände, und sie zuckte erschrocken zurück.

»Susa, passt du auf Emmi und Signore Todo auf? So heißt der Esel. Ich helfe schieben.« Er sah sie noch immer unverwandt an. Sie nickte und blickte wieder zu Boden, als wären die dreckigen Hufe von Signore Todo das Interessanteste auf dieser Welt.

Wilma stieg entschlossen ins Auto. »Ich fahre. Ich bin die Leichteste.«

Laura nickte, ließ Emmi auf dem Esel in Susas Obhut und schob mit Bennett an.

»Jetzt Gas geben, mehr«, wies er Wilma an, und die tat, wie ihr geheißen. Doch mehr, als dass kleine, weiße Steinchen und Staub um Bennett und Laura flogen, passierte nicht.

»Noch mal!« Bennett schob mit aller Kraft, und auch Laura stemmte ihr gesamtes Lebendgewicht gegen den Wagen. Endlich gab es einen Ruck, und Wilma fuhr fröhlich hupend los.

»Giuseppe wird sich das Auto später ansehen, aber jetzt checkt erst mal ein und kommt an.« Bennett sah Susa durchdringend an. »Wir haben ein kleines Restaurant mit italienischen Köstlichkeiten, alles von Maria selbst gemacht. Habt ihr Hunger?«

»Und wie«, entfuhr es Laura, die immer Hunger hatte im Gegensatz zu Susa, die in ihrem Bauch gerade einen riesigen Kloß verspürte, der immer größer wurde, wie ein aufgehender Hefeteig.

Bitte, Betsy, falls du wirklich irgendwo da oben sein solltest, lass ihn nicht derjenige sein, der dir so weh getan hat, lass ihn nicht Emmis Vater sein, dachte sie. Aber es war so naheliegend, so offensichtlich.

Am besten vergaß sie die Begegnung an Betsys Feier so schnell wie möglich wieder. Doch ein Blick in seine Augen, die auf ihr ruhten, sagte ihr, dass das sehr, sehr schwierig werden würde.

Gackernde Hühner liefen auf dem Gelände des Agriturismo herum und flatterten plötzlich hoch, denn ein schwarzer, zotteliger Mischlingshund mit einem weißen Ohr rannte kläffend hinter ihnen her. Susa, mit der Leine des Esels in der Hand, sah sich überwältigt um. Was für ein wunderschönes Gehöft. Emmi, die auf dem Esel saß, starrte auf den Hund und zog ihre Füßchen ängstlich hoch.

»Keine Angst, Süße, ich beschütze dich … auch vor dem Hund«, beruhigte Susa sie und streichelte Emmis Beinchen. Hinter ihnen kam Laura angeschnauft, Wilma parkte etwas abseits den Wagen, dirigiert von Bennett.

»Der Hund macht nichts«, rief Bennett vom Parkplatz herüber und kam lächelnd auf Susa, Emmi und Laura zu. »Hier gibt es viele Tiere, aber keines wird euch gefährlich werden, versprochen.«

»Tiere vielleicht nicht«, raunte Laura Susa ins Ohr, mit einem Blick zu Bennett und dann zu Mischas Volvo. Susa nickte ahnungsvoll.

Mischa selbst war nicht zu sehen, das konnte ja nur heißen, dass er bereits eingecheckt hatte. Sie würden ihn also so schnell nicht wieder los.

Bennett kraulte den Hund, der ihn freudig abschlabberte. »Das ist Pepe, der bewacht uns.«

Emmi taute sichtlich auf, ließ sich von Susa vom Esel heben. »Guck mal da, Susa, echte Hühner!« Sie juchzte begeistert und flitzte los. »Jippie, ich geh Hühner erschrecken.«

Susa und Laura lachten erleichtert, denn sie erkannten Emmi kaum wieder.

Als Susa bemerkte, dass sie von Bennett fasziniert beobachtet wurde, hörte sie sofort auf zu lächeln. Sie blickten sich an, seine Miene wurde ernst. »Ihr habt Betsy alle gekannt?« Seine Stimme klang seltsam belegt.

Susa zuckte zusammen, erschrak über diesen plötzlichen Themenwechsel und nickte. Laura warf ihr einen bestätigenden Blick zu.

»Wilma und ich seit sieben Jahren, und Laura ist … war ihre Schwester«, verbesserte sich Susa und sah ihn aufgewühlt an. All ihr Schmerz war von einer Sekunde auf die andere wieder da.

Bennett wandte sich betreten an Laura. »Es tut mir so leid. Ich meine …«

»Was genau tut dir leid?«, unterbrach ihn Laura forsch.

Bennetts Miene wurde ernst, er schüttelte den Kopf, wandte sich ab, streichelte wieder den Hund und sagte nichts mehr.

Susa sah Laura alarmiert an. Am besten lernten sie ihn doch erst einmal besser kennen, bevor sie mit der Tür ins Haus fielen. Auch wenn Susa das unendlich schwerfiel. Für Betsy, dachte sie. Aber seine Reaktion war merkwürdig …

Da kam schon Wilma vom Parkplatz dazu und schwenkte ihre drei verschiedenfarbigen Handtaschen.

Bennett sah sie an, als wäre er gerade in einer ganz anderen Welt. Susa wagte sich vor. »Betsy und wir, wir waren fast jedes Jahr zusammen in Italien.« Ihr Mund wurde trocken, und sie merkte jetzt auch, dass sie schon lange nichts mehr getrunken hatte.

Er blickte sie an, ging wortlos in sein Büro, das in einem kleinen, alten Steinhäuschen untergebracht war, und holte ihre Schlüssel.

»Kriegt man hier irgendwo was zu trinken?«, rief sie Bennett nach und sah ihm wütend hinterher. Was bildete sich dieser Kerl ein, sie einfach so stehenzulassen?

»Selbstverständlich.« Er drehte sich kurz zu ihr um. »Da drüben im Restaurant, bei Maria. Dort gibt es auch Frühstück und Abendessen. Maria kocht selbst. Alle Gäste essen immer zusammen an einer langen Tafel.«

»Alle immer zusammen? Wie anstrengend!«, stellte Laura fest, so dass es Bennett hören konnte.

Susa fand den Platz, auf den Bennett deutete, wunderschön. Unter einer Pergola aus Holz, die von Weinranken und Weintrauben umwuchert wurde, stand ein langer alter Holztisch, umringt von zahlreichen zusammengewürfelten alten Holzstühlen. Wie viele Frauen Bennett hier wohl schon bewirtet hat?, schoss es Susa durch den Kopf.

Bennett sah sehr gut aus, und die Touristinnen wie auch die Italienerinnen verfielen ihm bestimmt reihenweise. War diese Maria vielleicht sogar seine Frau?

Susa seufzte leise. Wie perfekt das alles hätte sein können, wenn Bennett nicht der Falsche wäre.

»Los, Mädels, jetzt haben wir uns einen Aperol Spritz aber so was von verdient«, riss sie Laura aus ihren Gedanken. Laura setzte sich in Bewegung in Richtung Weinpergola, und Wilma und Susa folgten ihr.

Emmi nahm keine Notiz mehr von ihnen. Sie war mit all diesen Tieren im Glück. Susa freute sich, dass Emmi hier wenigstens für einen kleinen Moment vergessen konnte.

»Emmi, willst du nichts trinken?«, rief ihr Laura noch zu, doch sie schüttelte nur strahlend den Kopf. Sie hatte gerade die Ziegen entdeckt, die in einem alten Stallgebäude standen, und verschwand darin.

Gerade als sich die Freundinnen im Schatten unter dem Weindach niederlassen wollten, kam eine nett aussehende, ältere, schwarz gekleidete Italienerin mit einem Tablett voller köstlich aussehender Limonadengetränke aus dem Restaurant. Die Gläser waren dekoriert mit frischen Zitronenscheiben, Limetten und Pfefferminzblättern.

»Das muss Maria sein«, lächelte Wilma sie an. Maria lächelte zurück und nickte. Ein Glück, durchfuhr es Susa erleichtert, Maria war also nicht seine Frau. Sie hatte ein warmherziges, freundliches Gesicht, die vielen Falten hatten sich tief darin eingegraben. Aber es waren auch einige Lachfalten dabei, stellte Susa fest. Wenn sie später mal so viele Falten haben sollte, dann sollten mindestens genauso viele Lachfalten dabei sein, nahm sie sich vor.

»Buongiorno, come stai?« Maria reichte einer jeden von ihnen ein Glas und sagte in gebrochenem Deutsch: »Herzlich willkommen.«

»Mille grazie«, erwiderte Wilma fröhlich.

Susa vernahm den Geruch der Minze, er vermischte sich mit dem von Bennett. Er stand plötzlich wieder neben ihr.

»In Marias Limonade ist auch ein kleiner Schuss Prosecco. Sie schmeckt, finde zumindest ich, besser als Aperol Spritz. Aber probiert selbst.«

Sie nahmen die Gläser und lächelten Maria dankbar zu.

»Schön, dass ihr da seid. Ich hoffe, ihr werdet euren Aufenthalt bei uns genießen. Danke, Maria.« Bennett gab ganz den galanten Gastgeber.

»Das hoffen wir auch«, bemerkte Laura vorlaut.

Susa trank begierig, es schmeckte köstlich. Bennett sah ihr dabei zu, doch sie ignorierte ihn.

»Wenn ihr wollt, zeige ich euch gleich euer Appartement.«

Laura freute sich. »Jetzt eine Dusche. Aber ich brauche meinen Koffer. Wo ist denn der Mann, dem dieser Wagen gehört?« Sie deutete auf Mischas Volvo.

Bennett zuckte amüsiert die Schultern. »Den kennt ihr?«

»Nein, nicht wirklich. Er hat uns nur ausgeholfen«, erklärte Wilma lächelnd. »Er hatte ausreichend Platz für unsere Koffer.«

Bennett verstand. »Vermutlich ist er am Pool.«

Ehe sich Susa versah, drückte er ihr drei Schlüssel für ihr Appartement in die Hand. »Wie ich euch einschätze, wollt ihr sicher unabhängig sein. Hier hat jede von euch einen Schlüssel.«

»Danke«, sagte Susa unsicher, zog ihre Hand etwas zu schnell zurück, so dass einer der Schlüssel herunterfiel. Sie bückten sich gleichzeitig, doch Susa hielt gerade noch rechtzeitig inne. Bennett nahm den Schlüssel auf, kniete einen Moment zu ihren Füßen und sah fragend zu ihr auf. Doch sie hatte keine Lust zu erklären, warum sie auf einmal so abweisend war.

Wortlos reichte er ihr den Schlüssel, und sie bemühte sich, ihre Limonade anzustarren. Dabei sah sie aus den Augenwinkeln, wie sich Wilma und Laura Unheil ahnend ansahen.

»Na, dann los, suchen wir diesen Mischa. Wo geht's zum Pool?« Ihre Stimme wurde laut, und sie merkte selbst, dass sie aufgesetzt klang.

»Da hinten, den Weg am Lavendel entlang, dann kommt ihr direkt zum Poolbereich.«

Bennett wurde von einem älteren Touristen in kurzen Hosen, der am Büro stand und offensichtlich eine Frage hatte, herbeigewunken. Er sah sie entschuldigend an und ließ die Frauen allein.

Susa atmete erleichtert aus und trank den letzten erfrischenden Schluck. »Los, kommt, mir ist hier zu heiß.«

Wilma und Laura sahen sie an, und Wilma sprach leise, einfühlsam wie zu einem Kind. »Susa, es sieht alles danach aus, dass er es ist ... dass er mies zu Betsy war. Du musst ihn dir aus dem Kopf schlagen.«

»Weiß ich doch.« Susas Herz pochte. Laut und fordernd. Es durfte nicht sein. Ihr Verstand wusste es. Nur, wie sollte sie ihm hier aus dem Weg gehen?

Rasch lief sie vor, Wilma und Laura folgten ihr. Vorbei am duftenden lila Lavendel, Richtung Pool.

Der ganze Poolbereich war geschmackvoll angelegt. Ein dickes Seil umrahmte das Becken, prächtig blühende Hängegeranien in Terrakottatöpfen standen darum. Doch Susa konnte den traumhaften Anblick nicht genießen, denn sie fühlte sich unendlich allein.

Tatsächlich lag Mischa entspannt auf einer weißen Liege. Er hatte blumige, knielange Badeshorts an und sonnte sich mit einer Fluppe im Mundwinkel.

»Der raucht ja«, entfuhr es Wilma enttäuscht, und Laura konnte sich ein Lächeln nicht verkneifen. Da Susa keinen Ton herausbrachte, rempelte Laura Mischa bemüht zufällig an.

»Huch. Hallöchen.« Ihr Ton wurde etwas ironisch. »Schön, dass du auf uns gewartet hast. Wir hatten ja nur eine Panne.«

Mischa öffnete blinzelnd die Augen, blieb aber liegen. »Ach, hi girls, eine Panne? Na ja, selbst ist die Frau, wie ich sehe. Nicht schlecht. Ich habe euch schon vermisst.«

Er lächelte Wilma an, und diese hatte sichtliche Mühe, nicht sofort wieder dahinzuschmelzen.

»Wir brauchen unsere Koffer«, fuhr ihn Susa jetzt an.

Überrascht sahen die anderen sie an. Dann nickte Laura und verschränkte die Arme vor der Brust. Mischa grinste.

»Klar, kein Problem. Ziemlich nett hier. Ihr habt wirklich Geschmack.«

»Du hast also ein Zimmer bekommen?« Wilma versuchte vergebens, sich ihre Freude nicht anmerken zu lassen.

»Zimmer? Eine Suite. Echt abgefahren. Mit weißem Himmelbett und alten Gemälden. Die ist bestimmt sauteuer, aber bevor sie leer steht … Kann ich dir gerne mal zeigen.«

Laura verdrehte ungeduldig die Augen und warf Susa einen vielsagenden Blick zu.

Aber diese hatte weiterhin nur Augen für Bennett, der jetzt mit nacktem Oberkörper und einer grünen Shorts im Poolbereich zu tun hatte. Seine Haut war bronzen gebräunt, was ihm wirklich gut stand. Mischas Haut dagegen war noch ziemlich hell und etwas fleischig. Kein Wunder bei seinem ungesunden Lebenswandel und Essverhalten.

Da Bennett gerade hersah, preschte Susa erneut vor.

»Mischa, könntest du uns jetzt bitte sofort unsere Koffer geben?« Sie wollte hier so schnell wie möglich weg.

Bennett sah verwundert auf, Mischa grinste amüsiert, kramte in seiner Hosentasche und warf ihr seinen Autoschlüssel zu.

»Und hepp!«

Wieso musste sie nur immer so ungeschickt sein? Der Autoschlüssel fiel zu Boden. Natürlich genau vor Bennetts nackte Füße. Das würden ja tolle vier Tage werden!

* * *

Bennett öffnete Mischas Kofferraum und zog das Gepäck der Freundinnen heraus.

»Nein danke, ich kann meinen Koffer wirklich alleine schleppen. Er hat auch Rollen.« Susa, die mit Laura und Wilma hinter ihm stand, funkelte Bennett an.

»Das gehört bei uns aber zum Service dazu.«

»Was gehört denn noch so zum Service?«, erkundigte sich Laura provozierend kokett.

Doch Bennett lächelte nur kurz und ging nicht weiter darauf ein. Er hatte nur Augen für Susa und fragte sich offensichtlich immer noch, was mit ihr los war.

»Also, meinen kannst du gerne ziehen«, erklärte Wilma mit einem enttäuschten Blick Richtung Pool. »Wenn der Herr da drüben lieber in der Sonne liegt.«

»Ach, lass den doch. Von Manieren hat der sicher noch nie was gehört.« Laura fächerte sich Luft zu.

Susa schnappte ihren Koffer und ging los. Bennett zog Wilmas und Lauras in je einer Hand hinterher.

»Da geradeaus und dann rechts an dem Blumentopf vorbei, da ist euer Appartement. Es war früher ein Pferdestall.«

»Ein Pferdestall?« Wilma schien sichtlich begeistert.

»Hoffentlich stinkt es da nicht noch nach diesen Viechern«, bemerkte Laura. »Wo ist eigentlich Emmi?« Laura blickte sich suchend um.

»Um die müsst ihr euch hier keine Sorgen machen. Autos dürfen auf dem Gelände nicht fahren, und Maria, Giuseppe und Carla haben immer ein Auge auf die Bambini.«

Carla? Susa horchte auf.

Bennett, dem nichts entging, erklärte sofort: »Carla kellnert ab und zu in unserem Restaurant, macht ein bisschen Büro und die Kinderbetreuung. Die Kinder haben immer viel Spaß mit ihr.«

Susa hörte seine Stimme in ihrem Rücken klingen, und sie konnte nichts dagegen tun, ihre Nackenhaare stellten sich wohlig auf. Schnell versuchte sie, ihren Blick auf die hübschen beigen Natursteine, die den Weg pflasterten, zu lenken.

Endlich kamen sie vor Appartement vier an, einem alten, aber restaurierten Gebäude aus rotem Stein. Dass es einmal ein Pferdestall gewesen war, konnte man sich noch immer gut vorstellen, denn alte dunkelbraune Holzbalken lugten zwischen den Steinen hervor. Wie gerne wäre Susa damals schon hier gewesen.

»So, dann zeige ich euch euer Reich.« Bennett trat neben sie, nahm ihr den Schlüssel aus der Hand und schloss auf. Er roch nach Sonnenöl und Meer.

Das Appartement schien eigentlich zu klein für drei Erwachsene und ein Kind, aber es war das günstigste in dieser Anlage gewesen, für die Freundinnen gerade noch bezahlbar. Und es sah wunderschön aus.

Terrakottafliesen im Eingangsbereich, im Wohnraum alte, dunkle Dielen mit dicken Astlöchern, eine entzückende Küche mit einem antiquarisch aussehenden Herd, einem alten Küchenbuffet, zwei kleinen Schlafzimmern mit schmiedeeisernen Betten. In einem der Schlafzimmer stand ein Ehebett, im anderen ein einzelnes mit einem dazugestellten Kinderbett. In allen Räumen hingen alte Gemälde von italienischen Künstlern an den Wänden. »Alte Schinken«. Sie gefielen Susa sehr gut.

»Handtücher findet ihr in der Kommode im Badezimmer«, erklärte Bennett. Geschirr, Pfannen, Rührlöffel, Käsereiben sind in den Küchenschränken, es ist von allem genug da. Das Kinderbett müsste gerade so reichen von der Größe. Und da liegen die Extra-Wolldecken, gegen eiskalte Füße.«

Bennett grinste Susa vielsagend an, und sie bemühte sich, schnell wegzuschauen.

»Toll.« Wilma sah überwältigt aus. »So hübsch haben wir ja noch nie logiert!«

Laura drehte sich begeistert im Kreis. »Der toskanische Wahnsinn. Wenn man das nach Amerika beamen könnte! Dort wäre das *die* Attraktion. Wieso hast du das sonst nie für uns gebucht, Susa?«

»Weil wir sonst immer vier Erwachsene waren und ein Vier-Betten-Appartement in dieser Anlage nicht in unserem Budget lag«, entgegnete sie ernst. Laura verstand sofort und ließ sich geschafft auf einen Stuhl sinken.

Susa wandte sich an Bennett. »Emmi ist bei unseren Reisen sonst immer bei ihrem Opa Alfons geblieben, damit Betsy sich mal so richtig erholen konnte.«

Bennetts Miene versteinerte. »Also dann, ich lasse euch mal allein.« Mit diesen Worten verschwand er.

Wilma ließ sich fassungslos auf das Ehebett plumpsen, so dass es laut quietschte. »Kaum kommt das Thema auf Betsy, wird er seltsam und verdünnisiert sich.«

Susa nickte nachdenklich. Ihre Spürnase hatte Witterung aufgenommen.

In dem Moment kam Emmi herein, an der Hand eine grazile italienische Schönheit mit langem lockigem, dunklem Haar. Susa schätzte sie auf Ende zwanzig. Sie hatte eine leicht gebogene, große, aber nicht zu große Nase.

»Susa, guck mal, das ist Carla.«

Die Freundinnen musterten die Frau neugierig. Sie hatte ähnliche Haare wie Betsy, nur länger, war schmaler gebaut und etwas größer. Susa wusste nicht, wieso, aber sie war ihr auf Anhieb nicht besonders sympathisch, obwohl sie so strahlte. Ihre weißen Zähne blitzten.

»Ciao. Come stai? Ich bin Carla«, erklärte sie in leicht gebrochenem Deutsch. »Mein Deutsch ist nicht mehr so gut, aber ich habe vor einiger Zeit vier Jahre in Köln gelebt.«

Sie fischte eindeutig nach einem Kompliment, und Susa verspürte keine Lust, es ihr zu schenken. Stattdessen beobachtete sie Carla nur stumm und sagte kein Wort.

»Du sprichst doch toll Deutsch«, unterbrach Laura die Stille.

Und auch Wilma riss sich zusammen, gab ihr die Hand. Sie konnte Carla auch nicht leiden, das sah ihr Susa sofort an und konnte es auch an ihrem Ton hören. »Hi, ich bin Wilma, das sind Laura und Susa.«

Carlas Mund lächelte zwar, aber ihre Augen blieben kühl. Genau das war es, was Susa irritierte. Ihre Augen lächelten nicht. Auch nicht dann, wenn sie strahlte.

Emmi zuppelte an Susas Hand und sah bittend zu ihr auf. »Darf ich bei Carla malen?«

»Klar, oder was meinst du, Laura?« Susa bezog Laura absichtlich mit ein. Laura überlegte kurz. »Und wo genau? Ich will immer wissen, wo du bist, Emmi, okay? Ich habe die Verantwortung für dich.«

Emmi starrte Laura nur ernst an.

»An der langen Tafel, im Ristorante«, antwortete Carla für Emmi. »Komm, Principessa, ich habe tolle Malbücher.«

Emmi schmiegte sich lächelnd an Carla und folgte ihr. Laura sah Susa fassungslos und zutiefst enttäuscht an.

»Mit ihr ist sie nach fünf Minuten vertrauter, als sie es mit mir jemals war!«

Susa wusste nichts darauf zu sagen, denn sie konnte Lauras Gefühle zwar verstehen, aber Emmi nicht dazu zwingen, ihre Tante zu mögen.

»Kinder sind so«, stellte Wilma nur trocken fest. Sie legte sich auf das Bett und machte eine ziemlich kompliziert aussehende Yogaübung für einen straffen Po. »Das kann sich aber alles täglich ändern. Manchmal sogar stündlich.«

»Und wenn sich nichts ändert? Ich meine, in Bezug auf mich?« Laura starrte traurig auf eines der Bilder, das ein Sonnenblumenfeld und einen einsamen Vogel zeigte.

Susa betrachtete den schönen bunten Vogel, der sehr verloren wirkte. Sie lächelte Laura bemüht aufmunternd an. »Ihr habt jetzt vier ganze Tage zusammen. Da kann so einiges passieren.«

Sofort musste sie wieder an Bennett denken und fragte sich, wie sie die kommenden Tage nur heil überstehen sollte. Ihr Blick fiel auf Betsys Koffer auf dem Boden. Susa öffnete ihn und begann, ihre Sachen in einen antiken Kleiderschrank zu räumen, der nach Mottenkugeln roch.

»Was sind schon vier Tage?«, entgegnete Laura unsicher.

»Es sind vier Tage mit Sonne, Meer und ganz viel Gelato Stracciatella. Da taut Emmi ganz sicher auf. Ansonsten musst du einfach geduldig sein.«

»Das glaube ich auch«, sagte Wilma. Sie stützte gerade ihre Hände in die Hüften, streckte dann die Beine in Richtung Decke und machte eine Kerze. »Nutze den Tag, Laura. Carpe diem.«

Susa bestätigte lächelnd. »Genau. Denk an unseren Eid.«

»Mach ich ja.« Laura seufzte. »Aber unter der Dusche.« Laura zog sich rasch die Klamotten aus und lief nackt, wie Gott sie erschaffen hatte, ins Bad. Rubens hätte seine Freude an ihr gehabt.

Zwei Sekunden später kam sie, mit einem Handtuch in der Hand, zurückgeflitzt. »Verdammt, Susa, wir haben die Schoki und Gummibärchen für Emmi vergessen!«

»Oh nein!«

In all der Aufregung um Mischa, den vermeintlichen Kofferdieb, hatten sie tatsächlich vergessen, an einer Tankstelle anzuhalten oder nach einem kleinen Supermercato Ausschau zu halten.

»Na wunderbar. Wenn jetzt auch noch herauskommt, dass ich Emmi angelogen habe und nichts in meinem Koffer ist, verzeiht sie mir nie. Dann war's das mit unserer Mutter-Kind-Beziehung.« Lauras Ton wurde sarkastisch. Ihr Blick wanderte vorwurfsvoll zu Susa, denn diese Notlüge war schließlich deren Idee gewesen.

Susa sah Laura zerknirscht und fieberhaft nachdenkend an.

Laura zog das Handtuch über ihre Brüste, die ohne BH der Schwerkraft unterlagen. Schließlich ging sie bereits stramm auf die vierzig zu.

»Ja, Wilma, ich weiß genau, was du denkst. An meinen Brüsten haben zwar keine drei Kinder gesaugt, aber sie hängen, als wären es fünf gewesen.« Sie wirkte jetzt richtig frustriert.

»So ein Quatsch, das habe ich doch überhaupt nicht gedacht.« Wilma beendete ihre Kerze, setzte sich in den Schneidersitz und schmunzelte. »Ich habe nur gedacht: Susa soll diesen Bennett fragen, ob es hier Süßkram zu kaufen gibt oder wo man sonst welchen herkriegen kann.«

»Ausgerechnet ich soll Bennett fragen?« Susa wurde plötzlich panisch.

»Mein Gott, aus dem Weg gehen kannst du ihm hier eh nicht. Du musst dich innerlich freimachen von ihm. Konfrontationstherapie.« Wilma löste ihre Beine und legte sich entspannt aufs Bett.

Laura hielt ihr Handtuch fest. »Wilma hat recht. Ich bin mir sicher, dass er es ist, Susa. So, wie er immer reagiert, wenn die Sprache auf Betsy kommt, würde ich dir raten, ihn dir schnell aus dem Kopf zu schlagen. Als Mann. Er hat Betsy weh getan.«

Susa schluckte. Die beiden hatten recht. Sie musste ihre eigenen Gefühle zurückstellen. Betsy zuliebe. »Das hat er wohl.« Entschlossen fügte sie hinzu: »Und ich werde herausbekommen, wie und warum.«

Wilma lobte Susa. »Sehr gut. Dann kann ich ja jetzt einfach mal liegen bleiben, oder? Nur eine halbe Stunde oder so. Das kann ich zu Hause nämlich nie.« Sie schloss die Augen und wollte nicht weiter gestört werden.

Während Laura duschen ging, betrachtete Susa aufgewühlt die in sich ruhende Wilma. Wie konnte sie nur so ruhig bleiben?

Fieberhaft dachte Susa nach, wie sie Bennett dazu bringen könnte, mit ihr über Betsy zu reden. Dabei hörte sie Laura wunderschön in der Dusche singen. Sie hatte wirklich Talent, und es war so schade, dass dieses noch immer nicht erkannt worden war.

Susa erinnerte sich, wie Laura vor einigen Jahren in einer Computerfirma am Empfang gejobbt hatte und dort, während die Mitarbeiter Meditationsübungen auf dem Boden ausführten, den »Ring der Nibelungen« von Wagner sang. Sie hatte Susa das Video davon auf YouTube gezeigt. Mindestens zehn Männer in Hemd und Anzughose lagen mit geschlossenen Augen auf Matten auf dem Boden. Laura stand an ihrem Empfang und sang voller Inbrunst und Hingabe die »Walküre«. Das Video bekam eine Menge Klicks, aber vermutlich eher aufgrund der absurden Situation und nicht wegen Lauras Kunst.

Angespannt schlüpfte Susa in ihre grünen Sandalen mit den rosa Schmetterlingen darauf. Sie betrachtete ihr zu allem entschlossenes Gesicht einen Moment lang im Spiegel und ging mit zittrigen Knien los, um Bennett zu suchen.

In dem Steinhäuschen am Empfang war die Tür geschlossen. »Bin mal wieder unterwegs«, stand da auf einem Schild. Sie musste unwillkürlich lächeln.

Dann ging sie weiter durch die Anlage und war restlos begeistert. Üppige Blumenrabatten schienen um die Wette zu blühen, die alten Gemäuer gaben dem Ganzen einen pittoresken Touch. Alte Vasen – oder waren es Blumenkübel? – standen immer genau dort, wo sie am anmutigsten aussahen. Hier hatte jemand wirklich Geschmack bewiesen. Und sie vermutete, diesen Jemand zu kennen.

Der Lavendel blühte und duftete und war den ganzen Weg zu ihrem Appartement entlang gepflanzt. Überall standen hübsche Terrakottatöpfe mit blassrosa und roten Geranien.

Geranien mochte Susa noch nie. Sie erinnerten sie immer an den Balkon der alten, spießigen Frau Kusel, die in dem Mehrfamilienhaus wohnte, in dem sie aufgewachsen war. In

Berlin-Charlottenburg, nahe am Schloss, ganz in der Nähe, wo sie auch mit Stefan gewohnt hatte. Damals, als sie noch dachte, er wäre der Mann ihres Lebens. Wieso nur musste sie ausgerechnet jetzt an ihn denken? Und wieso kamen ihr hier in Italien die gleichen Geranien, die sie damals so furchtbar gefunden hatte, hoheitsvoll, schön und unwiderstehlich vor?

Da hörte sie Bennetts Stimme und zuckte unwillkürlich zusammen.

»Giuseppe, kannst du es dir nachher ansehen?«

»Si«, antwortete ein hagerer, älterer Mann mit grauschwarzem Haar und einer alten abgewetzten Cordhose. Er stellte gerade den Rasensprenger an, seine Haut war von der Sonne ledrig gegerbt.

Susa stand nur da und starrte Bennett an, unfähig, einen Ton zu sagen. Da erblickte er sie.

»Hallo. Alles gut bei euch?«

Sie nahm sich ein Herz, ging auf ihn zu und schaffte es sogar, ihn etwas anzulächeln. Schließlich hatte sie eine Mission. »Na ja, fast. Kann man hier oder in der Nähe zufällig Schokolade kaufen? Und Gummibärchen?«

Er schmunzelte. »Ja klar, in Casalappi, im Ort. Aber du kannst jetzt noch nicht mit eurem Auto fahren. Giuseppe soll sich den Schaden erst einmal genauer ansehen.«

»Gut. Aber zu Fuß wird man da ja wohl auch hinkommen?«

»Ja. Natürlich.« Er lächelte. »Also ich jogge in zehn Minuten hin. Du brauchst zu Fuß bestimmt … vierzig Minuten. Wenn du dich nicht verläufst.« Er grinste.

»Ich verlaufe mich nie!« Susa wurde rot. Er konnte ja nicht wissen, dass ihr Orientierungssinn dem einer Mikrobe glich.

»Ich kann dich aber mit dem Defender fahren.«

Sie starrte ihn unsicher an. Das wäre die perfekte Möglichkeit.

»Das ist ein Geländewagen.«

»Das weiß ich!« Der Kerl machte sich lustig, das war wirklich die Höhe! Er sah sie intensiv an.

Sie musste es tun und über ihren Schatten springen. Denn wenn Emmi herausfinden würde, dass Laura und auch Susa sie belogen hatten, würde sie ihnen nie wieder vertrauen – und das durfte auf keinen Fall passieren. Nicht nach dem, was die kleine Maus alles durchgemacht hatte. Außerdem würde er sich vielleicht öffnen, zu zweit in seinem Wagen.

»Also gut«, riss sie sich zusammen und versuchte, seinen fürchterlich guten Geruch zu ignorieren.

Bennett ging lächelnd, ohne etwas zu sagen, zu seinem Geländewagen. Susa folgte ihm auf einem schmalen, steinigen Weg und hasste ihn.

Dabei sah sie ihn zum ersten Mal von hinten.

Seine Schultern waren breit, sein Hintern eher klein, so dass ihm die beige Leinenhose locker über die Hüfte rutschte. Der Bund seiner Calvin-Klein-Unterhose blitzte heraus. Ein Mann, der sogar bei seiner Unterwäsche Designer-Modelle bevorzugte, konnte sowieso nicht zu ihr passen.

Susa dachte beschämt an ihre schwarze, ausgewaschene Baumwoll-Unterwäsche und beschloss, sich in Italien ein paar hübsche Dessous zu gönnen. Nicht für Bennett natürlich, sondern für sich selbst und weil Betsy einfach recht gehabt hatte. »Was, wenn du mal einen Unfall baust?«, hatte sie einmal lachend gefragt. »Dann liegst du da auf dem OP-Tisch vor all den schicken Ärzten und trägst ausgeleierte Schlüpfer. Das geht wirklich überhaupt nicht.«

Als sie an Bennetts grünem, verstaubten Geländewagen mit einem weißen Dach ankamen, hielt er Susa höflich die Beifahrertür auf. »So, bitte, steig ein.«

Susa zögerte einen Moment, setzte sich dann auf die kühlen Ledersitze. Seine Nähe machte sie hochgradig nervös. Ihre Hände wussten nicht, wohin mit sich.

Mensch, Susa!, ermahnte sie sich selbst. Reiß dich zusammen!

»Hast du eigentlich in Berlin geschäftlich zu tun gehabt, oder bist du nur wegen Betsys Abschiedsparty gekommen?« Ohne darüber nachzudenken, ob das ein taktisch kluger Anfang war, hatte sie es einfach gefragt.

Er sah sie ergriffen an und sagte leise: »Nur wegen Betsys Feier.« Er startete den Wagen.

Susas Magen zog sich schmerzhaft zusammen. Er war also wirklich nur für Betsy nach Berlin geflogen. Das hieß, dass sie ihm sehr viel bedeutet haben musste, und das hieß auch, dass Wilma mit ihrer Vermutung recht gehabt hatte. Zwischen ihm und Betsy war etwas gewesen. War er wirklich der Kerl, der Betsy so weh getan hatte?

Ihr Herz raste, und sie wechselte schnell das Thema. »Wie viele Einwohner hat eigentlich Casalappi?«

»Keine Ahnung. Fünfzig, sechzig? Wieso?«

»Nur so.«

Er fuhr los, und der Defender hinterließ eine große Staubwolke.

Pepe, der Hund, rannte ihnen kläffend nach, gab dann aber irgendwann auf und blieb jaulend zurück.

Stefan hatte immer einen Audi TT gewollt, aber sie, die gerne mal in die Wüste wollte, träumte seit längerem von einem Wagen wie diesem. Sie hatte noch nie zuvor in einem Defender gesessen, aber es gefiel ihr, das Gefühl, etwas über den Dingen zu stehen. Schnell fuhren sie die Schotterpiste entlang, vorbei an Sonnenblumen, die ihre Köpfe gen Sonne neigten, und an Heuballen, die bereit zum Abtransport auf ihren Feldern lagen.

Fieberhaft überlegte Susa, wie sie mehr aus Bennett herausbekommen könnte, doch es fiel ihr nichts ein.

Die Bremshügel auf der Zufahrtstraße zum Castel waren offenbar bereits von Giuseppe oder jemand anderem verkleinert worden. Zumindest spürte Susa sie nicht. Bennetts Hand war beim Schalten der ihren ganz nah, so dass sie sich krampfhaft an der Halterung rechts oben festhielt. Sie durfte auf keinen Fall noch näher zu ihm rutschen.

Ganz offensichtlich durchschaute er sie und sah sie grinsend von der Seite an. »Ich habe dir schon gesagt, dass ich nicht beiße.«

»Das weiß ich«, entgegnete Susa knapp.

»Was ist eigentlich los?« Er sah sie an. »Was willst du?«

»Schokolade«, erwiderte sie spontan.

Er lachte. »Frauen wollen immer nur das eine.« Dann wurde er ernst. »Wieso bist du plötzlich so abweisend zu mir?«

Sie schwieg.

»Ihr Frauen seid manchmal wirklich komisch.« Provozierend fügte er hinzu: »Erst reist du mir nach Italien nach, und jetzt benimmst du dich, als hätte ich dir irgendwas getan. Ich verstehe es nicht.«

Susa wurde rot. Sie benahm sich wirklich kindisch. »Ich bin dir doch gar nicht nachgereist! Der Flyer in deiner Jacke … Ach, tut mir leid. Ich bin nach Betsys Tod einfach so durcheinander. Wolltest du mich nicht etwas fragen? Auf Facebook?«

»Das interessiert dich?«

»Herrgott, ja.« Sie platzte fast vor Neugierde.

Doch in dem Moment kam ihnen ein Wagen entgegen, und da die Wege hier ziemlich schmal waren, lenkte Bennett seinen Geländewagen ohne Vorwarnung in den Straßengraben und auf der anderen Seite wieder hinauf.

Susa schrie auf, konnte sich aber zum Glück noch an dem Seitengriff festhalten. »Bist du verrückt?«

Lachend gab er Gas. »Manche sagen, ja.« Er grinste schelmisch. »Du bist aber verdammt schnell aus der Ruhe zu bringen. Sorry, ich wollte nur ein bisschen Eindruck schinden.«

»Sorry, hat nicht funktioniert«, konterte sie wütend. Ihr Herz raste noch von dem kleinen Adrenalinkick.

Er trat auf die Bremse, hielt den Wagen am Straßenrand an und sah ihr ernst in die Augen. »Ich wollte wissen, was Betsy dir ... was sie dir von mir erzählt hat. Offenbar jedenfalls nicht, dass ich auch ein paar gute Seiten habe«, versuchte er, der Lage den Ernst zu nehmen. »Ich bringe Kindern im Ort Jonglieren bei.«

Seine Stimme klang unsicher.

Sie sah ihn unglücklich an, zuckte nur hilflos mit den Schultern. »Also um ehrlich zu sein ...« Sie stockte.

»Ja, sei bitte ehrlich.«

Ihr Atem ging unregelmäßig und hörte sich an wie eine alte Dampflok. »Nichts. Sie hat nichts über dich gesagt.« Es entsprach der Wahrheit.

»Wie, gar nichts?«

»Nichts, nein. Wir haben nach unserem ersten Treffen in Florenz damals nie wieder über dich gesprochen. Das ist ja das Seltsame.«

»Das glaube ich nicht.« Er schien wirklich baff zu sein.

»Sie hat deinen Namen nie erwähnt. Soll ich dir das schriftlich geben?« Susa wurde allmählich sauer. »Was hätte sie mir denn erzählen sollen?« Sie versuchte, den Spieß umzudrehen.

Aber darauf ging er nicht ein. Unnahbar starrte er auf die Straße und gab Gas. »Dann hat sie wohl auch nicht gewollt, dass ihr es wisst.«

Na, wunderbar. Susa raufte sich innerlich die Haare. Sie hatte es vermasselt, und zwar so was von. Bennett würde ihr nun erst mal nichts mehr zu dem Thema sagen, so viel war klar. Wenn sie das Wilma und Laura erzählte, bekäme sie etwas zu hören. Was hatte Betsy nur vor Susa verheimlicht? Wieso hatte sie überhaupt ein Geheimnis vor ihr? Vor ihrer besten Freundin und auch vor Wilma und Laura, ihrer Schwester? Susas Gedanken überschlugen sich wie Artisten in der Manege. Der Defender rumpelte über eine Baumwurzel, fuhr dann die geteerte Straße entlang, und Bennett schwieg.

Nach ein paar schier endlos scheinenden Minuten fragte er tonlos: »Wenn du nichts von mir weißt, wieso bist du dann so anders als in Berlin?«

»Wieso denn anders? Du kennst mich doch überhaupt nicht«, erwiderte Susa wütend. Der Mann machte sie rasend.

»Stimmt. Es kommt mir aber irgendwie so vor … als ob wir uns schon länger kennen würden.«

Mir auch, durchfuhr es sie blitzartig, und wieder war es da, dieses Flattern im Bauch, das nicht sein durfte.

Der kleine Ort war mit dem Auto wirklich nicht weit entfernt. Ein beschauliches italienisches Dorf, das aber keinen richtigen Ortskern zu haben schien. An einem Tante-Emma-Laden, vor dessen Tür Schlauchboote für Kinder, bunte Bälle und grün-weiße Sonnenschirme zu kaufen waren, hielten sie schließlich an.

Während Bennett bereits aus dem Wagen sprang, versuchte Susa verzweifelt, den Türgriff zu betätigen. Doch nichts rührte sich, die verdammte Tür ging einfach nicht auf. Schon war

Bennett um den Wagen herumgekommen und öffnete ihr die Tür. Galant hielt er ihr seine Hand hin, als wäre sie eine Prinzessin mit einem langen, knisternden Kleid.

»Geht schon«, brummelte sie nur und ignorierte seine Hand.

Bennett lächelte in sich hinein. »Du bist ja fast so störrisch wie mein Esel«, neckte er sie.

»Das bist du wohl nicht gewohnt, eine Frau, die ihren eigenen Kopf hat, was?«

»Nein«, grinste er. »Aber ich mag es.«

Bitte nicht! Je länger sie mit diesem Kerl zusammen war, desto größer wurde seine Anziehungskraft.

Schnell trat Susa in den Laden, in dem es ziemlich dunkel und eng war. Der köstliche Geruch von frischer Petersilie und reifen Tomaten wehte ihr entgegen. Eine ältere, zahnlose, kleine Kassiererin grüßte auf Italienisch.

Susa grüßte zurück, das bekam sie gerade noch hin.

Als die Frau Bennett sah, strahlte sie über das ganze Gesicht. Ihr Gebiss sah aus, als hätte sie Stunden ihres Lebens damit verbracht, Zuckerstangen und klebrige Lollis zu lutschen. Sie begrüßte ihn überschwenglich, drückte ihn an ihren riesigen Busen und redete auf Italienisch auf ihn ein. Ganz offensichtlich war er auch bei älteren Damen sehr beliebt.

Während die beiden den neuesten Dorfklatsch auszutauschen schienen, suchte Susa Schokolade und Gummitiere zusammen. Gut, dass Emmi noch nicht lesen konnte. Sie hätte sie anhand der italienischen Aufdrucke überführen können.

Die Kassiererin packte Bennett währenddessen frische Ciabattas, italienische Salami und Pecorino ein.

Susa lief das Wasser im Mund zusammen und bemerkte erst jetzt, wie hungrig sie war.

Bennett lächelte sie an. »Willst du ein Stück Pferdesalami probieren?« Er hielt ihr eine Salamischeibe vor den Mund und wedelte damit, als wäre sie ein junger Hund, der Männchen machen musste, um sein Leckerli zu bekommen.

»Nein danke«, empörte sie sich. Auf Spielchen hatte sie wirklich keine Lust. Was bildete sich dieser Typ überhaupt ein?

Ihre Arme voller Süßigkeiten, ging sie zur Kasse und ließ die Sachen auf das Rollband gleiten. Außer ihnen befand sich gerade kein Kunde im Laden. Die Kassiererin grinste Susa verschwörerisch an. Sie hatte nicht nur Zahnlücken, sondern auch einen Goldzahn, der aufblitzte.

»Jetzt denkt sie, dass der ganze Süßkram für mich ist. Ist er aber nicht, sondern für Emmi«, wandte sich Susa an Bennett. Dabei wollte sie sich eigentlich nicht erklären.

»Dachte ich mir schon, bei deiner Figur.« Bennett schmunzelte.

Sauer funkelte sie ihn an. Ihr graute schon jetzt davor, sich gleich am Pool im Bikini zeigen zu müssen. Sie schwamm für ihr Leben gern, am liebsten viele Bahnen. Nur diesem Umstand war es wohl zu verdanken, dass ihre Figur noch einigermaßen »in Schuss« war, wie Wilma zu sagen pflegte. Susa nahm zwar schon hin und wieder etwas zu, aber durch einen Abend mit einem Becher Buttermilch bekam sie das eigentlich immer wieder ganz gut hin.

»Können wir jetzt endlich?«

Es war nur eine Frage der Zeit, wann Emmi Lust auf Süßes bekommen und sich an Lauras prall gefüllten Koffer erinnern würde.

»Natürlich.« Bennett zwinkerte der Kassiererin noch charmant zu, verabschiedete sich von ihr und hielt Susa die Tür auf.

Dieses Gentleman-Gehabe ging ihr ziemlich auf die Nerven. Und sie konnte sich immer besser vorstellen, dass hinter seiner netten Schale ein dunkler Kern lag.

* * *

Laura balancierte gerade vier Tomate-Mozzarella-Ciabattas und vier Limonaden mit Limettenscheiben auf einem kleinen Tablett vom Restaurant zum Pool. Die Sonne glitzerte auf der Wasseroberfläche und brach sich in kleinen, schaukelnden Wellen. Lauras suchender Blick ging sofort besorgt zum Babybecken. Sie kniff die Augen zusammen, um besser sehen zu können. Ihre Augen wurden mit jedem Jahr schlechter, stellte sie fest. Himmel, sie sah Emmi nicht! Ihre Hände begannen zu zittern, die Gläser auf ihrem Tablett vibrierten. Panisch scannte sie die planschenden Kinder ab. Nach schier endlosen Sekunden entdeckte sie die Kleine am Rand des Erwachsenenbeckens. Direkt am Rand! Emmi beugte sich mit ihrem grünen Förmchen gerade zum Wasser, da rief Laura hysterisch auf: »Emmi, weg da!« Die Gläser auf ihrem Tablett klirrten.

Die Badegäste am Pool sahen erschrocken auf. Doch da niemand in Gefahr zu schweben schien, widmeten sie sich wieder gelangweilt ihren Smartphones und Tablets.

»Nicht in den Erwachsenen-Pool, Emmi, du hast doch ein Kinderbecken!«, zischte Laura nun leiser und peinlich berührt. Emmi machte eine Schnute, stand aber auf und trottete mit ihren Förmchen zu den anderen Kindern.

Aufgewühlt atmete Laura durch, ging weiter zu Wilma, die mit geschlossenen Augen und Ohrstöpseln im Ohr auf einer Liege lag und döste. Von wegen, Wilma würde Emmi keine Sekunde aus den Augen lassen. Wilma hatte sich zwei Sonnenschirme nebeneinandergestellt, um ihre sehr blasse Haut zu schützen, und schien in anderen Sphären zu schweben. Mischa lag ein paar Liegen weiter auf dem Bauch in der Sonne, Kopfhörer auf den Ohren, eine Zigarette im Mund.

»Wilma, was soll das? Emmi hätte ertrinken können!«

Wilma schlug verträumt die Augen auf und sah erschrocken zum Babybecken. »Was, wieso? Sie hat doch Schwimmflügel an.«

»Trotzdem. Da kann ja wohl mal ganz schnell ein kleines Loch drin sein.« Laura stellte lautstark das Tablett auf das kleine weiße Plastiktischchen neben Wilmas Liege ab und setzte sich neben sie. »Du hast versprochen, du passt drei Minuten auf sie auf!« Sie griff, immer noch leicht zittrig, nach einem Ciabatta und biss nervös hinein.

Wilma setzte sich schuldbewusst auf. »Tut mir leid. Laura, du musst jetzt versuchen, nicht durchzudrehen. Diese Schwimmflügel haben Doppelluftkammern, und hier sind einige Leute am Pool, die sie im Notfall hätten retten können.«

Laura schnaubte wortlos durch.

Wilma nahm sich auch ein Ciabatta. »Ich habe mir bei Lotta am Anfang auch bei jedem Schritt Sorgen gemacht. Aber mit jedem Kind wird man etwas entspannter. Mmhm, lecker. Frischer Büffelmozzarella. Köstlich, wie das Basilikum duftet.«

»Tja. Also ich werde in diesem Leben kein Kind mehr bekommen. So viel steht wohl fest.« Laura atmete den Geruch frischer Tomaten ein, kaute und dachte enttäuscht an Jack, an ihre leidenschaftlichen Stunden in New York. Wie sehr sie ihn, seine Nähe, seinen Humor vermisste. Doch bevor sie sich zu sehr in Erinnerungen verlieren konnte, kam Susa von ihrem Ausflug mit Bennett zurück. Vielleicht hatte sie ja schon etwas aus ihm herausbekommen?

Susa hatte sich umgezogen, trug ihren roten Bikini, darüber fest gewickelt ein orangefarbenes Strandtuch mit verschiedenen Ornamenten. Sie sieht hübsch aus, dachte Laura und fragte sich, warum es bei einer so tollen Frau wie Susa mit den Männern auch nie klappte.

»Hi, da bin ich wieder. Mann, ist der arrogant.« Susa wischte sich über ihre heißen Wangen. »Diese Süßis sind wirklich hart erkämpft.«

»So schlimm?« Wilma hielt ihr neugierig eine Limonade hin. Susa nahm sie und trank sie begierig aus. Dann sah sie die Freundinnen schuldbewusst an und setzte sich neben Laura auf die Liege.

»Ja, und? Hast du etwas herausgefunden?«, wollte Laura gespannt wissen und hörte auf zu kauen. Susa zuckte verstört die Schultern.

»Ich weiß nicht. Nein. Aber irgendwie auch ja.«

»Ach Mensch, Susa!«

»Ist ja gut. Er fing wieder von selbst von Betsy an. Hat mich gefragt, was sie über ihn erzählt hat. Und als ich gesagt habe, nichts, hat er wieder dichtgemacht. Er meinte, dass Betsy es dann wohl auch nicht wollte, dass wir wissen, was die beiden verbunden hat.«

Laura atmete enttäuscht durch. »So ein Idiot.«

»Sag ich ja.«

Wilma nahm ihre Limette vom Glas, lutschte sie aus und verzog das Gesicht ob der Säure. »Er ist genau Betsys Typ. Er ist Emmis Vater, jede Wette.«

»Und wieso hat sie uns nichts von ihm erzählt?«, rätselte Susa.

»Tja, um das herauszubekommen, sind wir ja hier.« Laura registrierte, dass Wilma leicht unleidlich zu Mischa blickte, der sie aber nicht beachtete. Mit den Kopfhörern seines MP3-

Players auf den Ohren lag er auf dem Bauch und wippte mit dem großen Zeh zum Takt der Musik.

Laura dachte fieberhaft nach, biss erneut in ihr Ciabatta. Essen brachte sie schon immer auf die besten Gedanken. Doch heute schien es nicht zu funktionieren. Der Büffelmozzarella schmeckte köstlich, und bei den Tomaten merkte man, dass sie die südliche Sonne genossen hatten. Wieso nur hatte Betsy nicht einmal Susa von Bennett erzählt? Das Verhältnis der Schwestern war nicht eng genug gewesen, aber Susa, ihrer besten Freundin? Lauras Schuldgefühle krochen wieder empor, nahmen ihr den Atem. Wann nur war es geschehen, dass ihr Verhältnis zu Betsy so oberflächlich geworden war?

Auf einmal drangen laute Schnarchgeräusche aus Mischas Richtung. Laura bemühte sich, tief durchzuatmen, und warf Susa einen amüsierten Blick zu. Mischa röchelte und schnaubte im Schlaf.

Laura verscheuchte ihre negativen Gedanken. »Der schnarcht wie eine alte Großmutter, Wilma.«

»Na und?«, erwiderte Wilma pikiert.

»Dein Thomas schnarcht aber nicht so, oder?«

»Was willst du jetzt damit sagen? Ich will Mischa nicht heiraten.«

»Ach, nein? Heiraten nicht, aber eine kleine Affäre?«

»Spinnst du?« Wilmas Stimme klang energisch, sie bekam rote Flecken am Hals. »Aber du vielleicht?«

Laura seufzte. Da hatte sie wohl Wilmas wunden Punkt getroffen. Eine Spezialität von ihr.

* * *

Susa ließ sich die beiden Freundinnen weiter kabbeln und beschloss, ins Wasser zu gehen. Ihr Körper glühte, und es schien gerade ein günstiger Moment, denn sie konnte Bennett nirgendwo sehen, musste sich vor ihm also nicht im Bikini zeigen. Er sollte ihre Pölsterchen, die sich im Laufe der Jahre an ihren Hüften angesammelt hatten, nicht sehen. Rasch knotete sie ihr buntes Strandtuch auf, ging schnellen Schrittes zum Pool und streckte ihren Zeh hinein. Das Wasser fühlte sich herrlich kühl an. Mit einem Kopfsprung tauchte sie hinein und fühlte sich sofort geborgen vom Wasser.

Dort unten schien die Welt so ruhig, so schön und schwerelos, und Susa dachte an Betsy, wo sie war und ob sie sich dort, wo sie sich befand, wohl fühlte.

Bereits nach wenigen Sekunden ging ihr die Luft aus, und mit ein paar kräftigen Zügen tauchte sie zum Beckenrand zurück. Als sie dort hochkam und die Augen öffnete, stand Bennett mit seinen nackten Beinen vor ihr.

Susa erschrak und tauchte instinktiv wieder unter. Aber es half nichts, sie konnte und durfte ihm nicht entfliehen. Wieder kam sie hoch, blickte ihm direkt in die Augen. Er lächelte. Was grinste der denn jetzt so? Susa sah wütend weg, und Bennett wandte sich schmunzelnd Giuseppe zu. Der entleerte gerade das Geld aus einem Automaten.

Gab es da etwa Kaffee? Susa liebte guten italienischen Kaffee, und auch wenn Automatenkaffee so ziemlich das Letzte war, so hätte sie doch gerne eine Nase Kaffeeduft genommen. Susa sah sich den Automaten an und konnte es nicht fassen. Es war ein Süßigkeitenautomat! Das durfte ja wohl nicht wahr sein! Es gab also doch Süßigkeiten hier in der Anlage zu kaufen, das hätte er ihr sagen müssen. Doch da er es verschwiegen hatte, wollte er wohl ein paar Minuten mit ihr allein verbringen.

Für eine Millisekunde fühlte sich Susa geschmeichelt. Ein attraktiver Mann wie er hatte sich eine Geschichte ausgedacht, nur um eine halbe Stunde allein mit ihr zu sein. Doch im nächsten Moment wurde ihr bewusst: Susa, er hat dich angelogen. Ohne mit der Wimper zu zucken. Wie Betsy vermutlich auch.

Nervös passte sie einen Moment ab, in dem er nicht zu ihr herübersah, stieg schnell aus dem Pool und wickelte sich ihr Strandtuch um. Emmi spielte friedlich im Babybecken. Wilma und Laura lagen entspannt und mit geschlossenen Augen auf ihren Liegen. Susa eilte fröstelnd zu ihnen. »Ich frage ihn jetzt einfach direkt, ob er eine Affäre mit Betsy hatte«, platzte es vor den Freundinnen aus ihr heraus.

Wilma und Laura schlugen alarmiert die Augen auf.

»Nein, das musst du geschickter angehen.« Wilma, die immer einen Plan hatte, schüttelte entsetzt den Kopf.

»Ach ja, und wie? Uns rennt die Zeit davon!«

»Susa, jetzt beruhige dich. Du bist ja ganz blass.«

»Wieso sollte er irgendetwas zugeben, wenn du ihm die Pistole auf die Brust setzt? Wir waren uns doch einig.« Laura schob ihre Sonnenbrille ins Haar. »Du bist doch sonst so einfühlsam.«

»Aber bei ihm nicht.«

»Jetzt komm, wir haben ja noch drei ganze Tage.« Laura wischte sich den Schweiß aus dem Gesicht. »Lasst uns gemeinsam überlegen. Er weiß jetzt, dass wir nichts wissen. Okay. Und die Einzige, die etwas weiß, schweigt. – Für immer.«

Sofort spürte Susa wieder diesen Kloß im Hals. Dass Laura immer so zynisch sein musste. Susas Hände zitterten.

Wilma wirkte nachdenklich. »Er darf nicht merken, dass wir ihm auf der Spur sind. Sonst macht er komplett zu. Susa, wir müssen jetzt so tun, als machten wir hier wirklich nur Urlaub. Lasst uns erst einmal entspannen, es ist so schön hier. Kriegst du das hin, Susa?«

»Nein, aber muss ich ja.«

Der Himmel schien so blau, als hätte Emmi ihn mit ihrem Tuschkasten gemalt. Nur ein einziges Wölkchen war zu sehen. Susa wurde klar, dass es immer ein kleines Wölkchen am Himmel gab, in jedem Leben, und dass man sich lieber auf das große Ganze, Wunderschöne und nicht auf das kleine Wölkchen konzentrieren sollte.

Susa ging zu Emmi, setzte sich an den Rand des Babybeckens. Die kleine Maus strahlte sie an, und sofort ging es ihr besser.

»Susa, zeigst du mir, wie Schwimmen geht?«

»Aber klar doch.«

»Wie ein Frosch, stimmt's?«

»Ganz genau. Jetzt gleich?«

Emmi nickte. Susa ließ ein wenig Luft aus Emmis Schwimmflügeln und fing sich von Laura sogleich einen Rüffel ein.

»Susa? Was soll das denn jetzt?«

»Emmi will schwimmen lernen.«

»Aber doch nicht mit fünf!«

Wilma schaltete sich seufzend ein. »Na klar mit fünf. Da machen sie doch alle einen Schwimmkurs.«

»Wir damals nicht. Betsy hat erst mit zehn Jahren schwimmen gelernt. Sie war so wasserscheu.«

Susa schluckte. »Die Zeiten ändern sich eben.«

Plötzlich stand Bennett angespannt neben ihnen. »Ihr passt dann aber auf die Kleine auf, ja?« Seine Stimme klang seltsam barsch.

»Natürlich«, entgegnete Susa verdutzt. Sie musterte ihn erstaunt, doch er wendete sich wieder Giuseppe zu, nahm ihm die Einnahmen aus dem Süßigkeitenautomaten ab und ging damit in Richtung Bürohäuschen.

»Los, Susa!« Emmi sah sie ungeduldig an.

»Ich mach ja schon, Süße.«

Doch Bennetts seltsame Reaktion ging ihr nicht aus dem Kopf. Irgendetwas steckte dahinter!

Emmis Schwimmflügel waren jetzt so platt, dass Susa sie abstreifen konnte. Aufgeregt legte Emmi ihre Ärmchen um Susa, so dass diese sie ins Schwimmerbecken tragen konnte.

»Aber nicht loslassen.« Jetzt wurde Emmi doch etwas ängstlich.

»Nein, natürlich nicht.«

Susa spürte Bennetts Blick in ihrem Nacken. Was mischte er sich überhaupt in ihren Schwimmunterricht ein? Während Susa mit Emmi Schritt für Schritt die Treppe im Pool hinunterging, versuchte sie sich auf Emmi zu konzentrieren. Ihr kleiner Körper fühlte sich so zerbrechlich an. Susa sah, wie Bennett angespannt zu seinem Büro ging.

Was für ein mysteriöser Typ.

Emmi ruderte mit ihren Armen. »So, also wie macht der Frosch?«

Emmi ahmte mit ihren Ärmchen kichernd Schwimmbewegungen in der Luft nach.

»Genau. Die Beine genauso, ja?«

»Aber nicht loslassen!«

»Nein, ich halte dich.«

Emmi hatte jeglichen Halt verloren, genau wie Susa. Wie sollten sie überhaupt jemals noch irgendjemandem vertrauen können?

Susa drückte Emmi fest an sich, schmuste mit ihr und flüsterte ihr ins Ohr: »Emmi, ich werde immer für dich da sein, ja? Immer.«

Emmi nickte tapfer und paddelte aufgeregt mit den Beinchen. »Reiiiicht.«

»Okay, magst du ein Eis?«

»Au ja!« Sie rief zu Laura. »Susa kauft mir ein Eis!«

Laura sah zu ihnen herüber und fühlte sich wieder einmal ausgeschlossen, das sah Susa ihr an.

»Komm, Emmi, wir fragen mal die nette Frau aus dem Restaurant.«

»Die Omi?« Emmi nickte. Sie trockneten sich ab, Susa wickelte wieder ihr Strandtuch um, und sie marschierten zum Restaurant.

Maria saß mit Giuseppe und Carla beim Mittagessen auf der Veranda. Es gab Spaghetti und einen frischen Salat mit Tomaten, Zwiebelringen und Oliven. Die drei aßen schweigend.

»Entschuldigung, wir wollten nicht stören ...«

Carla, die am besten Deutsch sprach, lächelte sie an. »Kein Problem. Kann ich euch helfen?«

»Na ja, vielleicht. Gibt es hier ein Eis zu kaufen?«

»Leider nein. Aber Bennett fährt gleich noch mal ins Dorf, ihr könntet bei ihm mitfahren.«

Auf keinen Fall schon wieder, dachte Susa und schüttelte bemüht lächelnd den Kopf.

»So wichtig ist es nicht.«

»Doch«, meldete sich Emmi. »Ist es wohl.«

Susa dachte fieberhaft nach. »Wenn er uns einfach eines mitbringt?«

»Dann ist es geschmolzen, bis er wieder hier ist.«

Carla hatte recht, und Susas Hände wurden ganz kalt.

»Versprochen ist versprochen und wird auch nicht gebrochen.« Emmi sah sie mit ihren großen, dunklen Kinderaugen an.

»Weißt du was, Emmi, wir warten, bis unser Auto repariert ist, und dann fahren wir alle nachher zusammen ins Dorf.«

Carla redete auf Italienisch mit Giuseppe. Der schüttelte bedauernd den Kopf, während er redete. Sein Haar war schon etwas schütter, aber er kämmte sich die übrig gebliebenen Haare über die lichte Stelle. Doch als er den Kopf bewegte, verrutschten die Haare.

Carla wandte sich an Susa. »Mein Papa ist noch nicht dazu gekommen, und er muss noch etwas anderes für Bennett erledigen. Der Wagen wird leider erst morgen Vormittag fahrbereit sein. Ist das okay?«

Nein, nichts war in Ordnung, aber das konnte Susa ihr ja schlecht sagen. Sie konnte nur nicht schon wieder neben Bennett im Auto sitzen, das war einfach zu viel.

»Emmi, tut mir leid, dann lass uns morgen ein Eis kaufen gehen.«

Doch Emmi schüttelte stur den Kopf.

Susa seufzte innerlich, da hatte sie einen Geistesblitz. »Du hast ja noch gar nicht in Lauras Koffer geguckt. Der ist voller Schokolade, und die schmilzt, wenn man sie nicht bald isst.«

Emmi überlegte und grinste. »Au ja.« Sie flitzte los, in Richtung ihres Appartements.

Carla sah Susa mit ihren dunklen Augen verwundert an. Sie fragte sich vermutlich, warum Susa partout nicht mit Bennett fahren wollte.

»Heute Abend gibt es Pizza. Meine Mama backt die beste Pizza der Gegend. Alle Gäste essen auf der Veranda zusammen. Um acht geht es los, ja?«

»Prima.« Susa lächelte die drei noch einmal kurz an und ging Emmi hinterher. Ein Glück, dass sie die Naschsachen bereits in Lauras Koffer gesteckt hatte.

Während sie am Lavendel vorbeieilte, fragte sie sich, ob Bennett bei diesen täglichen gemeinsamen Mahlzeiten auch jedes Mal zugegen sein würde. Vielleicht ergab sich dann ja eine günstigere Gelegenheit, mehr aus ihm herauszubekommen.

* * *

Wilma lag auf ihrer Liege am Pool und fühlte sich kurz vorm Sonnenstich. Auch wenn sie die meiste Zeit im Schatten verbracht hatte, kribbelte ihre helle Haut bereits wieder. Rasch warf sie Mischa einen Blick zu, doch der schlief immer noch auf seiner Liege in der Sonne, tief und fest. Und auch Laura neben ihr war etwas eingedöst. Wo blieb Susa nur mit Emmi? Vermutlich gab es doch kein Eis in der Anlage.

Wilma warf ihr gelbes Designer-Strandkleid über ihren Bikini, setzte ihren Strohhut auf und machte sich auf den Weg zum Appartement. Erneut streifte ihr Blick den leise schnarchenden Mischa. Dann eben nicht, dachte sie sich. Seine Flirtattacken hatten ja recht schnell nachgelassen. Sie merkte, dass es sie insgeheim ärgerte.

Die drei Schwangerschaften waren körperlich nicht spurlos an ihr vorbeigegangen, und Wilmas Selbstzweifel, ihr ständiger Begleiter, meldeten sich wieder zu Wort. Bin ich zu hager, zu blass, zu rothaarig, oder ist mein Bauch zu ausgeleiert? Wilma hatte noch mit niemandem über diese ständigen Zweifel geredet, denn nach außen hin wirkte sie selbstsicher und schön. Das hatten ihr schon viele Designer-Kollegen und Models bestätigt, und so wagte sie es nicht, ihr mühsam aufgebautes Image bröckeln zu lassen. Doch tief in ihr drin fühlte sie sich unsicher und scheu. Ihre Mutter hatte ihr schon als Kind nie viel zugetraut. Der ältere Bruder Sven hingegen schaffte alles, davon waren die Eltern überzeugt. Wilma, das

Mädchen, erschien immer zu zart für alles. Das war auch der Grund, warum sie es den Eltern mit ihrer Karriere und der großen Familie unbedingt beweisen wollte.

Nach einem kurzen Gang am Lavendel entlang bog sie auf die Holzterrasse ihres Appartements ein. Wilma mochte dieses toskanische Ambiente, auch wenn es nicht zu ihrem sonstigen Designer-Stil passte. Teakholz-Möbel standen auf der Terrasse sowie ein weißer Ampelschirm, in der Ecke ein kleiner Grill, dazu Terrakottatöpfe mit Geranien und anderen Blumen, deren Namen sie nicht kannte. Aber sie dufteten gut. Wilma musste erst einmal auf die Toilette, wie sie es ständig musste seit den drei Geburten. Ihre Blase hatte ein wenig Schaden genommen. »Reizblase«, hatte ihre Frauenärztin diagnostiziert, Thomas kannte das schon. Egal, wo sie waren, es musste immer eine Toilette in der Nähe sein. Er machte sich jedes Mal lustig darüber.

Wie Mischa wohl damit umgehen würde?, ertappte sich Wilma zu denken. Sie fühlte sich sehr zu ihm hingezogen, mehr, als eigentlich gut für sie und ihre Ehe war.

Als Wilma das Appartement betrat, kam sie an Lauras Schlafzimmer vorbei und sah, wie Emmi mit geschlossenen Augen und ganz schokoladenverschmiert auf Lauras Bett lag. Susa saß daneben und betrachtete die Kleine entzückt im Schlaf.

Wilma musste grinsen. »Niedlich, wenn sie ruhig sind, oder?«

Susa lächelte kurz, wurde dann aber ernster. »Der Flug und alles andere war einfach viel zu anstrengend für sie.«

Susa streichelte Emmi über das Ärmchen, deckte sie mit einer der kamelfarbenen Wolldecken zu.

»Ich muss mal schnell, setzen wir uns gleich ein wenig auf die Terrasse in den Schatten?«

»Okay. Am Pool ist es mir sowieso zu gefährlich.«

Wilma verstand und ging rasch ins Bad.

Als sie wieder zurückkam, saß Susa schon mit einer Flasche Acqua frizzante auf der Terrasse und naschte frische, reife Aprikosen aus einer gelb-weiß gestreiften Keramikschüssel.

Wilma setzte sich zu ihr, nahm sich eine köstlich aussehende, flaumige Aprikose, öffnete sie. Die Frucht fühlte sich weich und warm in ihren Händen an. Sofort kam eine Wespe angeflogen und umkreiste Wilmas Kopf.

»Oh nein, hat man denn nirgends seine Ruhe?« Wilma scheuchte die Wespe davon.

»Nein, hat man nicht. Zumindest nicht hier.« Susas finsterer Miene nach zu urteilen, bezog sie das auf Bennett.

»Sei doch froh, dass er hier ist, nur so haben wir eine Chance, irgendetwas herauszufinden.«

»Stimmt.« Susa biss in eine Aprikose.

»Er hat es dir angetan, habe ich recht?«

»Er ist mir viel zu selbstverliebt. Ich hasse solche Männer eigentlich. Trotzdem zieht mich irgendetwas an ihm an.« Susa seufzte. »Und was ist das mit Mischa und dir?«

Wilma schluckte, widmete sich der Wespe, die nicht abließ. »Ach komm, ein kleiner Urlaubsflirt wird ja wohl erlaubt sein, auch wenn man liiert ist.«

»Sicher. Ich habe ja nur Angst um dich und Thomas. Ihr seid so ein tolles Paar. Für mich sogar das perfekte Paar.«

»Das gibt es nicht«, entgegnete Wilma trocken. Sie dachte nach und horchte in sich hinein. Ja, sie hatte auch Angst. Angst vor der Übermacht der Gefühle. Angst, die Kontrolle über ihr so perfektes Leben zu verlieren. Aber gleichzeitig spürte sie eine nie gekannte Sehnsucht danach, etwas in ihrem Leben zu verändern, endlich mal wieder ein Abenteuer zu erleben.

»Diese dämliche Wespe!« Wilma änderte ihre Taktik, hielt ganz still, schloss die Augen. »Weißt du, was ich mich frage? Ob Wespen genauso wie Bienen auch sterben, nachdem sie einmal jemanden gestochen haben. Und ob Bienen wohl wissen, dass sie sterben werden, sobald sie jemanden stechen? Denn das wäre dann doch auch eine Art … Suizid. Oder nicht?«

Susa sah sie fassungslos an. »Wilma! Du lenkst schon wieder ab, so wie du es immer tust, wenn es um dich geht.«

Wilma nickte ertappt. Das warf ihr Thomas auch immer vor. Dass sie die einzige Frau wäre, die nicht über ihre Gefühle reden könnte. Das hatte sie von ihren norddeutschen Eltern, die immer das Thema wechselten, wenn es brisant wurde. Wilma hörte ihr Handy piepsen, es lag auf dem Küchentisch im Appartement. Erleichtert über diese Ablenkung stand sie auf, ging hinein, nahm es und kam lesend wieder heraus. »›Die Kinder vermissen dich‹, schreibt er.«

»Die Kinder. Und Thomas selbst?«

Wilma seufzte. »Keine Ahnung.«

»Und du? Vermisst du ihn auch?« Susa ließ wie immer nicht locker.

»Ja, klar.« Wenn sie ehrlich zu sich war, wusste sie es nicht und hoffte, Susa würde ihr das nicht ansehen.

Der Ampelschirm schwankte im Wind.

»Mischa kommt nicht in Frage. Ich meine, wegen Thomas und den Kindern sowieso nicht. Und außerdem raucht er.« Wilma sah nachdenklich vor sich hin. »Thomas habe ich das abgewöhnt. Gleich am Anfang unserer Beziehung.«

»Ich erinnere mich gut. Geht Thomas eigentlich noch Gleitschirm fliegen? Das fandest du ja auch zu gefährlich.«

Wilma schüttelte den Kopf. »Natürlich geht er nicht mehr. Er hat jetzt Kinder. Kaum auszudenken, was passieren würde, wenn er abstürzen würde.«

»Ah.« Susa biss erneut in eine Aprikose, warf den Kern in die Kirschlorbeerhecke.

Was sollte denn dieses »Ah«?, dachte Wilma ärgerlich.

»Liebst du ihn denn noch?« Susa schien über ihre eigene Direktheit überrascht.

»Natürlich!«, antwortete Wilma etwas zu schnell.

Die Wespe hatte Verstärkung bekommen. Zu zweit flogen sie auf die saftigen Aprikosen, setzten sich darauf und naschten.

War es überhaupt möglich, die Liebe im stressigen Alltag mit Kindern zu bewahren?, überlegte Wilma. Am Anfang ihrer Beziehung mit Thomas, als sie Lotta bekommen hatten, gönnten sie sich noch jede Woche einen Babysitter. Sie wollten nicht werden wie all die anderen Paare mit neugeborenem Kind. Einsilbig und gelangweilt. Sie gingen aus, nahmen sich Zeit für sich, für ihre Beziehung. Dann kam Timo. Sie gingen nur noch alle zwei bis drei Wochen aus. Die schlaflosen Nächte zehrten zu sehr an ihnen. Als dann auch noch Matti auf die Welt kam und Wilmas Laden immer mehr florierte, fühlte sich Wilma, die Powerfrau, mit ihrer Energie am Ende. Allein die Vorstellung, abends noch einmal auszugehen, fand sie bereits anstrengend. Und so wurden ihre romantischen Abende mit Thomas und auch die Mädelsabende mit den Freundinnen immer seltener.

Der Ampelschirm wehte erneut im Wind. Die Sonne stach. »Weißt du was, ich wecke Mischa, sonst verbrennt seine Haut ja komplett. Kommst du mit zum Pool?«

Susa schüttelte den Kopf. »Nein, ich bleibe lieber hier. Hier ist Bennett-freie Zone. Und Emmi schläft ja auch noch.«

»Okay.« Wilma sah Susa besorgt an. »Dieser Bennett ist mir irgendwie unheimlich.«

»Unheimlich?«

»Ja, ich weiß nicht, er hat keine gute Aura. Pass auf dich auf, Susa, ja?«

»Ich versuche es.«

Wilma schnappte sich noch eine Aprikose für Mischa und ging zurück zum Pool.

* * *

Susa starrte auf die Wespen, die sich gierig am Saft der Aprikosen labten. »Er hat keine gute Aura.« Wilma wieder mit ihren esoterischen Schwingungen und diesem Zeugs. Susa versuchte sich zu beruhigen, doch ihr Puls raste. Dann erinnerte sie sich schmerzvoll an Betsys Zettel: *Er spielt mit mir.*

Sie fröstelte immer mehr, bei vierunddreißig Grad. Morgen nach dem Frühstück wollten sie die vielen Zettel von Betsy noch einmal durchforsten. Vielleicht ergab ja hier vor Ort eine der Notizen einen Sinn.

Plötzlich hörte Susa Emmi wimmern. Rasch ging sie zurück ins Appartement. Emmi schien schlecht zu schlafen. Kein Wunder. Susa streichelte ihre verschwitzte Stirn, dabei wurde die Kleine wach, hielt ihre Hand mit ihren kleinen Händchen fest.

»Mama?«

Oh Gott. Susas Herz stand still.

»Nein, Süße, ich bin's, Susa«, flüsterte sie.

Emmi blickte sich um, rieb sich mit ihren Fäustchen die Augen und schien sich zu erinnern.

»Wollen wir wieder im Pool schwimmen üben?«, lenkte Susa schnell ab.

»Ich will aber ans Meer.«

»Das machen wir morgen, da haben wir wieder ein Auto. Ist doch erst unser allererster Tag.«

»Na gut.«

»Also dann, komm, du kleiner Frosch.«

Emmi stand auf, und Susa sah ihren verschmierten Mund amüsiert an. »Aber vorher musst du noch deinen Schokomund sauber machen. Sonst wird das ganze Pool-Wasser braun.«

Emmi grinste. »Iiih, wie Kacka.« Sie ging ins Bad, stellte sich auf den Hocker, der da offensichtlich extra für sie hingestellt worden war, und wusch sich den Mund.

Hatte Bennett an einen Kinder-Hocker gedacht, oder war es Maria?, schoss es Susa durch den Kopf.

»Fertig!«

»Prima. Los geht's.«

Hand in Hand gingen sie zum Pool und zurück zu ihren Liegen. Wilma saß neben Mischa auf einer Liege im Schatten und unterhielt sich angeregt mit ihm. Unbewusst kokett warf sie dabei eine Haarsträhne, die sich aus ihren hochgesteckten rotblonden Haaren gelöst hatte, nach hinten.

Susa warf Laura einen alarmierten Blick zu. Diese nickte nur vielsagend und flüsterte: »Das kann noch was werden. Und ich werde gerade von diesem feisten Ehemann dieser blonden Holländerin da mit Blicken ausgezogen. Auf mich stehen immer nur die Verheirateten.«

Susa kannte das, schließlich lebte sie schon lange genug als Single. »Oder die, die irgendeinen Knall haben, selbstherrlich sind oder furchtbar arrogant.«

Laura lachte. Dann wandte sie sich Emmi zu. »Und, war dein Eis lecker?«

Emmi schüttelte den Kopf.

»Es gibt hier kein Eis«, erklärte Susa. »Dafür hat Emmi deinen ganzen Schokovorrat aufgefuttert.«

Laura warf Susa heimlich einen dankbaren Blick zu und spielte empört. »Wie, und mir hast du nichts übrig gelassen? Keine einzige Schoki?«

»Nö«, kam es nur von Emmi. Sie nahm Susas Hand und zerrte sie Richtung Schwimmerbecken.

Susa löste mit der anderen Hand den Knoten ihres Strandtuches, ließ es auf eine Liege gleiten und entdeckte im selben Moment Bennett. Er stand etwas weiter entfernt, grub gerade eine Pflanze ein und beobachtete sie.

Plötzlich fühlte sie sich nackt und spürte, wie er sie musterte. Die paar Meter zum Pool ging sie, als hätte ihr jemand rohe Eier unter die Füße geschnallt. »Emmi, warte, nicht alleine ins Tiefe.« Sie nahm Emmi und ließ sich mit ihr ins Wasser gleiten. Bennett sah sie dabei irgendwie düster an, gereizt erwiderte Susa seinen Blick.

Da rief ihr Laura, die das beobachtet hatte, zu: »Sagt mal, Mädels, was wollen wir morgen denn unternehmen? Was meinst du, Wilma, du hast doch immer einen Plan?«

Wilma fühlte sich gestört, sah Mischa einen Moment zu lange an. Der erwiderte den Blick flirtend. »Du könntest auch einfach hier bei mir bleiben und relaxen.«

»Den ganzen Tag am Pool?« Wilma, die immer etwas unternehmen wollte, schien zwiegespalten.

»Emmi und ich, wir wollen morgen im Meer schwimmen«, warf Susa ein, während sie Emmi im Wasser hielt, als wäre sie eine kleine Schildkröte.

»Ja, ans Meer«, rief diese und paddelte tapfer weiter.

»Also ich will auf jeden Fall mal nach Florenz in die Oper und nach Siena, um in diesem abgefahrenen Opernfundus zu shoppen …«, verkündete Laura, »und in Piombino am Hafen ist es doch auch so schön in dieser Bar, wo es auch Pizza gibt.«

Mischa schüttelte amüsiert den Kopf. »Das klingt ja total unentspannt.«

Wilma räkelte sich. »Also ich finde auch, wir sollten es langsam angehen lassen.«

Laura stöhnte auf. »Sonst bist doch immer du diejenige, die volles Programm macht.«

»Na und? Dieses Jahr ist alles anders.«

Mischa grinste in sich hinein, stand mit der Fluppe im Mundwinkel auf und schlurfte in seinen blumigen Badeshorts Richtung Restaurant. Dann drehte er sich zu ihnen um. »Ein bisschen chillen ist doch nett. Noch eine von euch einen Drink?«

Sowohl Laura auf ihrer Liege als auch Susa, die mit Emmi im Wasser stand, schüttelten unisono den Kopf.

»Was gibt es denn alles?« Wilma sah aus, als wollte sie das Leben jetzt richtig ausschöpfen.

Mischa foppte sie: »Sex on the beach?«

Wilma lächelte süffisant und setzte sich wieder zu Laura. »Ha, ha. Sehr witzig.«

Susa war froh, dass sich Wilma doch etwas rarmachte. Das, was sie noch nie gekonnt hatte, wenn sie Gefühle für einen Mann hatte. Das, was sie lernen musste, um von ihren Gefühlen jetzt nicht überwältigt und in die Tiefe gezogen zu werden.

Emmi hatte keine Lust mehr, schwimmen zu üben. Susa brachte sie ins Babybecken und pustete ihre Schwimmflügel wieder auf. Dann spielte Emmi mit einem jüngeren Mädchen Wasserkuchen backen.

Es waren heute zwei Familien angekommen, beide mit Kindern. Das Mädchen, mit dem Emmi gerade spielte, und zwei Rabaukenjungs, die wild im Pool herumplanschten und sich und andere Badegäste mit Wasserpistolen abschossen.

Wieso nur hatte Bennett sie gerade so düster angesehen? Was verbarg er vor ihr? Susa musste endlich Gewissheit haben. Entschlossen setzte sie sich neben Laura und Wilma auf die Liege. »Wir müssen morgen nach Casalappi. Wir sind ja nicht nur zum Spaß hier.«

»Das stimmt.« Wilma ließ Mischa nicht aus den Augen.

Laura nickte, sah Susa nachdenklich an. »Waren wir damals auch im Ort drin?«

»Bestimmt, wir hatten doch diese kleine Ferienwohnung ganz in der Nähe, wisst ihr noch? Wo nicht einmal die Dusche funktionierte.«

Wilma bestätigte, Laura schüttelte den Kopf.

Susa konnte sich auch nicht mehr an viel erinnern. Die zahlreichen Urlaubserinnerungen verwischten. Plötzlich bekam Susa Angst, dass sich alle Erinnerungen, die sie an Betsy hatte, irgendwann zu einem grau-bunten Brei vermischen würden.

»Also diesen Tante-Emma-Laden, wo ich die Schoki gekauft habe, den kannte ich nicht von vor sechs Jahren.« Da war sie sich sicher, denn an die Verkäuferin mit ihrem Goldzahn hätte sie sich erinnert, und so, wie der Laden aussah, gab es ihn damals mit Sicherheit schon.

Fieberhaft dachte sie nach. Da kam ihr eine Idee. »Vielleicht war Carla ja damals auch schon hier und kannte Betsy?«, wandte sie sich aufgeregt an Laura.

»Und was bringt uns das?« Laura sah sie verständnislos an.

»Wenn ich mich ein bisschen mit ihr anfreunde und sie geschickt ausfrage, ob da was mit Bennett und Betsy gelaufen ist und wieso damals Schluss war … dann muss ich nicht Bennett ausfragen!«

Wilma schlug begeistert die Hände zusammen. »Großartig, Susa. Das machst du.«

Laura blieb skeptisch. »Wieso sollte Carla denn damals schon hier gewesen sein? Eher Maria und dieser Giuseppe.«

Triumphierend erklärte Susa ihnen ihre Beobachtung. »Carla ist die Tochter von Maria und Giuseppe. Es kann also durchaus sein, dass sie damals öfter hier war. Maria und Giuseppe sprechen kaum Deutsch. Die kann ich schlecht aushorchen.«

»Also dann!« Jetzt war auch Laura von Susas Plan überzeugt.

»Der Haken ist nur, dass ich Carla nicht besonders sympathisch finde.«

»Mein Gott, Susa, ich auch nicht, aber sie muss ja nicht deine beste Freundin werden.« Wilma hatte es so dahingesagt, doch im gleichen Moment dachten sie alle an Betsy. Sie war für jede von ihnen so immens wichtig gewesen. Nicht zu ersetzen.

Da kam Mischa mit zwei Drinks zurück. Er hatte Wilma einen Caipirinha mitgebracht. »Prego, Signorina, dein Caipi.«

»Mmmm, danke, der sieht ja gut aus.«

»Fast so gut wie ich, was? Kleiner Scherz. In einer Stunde gibt's Pizza, hat dieser Conte gesagt.«

Susa fragte ihn verblüfft: »Du hast den Conte getroffen?«

Mischa nickte amüsiert. »Ihr doch auch. Bennett ist echt ein cooler Typ.«

Laura, Wilma und Susa sahen sich sprachlos an. Bennett arbeitete nicht nur als Verwalter hier, er war der Conte, der Gutsherr des alten Castels. Wieso hatte er sich nicht als solcher zu erkennen gegeben?

Kapitel 7

Aufgeregt zog sich Susa ein sommerlich buntes Kleid an, dazu rote Sandalen mit Plateau-Absatz, die sie im Internet ergattert hatte.

Laura und Wilma dufteten frisch geduscht und hübschten sich ebenfalls auf, denn es war schon kurz vor acht. Gleich würden sie alle zusammen auf der Veranda sitzen und mit den anderen Feriengästen die beste Pizza der Gegend verspeisen. Und mit Bennett.

Emmi spielte in ihrem Kinderbettchen versunken mit ihrer Püppi. Sie trug ihr niedlichstes rotes Kleidchen.

»Sieht das gut aus?« Susa betrachtete sich unsicher. »Ich trage sonst nie so hohe Absätze.«

Wilma, ihre Modefachfrau, musterte sie zufrieden. »Solltest du aber. Sehr schön. Bestellst du deine Schuhe eigentlich immer noch im Internet?«

Susa nickte und lachte. »Ich habe mir kürzlich fünf Pakete kommen lassen, bis ich mich endlich für ein Paar entschieden habe.«

Laura, die sich gerade glitzernde Ohrringe ansteckte, lächelte. »Das hat Betsy auch immer so gemacht. Aber sie hatte immer zehn Pakete herumstehen. Und fünf davon zu spät zurückgeschickt.«

Susa lächelte unwillkürlich bei dem Gedanken an Betsy. Diesmal machte es sie nicht traurig, an sie erinnert zu werden, stattdessen überwältigte sie ein Glücksgefühl, das sie so die letzten Wochen nie für möglich gehalten hätte. Laura und

Wilma schien es ähnlich zu gehen. Sie starrten beide etwas in sich gekehrt, mit einem zaghaften Lächeln auf den Lippen, vor sich hin.

Wilma sah auf die Uhr und erschrak. »Los, hopp, hopp, sonst sind wir noch die Letzten und kriegen keine Pizza mehr ab!«

»Emmi, komm«, rief Susa ihr zu, aber Emmi reagierte nicht. Sie befand sich in ihrer Welt.

Susa ging zu ihr, streichelte ihr sanft über den Kopf und lächelte sie an. »Wer schafft eine ganze Pizza Margherita?«

»Emmi«, rief sie und lachte.

Zu viert gingen sie los, und Susas Magen, der gerade noch vor Hunger rumort hatte, zog sich bei jedem Schritt ein kleines bisschen mehr zusammen.

Der lange Holztisch auf der Veranda war mit einer rot-weiß karierten Tischdecke und weißem Geschirr gedeckt. Brennende Kerzen standen darauf sowie Weingläser und rote Blumen in kleineren Vasen. Alles sah so geschmackvoll aus, als habe es Wilma designt.

»Wow.« Laura war hin und weg. Weintrauben hingen von der Pergola und erreichten fast ihre Münder.

»Stil hat er. Oder vermutlich eher Carla.« Susa lächelte Carla an, die gerade mit einer weißen Schürze und einer Schüssel Salat aus dem Ristorante kam. Sie sah sehr hübsch aus, wie sie ihr Haar locker zusammengesteckt hatte, und auch ihr knallroter Lippenstift stand ihr gut. Susa fragte sich, ob Bennett mit ihr zusammen war, und beantwortete es sich selbst. Natürlich war er es. So umwerfend, wie Carla aussah.

»Ciao, come stai? Ihr seid die Ersten.« Sie erwiderte Susas Lächeln nur bemüht, stellte den Salat auf den Tisch.

»Ach, und du machst wieder so einen Stress«, wandte sich Laura foppend an Wilma. »Hier ticken die Uhren anders.«

Carla blieb distanziert. »Setzt euch doch schon mal. Bennett ist auch gleich da.«

Die Freundinnen warfen sich einen Blick zu und setzten sich. Susa wollte gerade ansetzen, etwas Nettes zu Carla zu sagen, um sie für sich zu gewinnen, doch da kam die Familie mit den Rabaukenjungs. Die Jungs waren ungefähr fünf und sieben Jahre alt.

»Attacke!«, schrie der Ältere und rannte so schnell auf den Tisch zu, dass sie alle spontan ihre Weingläser festhielten.

»Merlin, nicht so laut!«, rief die Mutter, eine zarte Blondine Ende zwanzig, die einen etwas stoffelig wirkenden Mann mit braunen, kurzen Haaren dabeihatte.

Der kleine Bruder von Merlin kickte gerade einen Ball vor sich her, gefährlich nahe am Porzellan.

»Mika, tu den Ball weg, wie oft soll ich dir das noch sagen?« Sie lächelte die Freundinnen entschuldigend an. Diese lächelten zurück.

»Das kann ja heiter werden«, zischte Laura Susa zu. Doch Susa hatte nur Augen für Carla und überlegte, wann ein passender Moment sein könnte, um mit ihr zu reden. Wieder wollte sie etwas sagen, da eilte Carla in die Küche zurück.

Emmi sah die Jungs nur an und hatte offensichtlich gar keine Lust, mit ihnen zu spielen.

Glücklicherweise kam die Familie mit dem vierjährigen Mädchen dazu, das sich gleich neben Emmi setzen wollte.

Und dann kam Bennett.

Er hatte sich ein weißes Leinenhemd angezogen, wie bei ihrem Treffen auf Betsys Abschiedsfeier. Seine Haare waren noch nass vom Duschen, und offensichtlich hatte er sich nur kurz durchs Haar gewuschelt, denn es stand in alle möglichen Richtungen ab.

Susa durchfuhr es heiß, und sie ertappte sich wieder einmal bei dem Gedanken, dass er verwegen und gut aussah. Sie versuchte sich auf die Pizzateller zu konzentrieren, die er, zusammen mit Maria und Carla, in je einer Hand hielt und an die Gäste verteilte. Sie hatten sich vor ein paar Stunden in eine Liste eingetragen, welche Pizza sie am Abend essen wollten. Dabei suchte er ihren Blick, doch Susa konzentrierte sich auf Emmi, die neben Laura saß. Bennett ging wieder in die Küche.

Emmi starrte unglücklich auf ihre Pizza Margherita.

»Wieso isst du denn nicht?«, wunderte sich Laura, aber Emmi blickte sie nur mit großen Augen an.

»Du musst sie ihr schneiden«, raunte Susa ihr über den Tisch hinweg zu. Laura verstand und nahm Emmis Teller. »Ich wieder. Keine Ahnung von Kindern.«

Sie wollte anfangen, die Pizza zu schneiden, da maunzte Emmi: »Die Susa soll aber schneiden.«

»Ja, klar. Die Susa. Bitte.« Lauras Stimme wurde brüchig.

»Hey, das meint sie nicht so«, flüsterte Susa ihr zu.

»Wie denn sonst? Sie mag mich nicht, das siehst du doch.«

»Emmi, über den Tisch schneiden geht nicht, die Laura schneidet deine Pizza, okay?«

»Na gut.«

Erleichtert lehnte Susa sich zurück. Sie spürte einen Windhauch, verwoben mit einem bekannten, frischen Sommerduft, und schon saß Bennett neben ihr. Was sollte das?

»Na, fühlst du dich wohl hier?« Er sah sie forschend an.

Ihre Stimme versagte. Ihre Geruchsnerven machten sie verrückt.

»Ja, wieso nicht? Es ist wirklich schön bei euch«, erwiderte sie knapp und stopfte sich ein großes Stück Pizza in den

Mund. »Small Talk beendet«, sollte das heißen. Aber er wollte es nicht verstehen und sah sie weiterhin belustigt von der Seite an, während sich die anderen angeregt unterhielten.

Carla, die außer Hörweite den anderen Gästen Wein einschenkte, beobachtete Susa und Bennett lauernd. Sie schien eifersüchtig zu sein, das konnte Susa sehen.

»Wieso gehst du mir aus dem Weg?« Er ließ nicht locker.

»Ich gehe dir aus dem Weg?«, lachte Susa leise auf. »Nimmst du dich eigentlich immer so wichtig?«

Er grinste. »Wenn es sonst keiner tut.«

»Mir kommen gleich die Tränen.«

Was wollte dieser Typ von ihr?

»Du bist wirklich der Besitzer, der Conte? Der aus dem Reiseführer? Wieso hast du uns das nicht gesagt?«

»Weil es nicht wichtig ist.« Er zuckte die Schultern. »Das Castel hat der Familie meines Onkels gehört. Es wird schon in einer Urkunde von 1055 erwähnt.«

»Oh.«

»So etwas beeindruckt dich?« Er sah sie spöttisch an. »Tut mir leid, aber ich bin trotzdem kein Märchenprinz.«

Susa verdrehte die Augen, und Bennett schmunzelte. Er sah das mittlerweile wohl als Spiel und fing einfach an zu erzählen: »Damals, so steht es geschrieben, eignete sich ein Graf dieses Land widerrechtlich an. Der Graf della Gherardesca. … Ich war übrigens schwer beeindruckt damals, wie gut du über die ›Geburt der Venus‹ von Botticelli Bescheid wusstest.«

»Tja, ich lese eben sehr viel. Alles, was ich kriegen kann.«

Sie schnupperte seinen Duft ein.

»Du ziehst deine Nase so niedlich kraus, wenn du unsicher wirst.«

Jetzt wurde sie allmählich wirklich sauer. »Wieso sollte ich denn unsicher sein? Etwa weil du neben mir sitzt?«

Er lächelte und sah sie intensiv an. »Zum Beispiel.«

Wilma und Laura, die die Konversation mit halbem Ohr mitverfolgt hatten, parallel aber mit den Eltern des vierjährigen Mädchens redeten, schauten kurz zu ihr herüber.

Susa schnaubte und redete leiser weiter.

»Du bist so was von ... selbstherrlich.« Sie erschrak über sich selbst. Kein Mann hatte sie bisher derart provoziert.

»Das haben schon viele gesagt. Aber in Wirklichkeit ist es nur Unsicherheit.«

Dieser Mann sollte unsicher sein?

Diesmal wechselte Bennett das Thema.

»Ich habe das Anwesen von meinem Onkel geerbt. Er hatte keine eigenen Kinder. Es ist ...«, er räusperte sich, und seine Stimme bekam einen leicht ironischen Unterton, »... wirklich ein Traum.« Er nahm sich eine grüne Olive aus einem weißen Schüsselchen vor sich und steckte sie sich in den Mund.

»Ich habe noch nie einen traumhafteren Ort gesehen«, sprudelte es aus Susa heraus.

Carla stellte die Rotweinflasche mit einem Rums zwischen sie ab und lächelte bemüht. »Wenn ihr noch einen Wein wollt ...«

»Danke, Carla.« Bennett sah ihr nachdenklich hinterher. Susa konnte seinen Blick nicht einordnen. Am liebsten hätte sie direkt gefragt, ob er mit ihr zusammen war. Oder je mit Betsy. Und wenn ja, wieso er sie so schlecht behandelt hatte. Aber sie biss sich auf die Zunge und widmete sich ihrer Pizza Diavolo, die langsam kalt wurde.

»Möchtest du noch etwas Wein?«

Sie nickte und spürte, wie sie immer ruhiger wurde. Seine Nähe gab ihr seltsamerweise Kraft und Wärme. Oder war es der Wein?

Da kam Mischa etwas verschlafen an. Es wurde bereits dunkel. Die meisten Gäste hatten aufgegessen, die Kinder waren schon aufgestanden und spielten Verstecken. Emmi schien sich mit den Jungs nun doch zu verstehen.

»Hey Leute, sorry, ich bin eingepennt. Habt ihr mir noch etwas übrig gelassen?«

»Klar, setz dich.« Bennett stand auf, ging in die Küche, und Mischa setzte sich auf den nun freien Platz neben Susa.

Wilma lächelte ihn an, und er lächelte zurück.

»Der Wein ist sehr gut«, sagte Wilma. Sie hatte schon rote Bäckchen bekommen.

»Na dann. Scoll.« Mischa roch nach Aftershave, Zigaretten und Schlaf.

Susa hatte auf einmal keinen Appetit mehr. Wieso hatte Bennett das so ironisch betont, dass das hier ein Traum wäre?

Carla brachte Mischa ein Weinglas, und Susa nutzte die Gelegenheit, ihr ein Kompliment zu machen. »Ein hübsches Kleid. Hast du das hier irgendwo gekauft?«

»Oh, danke. In Siena, aber das ist schon ein paar Jahre her.« Sie sah Susa an, und diese bemühte sich, ihr mit Blicken klarzumachen, dass sie keine Gefahr für sie und Bennett darstellte.

Die beiden Familien verabschiedeten sich kurz darauf in ihre Appartements. Sie waren beide mit dem Auto aus Bayern angereist, die einen aus München, die anderen aus Nürnberg, und waren jetzt müde.

»Wir bleiben noch ein bisschen, oder?« Laura hatte inzwischen auch die richtige Weinschwere bekommen.

»Muss Emmi nicht ins Bett?«, überlegte Susa laut, doch Carla, die Mischa gerade seine Pizza brachte, schüttelte lächelnd den Kopf. »Ihr Deutschen immer. In Italien bleiben die Bambini lange auf.«

»Stimmt. Oder bist du müde, Emmi?«

»Nein«, antwortete diese erwartungsgemäß. »Darf ich zu der schwangeren Ziege, die ist auch noch wach?«

Susa sah Laura fragend an, um sie nicht zu übergehen. Sie willigte ein. »Klar, geh nur.«

Emmi flitzte glücklich los.

»Sie ist wohl nie müde.« Laura lächelte versonnen. »So war ich auch früher. Aber je schneller ich auf die vierzig zurase … Prost.«

Bennett kam wieder aus der Küche. »Maria macht gleich den Pizzaofen aus. Aber ich denke, jetzt sind dann alle satt, oder?«

»Oh ja, und es war köstlich.« Laura räkelte sich wohlig. »Die beste Pizza der Welt. Wie habe ich so eine in den Staaten vermisst! Da gibt es nur Double-Cheese, Creamy und solche mit so einem dicken, fiesen Rand.«

Bennett lächelte ihr zu und setzte sich Susa gegenüber auf den leeren Stuhl, auf dem die Mutter der Rabaukenjungs gesessen hatte.

Dabei berührten sich für einen Moment ihre Beine.

»Was habt ihr morgen so geplant?« Er wandte sich an Wilma und Laura.

Carla stellte noch eine Flasche Acqua minerale auf den Tisch und setzte sich mit einem Glas Wein neben Bennett.

Laura, die schon etwas angetrunken war, redete mit geschlossenen Augen. »Ans Meer, ins Städtchen …«

Bennett schüttelte den Kopf. »In Casalappi gibt es nichts zu sehen.« Er wirkte angespannt.

»Vielleicht ja doch.« Susa sah ihn an. Irgendwie war sie in seiner Gegenwart auf Krawall gebürstet.

Laura grinste.

Mischa, der seine Pizza genoss, rülpste etwas, während er Bennett kumpelhaft ansah. »Die Mädels hier haben ihren eigenen Kopf.«

Bennett lächelte. »Das habe ich auch schon gemerkt.«

»Was dagegen?« Susa konnte ihren Mund einfach nicht halten.

»Im Gegenteil.«

Carla funkelte sie an. Susa schüttelte leicht den Kopf. Bitte nicht, dachte sie, bitte denke nicht, dass ich etwas von ihm will. Sie musste unbedingt bald mit ihr sprechen!

* * *

Laura fühlte sich satt und leicht, der toskanische Wein schmeckte einfach hervorragend. Immerhin hatte sie Emmi schon mal die Pizza schneiden dürfen. Es ging also steil bergauf mit ihrer Annäherung. Angeschickert beobachtete sie Susa, die ziemlich unentspannt wirkte. Laura hielt ihr Glas hoch und betrachtete die rubinrote Farbe, die sich im Licht der Kerze brach. Dann schnupperte sie an ihrem Glas, und der sanfte Duft von Beeren und Holz betörte ihre Sinne. Laura nippte erneut, schloss die Augen und genoss den Wein in ihrer Kehle. Die Gespräche der anderen surrten weiter, doch Laura hörte einfach nicht mehr zu. Sie hatte vor einigen Jahren, als sie in einem edlen Restaurant gekellnert hatte, eine kleine Weinschulung absolviert. Seitdem liebte sie gute Weine sehr und überlegte sich gerade, wie viele Flaschen sie von diesem köstlichen Vino rosso im Flugzeug mit nach Hause nehmen konnte.

Da übertönte das Knattern einer Vespa die Gespräche. Laura schlug die Augen auf.

»Ah, Franco.« Bennett löste seinen Blick von Susa und sah erfreut in die Dunkelheit. »Ein guter Freund von mir. Er kommt ab und zu auf ein Gläschen Wein.«

Laura warf Susa und Wilma einen vielsagenden Blick zu, denn jeder Mann hier konnte Emmis Vater sein. Plötzlich war sie wieder hellwach. Das Knattern wurde lauter, und eine grüne Vespa mit einem großen, korpulenten Italiener darauf fuhr den Schotterweg empor.

Franco stieg von seiner Vespa, nahm den Helm mühevoll ab, strich schnell seine dunklen, kurzen, etwas pomadigen Haare zurück und lächelte in die Runde. Er war etwas größer als Bennett, hatte einen kugelig dicken, aber festen Bauch, breite Schultern und riesige Hände. Seine dunklen Augen leuchteten sympathisch, ein echter Brummbär.

Laura und Susa beobachteten den Fremden neugierig, und Laura fragte sich, ob er als Affäre von Betsy in Frage kam. Wilma schäkerte bereits wieder mit Mischa, der Alkohol machte sie ein wenig albern.

Laura mochte diesen Franco auf Anhieb. Er strahlte etwas sehr Sympathisches und Warmes aus. Aber Betsys Typ war er eher nicht. Oder doch? Wieder einmal musste sie feststellen, wie wenig sie von ihrer Schwester wusste.

»Betsy wäre nie und nimmer mit einem Mann mit so einem Bauch zusammen gewesen«, flüsterte ihr Susa nun zum Glück zu.

Laura nickte erleichtert. Ihre kleine Schwester stand auf durchtrainierte, muskulöse Männer, das wusste sie also immerhin doch. Demnach fiel Franco also aus.

Bennett ging erfreut auf Franco zu, um ihn zu begrüßen. Die beiden umarmten sich herzlich und klopften sich auf die Schultern. Sie wechselten ein paar Sätze auf Italienisch, wechselten dann aber ins Deutsche.

»Hey, gut, dich zu sehen. Wo warst du die ganze Zeit?«

Offensichtlich hatte sich Franco hier schon länger nicht mehr blicken lassen.

»Ach, dies und das, du kennst das ja.« Franco lächelte nun auch in die Runde. Sein Blick blieb an Laura hängen.

»Ah, so viele schöne Frauen, da komme ich ja genau richtig.« Sein Deutsch klang flüssig, vermutlich hatte er einige Jahre in Deutschland gelebt.

Bennett führte seinen Freund Arm in Arm zum Tisch und stellte ihn vor. »Das ist Franco. Wir kennen uns aus Berlin. Er hat da lange in einem Orchester gespielt.«

Laura horchte auf. »Ach, in welchem denn?«

Franco lächelte sie bescheiden an. »Also eigentlich habe ich Pizza ausgefahren.« Dann fügte er strahlend hinzu: »Nur ab und zu in einem kleinen Musicaltheater gespielt.«

Laura lächelte angetan, ihre Blicke verhakten sich ineinander. Als sie sich wieder von ihm löste, sah sie, wie Wilma und Susa schmunzelten.

»Musicals für die Bambini waren das«, fuhr Franco fort.

»Die erste Geige hast du gespielt«, erzählte Bennett stolz.

Franco scherzte. »Tja, Bennett, ich spiele immer die erste Geige, vor allem bei den schönsten Frauen, Pech gehabt.«

Sie lachten, und auch die Freundinnen mussten mitlachen.

»Setz dich, Vino rosso, wie immer?«

Franco nickte und küsste Carla rechts und links mit einem dicken Schmatz. »Geht's dir gut, Cara?«

Sie nickte etwas abwehrend.

Bennett raunte Susa etwas zu, das auch Laura hören konnte. »Er ist ihr Ex.«

Ach, dachte Laura. Erstaunlich, dass so eine schöne Frau auf so einen korpulenten Mann stand. Carla hatte sicher bereits vielen Männern den Kopf verdreht und schien nicht so wählerisch wie Betsy.

Franco gab allen galant seine große Hand, deutete bei Laura einen gehauchten Handkuss an und sah ihr dabei tief in die Augen. Diese charmanten Italiener. Bis sie einen im Bett hatten, gaben sie alles. Genau wie Jack.

Wilma riss Laura aus ihren Gedanken. »Laura ist übrigens Opernsängerin.«

Laura sah sie unangenehm berührt an. »Bin ich nicht.«

»Doch, bist du. Nur im Moment ›between Engagements‹.«

Laura seufzte. »So kann man es auch nennen.«

Franco sah sie neugierig an. »Das ist doch das Wunderbare am Künstlerdasein, dass man immer wieder frei ist, wie der Wind.«

Laura lachte. »Schon. Aber ich weiß ja gar nicht, ob ich mich überhaupt eine Künstlerin nennen kann. Ich hatte noch nie ein richtig großes Engagement.«

Susa mischte sich ein. »Laura, du hast schon auf mehreren Bühnen gesungen. Jetzt mach dich nicht immer so klein.«

»Das sagt die Richtige«, konterte Laura.

Wilma pflichtete Susa bei. »Dein Durchbruch kommt noch, Laura. Das Universum hat noch einiges mit dir vor.«

»Genau, ich spür es schon«, scherzte Laura bitter.

Franco lächelte sie fasziniert an. »Du hast diese Aura.«

»Welche Aura?«

»Die eine große Operndiva hat.«

Susa lächelte aufmunternd. »Siehst du. Das spürt sogar ein Fachmann.«

Laura lachte. »Na dann, vielen Dank! Darauf trinken wir. Auf meine unwiderstehliche Aura!«

Bennett reichte Franco ein mit Wein gefülltes Glas, und sie stießen alle zusammen gut gelaunt an. Die Gläser klirrten.

Laura fühlte sich das erste Mal seit Monaten wieder glücklich und frei und spürte das Leben in ihren Adern pulsieren.

Franco blickte sie an, tuschelte dann mit Bennett, und die beiden Männer verschwanden im Haus.

Gespannt wartete Laura, was sie vorhatten. Kurz darauf kamen sie mit einer alten Geige zurück. Franco setzte die Geige an und begann zu spielen.

Der Himmel blitzte durch die Weinblätter schwarz hindurch, ein paar Sterne glitzerten, und Franco spielte voller Leidenschaft, während er Laura immer wieder in die Augen sah, eine berührende, melancholische Melodie. Mein Gott, und das alles durfte ihre kleine Schwester nie wieder erleben, durchfuhr es Laura, und ihr Herz flatterte. Das Leben konnte doch so wunderschön sein! Wieso nur hatte Betsy, die doch als Kind so lebenslustig gewesen war, das getan? Wieso hatte sie ihnen das angetan?

* * *

Als Susa am nächsten Morgen aufwachte, fiel der allmorgendliche Fausthieb in ihren Magen etwas schwächer aus. Überrascht legte sie ihre Hand auf den Bauch und registrierte erst jetzt, dass ihr Kopf schmerzte. Sie trank fast nie so viel Wein, aber dieser toskanische Vino schmeckte einfach zu gut. Außerdem hätte sie Bennetts Nähe ohne Alkohol auch nicht ertragen.

Sie hörte Wilma im Bad und Emmi brav im Wohnzimmer spielen, räkelte sich, stand auf und ging zu der Kleinen.

»Los, Susa, frühstücken!«, wurde sie begrüßt.

»Guten Morgen heißt das, Süße.« Susa küsste Emmi auf den Kopf.

»Tante Laura schnarcht.«

»Das habe ich gehört!«, schallte es aus Lauras Zimmer.

Emmi grinste, hatte auf der Terrasse einen Gecko erspäht und rannte mit ihrer Püppi nach draußen. Laura kam halb nackt und verschlafen ins Wohnzimmer. Ihre Haare standen verstrubbelt in alle Richtungen. »Damn, ich trinke nie wieder Rotwein. Und wieso sind Kinder eigentlich immer so früh wach?«

Wilma rief lachend aus dem Bad: »Weil es Kinder sind. Aus der Mühle kommst du jetzt nicht mehr raus.«

Susa nickte lächelnd. »Und wetten, du trinkst heute Abend wieder Vino rosso?«

»Ich fürchte auch«, lachte Laura.

»Was war das eigentlich mit diesem Franco, Bella?«, wollte Wilma wissen.

»Wie, was war das?« Laura tat so, als wüsste sie nicht, was Wilma meinte.

Diese kam in ein riesiges Handtuch gewickelt aus dem Bad. »Na ja, da hat es ja ganz schön geknistert zwischen euch beiden. Das konnte man ja förmlich hören.« Sie grinste.

»Na und? Ich bin solo. Und er ist nicht Betsys Beuteschema, fällt als Emmis Vater also aus.« Laura sah Susa mitleidig an. »Im Gegensatz zu Bennett. Für den alles spricht.«

Susas Herz pochte. Ihr Verstand wusste es: Er würde ihr nicht guttun, so wie er Betsy nicht gutgetan hatte. Sie fühlte sich, als hätte sie mit einem Holzbrett einen Schlag auf den Hinterkopf bekommen. Gestern war sie keinen Schritt weitergekommen. Heute musste etwas passieren. Sie musste in Ruhe mit Carla reden. Susa zog sich entschlossen ins Bad zurück.

Dort betrachtete sie sich im Spiegel. Ihr Gesicht wirkte rosig, von innen strahlend. Die italienische Sonne tat ihr gut. Oder lag es an Bennett?

Sie musste heute unbedingt mit Carla sprechen und ihr sagen, dass sie sich keinen Kopf zu machen brauchte, da sie nichts von Bennett wollte. Vielleicht würde sich Carla ja dann ihr gegenüber öffnen.

Schnell erfrischte Susa ihr Gesicht mit kaltem Wasser, beendete ihre Katzenwäsche und machte das Bad für Laura frei.

Diese saß mittlerweile leidend auf dem Sofa und hielt sich den Kopf.

»Beeilst du dich bitte, Laura, oder sollen wir schon zum Frühstück vorgehen?« Susa brauchte jetzt dringend einen Kaffee, und die Dauer von Lauras Badaufenthalten ging bereits in die Geschichte ein.

»Ach ja, geht ruhig vor. Nehmt ihr Emmi mit?«

»Ja, klar.« Susa schlüpfte rasch in eines ihrer Strandkleider, das Wilma, die Fachfrau, mit kritischem Blick musterte.

»Also ich glaube, wir müssen nach Florenz und shoppen gehen. Susa, deine Garderobe ist zwar, wie soll ich sagen, *ungewöhnlich,* aber du könntest echt mehr aus deinem Typ machen. Ich finde, es ist in unserem Alter einfach Zeit, sexy und unwiderstehlich herumzulaufen.«

Wilma warf Susa eines ihrer Designer-Strandkleider zu, ein orangefarbenes von einem Berliner Label, das einen sehr tiefen Ausschnitt hatte.

Susa zog es über und blickte sich erstaunt im Spiegel an. Es stand ihr wirklich gut. Wilma hatte recht – sie könnte tatsächlich mehr aus sich machen.

Ihr Magen rumorte. »Also, ich brauche jetzt sofort einen Kaffee. Emmi, wo bist du? Kommst du?«

Emmi rannte vor.

Carla hatte den Frühstückstisch mit einer grün-weiß karierten Tischdecke und kleinen Wiesenblumensträußchen in Wassergläsern hübsch gedeckt. Es sah aus wie im Film.

Susa begrüßte Carla extranett, doch diese antwortete nur verhalten. »Buongiorno! Die beiden Familien haben schon gefrühstückt. Sie machen gerade einen Ausflug zu einer Büffelmozzarella-Farm.«

»Um die Zeit schon? Toughes Programm«, fand sogar Wilma und setzte sich. Susa tat es ihr gleich, versuchte, Carla anzulächeln, doch sie sah weg.

»Ich sterbe vor Hunger. Aber bitte erst einmal einen Cappuccino«, wandte sich Susa an Carla.

»Zwei«, nickte Wilma und reckte ihre Arme wohlig in die Luft.

Da trat Bennett aus dem Restaurant.

Er sah ausgeschlafen und frisch aus, hatte einen Klecks Zahnpasta im Mundwinkel, und Susa, deren Magen sich sofort auf die Größe einer Erdnuss zusammenzog, beschloss, ihn nicht darauf hinzuweisen.

»Buongiorno, gut geschlafen?«, begrüßte er sie, sah sie forschend an und setzte sich ihr gegenüber an den langen Tisch.

»Geht so«, brummelte Susa und hielt Ausschau nach Carla, die im Restaurant verschwunden war.

Wilma hingegen bestätigte: »Die Matratzen sind schön hart. Du hast da übrigens was.«

Bennett wischte sich schnell den Mundwinkel ab, auf den Wilma gedeutet hatte.

Plötzlich stand Mischa hinter ihnen und lächelte Wilma an. »Guten Morgen, schöne Frau.«

Wilma wandte sich geschmeichelt an Mischa: »Du bist schon wach? Hätte ich dir ja gar nicht zugetraut.«

»Du solltest mich nicht unterschätzen, Babe.«

»Ich bin nicht dein Babe.«

»*Noch* nicht«, lächelte er sie entwaffnend an, und Wilma musste unwillkürlich grinsen.

»Du bist unmöglich!«

»Ich weiß.« Er wandte sich an Carla, die die beiden Cappuccini brachte. »Für mich bitte einen doppelten Espresso.«

»Kommt sofort. Das Frühstück ist als Buffet aufgebaut. Ihr nehmt euch einfach, was ihr mögt, und wenn etwas aus ist, sagt ihr Bescheid.« Ehe Susa auch nur ein Wort an sie richten konnte, ging Carla wieder in die Küche, in der Maria am Werkeln war. Zu spät.

Jetzt erst registrierte Susa das Buffet, das hinter ihnen auf einem zweiten Holztisch aufgebaut war. Frische Tomaten und Mozzarella, Rührei mit Schinken und Petersilie, verschiedene Käse, Marmelade, frische Früchte.

»Sieht ja köstlich aus. Komm, Susa.« Wilma stand auf, nahm sich einen Teller, ging zu dem Tisch und begann, ihren Teller zu füllen. Mischa stand ebenfalls auf und stellte sich dicht hinter Wilma, um sie zu umgarnen.

Susa lief schnell an Bennett vorbei, dessen Geruch zu ihr herüberwehte wie eine frische Morgenbrise. Er sah sie an und schmunzelte. Konnte der Kerl nicht endlich verschwinden? Er störte, sie musste endlich einen Moment mit Carla alleine sein!

Wilma und Mischa kamen bereits mit vollbeladenen Tellern zurück.

»Ich konnte einfach nicht widerstehen.« Wilma lachte.

Susa sah nervös zu Bennett und schnappte sich einen Teller am Buffet. Ein bisschen Obst, ein Stückchen Käse und ein kleines Stück Ciabatta müssten zur Stärkung erst einmal reichen.

»Sag bloß, dir verschlägt es in meiner Gegenwart den Appetit?«, fragte er mit Blick auf ihren Teller.

»Das hättest du wohl gerne.« Sie setzte sich wieder.

»Ich sehe, was ich sehe.«

»Dann siehst du wohl mal etwas grundlegend falsch.«

»Das wäre das erste Mal«, neckte er sie.

Sie sah es an seinem Grinsen. Der Kerl provozierte sie, und es schien ihm Spaß zu machen.

Carla kam endlich zurück, mit zwei Espressi in der Hand.

»Grazie«, bedankte sich Mischa.

»Der Cappuccino ist köstlich«, ließ Susa verlauten. Doch Carla ging nicht weiter darauf ein. Wie konnte Susa es nur schaffen, sie in ein vertrautes Gespräch zu ziehen?

Den zweiten Espresso bekam Bennett. Er trank ihn aus und sah Susa noch einmal lange an. Seine Augen blitzten in der Morgensonne.

»Ich gehe jetzt besser. Lass es dir schmecken.« Er stand schmunzelnd auf und ging in Richtung der Ställe.

Wilma rief ihm nach: »Kannst du Emmi sagen, dass sie zum Frühstücken kommen soll? Sie hatte doch so Hunger.«

»Mache ich.«

»Wieso schleppt ihr eigentlich in euren Mädelsurlaub ein Kind mit, das noch nicht mal eures ist?«, fragte Mischa. Carla, die gerade am Buffet nachschaute, ob alles aufgefüllt war, horchte auf.

Wilma und Susa sahen sich angespannt an.

»Ach, weißt du«, fing Wilma seufzend an, »das ist eine lange Geschichte.«

»Kann mir ja auch egal sein«, winkte Mischa ab. »Ich steh nur nicht so auf die Zwerge, aber die Kleine ist ja easypeacy.«

Susa sah Wilma an, die ziemlich schluckte. Sie hatte ihm offensichtlich nichts von ihren drei Kindern erzählt. Na ja, wozu auch? Er war ein Ferienflirt und hoffentlich nicht mehr.

»Schmeckt es?«, fragte Carla Mischa, der mit vollem Mund nickte. Susa bestätigte das sofort angetan. »Alles wirklich ganz wunderbar, danke.« Hier vor Mischa konnte sie unmöglich von Betsy anfangen. Sie musste Carla nach dem Frühstück abpassen, wenn Mischa hoffentlich zum Pool ging.

Endlich war es so weit. Susa verfolgte Carla nach dem Frühstück und passte sie schließlich im Kräutergarten ab.

»Das ist ja toll, Basilikum, Rosmarin, Salbei, wie das alles duftet … hast du das alles angelegt?«

Stolz lächelte Carla, während sie Unkraut zupfte. Susa schien die richtige Taste gedrückt zu haben. Anders als bei Bennett. »Meine Mamma. Und ich helfe ihr.«

»Ah, wie schön. Arbeitest du denn schon lange hier?« Ihre Stimme vibrierte, aber hoffentlich bemerkte Carla nichts.

»Geht so, wieso?«

»Nur so. Im Winter stelle ich es mir ganz schön einsam vor.«

»Ist es auch. Ich studiere in Florenz und bin nur ab und zu hier.«

»Ach, in Florenz, wie toll. Was studierst du denn?«

»An der europäischen Hochschule. Kulturgeschichte.«

»Das klingt ja spannend.«

»Ja. Aber ich muss mich selbst finanzieren. Darum jobbe ich hier. Bennett zahlt wirklich gut.«

Er zahlt gut, dachte Susa. Vermutlich wird er einen Grund dafür haben. Ein schlechtes Gewissen zum Beispiel? Hatte er Carla auch einfach so abserviert, wie Betsy damals? Immerhin hatte sie keine Zärtlichkeiten zwischen den beiden beobachtet, offiziell zusammen schienen sie also nicht zu sein. Oder doch? Susas Phantasie ging mit ihr durch, sie musste Fakten schaffen, um nicht durchzudrehen.

»Bist du mit Bennett zusammen?«, entfuhr es ihr, und im gleichen Moment biss sie sich auf die Unterlippe. Sie durfte jetzt nichts kaputt machen!

Carla schüttelte den Kopf, ihre Miene wurde sichtlich kühler. »Das war es also, was du wissen wolltest?«

»Nein, ich ... ich hatte nur das Gefühl, dass du irgendwie ... ein bisschen eifersüchtig bist. Ich wollte dir sagen, dass es dafür keinen Grund gibt. Ich will nichts von ihm und Wilma und Laura auch nicht.«

Carla sah sie verblüfft an. Ihr war anzusehen, dass sie mit dieser Offenbarung nicht gerechnet hatte. »Tja, er flirtet immer mit den weiblichen Gästen.« Ihre Gesichtszüge entspannten sich merklich.

»Weißt du, woher wir ihn kennen? Also, ich meine, kennen ist übertrieben, aber ich bin ihm vor Jahren in Florenz und dann in Berlin begegnet. Beide Male nur sehr kurz.«

Carlas Neugierde schien geweckt. Sie schüttelte den Kopf.

»Kennst du zufällig eine Betsy? Sie war meine beste Freundin und hat Bennett vor sieben Jahren in Florenz kennengelernt. Vermutlich haben sie sich vor sechs Jahren hier in Casalappi wiedergesehen«, wagte sich Susa an den Rand der Klippe vor.

Carla nickte betrübt. »Betsy, ja klar. Er hat mir auch erzählt, was passiert ist. Es ist so schrecklich. Du kanntest sie also auch?«

Susa nickte, und ihr Herz raste, als sie Carla die alles entscheidende Frage stellte. »Weißt du, ob er mit ihr ... Hatte er was mit ihr, damals?«

Carla sah sie verblüfft an, zupfte dann an einem Salbei und schnupperte daran. Dann hielt sie das Blatt Susa unter die Nase. »Riech mal.«

Susa roch. Der Geruch war so stark, so kraftvoll und würzig, dass sie fast high davon wurde.

»Für Saltimbocca, eine Spezialität meiner Mamma.«

Dann sah sie Susa ernst an. »Bennett benutzt die Frauen. Für sein Ego.«

Das saß. Susas Herz schien stillzustehen.

Susa zupfte ein Basilikumblatt ab und rieb es zwischen ihren Fingern. »Das …« Sie musste sicher sein. »… habe ich mir gedacht. Er hatte also was mit Betsy?«

Carla lächelte zuckersüß. »Davon kannst du ausgehen. Sein Typ war sie. Und Bennett lässt nie etwas anbrennen.«

* * *

Aufgewühlt ging Susa hinüber zum Pool, doch da lag nur Mischa wie immer in der prallen Sonne. Von den Freundinnen keine Spur. Mischa trug seine Kopfhörer, aber Susa hatte sowieso keine Lust, ihn anzusprechen.

Verwirrt und noch in Gedanken bei dem Gespräch mit Carla, ging sie zum Appartement zurück.

Dort saßen Wilma und Laura auf der Terrasse im Schatten, Betsys marokkanische Schatulle stand offen auf dem Tisch.

»Wieso habt ihr damit nicht auf mich gewartet?«

»Haben wir doch. Emmi ist bei Signore Todo, dem Esel.«

Susa setzte sich, und gemeinsam starrten sie die Schatulle an, als wäre darin ein Geist. »Ich habe mit Carla gesprochen.«

»Und?« Laura sah sie neugierig an.

»Keine Ahnung. Sie ist nicht mit Bennett zusammen, aber sie würde es gerne sein, das sieht ein Blinder.«

»Dir sieht man es auch an, Susa.« Wilma cremte sich mit Schutzfaktor fünfzig ein, denn sie hatte schon ein wenig Sonnenallergie an den Unterarmen.

Susa fühlte sich ertappt, ließ sich aber nicht beirren. »Carla geht davon aus, dass Bennett und Betsy tatsächlich etwas miteinander hatten.«

»Das war doch klar.« Laura schlug mit der Faust auf den Tisch. »Dieses Schwein, was hat er mit meiner Schwester gemacht?«

Susa zuckte zusammen. »Sicher wissen wir es nicht«, versuchte sie, sich selbst zu beruhigen. Denn sie spürte, wie sehr ihre Seele immer noch hoffte, dass dem nicht so war.

»Dann lasst uns die Notizen endlich noch mal in Ruhe durchgehen.« Wilma griff energisch in die Schatulle und legte jeder von ihnen einen Haufen Notizzettel hin.

Betsys Handschrift verschwamm vor Susas Augen. Mal sah sie krakelig aus, dann wieder fröhlich, müde oder hektisch. Genau wie Betsy. Susa las in ihrer Schrift ihren jeweiligen Gemütszustand, sie hatte Betsy so gut gekannt. Oder nicht?

»Emmi ist das Beste, was mir je passiert ist«, las Susa vor. »Das müssen wir ihr nachher gleich mal zeigen.«

Laura nickte ergriffen, wischte sich bemüht unauffällig über die Augen und las. *»Ich bin ganz ruhig, mein Herz klopft gaanz langsam.«*

Wilma räusperte sich, nahm auch einen Zettel zur Hand: *»Dieser Idiot, ich könnte ihn …«* Sie setzte ihre Sonnenbrille auf. »Wir wissen aber nicht, aus welchem Jahr das jeweils ist. Es gab ja jede Menge Idioten in ihrem Leben.«

»Allerdings.« Susa erinnerte sich an das ein oder andere Date, das katastrophal geendet hatte, nahm einen neuen Zettel in die Hand und erstarrte.

»Strada Provinciale 22, Ecke Fattoria. Pferde-Trekking.«

Sie wiederholte den Satz und sah die anderen aufgeregt an. »Strada Provinciale 22, die sind wir doch gestern gefahren?«

»Klar, das ist die, die zum Agriturismo führt.« Wilma las immer noch am liebsten Landkarten, da sie der Technik, also dem Navi, nicht vertraute. Da konnte diese Männerstimme in diesem Kasten noch so seriös und charmant klingen.

»Eine Fattoria gibt es doch auch hier in Casalappi?«

»Ja genau, die gibt es.«

»Wir sind aber damals nicht geritten?«

Wilma und Laura schüttelten unisono den Kopf.

»Aber Betsy.« Susas Stimme überschlug sich. »Natürlich, sogar zwei Tage lang, wisst ihr nicht mehr?«

»Doch, natürlich.«

Laura wehrte vorsorglich ab. »Auf so ein Viech kriegst du mich im Leben nicht. Das braucht nur von einer Wespe gestochen zu werden, und schon geht es mit dir durch. Caramba.«

Wilma lachte amüsiert, rückte ihren Stuhl zurecht und neckte sie. »Ich kann mir dich auf so einem Gaul auch überhaupt nicht vorstellen. Obwohl, du hast ja schon gerne die Zügel in der Hand.«

»Sehr witzig.«

Ein anderer Zettel wehte auf Susas Schoß. Dabei ging doch gerade gar kein Wind? Sie nahm ihn und las: *»Pedro, der Pferdeführer. So lovely.«*

Ein Adrenalinstoß durchfuhr Susas Körper. »Wir müssen herauskriegen, ob es hier eine Pferde-Trekkingtour und einen Pferdeführer namens Pedro gab!«, verkündete sie elektrisiert und schickte einen dankbaren Blick gen Himmel. Endlich. Endlich eine Spur! Die weg von Bennett führte.

Wilma betrachtete sie mitleidig. »Susa, mach dir besser keine Hoffnungen. Es war Bennett, das hast du doch an seinen ganzen Reaktionen gesehen.«

»Allerdings«, stimmte Laura zu.

Susa funkelte die beiden wütend an. Die Stimmung unter den Freundinnen wurde augenblicklich angespannt.

»Im Zweifel für den Angeklagten. Solange wir nichts gegen Bennett in der Hand haben, suchen wir weiter.«

Wilma und Laura sahen sich wenig begeistert an.

»Hier geht es nicht um mich. Hier geht es um Emmi.« Susa sprudelte förmlich über. »Bitte, wir dürfen uns nicht zu schnell mit einer bloßen Vermutung zufriedengeben, ohne einen einzigen handfesten Beweis. Es könnte wirklich auch dieser Pedro sein! Wir müssen dieser Spur nachgehen!«

»Ist ja gut. Wir werden es herausbekommen«, versuchte Wilma, Susa zu beschwichtigen. Laura pflichtete ihr nun nachdenklich und fast ein wenig enttäuscht bei. »Von mir aus. Aber ich hoffe für Emmi, dass es der Conte, ein Graf ist, und kein Pferdeführer. Bennett ist immerhin reich, auch wenn er Frauen gegenüber ein Idiot ist. Zu Emmi war er bisher wirklich nett.«

»Er ist es aber nicht«, fauchte Susa, ihre Hand bildete unbewusst eine Faust.

Zusammen sahen sie noch schnell die anderen Zettel mit Betsys Notizen durch, aber es gab keine weiteren Hinweise mit neuen Erkenntnissen.

Wilma nahm einen Schluck Mineralwasser. »Also gut. Wie gehen wir dieser neuen Spur am schlausten nach? So ein Mist, dass unser Italienisch so schlecht ist, sonst könnten wir einfach im Ort nach ihm fragen. Oder wenigstens herauskriegen, wo das Gestüt ist.« Sie zückte ihren Reiseführer und blätterte ihn hektisch durch.

Susas Hirn lief auf Hochtouren. »Wir könnten Carla bitten, ob sie für uns dolmetscht?« Susa sah die anderen erwartungsvoll an.

Laura widersprach heftig. »Wir wollten keinem sagen, warum wir hier sind. Erst, wenn wir Gewissheit haben. Ich lass mir Emmi nicht von so einem dahergelaufenen Pferdeführer wegnehmen.« Lauras Stimme vibrierte. »Außerdem geht es jetzt auch um Geld für Emmi. Um vielleicht sehr viel Geld, falls es der Conte ist.«

Susa seufzte. »Okay, beruhige dich. Ich frage Carla ganz beiläufig, ob man hier irgendwo ausreiten kann. Wie klingt das?«

»Besser.«

Entschlossen stand Susa auf. Da spürte sie plötzlich ihre Knie zittern. Denn insgeheim hatte sie mindestens so eine große Angst vor Pferden wie Laura.

Es war lange her. Sie musste ungefähr sieben Jahre alt gewesen sein, als sie mit ihren Eltern in einem kleinen Vorstadt-Zirkus war, der auf der Obstwiese ihrer Großmutter campierte. In der Pause konnten sich die Kinder auf ein weißes, großes Pferd setzen; Susa hatte sich das so gewünscht. Ihre Mutter fand es zu gefährlich, aber ihr Vater, ein gutmütiger Mann, der seiner Tochter keinen Wunsch abschlagen konnte, hatte ihr Geld gegeben, damit sie sich in die Schlange der wartenden Kinder einreihen konnte. Das Pferd sah so wunderschön aus, so edel und mutig. Über dem Auge hatte es einen schwarzen Fleck. Sie wusste noch, dass sie sich dachte, dass sich der Mut ihres Papas vielleicht auf sie übertragen könnte, denn durch die vielen Verbote ihrer Mutter war sie sehr ängstlich.

Susas Vater setzte sie auf das Pferd, das aber keine Lust mehr auf kleine Kinder zu haben schien. Es stieg plötzlich hoch auf die Hinterbeine und lief so trippelnd durch die Manege. Die kleine Susa wurde in hohem Bogen abgeworfen und landete hart auf den Zuschauerrängen. Ein Aufschrei ging durch die Manege und ein stechender Schmerz durch ihren linken Arm und ihre Schulter.

Als sie wieder aufwachte, lag sie im Krankenhaus, umringt von ihren besorgten Eltern und dem reumütigen Zirkusdirektor, der einen kleinen Affen auf der Schulter sitzen hatte.

Einen Affen mit Hut. Dieses Bild brannte sich so tief in ihr Gehirn ein, dass sie ihn noch heute genau vor Augen hatte.

»Susa? Was ist jetzt?«, hörte sie Wilmas Stimme.

»Was? Ja, ich gehe schon.« Entschlossen stand Susa auf. Sie musste ihre Angst überwinden, und so versuchte sie, nur an den Affen und nicht an Pferde zu denken, während sie zu Carla zum Restaurant ging. Hoffentlich war sie da und nicht Bennett.

Erleichtert erblickte Susa Carla, die gerade mit Emmi, Merlin, Mika und der kleinen Anouk auf der Veranda mit Weidenstangen etwas bastelte. Die beiden Familien waren offensichtlich bereits von ihrem Ausflug zurückgekehrt.

Emmi erblickte Susa und strahlte sie an. »Guck mal, Susa, wir basteln ein Körbchen.«

»Oh, wie schön.«

Die beiden Jungs schienen auch ganz konzentriert bei der Sache zu sein. Man musste Kinder nur beschäftigen, dachte Susa insgeheim.

»Wenn die Körbchen fertig sind, gehen wir Zitronen pflücken und legen sie da hinein«, erklärte ihr Carla.

»Hier gibt es sogar Zitronen?«

»Ja, sicher, da, hinter dem Castel, da ist ein großer, verwunschener Garten.«

Die Kinder machten große Augen, waren schon ganz gespannt.

»Kann ich dich noch kurz etwas fragen?« Susa bedeutete Carla, etwas außer Hörweite der Kinder zu gehen.

Sie gingen ein paar Schritte, Carla sah sie neugierig an.

»Wir würden gerne reiten gehen. Gibt es hier irgendeine Möglichkeit, ganz in der Nähe?«

Carla nickte sofort. »Es gibt hier Pferde aus der Maremma, die Gegend kennst du ja sicher?«

»Die Maremma, das ist die südliche Toskana, nicht?«

»Genau. Dort werden Maremma-Pferde gezüchtet. Sehr

schöne Tiere. Es gibt hier einen kleinen Bauernhof, der organisiert Trekkingtouren mit ihnen, für Touristen.«

»Klingt toll.« Susa dachte fieberhaft nach. »Gibt es mehrere Anbieter oder nur einen in der Nähe von Casalappi?

»Ich kenne nur einen.«

Susa atmete insgeheim erleichtert durch. »Kannst du uns da bitte anmelden?«

»Das macht Bennett. Da musst du ihn fragen.« Carla sah sie herausfordernd an.

Wenn sie jetzt zögerte oder eine Ausrede erfand, so würde Carla ihr nicht glauben, dass sie nichts von Bennett wollte.

»Ach so, na dann frage ich eben ihn«, entgegnete Susa also bemüht lässig, schickte Emmi noch ein Luftküsschen und ging in Richtung seines Büros. Carla sah ihr nach, Susa konnte ihren stechenden Blick in ihrem Rücken förmlich spüren.

Bennett saß nicht an seinem Schreibtisch, und Susa merkte, dass sie erleichtert darüber war, auch wenn sie ja eigentlich etwas von ihm wollte.

Am Schwarzen Brett hingen jede Menge Werbeflyer und Ausflugstipps für die Region. Sie sah gerade nach, ob hier Werbung für einen Trekkingritt angeboten wurde, da bemerkte sie seinen unverkennbaren Duft hinter sich. Was nahm er nur für ein Aftershave? Sie drehte sich extra nicht sofort zu ihm um, zählte bis zwanzig.

Er stand die ganze Zeit hinter ihr, grinste bestimmt und sagte nichts.

Als ihr einfiel, dass er auf ihren Hintern starren konnte, drehte sie sich blitzschnell um und fauchte ihn an. »Und? Schöne Aussicht?«

»Sehr schön«, schmunzelte er. Dann wurde er ernst und sah sie forschend an. »Ich lasse eh nicht locker, vergiss es. Also, was habe ich dir bitte schön getan?«

»Du machst mich wahnsinnig.« Es rutschte ihr einfach heraus, aber es brachte die Sache auf den Punkt.

Er grinste. »Wenigstens löse ich etwas in dir aus.«

»Aber leider nichts Gutes.«

»Du kannst ja richtig kratzbürstig sein.«

»Wenn du mich immer provozierst.« Susa seufzte. »Wir möchten reiten. Kannst du uns bitte bei dieser Trekkingtour hier in Casalappi anmelden? Das wäre echt nett.«

Verwundert blickte er sie an. »Reiten? Ihr? Ich hatte ehrlich gesagt nicht den Eindruck, dass Laura eine besondere Affinität zu meinem Esel hatte, geschweige denn zu noch größeren Vierbeinern mit Gebiss.«

»Dann hast du dich wohl einmal mehr geirrt.«

Ihm schien ihre Konversation immer mehr Spaß zu machen. Er amüsierte sich sichtlich. »Laura hat sogar Angst vor unseren Ziegen. Sie hat die Flucht ergriffen, als unser Bock auf sie zugerannt kam.«

Susa beschloss, einfach nicht weiter darauf einzugehen. Sie kochte innerlich. »Kann ich jetzt bei dir buchen oder bei wem sonst?«

»Klar. Müsst ihr ja wissen. Wer von euch kommt alles mit? Emmi auch?«

Jetzt fühlte sie sich sichtlich überfordert. »Ist das denn nicht zu gefährlich für eine Fünfjährige?«

»Nein. Emmi ist ein starkes Mädchen. Sie kann mit einer von euch aufs Pferd.«

»In Ordnung. Ich frag sie mal und komme dann gleich wieder.«

Damit ließ sie ihn stehen.

Aufgewühlt marschierte sie zu ihrem Appartement, nur um festzustellen, dass Wilma und Laura vermutlich schon wieder am Pool abhingen.

* * *

Wilma lag mit ihrer *Dolce & Gabbana*-Sonnenbrille auf der Nase neben Mischa auf einer Liege unter einem Sonnenschirm und betrachtete diesen attraktiven Mann von der Seite. Wie sie hier dalagen, wirkten sie wie ein Paar. Mischa entspannte mal wieder mit seinen Kopfhörern in den Ohren auf dem Bauch, und sie konnte in Ruhe seinen muskulösen Rücken betrachten. Was Thomas und die Kinder wohl gerade machten?, durchfuhr es sie mit schlechtem Gewissen. Thomas' Rücken war bei weitem nicht so durchtrainiert, dachte sie und ärgerte sich gleichzeitig über sich selbst, dass sie auf derart oberflächliche Dinge achtete.

Der Abend gestern war sehr nett gewesen. Und auch beim Frühstück hatte sie sich mit Mischa köstlich amüsiert. Er brachte sie zum Lachen, das, was Thomas schon lange nicht mehr tat. Wilma hatte gestern Abend erfahren, dass Mischa als Sohn reicher Eltern BWL studiert hatte, um später einmal die Firma seiner toughen Mutter zu übernehmen. Sie führte eine mittelständische Kosmetikfirma, deren Namen Wilma schon einmal gehört hatte. Mischa, Spross einer Unternehmerfamilie, hatte bestimmt schon viele Frauen gehabt, und es wäre wirklich dumm von Wilma, sich auf diesen Kerl einzulassen. Doch irgendetwas reizte sie. Ein kleines Abenteuer, warum nicht? Ihr Herz flatterte jedes Mal, wenn er sie ansah. Und als sie dieses Gefühl das letzte Mal bei Thomas verspürt hatte, war ehrlich gesagt schon etwas länger her. Als kluge, welterfahrene Frau wusste sie, dass das in der Natur der Sache lag, dass Schmetterlinge in längeren Beziehungen, noch dazu mit Kindern, träge wurden. Doch jetzt, wo ihnen allen wieder so klargeworden war, wie kurz das Leben sein konnte, wo sie jeden Tag genießen wollten, kam es ihr plötzlich nicht mehr ganz so abwegig vor, sich auf einen leidenschaftlichen Flirt einzulassen.

Oder sogar mehr? Nein. Es reichte doch, sich wieder einmal begehrt zu fühlen. Oder etwa nicht?

Mischa bewegte sich etwas und sah zu ihr auf, lächelte sie mit diesem spitzbübischen, charmanten Grinsen an und hielt ihr eine Salzstange hin. Wilma wollte sie lächelnd nehmen, doch er zog sie neckend zurück und fütterte sie dann.

Wilma sah genau, dass Laura, die etwas abseits auf einer Liege lag und in ihrem E-Book-Reader las, kurz mit erhobener Augenbraue zu ihnen herübersah. Oder bildete Wilma sich das ein? Mischa legte sich wieder hin, zog die Kopfhörer auf die Ohren und versuchte zu schlafen.

Sollte Laura doch denken, was sie wollte, dachte Wilma. Es war ihr Leben, und sie tat nichts Verbotenes. *Noch* nicht.

»Hey, hier seid ihr.« Susa stand plötzlich außer Atem neben ihnen, Wilma und Laura setzten sich augenblicklich neugierig auf.

»Hey, und, was hast du herausbekommen?« Laura legte den Reader weg, schob ihre mondäne Sonnenbrille ins Haar. Wilma stand auf, kam zu den beiden und sah Susa fragend an.

Susa platzte fast vor Begeisterung. »Es gibt nur einen hier in der Nähe, der Pferde-Trekkingtouren anbietet.«

»Bingo.« Wilma freute sich mit ihr. »Und der eine heißt Pedro?«

»Das habe ich jetzt nicht gefragt, das wäre zu auffällig gewesen. Wer von euch kommt mit? Die Tour findet morgen früh statt und dauert den ganzen Tag.«

»Den ganzen Tag? Das auch noch?« Lauras Miene zerfiel.

»Ich komme mit.« Wilma würde den Tag zwar lieber mit Mischa verbringen, aber sie konnte die Freundinnen nicht im Stich lassen.

Susa lächelte sie dankbar an. »Also, ich gehe auf jeden Fall, und Emmi kann auch mit, meinte Bennett. Ich frage sie gleich mal sicherheitshalber.«

»Sie sagt bestimmt ja, aber ich finde das viel zu gefährlich.« Laura wischte sich besorgt über das vom Sonnenöl glänzende, panische Gesicht.

Wilma und Susa sahen Laura vielsagend lächelnd an. Sie kapierte und musste lachen. »Stimmt, shit, ich glucke schon wieder zu viel. Also gut, wenn sie will, darf sie mit. Aber dann muss ich auch mit.« Sie lachte leicht hysterisch auf. »Ich will aber nicht.«

»Ach bitte, sechs Augen sehen mehr als vier. Vielleicht fällt dir an diesem Pedro etwas auf, was Betsy irgendwann einmal erwähnt hat?«, wandte Susa ein.

Laura seufzte. »Diese Viecher stinken so. Also, na gut, aber was, wenn kein Pedro mitkommt? Sondern nur ein Handlanger? Oder es da doch keinen Pedro mehr gibt? Dann war die ganze Aufregung komplett umsonst.«

Susa schluckte und verschränkte ihre Arme. »Okay, du hast recht, ich frage Bennett das vorher.«

Wilma lächelte sie aufmunternd an. »Das schaffst du. Und dann, wenn wir auf der Trekkingtour sind, bist du ihn wenigstens einen ganzen Tag los.« Sie sah kurz zu Mischa. Der drehte sich gerade zu ihr um und hauchte ihr einen Luftkuss zu.

Amüsiert tat es ihm Wilma gleich.

»Ach, so weit seid ihr schon?« Susa sah sie mit großen Augen an.

»Was heißt denn hier ›so weit‹? Thomas schickt die ganze Zeit SMS à la ›Wo sind noch mal die Spültabs?‹, ›Hab vergessen, Lotta Stulle mitzugeben‹ und ›Hat unser Staubsauger etwa gar keinen Beutel?‹!«

Die Freundinnen prusteten los.

»Männer allein zu Haus«, lachte Laura. »Ich weiß schon, warum ich mir keinen anschaffe.«

»Na ja, aber jetzt mit Kind bist du um Alfons auch ganz schön froh.« Wilmas Handy piepste. Sie sah darauf. »Schon wieder Thomas. Er ist echt ein Chaot.« Sie las. ›Vermisse dich.‹ Ihre Miene wurde schlagartig ernster. Offensichtlich hatte er doch ein Gespür dafür, wann sie sich innerlich von ihm entfernte. Was sollte sie nur darauf antworten? Die Wahrheit? Dass es ihr gerade so gut ging wie seit langem nicht mehr? Und sie die Kinder natürlich irgendwie vermisste, aber ihn …?

»Und, was schreibt er?«, wollte Susa wissen.

»Das Übliche«, wich Wilma aus.

Da piepste auch Lauras Handy. »Paps. Er genießt gerade eine Schwarzwälder Kirschtorte. Er lässt euch alle ganz lieb grüßen. Wir sollen unseren Urlaub genießen.«

»Das tun wir. Schreib ihm auch liebe Grüße«, lächelte Susa. »So, und jetzt kläre ich, ob ein Pedro dabei sein wird, und wenn ja, buche ich. Zuvor frage ich noch Emmi, ob sie mitkommt. Danach fahren wir aber endlich ans Meer, okay?«

»Mare, wir kommen. Ist unser Auto denn fahrbereit?« Wilma registrierte Mischas sehnsüchtigen Blick und genoss ihn. Sie gönnte sich das jetzt einfach. Warum auch nicht? Thomas konnte sie auch noch später antworten.

»Wegen des Autos frage ich auch gleich.« Susa marschierte wieder los.

Wilma ging zu ihrer Liege bei Mischa zurück, ließ sich möglichst elegant neben ihm nieder und lächelte ihn verführerisch an. So verführerisch, wie sie es nach all den Jahren als Mutter noch hinbekam. Es funktionierte, er sah sie mit glänzenden Augen an.

* * *

Endlich Meer! In seiner sagenhaften Weite, seiner Kraft, seiner soghaften Wirkung.

Susa atmete begierig den salzigen Geruch ein und spürte, wie gut es ihrer Lunge tat.

Sie fuhren in ihrem hellblauen Cinquecento gut gelaunt die Straße nahe am Strand entlang, Susa hatte ihr Fenster geöffnet, aus dem Radio dudelte Rihannas »Kisses don't lie«, und sie sangen fröhlich mit: »… Emotions come and go, who knows how the wind will blow …« Susa fühlte sich endlich wieder etwas befreit. Morgen würden sie die Tour mit einem Pedro als Pferdeführer starten und endlich erfahren, dass er vor sechs Jahren eine heimliche Affäre mit Betsy gehabt hatte. Bennett wäre dann rehabilitiert, und ihrem Glück stünde nichts mehr im Wege.

Erst jetzt merkte sie, wie sehr ihr die Vermutung, Bennett könnte Emmis Vater sein, die Lunge zuzudrücken schien und die Luft zum Atmen nahm.

Emmi blühte ebenso auf, strahlte beim Anblick des Wassers. Sie war schon lange nicht mehr am Meer gewesen. Zuletzt an der Ostsee in Kühlungsborn mit Opa Alfons.

»Zum Glück haben wir meine Buddelsachen dabei«, strahlte sie und hielt ihre rote Schippe hoch.

»Die hat dir Laura eingepackt.« Susa strich ihr liebevoll über den Kopf.

»Echt?«

Laura grinste erleichtert. »Echt. Toll, das Meer, oder, Emmi? Ich war ja zuletzt in den Staaten am Meer, aber hier in Italien kommt es mir viel, viel friedlicher vor.« Laura sang wieder mit Rihanna mit, und Susa fand ihren Gesang noch emotionaler, noch schöner als jemals zuvor.

Der Strand war gut besucht, aber nicht zu voll. Emmi und Susa zogen schnell ihre Strandkleider aus und stürzten sich rennend ins kühle Nass. Laura und Wilma machten es sich erst mal auf den mitgebrachten lindgrünen Strandklappstühlen bequem. Giuseppe hatte sie ihnen netterweise in den Kofferraum gelegt.

Emmi kreischte vor Glück, und Susa hob sie im Wasser hoch, beschützte sie vor den kleinen Wellen und ließ sie über sich fliegen. Dann nahm sie Emmi auf den Arm, da diese vor den Wellen doch ziemlichen Respekt hatte.

Susa sah in den Himmel, und ihr wurde wieder so schrecklich klar, dass Betsy dieses Glück nie wieder würde spüren können. Dass eigentlich sie hier mit ihrer Tochter hätte stehen sollen, dass sie das alles jetzt verpasste. Ihre Tränen, die genauso salzig schmeckten wie das Meer, liefen einfach so die Wangen herunter.

Susa hatte sich abgewöhnt, sie wegzudrängen, da sie spürte, dass es richtig war, dass sie fließen durften. Die Trauer würde sie ihr Leben lang immer wieder überwältigen, gehörte von nun an zu ihrem Leben dazu.

Emmi sah Susas Tränen, lächelte sie zaghaft an, stupste eine mit ihrem kleinen Finger an und leckte daran.

»Iiih, die schmeckt ja ganz salzig.«

Susa lachte. »Fast wie das Meer, nicht?«

»Ist Mama jetzt im Meer?«, fragte Emmi leise und unvermittelt. Susa schluckte und lächelte tapfer. »Ich glaube, Mama ist immer um uns herum. Sie umarmt uns die ganze Zeit. Jetzt also auch im Meer.«

Emmi schmiegte sich an Susa. Und diese fügte noch leise an: »Du kannst dir das vorstellen wie eine Wolke. Eine Wolke voller Liebe, die immer um dich herum ist und dich umgibt.«

Emmi lächelte ein wenig getröstet, schloss die Augen, und Susa summte eine Melodie.

Ihr Lied, das sie Emmi beim Gute-Nacht-Singen so oft vorgesummt und das Betsy sich selbst ausgedacht hatte.

So standen sie mitten im Meer, hielten sich ganz fest, und Betsy schien ihnen so nahe.

* * *

Laura saß auf ihrer Klappliege im Sand, wühlte ihre Füße tief darin ein und beobachte Susa und Emmi vom Strand aus. Sie fühlte sich wieder einmal außen vor. Würde sie es jemals schaffen, dass sich Emmi in ihrem Arm so wohl fühlte? Was musste sie nur dafür tun? Jetzt einfach aufstehen und zu den beiden ins Meer gehen wäre vielleicht ein Anfang, doch Laura hatte das Gefühl zu stören und zog sich lieber zurück. Sie ließ den Sand durch ihre Finger rieseln, betrachtete ihre türkisfarben lackierten Fingernägel. Die lindgrüne Klappliege ächzte unter ihrem Gewicht und bohrte sich tiefer in den Sand.

Wilma lag jetzt neben ihr auf einer Decke und verrenkte sich bei irgendwelchen Yoga-Übungen. Die italienischen Machos schauten ihr fasziniert dabei zu. Wilma konnte sich wirklich gut verbiegen, dachte Laura neidisch. Für sie gehörte Sport eindeutig in die Kategorie: »Es gibt Dinge im Leben, die sind einfach nichts für mich.« In der Schule beim Kastenspringen rannte sie jedes Mal gegen den Kasten, und beim Hochsprung zerbrach sie einmal mit ihrem Körper die Stange.

Lauras Handy piepte. Sie schaute darauf. Eine Mail von der Firma, bei der sie sich als Empfangssekretärin beworben hatte. Irgendwie musste sie ja über die Runden kommen. Und jetzt, mit Emmi und als Alleinerziehende, würde es noch schwerer werden. Außer dieser Conte wäre ihr Vater. Und nicht dieser windige Pferdetrekking-Führer. Laura seufzte, öffnete die Mail und starrte den Text erschüttert an. Sie hatte den Job. Eigentlich müsste sie sich freuen, aber ihr graute vor dieser öden Arbeit, tagein, tagaus derselbe Trott. Wie viel lieber würde sie ihrer Passion nachgehen und an einem Opernhaus singen!

Und jetzt stand ihr auch noch diese Pferde-Trekkingtour bevor. Lauras Laune sank immer mehr. Sie erinnerte sich, dass die Trekkingtour vor sechs Jahren sogar mit einer Übernachtung im Zelt verbunden war. Auch ein Grund, warum sie alle nicht mit Betsy mitgegangen waren. Laura hasste Insekten jeglicher Art, vor allem Spinnen. Wilma hatte damals gerade einen Hexenschuss und keine Lust auf eine Nacht auf der Yoga-Matte, und auch Susa fand die Vorstellung, ganze zwei Tage auf einem Pferderücken sitzen zu müssen, traumatisch und absolut indiskutabel.

Morgen früh würde es losgehen. Was hatte Betsy ihnen da nur eingebrockt?

Aber immerhin hieß ihr Pferdeführer wohl tatsächlich Pedro, wie sich Susa hatte bestätigen lassen, und sie würden ganz brave Pferde bekommen.

Laura beobachtete erneut Susa und Emmi, die gerade eine Sandburg bauten. Ein kleiner Junge schaute mit großen Augen zu und fragte Emmi, ob er mitspielen durfte. Emmi überlegte einen Moment, nickte dann, und der Junge buddelte mit. Das ist es, erkannte Laura. So gingen Kinder miteinander um, sie musste doch auf Emmi zugehen. Laura gab sich einen Ruck, hievte sich aus ihrem Strandstuhl hoch, ging zu Emmi und fragte: »Na, darf ich auch mitspielen?«

Emmi sah ihre Tante verwundert an, nickte und hielt ihr sogar großzügig ihre rote Schippe hin.

»Oh, danke.« Laura strahlte. Sie musste noch viel lernen im Umgang mit kleinen Kindern.

Der Tag am Strand hatte allen gutgetan. Nun freuten sie sich auf das Abendessen auf der weinumrankten Terrasse. Laura spürte, dass ihre Laune stieg, als sie darüber nachdachte, ob Franco wohl auch wieder zum Abendessen kommen würde. Doch der Abend verlief ereignislos, ihre Hoffnung wurde zunichtegemacht. Nicht einmal Bennett ließ sich blicken. Laura war über sich selbst erstaunt, dass sich dieser Franco mit seinem wundervollen Geigenspiel einfach in ihr Herz geschlichen hatte. Noch nie hatte ein Mann für sie Mozart gespielt. Noch nie so zart ihre Seele berührt.

Aber was brachte ihr ein Urlaubsflirt, der in ein paar Tagen wieder vorbei war?, schalt sie sich selbst und holte sich vehement wieder auf den Boden der Tatsachen zurück. Bis vor kurzem hätte sie einen kleinen Flirt genossen, aber seitdem ihr Jack das Herz gebrochen hatte und jetzt auch noch Betsy, fühlte sie sich sensibler, empfindlicher, zutiefst verletzlich.

In dieser Nacht lag Laura lange wach. Sie beobachtete erst die Sterne durch ihr Fenster und dann Emmi neben sich, die tief schlief. Dann streichelte sie vorsichtig deren Händchen und wurde plötzlich von einer Welle der Zärtlichkeit überrollt. Wie weich sich Kinderhaut anfühlte! Wie viel hatte Emmi in ihrem kurzen Leben bereits ertragen müssen.

Laura hatte heute etwas Wichtiges gelernt. Nämlich, dass *sie* einen Schritt auf Emmi zugehen musste. Dass sie nicht von einem so kleinen und so verletzten Kind erwarten konnte, dass es von allein auf sie zukam. Laura nahm sich entschlossen vor, sich Emmi behutsam anzunähern. Sie durfte nicht länger die verletzte eitle Operndiva mimen, sondern musste über ihren eifersüchtigen Schatten springen und endlich wirklich für Emmi da sein.

Aus Susas und Wilmas Zimmer hörte Laura Geräusche. Das Quietschen eines Bettes, das Herumwälzen einer Person. Vermutlich lag Susa auch immer noch wach. Denn Laura hatte in ihren Augen zweierlei gesehen: einerseits ihren unerschütterlichen Mut, aber auch ihre große Furcht vor dieser Pferdetour.

Kapitel 8

Am nächsten Morgen schien die Sonne genau auf Susas Gesicht. Sie schlug die müden Augen auf, ihr Herz raste, sie bekam keine Luft.

So fühlte sich also eine Panikattacke an, dachte sie und versuchte, ruhig zu atmen. Ein, aus, ein, aus.

Rasch stand sie auf, in der Hoffnung, dass das Herzrasen im Stehen zum Stillstand käme, doch das tat es nicht. Sie hatte panische Angst vor den Pferden, aber auch Angst davor, dass am Ende doch Bennett Emmis Vater war. Als sie an ihn dachte, wurde ihr heiß und kalt. Einerseits fühlte sie sich unendlich erleichtert, dass sie ihm heute einen ganzen Tag aus dem Weg gehen konnte, andererseits sehnte sie sich auch nach ihm. Doch das schlechte Gewissen gegenüber Betsy war einfach zu stark. Sie konnte sich doch nicht in einen von Betsys Ex-Freunden verlieben! Noch dazu wusste sie ja noch immer nicht, was wirklich zwischen den beiden geschehen war.

Erst unter der Dusche, als sich Susa mit ihrem roten Radio ablenkte, aus dem »Walking on sunshine« von Katrina and the Waves lief, wurde ihr Herzschlag wieder ruhiger.

Als sie frisch geduscht und mit einem Handtuch umwickelt aus dem Bad kam, klingelten die Handywecker der anderen. Wilmas fiepte und Lauras spielte eine klassische Melodie, die Susa nicht kannte. Murrend standen die beiden auf und machten sich müde zurecht.

»So früh aufstehen im Urlaub …«, meckerte Laura. »Das geht für mich gar nicht.«

»Du bist wirklich überhaupt nichts gewohnt.« Wilma hatte ihre Müdigkeit mit einer kurzen Atemübung überwunden und kämmte sich nun energisch ihr rotblondes Haar. »Ich als Massenmutter und Unternehmerin muss seit Jahren jeden Morgen extrem früh raus. Es ist alles eine Sache der Lebensenergie. Du solltest es mal mit Qigong probieren.«

Laura schickte Susa einen amüsierten Blick. »Wilma wieder.«

»Susa, darf die Püppi mit uns mitreiten?« Emmi war von dem Tumult wach geworden, und Susa begrüßte sie lächelnd.

»Guten Morgen, meine Süße. Wir hätten dich gleich geweckt. Ich glaube, deine Püppi bleibt besser hier, sonst verlierst du sie nur.«

»Oder sie bricht sich den Arm, das wollen wir ja nicht, oder?«, fügte Laura noch an.

Emmi schüttelte erschrocken den Kopf und legte ihre Püppi schnell wieder ins Bett.

»Etwas feinfühliger, Laura«, zischte Wilma ihr zu. Diese funkelte sie getroffen an. Susa versuchte, den Konflikt der Freundinnen herunterzuspielen. »Los, kommt. Einen Kaffee brauche ich jetzt auf jeden Fall, bevor es losgeht.« Susa zog sich ein weißes T-Shirt über, schlüpfte in ihre beigen Shorts und fühlte sich, als ginge es auf Safari. Als müsste sie gleich Löwen und Hyänen gegenübertreten.

Auf der weinumrankten Veranda standen noch ein paar leere Flaschen Wein vom Vorabend. Carla schien noch nicht wach zu sein, wie ihnen Maria auf Italienisch klarzumachen versuchte. Die Freundinnen nickten höflich und baten Maria um »Cappuccino, per favore«.

Maria antwortete »Sì, sì« und ging wieder ins Restaurant. Sie lief gebeugt, hatte rechts einen kleinen Buckel, wie so viele ältere Menschen, die schon einige Schicksalsschläge im Leben ertragen mussten.

Susa tastete heimlich auf ihren Rücken, ob sich schon ein kleiner Hügel gebildet hatte. Gewundert hätte es sie nicht.

Dass Bennett offensichtlich noch schlief, ließ sie etwas entspannen, auch wenn ihre wieder aufsteigende Panik vor den Pferden sich wie die Hand eines Riesen um ihre Gurgel legte.

»Was ist mit Proviant für die Tour? Ciabatta oder irgendetwas?« Laura verspürte immer Hunger, egal zu welcher Tageszeit.

Mist, das hatte Susa bei all der Aufregung ganz vergessen!

»Denkst du nur noch an diesen Hallodri, dass du sogar unsere Verpflegung vergisst?«, foppte sie Wilma.

»Redest du von dir und Mischa oder von wem?« Susas Nerven lagen blank.

Wilma sah sie entschuldigend an. »Susa, was ist denn los? Das habe ich doch nicht so gemeint.«

»Ist ja gut. Wenn ich unterzuckert bin, bekomme ich schlechte Laune, das wisst ihr doch.«

»Oh ja!« Laura pflückte sich eine blaue Traube und steckte sie Susa in den Mund. »So wie in Rom damals. Als wir im Kolosseum waren, erinnert ihr euch? Betsy wollte unbedingt noch ein paar Fotos schießen, und du bist ausgeflippt vor Hunger.«

»Ich habe sie regelrecht angeschrien … Wenn ich mir das heute überlege, würde ich es so gerne rückgängig machen«, entschuldigte sich Susa kleinlaut.

»Mir geht es genauso«, entfuhr es Wilma.

»Was meinst du?«, wollte Susa wissen.

»Ach, nichts.« Wilma blockte sofort ab, aber Susa spürte, dass ihr etwas auf der Seele brannte.

»Denkt doch lieber an die schönen Erlebnisse mit meiner Schwester«, wandte Laura kauend ein. »Nicht immer an das, was nicht so gut lief.«

»Du hast vollkommen recht.« Wilma nahm sich ebenfalls eine Traube und starrte nachdenklich und schuldbewusst vor sich hin. »Wenn das nur immer so leicht wäre.«

Susa wollte nun doch nachhaken, aber in diesem Moment trat Bennett aus der Küche heraus. Er sah selbst zu dieser frühen Stunde gut aus, trug lächelnd ein Tablett mit drei Cappuccini und einer heißen Schokolade für Emmi sowie sechs Lunchpaketen.

Fassungslos starrte Susa ihn an. Was sollte das jetzt? Wollte er etwa doch mit ihnen mitkommen? Die imaginäre Hand, die sich um ihre Gurgel gelegt hatte, drückte zu, und sie bekam fast keine Luft mehr.

»Buongiorno.« Er lächelte Susa an. »Hier sind eure Lunchpakete.«

»Du bist ja … Wow!« Laura schien wirklich hingerissen.

»Das sind aber sechs Pakete«, stellte Susa ahnungsvoll fest. »Wir sind mit Emmi vier, plus diesem Pedro. Das sind fünf.«

Bennett sah sie herausfordernd an. »Ich komme auch mit.«

Wilma und Laura warfen Susa einen mitleidigen Blick zu.

»Wieso das denn?«, entfuhr es Susa. Das durfte jetzt wirklich nicht wahr sein!

»Pedro ist ein guter Freund von mir, ich reite gerne, und … ich will sichergehen, dass euch nichts passiert. Ich habe nun mal so ein kleines Beschützer-Gen in mir.« Er lächelte.

Beschützer-Gen, dachte Susa sauer. Wieso hatte er dann Betsy im Stich gelassen?

Laura mischte sich aufgeregt ein. »Susa, das ist doch in Ordnung. Falls doch ein Gaul durchgeht, haben wir noch jemanden dabei, der sich damit auskennt.«

»Außerdem kann ich euch dann gleich mit dem Defender zu Pedro fahren«, fügte er triumphierend hinzu. »Die Wege da sind für euer Auto nicht gemacht. Nicht, dass ihr wieder mit dem Wagen aufsetzt.«

Susa starrte ihn fassungslos an. Etwas in ihr freute sich zwar unbändig, aber sie wusste, dass sie seine Nähe nicht ertragen würde.

Was würde das nur für ein Tag werden? Auf einem Pferd und noch dazu mit Bennett! Sie nahm einen großen Schluck Cappuccino. Was kam wohl als Nächstes?

* * *

Der Pferderücken war breit und warm, doch Susas Hände kalt und zittrig. Sie klammerte sich an den Zügeln fest und lauschte angespannt auf jedes Schnauben ihres Pferdes, das gemütlich vor sich hin trottete. Jede Sekunde rechnete sie damit, dass Crescendo mit ihr durchging und sie in hohem Bogen abwarf, wie damals. Wie oft hatte sie als Kind noch davon geträumt, wie oft war sie schweißgebadet aufgewacht.

Sie warf Bennett einen finsteren Blick zu. Elegant galoppierte er mit seinem Pferd an ihr vorbei, und das ganz sicher nur, um ihr zu zeigen, wie gut er, der unwiderstehliche Conte, reiten konnte. Dass ihr Pferd dadurch Lust bekommen könnte mitzugaloppieren, daran dachte er wohl nicht. Susa atmete durch und tätschelte Crescendo, vor allem, um sich selbst zu beruhigen.

Maremma-Pferde waren wirklich wunderschöne Tiere, und Pedro, den sie bei ihrer ersten Begegnung vorhin sofort unter die Lupe genommen hatten, hatte ihnen die allerbravsten der Herde ausgesucht. Pedro war ein kleiner, drahtiger, lustiger Italiener, der Betsy durchaus hätte gefallen können. Während er vor ihnen herritt, betrachtete Susa ihn von hinten, stellte ihn sich mit Betsy vor und überlegte, ob es passte. Er wirkte etwas schlaksig, lachte aber viel, ein tiefes Lachen, das von Herzen kam. Seine dunklen Locken fielen ihm wild in die Stirn, die braunen Augen waren sympathisch und freundlich, und wenn man wollte, konnte man durchaus eine Ähnlichkeit zu Emmis Augen sehen. Und Susa wollte das. So gerne. Er hatte jedoch eine fliehende, leicht rechteckig geformte Stirn, und die hatte Emmi definitiv nicht. Susa sah sich noch einmal nach Emmi um, die mit Laura auf einem Pferd saß.

Laura wirkte noch blasser, als Susa vermutlich aussah, und klammerte sich an Emmi fest, die mit geweiteten, dunklen Augen auf diesem großen Tier saß.

»Emmi, alles gut?«, erkundigte sich Susa, und Emmi lächelte begeistert.

»Und wie! Reiten macht Spaß!«

Wilma bestätigte lächelnd und kraulte ihr Pferd entspannt hinter den Ohren. Sie, die alle Tiere liebte, schien eine neue Leidenschaft entdeckt zu haben. Sie strahlte von innen heraus und schien als Einzige von ihnen die hübsche toskanische Landschaft, durch die sie gemächlich ritten, genießen zu können. Vorbei an malerischen Hügeln, auf denen Zypressen standen, an einem alten toskanischen Gehöft, das schon ziemlich verfallen aussah und in dessen Garten einige Zitronenbäumchen wucherten. Wilma wirkte eins mit ihrem Pferd, ganz bei sich, und wie es aussah, meditierte sie mit geschlossenen Augen. Das tat sie gerne ein paar Minuten, egal, wo sie sich befand. Sie schien dann immer ganz entrückt und nahm offenbar Verbindung mit dem Universum auf.

Bennett kam wieder zurückgaloppiert.

»Kannst du jetzt endlich mal damit aufhören?«, blaffte Susa ihn nervös an.

»Mit was denn?«, erwiderte er verblüfft.

»Hier so herumzureiten, das macht einen ja ganz kirre!« Im selben Moment wurde ihr klar, wie albern sie klang. »Ich meine, wenn du lospreschst, will Crescendo bestimmt auch ab durch die Mitte.«

»Ach, das meinst du. Nein, nein, das kennt er. Oder hast du ihn etwa nicht im Griff?«, versuchte er erneut zu provozieren.

Susa lächelte nur ironisch.

»Sag mal, wieso wollt ihr eigentlich unbedingt ausreiten, wenn zwei von euch so eine Panik vor Pferden haben?«

Laura und Susa sahen sich kurz ertappt an, und Susa suchte fieberhaft nach einer Ausrede.

»Ich habe ja nicht gewusst, dass die so … hoch sind.«

Bennett lachte, tätschelte sein Pferd und redete vornübergebeugt zu ihm. »Das sieht man euch ja auch überhaupt nicht an.«

Sauer zischte Susa: »Wenn man unten steht, kommt einem das nicht so vor, Mr. Neunmalklug.«

»Also gut.« Bennett hob beschwichtigend die Hand. »Ich schlage vor, wir brechen ab.«

»Nein!«, riefen Wilma, Emmi und Susa gleichzeitig. Nur Laura sah so aus, als hätte sie jetzt schon die Nase gestrichen voll.

»Wieso?«, zischte sie Susa zu. »Dieser Pedro war Betsy bestimmt zu albern, das sagt mir mein Bauch. Also abgehakt.« Sie deutete mimisch zu Pedro, doch dummerweise hatte Bennett ihre Geste mitbekommen.

Während er mit seinem Pferd wieder zu Susa aufschloss, fragte er hellhörig nach: »Was wollt ihr denn von Pedro?«

So langsam wurde er ihr zu neugierig. »Nichts«, entgegnete Susa also nur knapp und scherzte dann bemüht: »Wir haben nur gehört, dass der Pferdeführer dieser Tour ein toller Typ sein soll.«

Sie hoffte, dass er sich damit zufriedengeben würde. Doch Bennetts Spürnase hatte Witterung aufgenommen, das sah sie ihm an. Auch wenn er klug genug war, erst einmal nicht weiterzubohren.

»Tolle Männer gibt es in der Gegend viele«, erwiderte er amüsiert. »Pedro, hast du das gehört?«, rief er. »Die Frauen haben die Tour nur wegen dir gebucht.«

»Wegen mir?«, wunderte sich Pedro lachend. Sein Deutsch war durch die vielen Touristen, die er schon mit seinen Pferden herumgeführt hatte, recht gut. »Du musst nicht werden eifersüchtig, Bennett, die deutsche Frauen einfach haben gute Geschmack.«

Er lachte und Bennett schmunzelte. Dabei sah er Susa von der Seite an, versuchte, ihren Blick zu erhaschen.

Konnte dieser Typ nicht endlich mit seinem Pferd von ihrer Seite weichen? Schließlich wollte sie Pedro möglichst unverfänglich nach Betsy befragen.

Ihr Hintern schmerzte bereits, dabei waren sie doch gerade erst losgeritten. Susa war zutiefst erleichtert, dass sie nur diesen einen Tag gebucht hatten. Denn sie erinnerte sich, dass Betsy damals einige blaue Flecken am Po hatte, nachdem sie von der Pferdetour mit Übernachtung zurückgekehrt war.

Je länger sie darüber nachdachte, desto wahrscheinlicher fand sie es, dass Pedro der Vater von Emmi war. Denn dies war die einzige Nacht gewesen, in der Betsy in ihrem Casalappi-Urlaub damals nicht bei ihnen in der Ferienwohnung geschlafen hatte. Obwohl, schalt sie sich innerlich, Susa, du bist wirklich naiv – Kinder werden nicht nur nachts gezeugt!

Was allerdings gegen Pedro sprach, war, dass er bisher so sympathisch und lustig gewesen war, dass sie sich nicht vorstellen konnte, dass er gemein zu Frauen hätte werden können. Gerade scherzte er mit Wilma: »Du machste das sehr gut, deine Popo ist für den Rücken eines Pferdes gebaut.«

Wilma lachte mit ihm und freute sich sichtlich über das Kompliment. Sie war ehrgeizig und wollte alles, was sie anpackte, gut machen.

Susa dagegen wollte diesen Ritt einfach nur überstehen. Die Bilder von damals, als sie nach dem Sturz im Krankenhaus lag, kamen ihr wieder in den Kopf. Der Zirkusdirektor mit seinem Äffchen stand an ihrem Bett und ließ den Affen Kunststückchen machen, während sie tierische Schmerzen hatte. Es war ein sehr langwieriger Bruch gewesen, die kleine Susa hatte viel geweint und mehrere Wochen im Krankenhaus verbracht. Was, wenn ich jetzt von diesem riesigen Pferd falle?, überlegte sie zitternd, denn ein Knochenbruch in ihrem Alter würde sicher nur langsam verheilen. Und wie viele Menschen waren nach einem Reitunfall querschnittsgelähmt?, schoss es ihr immer panischer durch den Kopf. Sie erinnerte sich an eine ehemalige Klassenkameradin, die seitdem im Rollstuhl saß.

Susas Magen krampfte sich zusammen.

Laura blieb stumm, so stumm wie selten. Sie hatte die ganze Zeit, seit sie auf diesem »Viech« saß, noch keinen einzigen vernünftigen Satz gesprochen. Emmi dagegen lächelte verzaubert und beobachtete zutiefst beeindruckt die Ohren des Pferdes, die wackelten.

Die Stunden vergingen, und Susas Hintern fühlte sich an, als wäre er bereits grün und blau. Sie machten an einer besonders schönen Stelle Rast, an einem kleinen Bach, picknickten im Schatten eines hohen Felsen. Die Pferde grasten neben ihnen und fraßen das bisschen Gras, das zwischen den Kieselsteinen wuchs.

Als wären sie ein Rudel Wölfe, das schon lange nichts mehr zu essen bekommen hatte, stürzten sie sich auf Bennetts Ciabattas. Die frische Luft, der ungewohnte Ausflug, das Adrenalin auf dem Rücken der Pferde, all das machte selbst Susa, die in seiner Nähe bisher kaum etwas hinunterbekommen hatte, sehr hungrig.

Aus Pedro wurde sie nicht schlau. Bisher hatte sie auch noch keine Gelegenheit gehabt, ihn direkt auf Betsy anzusprechen. Wilma war sich so sicher, dass sie das Schicksal hier in Italien zu Emmis Vater führen und sie einen Wink von irgendeiner höheren Energie bekommen würden. Aber Susa konnte darauf nicht warten, wollte die Sache selbst in die Hand nehmen und Pedro auf den Zahn fühlen.

Bennett zauberte noch eine Flasche Weißwein, grüne Trauben und saftige, duftende Orangen aus seinem Rucksack. Der Wein schmeckte gar köstlich zu den mit Mortadella und Tomaten belegten Ciabattas. Susa naschte eine grüne Traube, trank einen Schluck Monte Vecchio bianco Toscana und dachte nur: Das Leben ist definitiv zu kurz für schlechten Wein.

Wilma saß zufällig bei Pedro, und Susa versuchte ihr mimisch klarzumachen, dass sie ihn nach Betsy aushorchen sollte. Wilma verstand, und Susa hörte, wie sie ihn bemüht beiläufig fragte, ob er sich an eine Freundin von ihnen, eine gewisse Betsy, erinnerte. Das müsste schon sechs Jahre her sein. Susa bemühte sich, jedes Wort zu verstehen, verkrampfte dabei etwas ihr Gesicht, fing einen Blick von Bennett auf und lächelte ihm flüchtig zu. Als er wieder wegschaute, lauschte sie angestrengt weiter. Pedro antwortete Wilma, dass er sich nicht erinnern konnte. Oder wollte er nur nicht? Hoffentlich hatte Bennett nichts gehört.

Frustriert stand Susa auf, ging zu Emmi ans Wasser und spielte mit ihr ›Steine in den Bach werfen‹.

Laura, die ihr Pferd ansah, als wäre es seine Schuld, dass ihr der Hintern so brannte, stopfte ein Stück Orange nach dem anderen in sich hinein und beschwerte sich: »Wieso hat eigentlich keiner an Schoki gedacht, verdammt noch mal?«

Da zog Bennett lächelnd eine Schokoladentafel aus seinem Rucksack. »Ist Ihnen Joghurt mit Erdbeere genehm, Madame?«

»Wow, du bist mein Held!«, freute sich Laura.

»Jetzt wird er *noch* eingebildeter«, konnte sich Susa nicht verkneifen. Bennett grinste und drohte damit, ihr nichts von der Schokolade abzugeben. Schließlich erkämpfte Susa sich ein Stück, und nach einer kleinen Weile ging es weiter.

Sie saßen auf oder besser gesagt, sie *versuchten* es, denn Laura und Susa schafften es nicht allein aufs Pferd. Auf Pedros Ranch hatten sie auf einer Box stehen und selbst aufsitzen können, aber ohne diese ging gar nichts. Bennett eilte rasch zu Susa, umfasste ohne zu fragen ihre Hüfte und hob sie hoch, als wäre sie eine Feder. Sie hatte sich noch nie so leicht und gehalten gefühlt wie in seinen Armen. Die Welt schien stillzustehen.

Er setzte sie in ihren Sattel, blickte sie durchdringend an, und für einen Moment spürte sie wieder diese tiefe Verbundenheit zwischen ihnen.

Wilma hatte es alleine geschafft, und Bennett versuchte nun, Laura, der das sichtlich unangenehm war, aufs Pferd zu hieven. Doch bei ihrem Gewicht bekam selbst er Probleme. »Pedro, kannst du mal helfen?« Mit vereinten Kräften schafften sie es.

»Shit, das sieht bei den Indianern immer so einfach aus«, scherzte Laura bemüht. Susa konnte sehen, wie peinlich ihr die ganze Aktion war.

Bennett lachte nett, setzte noch Emmi zu ihr aufs Pferd, und los ging es. Emmi quietschte vor Vergnügen und grinste Bennett fröhlich an.

Sie ritten an einer verfallenen Hütte vorbei, in der ein Baum aus dem kaputten Dach wuchs, immer dem Verlauf des Baches folgend. Pedro und Wilma ritten voran, dann kam Susa, zu der Bennett gerade wieder aufschloss, und etwas weiter hinten Laura mit Emmi auf ihrem Pferd. Bennett sagte kein Wort, blieb einfach in Susas Nähe, und das machte sie hochgradig nervös. Es ging zügig voran. Bald schon ritten Laura und Emmi einiges hinter ihnen.

»Kümmere du dich besser um Emmi und Laura, die kommen irgendwie nicht nach.« Susa wandte sich kurz um.

Bennett tat es ihr gleich. Inzwischen waren Laura und Emmi schon circa zweihundert Meter entfernt.

»Geht es euch gut?«, rief er ihnen zu, und Laura nickte.

»Ja, ich muss nur mal.«

»Wir haben doch gerade eben erst Rast gemacht«, rügte er sie wie ein kleines Kind.

»Da musste ich eben noch nicht.« Lauras Ton wurde schnippischer.

»Typisch«, konnte er sich nicht verkneifen, so dass Susa es hörte.

Sie funkelte ihn an. »Sag mal, hast du irgendein Problem mit Frauen?«

»Überhaupt nicht. Und du mit Männern?«

Sie sahen sich streitlustig in die Augen, Crescendo schnaubte.

»Nein. Bis zu diesem Urlaub noch nicht«, erwiderte sie bemüht lässig.

Er drehte sich schmunzelnd zu Laura und Emmi um und rief ihnen zu: »Wartet, ich helfe euch vom Pferd und wieder hinauf. Pedro … wir brauchen dich dann doch noch mal!«, rief er in Pedros Richtung. Doch Laura, die die Aktion vorhin noch nicht verkraftet hatte, winkte hektisch ab.

Bennett sah sie amüsiert-verwundert an, zuckte die Schultern, lenkte sein Pferd wieder zu Susas und rief Laura zu: »Wie du willst.«

Pedro hatte sowieso nichts gehört, denn er war gerade dabei, Wilma mit Komplimenten zu überschütten.

»Soll ich euch helfen?«, rief Susa Laura zu, doch Laura schüttelte den Kopf.

»Ich halte da an dem Baumstamm, dann kann ich ganz easy ab- und wieder aufsteigen. Los, reitet weiter, ich brauche keine Zuschauer. Wir machen das schon, oder, Emmi?

Emmi kicherte.

»In Ordnung«, rief Susa und sah Bennetts belustigten Blick. Er wandte sich erneut an Laura.

»An der nächsten Weggabelung reiten wir links, okay? Da geht's dann wieder Richtung Pedros Ranch.«

»Okay«, rief Laura und sah ihn auffordernd an, sich endlich umzudrehen und weiterzureiten.

»Eine sturer als die andere«, sagte er zu Susa.

»Wir brauchen dich einfach nicht, das ist nur schwer zu ertragen, ich weiß«, entgegnete sie süffisant.

Lächelnd schüttelte er den Kopf. »Du brauchst mich. Du weißt es nur noch nicht.«

Sprachlos sah sie ihm hinterher, wie er sein Pferd antrieb und elegant im Galopp zu Pedro und Wilma aufschloss.

Da machte Crescendo plötzlich einen kleinen Hüpfer, zumindest fühlte es sich für Susa so an. In ihrem Schreck zog sie zu sehr an den Zügeln. Crescendo wieherte und tänzelte.

»Hilfe, er geht durch!«, schrie Susa panisch. Bennett ritt sofort zu ihr zurück.

»Was machst du denn, du darfst nicht so an den Zügeln reißen, das tut ihm doch weh!«

Wilma drehte sich nun auch um, mischte sich besorgt ein. »Pferde haben einen ganz empfindlichen Gaumen, Susa.«

»Ist ja gut, denkt ihr etwa, ich habe das mit Absicht getan?« Grollend sah sie die beiden an. Ihr kleiner Ausbruch war ihr peinlich vor Bennett, und sie beschloss, sich ab jetzt zusammenzureißen. »Brav, Crescendo, brav. Weiter geht's.«

Bennett sah sie skeptisch an, verkniff sich dann aber einen Kommentar und ritt wieder zu Wilma vor.

Die Tour ging durch ein felsiges Gelände. Sie kamen an eine Weggabelung und ritten nach links. Hier wurde es etwas bergiger, eine kleine Schlucht tat sich vor ihnen auf, und Susa wurde wieder mulmig.

»Wow!« Wilmas Augen strahlten begeistert. »Hätte ich ja gar nicht gedacht, dass die Natur hier so abwechslungsreich ist.«

»Hier kommt man auch nur mit den Pferden her, Autos haben keine Chance, selbst mein Defender nicht«, hörte Susa Bennett erkären. Sofort stellte sie sich vor, was passieren würde, wenn sie hier einen Unfall hätten. Wie um Gottes willen sollte der Notarztwagen denn herkommen? Oder wo sollte ein Hubschrauber landen? Wobei sie sich nicht vorstellen konnte, dass es überhaupt einen in der Umgebung von Casalappi gab.

Es dämmerte bereits. Sie drehte sich immer wieder nach Emmi und Laura um, doch sie konnte die beiden nirgends entdecken. Vielleicht wollte sich Emmi von Laura ja nicht aufs Pferd helfen lassen, dachte Susa besorgt. Ihr Verhältnis hatte sich zwar etwas verbessert, aber Emmi konnte durchaus ihren kleinen Dickkopf haben.

»Was machst du eigentlich in Berlin sonst so, außer über die Venus von Botticelli lesen? Ich meine beruflich?«, fragte Bennett und ritt lässig neben Susa her.

»Ich arbeite in einer kleinen Physiotherapie-Praxis«, erwiderte sie knapp und hoffte auf keine weiteren Nachfragen. Doch sie hatte es geahnt.

»Ach ja? Und wie lange schon?«

Susa sah ihn an und zögerte einen Moment. »Vierzehn Jahre oder so.«

»Vierzehn Jahre?« Er schien sichtlich baff. »So lange habe ich es noch nie irgendwo ausgehalten.«

»Das kann ich mir denken«, konterte sie. Sie fühlte sich angegriffen, auch wegen Betsy, die er ziemlich sicher schnöde hatte sitzenlassen.

»Ich habe sehr lange nach dem richtigen Job für mich gesucht. Das Agriturismo zu führen ist endlich genau mein Ding. Ich liebe es, in der Natur zu sein, unterschiedliche Menschen kennenzulernen, etwas mit meinen Händen zu machen.«

»Ich auch.« Schnell fügte sie hinzu: »Leuten helfen, ihnen guttun, das erfüllt.«

Bennett sah plötzlich sehr nachdenklich und in sich gekehrt vor sich hin.

Crescendo schnaubte wohlig durch. Eine Fliege kitzelte ihn an der Nase, Susa verscheuchte sie.

»Wenn meine Chefin, Frau Rose, nicht wäre … Aber sie ist leider ein kleiner Drache, das war sie von Anfang an. Tja, von irgendetwas muss ich ja meine Miete bezahlen.«

Verwundert blickte Bennett sie von der Seite an. »Wieso hast du dir in all den Jahren denn keine andere Stelle gesucht?«

Es war genau die Frage, die sie liebte. Auf jeder Party kam sie, bei jedem Date, bei jedem Familienfest von Tante Thea, der Schwester ihrer Mutter. Tante Thea hatte eine eigene Apotheke und führte dort ein strenges Regiment. Sie war schlimmer als Frau Rose, und so sah Susa jedes Mal, wenn sie sich zu einer Bewerbung überwunden hatte, eine neue Chefin wie Tante Thea vor sich. Außerdem hatte Susa auch sympathische Stammpatienten, die ihr über all die Jahre ans Herz gewachsen waren, und die Buchhaltung machte ihr erstaunlicherweise wirklich Spaß. In einer neuen Praxis müsste sie wieder ganz von vorne anfangen, und das behagte Susa nicht.

Laura und Wilma hatten es schon lange aufgegeben, Susa zu diesem Thema zu bearbeiten. Außerdem hatten sie zu viel mit ihrer eigenen Karriereplanung und mit sich selbst zu tun. Nur Betsy hatte ihr regelmäßig immer wieder einen kleinen Arschtritt verpasst, der aber trotzdem nie gefruchtet hatte.

Bennett würde all das ganz sicher nicht verstehen, darum sagte Susa ganz lapidar: »Ich habe mir keine neue Stelle gesucht, weil meine jetzige schön nahe an meiner Wohnung liegt.«

Sein Blick jedoch verriet ihr, dass er sie durchschaut hatte. Doch er schien klug genug, nicht weiter darauf herumzureiten.

Susa machte sich inzwischen Sorgen um Laura und Emmi. »Das ist doch seltsam, dass Laura und Emmi so lange brauchen, oder nicht?«

Sie drehten sich erneut nach ihnen um. Doch weit und breit war nichts zu sehen, geschweige denn Hufgeklapper zu hören.

»Laura hat doch bestimmt auch keinen Orientierungssinn«, mutmaßte er, was Susa sogleich wieder auf die Palme brachte.

»Wieso ›auch‹? Wie alle Frauen, meinst du?«, provozierte diesmal sie ihn.

»Das hast jetzt du gesagt«, entgegnete er. »Na ja, viele haben zumindest keinen, das musst du ja wohl zugeben. Bist du denn die glorreiche Ausnahme?«

Was sollte sie darauf antworten? Dass sie jedes Mal, wenn sie aus einem Laden kam, immer in die falsche Richtung lief?

Dass sie schon viermal ihr Auto in einer Tiefgarage nicht mehr gefunden, es zweimal bei der Polizei als gestohlen gemeldet hatte, um es kurz darauf beide Male bei ihr um die Ecke vorm Gemüseladen doch noch zu finden?

»Natürlich bin ich eine glorreiche Ausnahme. Oder zweifelst du etwa daran, dass ich etwas ganz Besonderes bin?«, umschiffte sie das Thema mittelgeschickt. Dass sie ihm die nächste Steilvorlage gab, war ihr in dem Moment bereits klar. Insgeheim machte es ihr Spaß, mit Bennett zu flirten, und für einen kleinen Augenblick vergaß sie dabei sogar Betsy.

»Nein, daran zweifele ich nicht.« Er sah sie von der Seite an und sagte leise: »Denn das bist du.«

Susa ging nicht weiter darauf ein, denn ihre Sorge galt nun Emmi und natürlich auch Laura, die ganz offensichtlich doch die falsche Weggabelung genommen hatte. Laura hörte nicht immer zu, das war ihr schon früher aufgefallen. Sie nickte dann zwar mechanisch, befand sich aber mit den Gedanken schon lange ganz woanders. Vermutlich bei ihrer Musik, bei irgendeiner Oper.

»Wir müssen sofort zurückreiten und nach ihnen suchen«, sagte Susa nervös.

»Das machen wir.« Bennett ritt kurzerhand etwas zu Pedro vor, der sich mit Wilma schon ein gutes Stück vor ihnen befand. »Pedro, ihr könnt ja schon mal weiterreiten, ich fange mit Susa die anderen ein«, hörte Susa ihn rufen.

»Wo sind sie denn?«, wunderte sich jetzt auch Pedro, der sich die ganze Zeit blendend mit Wilma unterhalten hatte. Oder besser gesagt, geschäkert hatte, denn der schlaksige Kerl schien es faustdick hinter den Ohren zu haben.

Wilma schien mit Thomas wirklich nicht mehr richtig glücklich zu sein, schoss es Susa durch den Kopf. Wieso sonst war sie für jedes abgeschmackte Kompliment von diesem Mischa und für den einfachen italienischen Charme von diesem Pedro so empfänglich? Susa fühlte sich schlecht, da sie als Freundin nichts von Wilmas Problemen mitbekommen hatte. Zu viel Zeit hatte sie mit Betsy verbracht, zu sehr alle anderen Lieben um sie herum vernachlässigt. Und hatte es Betsy ihr gedankt? Nein. Susas Wut, dass Betsy sie trotz aller Fürsorge und Liebe einfach im Stich gelassen hatte, kroch wieder empor. Wie so oft die letzten Monate. Immer wieder.

Beunruhigt wartete sie auf Bennett, der zu ihr zurückgeritten kam. Sie mussten Laura und Emmi finden, bevor es dunkel wurde!

Die Sonne ging um diese Jahreszeit erstaunlich schnell unter. Eigentlich hatten sie geplant, vor Sonnenuntergang wieder zurück zu sein. Doch da alles etwas länger gedauert hatte, vor allem die Auswahl der Pferde, waren sie in Verzug. Pedro wollte Laura sein gutmütigstes Pferd geben, doch das fand sie zu groß und es wieherte ihr zu laut. Er hatte etwas gebraucht, bis er für Laura das passende Pferd gefunden hatte, denn an jedem Gaul hatte sie etwas auszusetzen, wie bei den Männern.

Susa hoffte sehr, dass Lauras Pferd nicht mit ihr und Emmi durchgegangen war, dass den beiden Lauras mäkelige Art nicht zum Verhängnis geworden war.

Susas Hände zitterten. Sie war es, die diese ganze Aktion in die Wege geleitet hatte, sie wäre schuld. Nein, schalt eine innere Stimme streng. Wie oft noch: Jeder ist für sein Leben selbst verantwortlich! Laura hätte bei der Gruppe bleiben können. Und Emmi? Sie konnte noch nicht selbst entscheiden. Susas Angst schnürte ihr die Kehle zu.

Bennett bemerkte Susas sorgenvollen Blick und sah sie mit seinen warmen Augen beruhigend an. »Es wird nichts passiert sein. Lass uns zurückreiten.« Er half ihr, ihr Pferd zu wenden, zog dafür an Crescendos Zügel und berührte dabei wie zufällig ihre Hand. Es durchzuckte Susa, als wenn sie einen Stromschlag bekommen hätte. Ihre Sorge um Emmi und Laura ließ ihre Nerven flattern.

»Komm, Crescendo, hüa«, versuchte sie, Crescendo etwas anzutreiben. Aber der Gaul hatte keine Lust umzudrehen, er wollte vermutlich zurück zum Stall zu seinem Futter.

Bennett sah aus, als bemühte er sich, sein Lachen zu unterdrücken. »Auf ›hüa‹ reagiert ein Pferd nicht. Du musst mit deinen Fersen seitlich etwas reindrücken, das hat dir Pedro doch vorhin erklärt.«

»Weiß ich«, presste Susa hervor, bemüht, die Situation nicht eskalieren zu lassen. Sie brauchte ihn jetzt und musste über ihren Schatten springen.

Crescendo gehorchte endlich, und sie ritten im Trab den Weg zurück.

Es dämmerte, und Susa hatte Angst, bald nichts mehr sehen zu können. »Die Sonne geht hier aber schnell unter«, beschwerte sie sich nervös.

»Aber dafür ist dieser Sonnenuntergang gigantisch, findest du nicht?«

Das war er tatsächlich, aber Susa hatte jetzt keinen Sinn für romantische Sonnenuntergänge. Die Sonne hatte sich orange eingefärbt, wie sie es oft in Afrika tat. Zumindest kannte sie das aus dem Fernsehen, aus diversen Tierdokumentationen, die Stefan so gerne gesehen hatte. Ihre Gedanken schwirrten wie ein Schwarm aufgeschreckter Heuschrecken.

»Arme Emmi, sie hat im Dunkeln immer so Angst.«

»Wovor denn?«, wollte er wissen.

»Seit Betsys Tod hat sie oft ganz schlimme Alpträume. Fast jede Nacht wacht sie schreiend auf, und Opa Alfons holt sie dann zu sich ins Bett.«

»Oje«, entfuhr es ihm. Sie schien ihm wirklich leidzutun. »Ich hatte als Kind auch oft Alpträume«, sagte er leise, und seine Miene wurde sehr ernst.

Verwundert sah Susa ihn an, doch es blieb keine Zeit, weiterzufragen. Himmel, was war mit Emmi und Laura geschehen?

»Wenn ich das alles gewusst hätte, hätte ich euch von diesem Ausritt abgeraten.« Er klang jetzt sehr besorgt, wodurch Susas Angst um Emmi und Laura nur noch verstärkt wurde.

»Laura? Emmi?«, rief Susa immer wieder laut, so laut sie konnte. Und auch Bennett half mit. Sie lauschten in die Stille der kargen Landschaft, doch es kam keine Antwort zurück. Nur eine Eule antwortete, oder war es ein Käuzchen?

»Das gibt's doch nicht, das müssen die doch hören!«

»Wenn sie nach rechts abgebogen sind statt nach links, dann nicht.«

»Und wo kommt man da hin, wenn man nach rechts reitet?«

Bennett zögerte einen Moment mit der Antwort, wollte sie offenbar nicht noch mehr beunruhigen.

»Jetzt sag endlich!«, herrschte sie ihn an. Ihre Stimme wurde bestimmter, so kannte sich Susa gar nicht.

»In eine sehr einsame Gegend. Dort ist es felsig und unübersichtlich, also nichts für Anfänger.«

»Oh Gott. Dann reiten wir da jetzt hin!«

Sie ritten schweigend nebeneinander her in einem noch schnelleren Trab. Galopp traute sich Susa beim besten Willen nicht zu, und sie dankte es Bennett insgeheim, dass er mit seinem Pferd an ihrer Seite blieb.

Sie nahmen die Abzweigung, die Laura genommen haben musste. Inzwischen war es noch dunkler geworden, die Pferde rutschten auf dem steinigen Boden immer wieder etwas ab. Ihre

Höhenangst schnürte Susa den Hals zu. Sie schloss die Augen, ließ sich von Crescendo tragen und von Bennett führen.

Immer wieder riefen sie ihre Namen, doch niemand antwortete. Es musste ihnen etwas passiert sein, durchfuhr es Susa schmerzlich, und sie brach verzweifelt in leises Schluchzen aus. Es durfte einfach nicht sein, nicht nach dem, was mit Betsy geschehen war!

»Susa, schsch …«, Bennett hielt mit einem »Brrr« die Pferde an, stieg rasch ab, packte Susa mit seinen großen Händen sanft an der Hüfte und half ihr herunter. Er zögerte einen kleinen Moment, nahm sie dann ganz fest in den Arm und drückte sie an sich. Sie roch ihn, ganz nahe, schniefte ihm in sein Leinenhemd und schluchzte. »Ich hätte besser auf Emmi aufpassen müssen … Was, wenn ihr jetzt auch noch etwas Schlimmes passiert ist? Ich bin ihre Patentante, ich muss sie beschützen. Betsy hat es in ihrem letzten Brief extra geschrieben!«

Bennett nahm ihren bebenden Kopf in seine Hände, sah ihr ernst und ebenso aufgewühlt in die Augen, schüttelte den Kopf. »Susa, bitte, du bist die beste Patentante der Welt. Hier gibt es keine Löwen und keine tiefen Canyons. Wenn sie etwas abgerutscht sind, dann leben sie noch. Und wenn sie irgendwo liegen und verletzt sein sollten, hätten sie uns geantwortet. Ich glaube ehrlich gesagt eher …«

»Was?«

»Dass sie schon lange wieder auf Pedros Ranch sind.«

»Laura kennt sich doch hier in dieser Pampa überhaupt nicht aus!«

»Aber ihr Pferd. Es findet von selbst wieder in seinen Stall zurück.«

Es war ein kleiner Hoffnungsschimmer. Susas Atem wurde etwas ruhiger. Jetzt erst merkte sie, dass Bennetts Hände auf ihren Wangen lagen. Seine großen Hände, die so viel Wärme ausstrahlten, und dass er sie immer noch ansah und die Sterne am Himmel glitzerten. Er ließ sie wieder los, wirkte unschlüssig.

»Sieh mal!«, rief Susa unwillkürlich aus. Ihre Hand zeigte gen Himmel. Er drehte sich um und sah sie auch, gerade noch.

»Eine Sternschnuppe!« Er lächelte. »Du darfst dir etwas wünschen.«

Susa konnte das Knistern in dieser Stille hören. Ihr Herz raste. »Ich glaube nicht an diesen Romantikquatsch«, versuchte sie der Situation das Prickeln zu nehmen. Doch es war da, obwohl es nicht sein durfte.

Wieder sah er sie an, und bevor sie widerspenstig werden konnte, küsste er sie mit seinen vollen, warmen Lippen einfach auf den Mund. Die Welt schien stillzustehen, und ihr Herz schlug plötzlich ruhig und friedlich. Seine Lippen schmeckten frisch und beruhigend, und in diesem Moment, in dem sie sich so hilflos und verlassen fühlte, war es das, was sie brauchte.

So ließ sie es zu, verdrängte ihr schlechtes Gewissen, spürte, wie er sie zärtlich, dann wieder leidenschaftlicher in die Arme nahm und küsste.

»Er benutzt die Frauen, für sein Ego«, schossen ihr Carlas Worte durch den Kopf.

Mit einem Ruck machte sie sich los.

»Schon wieder so störrisch?«, neckte er sie.

»Immer bei Typen, die meinen, unwiderstehlich zu sein.« Sie war sauer auf sich selbst. War sie nicht oft genug auf Machos wie diesen hereingefallen? Und war sie völlig wahnsinnig, einen Mann zu küssen, der Betsy möglicherweise tief verletzt hatte?

Für einen kurzen Moment sah er sie sprachlos an.

»Susa, ich bilde mir nicht ein, unwiderstehlich zu sein. Hast du schlechte Erfahrungen mit Männern gemacht? Ich meine es ehrlich mit dir.«

Hast du das zu Betsy am Anfang auch gesagt?, hätte sie am liebsten gefragt. Wie gerne hätte sie ihm von ihrem Verdacht erzählt und von dem, was Carla über ihn gesagt hatte, doch sie war sich sicher, er würde alles bestreiten. Sie musste geschickter vorgehen.

»Es ist nur … so ein Gefühl«, sagte sie leise und dachte angestrengt nach.

Bennett sah sie an, seine Stimme klang plötzlich nervös.

»Susa, ich weiß nicht, was das zwischen uns ist, aber es ist da … Weil du … bist, wie du bist, weil mir Betsy … sie hat mir so viel von dir erzählt …«

Tränen schossen in Susas Augen. »Das hat sie? Und was?« Sie hielt den Atem an, und auch Bennett stockte kurz.

»Dass du ihr so viel Liebe geschenkt hast und was du für ein warmherziger Mensch bist.« Sie schniefte gerührt, und Bennett wollte sie wieder zu sich ziehen. Doch sie wehrte ab.

»Lass.«

Er fuhr sich durchs Haar. »Ich habe mich wirklich dagegen gewehrt, weil ich gemerkt habe, wie abweisend du oft auf mich reagierst und dass ich dir nicht guttue. Gerade habe ich auch wirklich genug andere Probleme, aber … ich fühle mich in deiner Nähe einfach so … angekommen. Seit Betsys Abschiedsfeier muss ich so oft an dich denken …«

Bevor er jetzt noch auf die Knie fallen konnte, fiel sie ihm rasch ins Wort. »Wir können doch Pedro anrufen? Ob Laura und Emmi schon zurück auf der Ranch sind?« Sie hatte in ihrer Verwirrung nicht daran gedacht.

Bennett schien zu verstehen und seufzte. »Anrufen können wir leider nicht. Hier gibt es keinen Empfang, das habe ich schon einmal probiert.«

Susa zog mit zitternden Händen ihr Handy heraus und sah darauf. Kein Balken zu sehen. »Mist. Aber jetzt einfach zurückzureiten, wenn Emmi und Laura hier vielleicht doch irgendwo liegen und Hilfe brauchen …?«

Er überlegte. »Wie gesagt, eine von beiden hätte uns sicher gehört. Es ist jetzt zu dunkel und für unsere Pferde einfach zu gefährlich.«

Susa schluckte. Sie konnte Emmi und Laura doch nicht einfach in dieser Einöde die ganze Nacht zurücklassen! Doch was Bennett sagte, klang vernünftig. Ihr Kopf schmerzte.

Bennett entschied: »Lass uns zur Ranch reiten. Entweder sie sind da, oder wir alarmieren die Carabinieri, und die sollen einen richtigen Suchtrupp schicken, in Ordnung?«

Dankbar sah sie ihn an und fühlte es auch: angekommen zu sein. »In Ordnung.«

»Soll ich dir aufs Pferd helfen? Du siehst so blass aus, als würdest du gleich zusammenklappen.«

»Ich klappe nie zusammen«, seufzte sie und sank, noch ehe sie den Satz beendet hatte, in seine Arme. Ihre Beine versagten einfach ihren Dienst. Bennett hielt sie, fing sie auf.

Verwundert über sich selbst, rappelte sie sich schnell wieder hoch, so gut es ging, gehalten von ihm. Er hielt sie sicherheitshalber immer noch fest und schnupperte lächelnd an ihrem Haar.

»Lass das«, meckerte sie schwach. Er grinste, hob sie aufs Pferd, und sie ritten zu Pedros Ranch zurück.

Er hat noch ganz andere Probleme, schoss es ihr durch den verwirrten Kopf, und sie fragte sich, was ihn wohl so sehr beschäftigte.

Kapitel 9

Wilma saß neben der noch schlafenden Susa auf ihrem gemeinsamen Bett an die Wand gelehnt. Sie drückte ihren Daumen der rechten Hand gegen ihren rechten Nasenflügel und atmete durch das linke Nasenloch ein.

Langsam und gleichmäßig. Und ziemlich laut.

Verwirrt schlug Susa ihre Augen auf, fasste sich einen Moment orientierungslos an die Stirn. »Was … was machst du denn da?«

»Nadi Shodhana. Das ist eine Wechselatmung zum Anregen der Lebensenergie.« Wilma lächelte, hielt inne und sah Susa in ihrem quietschgelben Schlaf-T-Shirt forschend an. »Und?«

»Was ›und‹?«

»Na, wie war es mit Bennett gestern Nacht?«

Susa schlug die Augen wieder zu. »Hmpf. Ganz okay.«

»Was heißt denn ›ganz okay‹? Hast du etwa mit ihm geschlafen?«

»Nein! Wie kommst du denn darauf?«

Wilma registrierte alarmiert Susas Miene. »Aber fast?«

»Jetzt sag mal, bin ich hier bei der Inquisition? Er hat … sagen wir … ›die Situation ausgenutzt‹.«

»Nein! Das heißt, ihr habt euch geküsst?« Selbst damit hätte sie eigentlich nicht gerechnet.

»Er mich, sag ich doch.« Susa rappelte sich hoch, rieb sich über ihre müden Augen und fasste sich an ihren Hintern. »Autsch. Mein Po brennt, als wenn ich eine Tracht Prügel bekommen hätte.«

»Die hättest du verdient. Wieso lässt du dich auch ausgerechnet von *dem* küssen, Susa?«

»Wer hat mit Pedro geflirtet, obwohl wir noch gar nicht wissen, ob er es ist? Und was läuft eigentlich mit Mischa?«

Wilma schnaubte. »Flirten ist ja wohl eindeutig etwas anderes als küssen. Mensch, Susa. Vielleicht ist er Emmis Vater!« Wilma stand in ihrem weißen Seiden-Nachthemd auf, dachte an Mischa, an Thomas, an die Kinder und machte ihre morgendlichen Dehnübungen. Dabei fühlte sie sich viel lockerer als sonst. Konnte das am Reiten liegen? Wilma verstand nun Lotta, die unbedingt reiten lernen wollte, besser. Mitten in einer Armstreckung hielt sie inne. »Reiten ist großartig. Fast so gut wie Yoga. Man fühlt sich so … geerdet und eins mit der Natur. Ich hätte das schon viel früher anfangen sollen.« Sie lächelte und streckte sich wohlig. »Und mit Männern flirten auch. Wenn du mich fragst, Pedro war es nicht. Wenn er eine Affäre mit Betsy gehabt hätte, hätte er anders reagiert, als ich ihn auf sie angesprochen habe. Der hat es zwar faustdick hinter den Ohren, aber er konnte sich an Betsy nicht erinnern. Sein unwissender Blick, als ich ihren Namen genannt habe, wirkte auf mich ziemlich glaubwürdig. Die ganzen Namen der Leute, die eine Pferde-Trekkingtour mit ihm machen, merkt er sich natürlich nicht, hat er gesagt.«

Susa saß niedergeschlagen im Bett und nickte traurig. Es schien ihr körperlich richtig schlecht zu gehen. Sie seufzte. »Jetzt sind schon zwei Tage vergangen, und wir sind nicht wirklich schlauer als am Anfang. Bennett könnte es sein, Pedro vermutlich eher nicht, aber sicher wissen wir gar nichts.«

Wilma sah sie eindringlich an. »Susa, es deutet alles auf Bennett hin. Er hat sie gekannt und sie ohne unser Wissen wiedergetroffen. Er reagiert äußerst seltsam, wenn die Sprache auf Betsy kommt, er ist nach Berlin gereist, nur für ihre Abschiedsfeier …«

»Ja, ist ja gut. Ich muss endlich wissen, was zwischen Bennett und Betsy gelaufen ist, wie gut sie sich wirklich kannten. Aber er blockt immer ab.«

»Höchste Eisenbahn, dass wir etwas herausbekommen. So verliebt, wie du schon bist.« Wilma sah ihre Freundin mitleidig an. In Susas Haut würde sie jetzt auf keinen Fall stecken wollen.

»Hier geht es nicht um mich und meine Gefühle.« Susas Stimme klang aufgewühlt. »Hier geht es um Betsy, und vor allem um Emmi.«

Wilma betrachtete Susa, die jetzt aussah wie ein angeschossenes Reh. Wilma setzte sich zu ihr aufs Bett. Ihre Stimme wurde sanfter. »Ach, Susa, entschuldige. Ich sehe ja, was Bennett in dir auslöst. Und du darfst auch mal an dich denken. Das hast du uns nämlich geschworen. Trotzdem, bitte pass auf dich auf.« Sie drückte Susas Hand. »Ich hoffe sehr, dass es Bennett nicht ist.«

Susa blickte sie an, eine kleine Träne lief ihr die Wange herunter, die sie schnell wegwischte, und die beiden Freundinnen lächelten. Wilma kuschelte sich zu Susa aufs Bett, lehnte ihren Kopf an deren Schulter, und beide sagten nichts mehr. Sie starrten nachdenklich auf ihre lackierten Fußnägel. Susas schimmerten in einem unentschiedenen Rosarot, Wilmas in einem kräftigen Grün.

»Weißt du, was wirklich schrecklich ist?«, unterbrach Wilma plötzlich die Stille. »Irgendwann in ein paar Jahren wird sich kaum noch jemand so richtig an Betsy erinnern. Nicht einmal mehr Emmi, weil sie dafür einfach zu klein war. Nur wir, wir werden sie nie im Leben vergessen.«

Auch Susas Augen füllten sich mit Tränen. Die beiden Freundinnen nahmen sich in den Arm und dachten an Betsy, die Sonne schien in ihr Schlafzimmer und wärmte ihre eiskalten Füße.

»Sieh mal, diesen Sonnenstrahl, den hat sie uns gerade geschickt.« Wilma schniefte und lächelte. »Es gibt eine Verbindung zu ihr, Susa, da bin ich mir ganz sicher.«

Wilma löste sich von Susa, setzte sich aufrecht hin, schloss die Augen und atmete wieder tief ein und aus. Sie musste an den gestrigen Abend denken. Laura und Emmi hatten tatsächlich die falsche Abzweigung genommen. Als Laura ahnte, dass der Weg falsch sein könnte, ritt sie einfach wieder in die Richtung zurück, aus der sie kamen. Frauen hatten einfach einen prima Orientierungssinn. Wilma war so stolz auf Laura! Und auch Emmi hatte durch diese Aktion deutlich mehr Respekt vor ihrer Tante bekommen, wie Wilma gestern Nacht noch gemerkt hatte. Die beiden schliefen noch tief und fest, Emmi nun sogar in Lauras Bett, angekuschelt an ihre Tante. Der kleine abenteuerliche Ausflug schien die beiden endlich ein bisschen weiter zusammengeschweißt zu haben.

Und was ist mit Thomas und mir?, dachte Wilma im nächsten Moment. Was könnte uns wieder so zusammenschweißen, dass es so wird wie früher? Kann es überhaupt wieder so werden wie zu Beginn unserer Beziehung, oder bedeutet ›Leben‹ immer ›Veränderung‹, dass alles am Fließen ist, unaufhaltsam?

Wilma blickte Susa, die gerade aufstand, um ins Bad zu gehen, aufgewühlt an. »Susa, ich muss dir etwas sagen«, platzte es aus Wilma heraus.

»Was denn?« Susa drehte sich zu ihr um.

»Komm, lass uns an die frische Luft gehen.«

Wilma nahm noch eine Flasche Mineralwasser und zwei Gläser mit, dann gingen sie in ihren Schlafklamotten hinaus auf die Terrasse und setzten sich dort in den Schatten. Der Duft der Oleanderbüsche umwehte Wilmas Nase, sie atmete ihn tief ein. Irritiert und gespannt sah Susa Wilma dabei zu.

»Ich hole uns noch etwas Obst.«

Wilma verschwand wieder im Appartement, nahm sich eine Schale frischer Aprikosen und dachte dabei an ihre Kinder. Sollte sie es wirklich aussprechen? Es erschien ihr wie der Anfang vom Ende. Angespannt ging sie mit den reifen Aprikosen, auf denen sich ein paar Fruchtfliegen tummelten, wieder zu Susa hinaus und stellte die Schale hart auf den Tisch. Wilma setzt sich, verscheuchte die Fruchtfliegen, die aufstoben und wegflogen. Sie sah ihnen nach, zog ihre blassen Knie an und umschlang sie mit ihren zarten Armen. Mit leiser Stimme begann sie. »Ich bin mir jetzt sicher. Bei Thomas und mir, da ist keine energetische Verbindung mehr.«

Fassungslos starrte Susa sie an. »Heißt das, du liebst ihn nicht mehr?«

»Doch, schon. Ich weiß nicht. Nicht mehr genug vielleicht.«

»Aber ihr habt doch noch gar nicht an eurer Beziehung gearbeitet, oder etwa doch?«

»Ein bisschen. Keine Ahnung. Du meinst, wir brauchen einfach mal ...«, Wilma lachte bitter auf, »eine spirituelle Paarberatung oder so etwas in der Art?«

»Wieso nicht? Vor lauter Alltag, Kinderkram, Job und so ... Ich stelle mir das wahnsinnig stressig vor. Ist doch klar, dass die Beziehung da irgendwann auf der Strecke bleibt.«

»Man kann es sich nicht vorstellen, wenn man keine Kinder hat.« Wilma schüttelte traurig den Kopf. »Ich glaube nur leider nicht, dass es noch Sinn macht. Ich spüre wirklich überhaupt keine Energie mehr zwischen Thomas und mir.« Wilma merkte, wie die Verzweiflung in ihr hochstieg wie kochende

Lava aus einem schon lange brodelnden Vulkan. Sie riss sich zusammen, wie sie es als Kind gelernt hatte, als sich ihre Eltern lautstark im Schlafzimmer stritten und die kleine Wilma am nächsten Morgen so tat, als hätte sie nichts bemerkt. Wilmas Eltern sprachen nicht über ihre Gefühle, und so fiel es auch Wilma sehr schwer. Wieder schaffte sie es, die heiße Lava herunterzuschlucken. Auch wenn ihre Kehle bereits brannte.

Zwei kleine Fruchtfliegen flogen herbei und ließen sich auf einer besonders reifen Aprikose nieder. Das verdorrte Blatt eines Oleanderbusches fiel ab und segelte zu Boden. Susa starrte erschüttert und nachdenklich vor sich hin. »Wilma, bitte, das kann es doch nicht gewesen sein. Ich meine, es gibt doch bestimmt noch Hoffnung, meinst du nicht? Denk an die Kinder.«

Wilma seufzte. »Das mache ich die ganze Zeit. Aber jetzt, wo wir hier sind, und wo wir uns geschworen haben, bewusster zu leben, da kommt mir mein Leben zu Hause mit Thomas inzwischen so … falsch vor. Ich vermisse ihn überhaupt nicht. Und die Flirts mit Mischa und Pedro … Das fühlt sich so gut an. So unbeschwert und frei.«

Fassungslos sah Susa sie an, zog nun auch ihre Knie hoch und umschlang sie mit ihren Armen. »Puh. Aber … verwechselst du da nicht irgendetwas? Ich meine, das mit diesem Mischa oder Pedro … das ist doch nichts für Berlin?«

Wilma sah sie an und seufzte. »Das weiß ich. Es geht ja auch nicht um die beiden. Mischa ist aufregend und Pedro … ganz lustig. Es geht vielmehr darum, dass ich mich, meine Seele, endlich wieder spüre. Hier in Italien, und vor allem auch nach Betsys Tod, ist mir klargeworden, dass mein Leben momentan nicht das Leben ist, das ich eigentlich leben möchte. Ich weiß, dass das Universum noch etwas anderes mit mir vorhat.« Wilma fühlte in ihrer Brust, wie gut es ihr tat, über ihr Gefühlschaos zu reden, auch wenn es nichts an der Situation ändern würde und es Susa sichtlich schwerfiel, sie zu verstehen. Der Druck entwich ein wenig.

Vorsichtig hakte Susa nach: »Aber was genau es mit dir vorhat, das hat dir das Universum nicht gesagt?«

»Du machst dich über mich lustig.«

»Nein, das tue ich wirklich nicht. Ich habe nur Angst, dass du dich in etwas verrennst, ohne Thomas vorher die Chance gegeben zu haben, etwas zu verändern. Und das wegen eines Urlaubsflirts … «

»Susa! Versteh doch, Mischa ist nur der Auslöser.«

Susa nickte, starrte schockiert vor sich hin. Wilma wusste genau, was sie dachte. Thomas und sie waren für die Freundinnen immer das Traumpaar schlechthin gewesen. Wie oft hatten Betsy und Susa von ihrer Beziehung geschwärmt. Ein Mann, der einen so coolen Job hat, aber trotzdem im Haushalt mithalf und zudem ein toller Vater war. Einfach die perfekte Mischung, hatte Betsy einmal gesagt.

Doch Wilma fühlte sich ausgelaugt. Nicht mehr glücklich. Sollte sie so die nächsten zwanzig, dreißig Jahre leben? Sie musste Nägel mit Köpfen machen, so wie sie es im Job auch immer tat. Doch im selben Moment sah sie die strahlenden Gesichter von Lotta, Timo und Matti vor sich. Sie, die ihren Papa über alles liebten. Durfte sie ihnen das antun? War sie so ein egoistischer Mensch? Wilma knetete ihre Finger, so dass ihre Knöchel ganz weiß wurden.

Susa hielt ihr Kinn auf ihren Knien und sah grübelnd auf. »Du wirkst ziemlich entschlossen.«

Da sie es weniger als eine Frage denn als eine Feststellung formulierte, stand Wilma einfach auf und verkündete schwach, einen starken Kaffee zu brauchen. Eine italienische Espressokanne gehörte in ihrem Appartement zum Glück zur Grundausstattung dazu. Wilma ging hinein und fragte sich, während sie das köstlich duftende Kaffeepulver öffnete und ihr der Kaffeeduft in die Nase stieg, was Glück eigentlich war. Warum reichte es ihr nicht, drei gesunde Kinder zu haben, einen netten Partner und sich hier und jetzt einen guten italienischen Kaffee zubereiten zu können, um glücklich zu sein? Wieso nicht?

* * *

Susa dachte fieberhaft nach. Sie beobachtete Wilma im Inneren des Appartements, wie sie mit hängenden Schultern vor dem Herd stand, und fasste einen Entschluss.

Als Wilma einen Moment ins Bad ging, huschte Susa ins Appartement, um ihr Handy zu holen. Die Espressomaschine gurgelte. Wo hatte sie es nur hingelegt? Sie musste jetzt sofort handeln, Wilmas Beziehung retten! Der Kaffeeduft verströmte ein vertrautes Gefühl, und ihr fiel ein, dass sie es zu Hause gerne auf ihrem Esstisch liegen ließ. Tatsächlich! Zwischen italienischen Mandel-Biscotti, einer Schale reifer, duftender Tomaten und Sonnencreme lag es. Susa steckte es schnell in die Tasche ihrer Schlafanzughose und eilte damit unbemerkt wieder hinaus auf die Terrasse. Schnell scrollte sie nach Thomas' Namen. Wilma übereilte ihre Entscheidungen oft, und sie musste ihr zuvorkommen, bevor sie mit Thomas Schluss machte. Denn Wilma und Thomas, das war ihr Traumpaar par excellence. Susa, die seit Jahren als Single lebte, hatte immer deren Bild als strahlenden Hoffnungsschimmer am Ende des frustrierenden Single-Horizonts im Kopf. Sie musste die beiden einander wieder näherbringen! Und dafür musste Thomas hierherkommen, und zwar sofort.

Endlich hatte sie seinen Namen in ihren Kontakten gefunden. Susas Finger zitterten ein wenig, als sie die SMS tippte:

»Hallo Thomas, wenn du Wilma noch liebst, dann komm sofort nach Italien. Susa.«

Etwas weniger Dramatisches fiel ihr in diesem Moment nicht ein, und sie fühlte, dass es hochdramatisch sein musste, damit Thomas, der zugegeben inzwischen etwas gemütlich geworden war, sich in den Flieger schwingen würde. Die Kinder würde er schon bei seinen Eltern untergebracht bekommen, so hoffte sie jedenfalls. Susa starrte auf ihr Handy.

Es dauerte keine zwei Sekunden, da antwortete er auch schon. »Danke, Susa.« Mehr nicht.

Verwundert starrte sie auf das Display. Interessierte ihn etwa gar nicht, dass seine Beziehung auf dem Spiel stand?

Susa überlegte, wann sie hätte merken müssen, dass es bei den beiden kriselte. Wilma hatte ihr in Berlin nie davon erzählt. Oder hatte sie doch Andeutungen gemacht, und Susa hatte ihr vor lauter Sorge um Betsy nicht richtig zugehört?

Wilma kam mit zwei Espressi in kleinen hübschen Espressotassen zurück. Sie schien etwas ruhiger als gerade eben, ihre Hände zitterten nicht mehr so stark. Vermutlich hatte sie in der Küche eine ihrer Kurzmeditationen gemacht.

Wilma setzte sich und nippte an ihrem Espresso. »Ich glaube, ich mache mit Mischa heute einen Ausflug.«

»Okay … Aber ich dachte, er ist nur der Auslöser?« Susa sah Wilma an und versuchte, Verständnis für die Freundin aufzubringen.

»Wer weiß. Vielleicht ist er ja doch mehr. Seine Komplimente tun mir jedenfalls gerade sehr gut. Hatten wir nicht gesagt, wir wollten das Leben genießen?«

»Ja, das hatten wir. Aber pass auf dich auf, ja? Wie ich bei Bennett, in Ordnung?«

»Es ist ein Ausflug. Mehr nicht.« Wilma trank erneut einen Schluck, und Susa tat es ihr gleich. Der Espresso war heiß, schmeckte aber so gut, wie er nur in Italien schmecken konnte. Susa hoffte so sehr, dass Thomas kämpfte. Wenn es Wilma schon nicht tat.

»Mal sehen, was wirklich hinter Mischas flapsiger Schale steckt.« Wilma blickte verträumt vor sich hin.

»Das kann ich dir sagen. Er ist ein Hallodri wie aus dem Bilderbuch, Wilma.«

»Genau wie dein Bennett.«

»Er ist nicht *mein* Bennett.«

Susa sah Wilma eindringlich an. »Mensch, Wilma, wieso hast du nie etwas gesagt?«

»Herrgott noch mal, weil ich es selbst nicht gemerkt habe. Susa, das Leben ist zu kurz, um sich jahrelang über einen Mann aufzuregen, der ständig seine stinkigen Socken überall herumliegen lässt, der es nicht schafft, mir zum Geburtstag etwas zu schenken, weil er Geschenke überbewertet findet, der sich keine Mühe mehr gibt …«, sie wurde leiser. »… beim Sex.«

Das war es. Susa war sich ziemlich sicher.

Wilma sah sie entschlossen an. »Du weißt doch, wie das ist, nach so vielen Jahren …«

»Nein, wie denn? Länger als vier Jahre hat es ja keiner mit mir ausgehalten, und Kinder, die in der Bettritze schlafen, waren nie der Grund für eine Trennung. Weil ich nämlich mit siebenunddreißig noch immer keine Kinder habe.« Susas Stimme wurde brüchig. Die Fruchtfliegen hatten die Aprikosen erobert.

Wilma sah sie entschuldigend an. »Stefan war ein Idiot! Und Bennett ist es auch. Der Richtige kommt, das fühle ich, denn irgendeine Macht da oben hat noch einiges vor mit dir. Genau wie mit mir auch. Und bis zur Menopause sind es ja noch ein paar Monate«, scherzte sie bemüht.

»Sehr witzig.« Susa fühlte sich versucht, Bennett zu verteidigen, doch sie hielt sich zurück. Jetzt ging es um Wilma. Sie durfte Thomas nicht einfach so aufgeben. Aber gegen Wilmas Macht da oben schien Susa hier unten völlig machtlos.

»Ich bin mir sicher, dass es für die Kinder besser ist, eine strahlende Mama zu haben, als eine, die sich ständig über den chaotischen, phlegmatischen Papa aufregt.«

»Da hast du recht. Trotzdem verdient jeder eine zweite Chance, und ich weiß, dass Thomas dich liebt.« Susas Stimme klang nicht mehr ganz so überzeugend nach Thomas' kurzer SMS.

Wilma zuckte traurig die Schultern. »Da bin ich mir eben noch nicht mal mehr sicher. Vielleicht hofft er ja sogar, dass *ich* Schluss mache. Dann bin ich der Buhmann vor den Kindern, und er kann sich schön was Neues, Jüngeres suchen.«

»Ach, das glaube ich nicht«, versuchte Susa sie zu beruhigen. Doch Wilma ging nicht weiter darauf ein, trank ihren Espresso schwungvoll aus und sah sie provozierend an. »Und du? Auf was wartest du?«

»Auf nichts mehr«, sagte Susa entschlossen. Jahrelang hatte sie gewartet, dass ihr Leben losging, dass sie jemanden finden würde, der sie so liebte, wie sie war. Jetzt war endgültig Schluss damit. Sie musste ihr Leben endlich selbst in die Hand nehmen. Und dazu musste sie wissen, was mit Bennett und Betsy damals gewesen war.

»Ich knöpfe mir jetzt Bennett vor, und ich glaube, ich weiß auch schon, wie«, sagte Susa, ohne auch nur im Geringsten zu wissen, wie sie diesen Mann zum Reden bringen könnte. Aber es klang gut, sie fühlte sich stark. Irgendwie würde sie es schon hinbekommen.

»So gefällst du mir besser«, lächelte Wilma.

In dem Moment kam Laura verschlafen und mit verwuschelten Haaren zu ihnen auf die Terrasse und gähnte. »Diese Viecher sind ganz schön smart, das muss ich ja zugeben.«

»Pferde sind klüger als die meisten Männer«, entgegnete Wilma lächelnd. »Ich bin so froh, dass du wieder zurückgefunden hast.«

Laura lachte. »Das hast du mir geglaubt? Du weißt doch, dass ich kein GPS eingebaut habe. Unser Pferd hat uns wieder nach Hause geführt, nicht ich. Bei meinem letzten Job habe ich mich zwei Wochen lang auf dem Weg zu den Toiletten verlaufen.«

Sie lachten befreit auf, und alle Sorgen schienen von der Sonne Italiens einen kurzen Moment wie weggeschmolzen.

Laura sah versonnen vor sich hin. »Habt ihr gesehen, wie süß sich Emmi an mich gekuschelt hat? Sie fand das, glaube ich, richtig gut von Tantchen Laura, dass ich gestern Nacht so cool geblieben bin. Sie hatte wahnsinnige Angst im Dunkeln, aber ich habe sie einfach fest in den Arm genommen, geknuddelt und ihr einen Schluck Mutwasser gegeben.«

»Mutwasser?«, fragte Susa amüsiert nach.

Laura grinste. »Kennst du das nicht? Davon sollte jede Frau jeden Tag ein Schlückchen zu sich nehmen. Bei Emmi hat es jedenfalls gewirkt.«

Susa freute sich sehr für Laura. »Ich würde mal sagen, Laura mutiert hier noch zur Super-Mami.«

Es war Laura anzusehen, wie gut es ihr tat, Emmi endlich noch ein Stückchen näher gekommen zu sein.

»Habt ihr für mich auch einen Espresso?«

»Leider nein, du hast ja noch geschlafen. Soll ich dir einen machen?«

»Nein danke. Ich wecke Emmi, damit wir das Buffet plündern können.« Laura ging gut gelaunt wieder hinein, um Emmi durch sanftes Streicheln zu wecken, und Susa und Wilma zogen sich währenddessen ihre Bikinis und Strandkleider an. Erleichtert sah Susa dabei zu, wie sich Emmi von Laura sogar ein bisschen durchkitzeln ließ. Sie kicherte vergnügt.

»Also, seid ihr fertig?« Wilma sah in ihrem roten Strandkleid, das ganz sicher wieder von irgendeinem angesagten Designer kreiert worden war, umwerfend aus. Viel zu umwerfend für ein Date mit Mischa, dachte Susa sorgenvoll. Während sie in ihre mintgrünen Sandalen mit den rosa Schmetterlingen schlüpfte, spürte sie, dass sich ihr Magen krampfartig zusammenzog. Nicht vor Hunger. Denn der war ihr gerade vergangen, als ihr klarwurde, dass sie Bennett am Frühstücksbuffet endlich irgendwie zur Rede stellen musste. Und das nach dieser aufregenden, verstörenden Nacht. Nach diesem sinnlichen, unverschämten Kuss.

Susas Bewegungen verlangsamten sich, sie nestelte an ihrem Pferdeschwanz herum, und Wilma sah sie verständnisvoll mitleidig an. »Da musst du jetzt durch, Susa. Wie habt ihr euch eigentlich verabschiedet, gestern Nacht?«

»Es war ja schon spät. Also ich … als klar war, dass Laura und Emmi in Sicherheit sind, habe ich ihn einfach stehengelassen.«

Wilma grinste und setzte sich noch ihren mondänen Sonnenhut auf. »Sehr gut. Na, also komm schon. Mischa hat bestimmt ausgeschlafen, so spät, wie es inzwischen ist.«

Susa seufzte hörbar, warf noch einen kurzen Blick in den Spiegel und folgte Wilma mit einem unguten Gefühl.

* * *

Erleichtert registrierte Susa auf der Terrasse des Restaurants, dass die anderen Feriengäste schon gefrühstückt hatten. Aber kein Bennett weit und breit. Carla räumte benutzte Teller und

Tassen ab und blickte Susa dabei finster an. Vermutlich hatte sie mitbekommen, dass diese mit Bennett erst sehr spät in der Nacht zurückgekommen war. Sie zwei ganz allein.

»Buongiorno«, bekam Carla gerade noch über ihre gepressten Lippen. Ein bemühtes Lächeln misslang.

Wilma warf Susa einen vielsagenden Blick zu und flüsterte, während sie sich ihren Teller mit Rührei und Petersilie, Manchego-Käse und frischem Obst füllte: »Ich bin mir sicher, sie ist von Grund auf falsch.«

Doch Susa, die immer an das Gute im Menschen glaubte, zuckte unsicher die Schultern. »Vielleicht ist sie einfach nur verletzt?«

Susa blickte sich immer wieder unsicher nach Bennett um, ob sie ihn irgendwo in der Anlage sehen konnte. Der Geschmack seiner Lippen hatte sich in ihr Gedächtnis eingebrannt.

Währenddessen machte Laura mit Emmi Quatsch, kleckste ihr Erdbeerquark auf den Teller, so dass es ein Gesicht gab. »Guck, das darfst du jetzt alles abschlecken.«

»Den Teller abschlecken?«, entfuhr es Wilma rügend. »Wenn du das einmal zulässt, wird sie das öfter machen.«

»Tante Laura hat gesagt, ich darf das«, giggelte jetzt Emmi und schleckte mit ihrer kleinen Zunge über den Teller mit dem Erdbeerquark. »Mmmh. Machen wir heute verkehrten Tag, Tante Laura?«

»Was ist denn ›verkehrter Tag?‹«

»Man macht alles verkehrt herum«, erklärte Susa lächelnd. »Aus der Tasse essen, vom Teller trinken, ist eine ziemliche Sauerei. Das machen sie in der Kita ab und zu.«

Laura überlegte einen Moment verschmitzt und antwortete dann liebevoll: »Okay, Emmi. Heute ist verkehrter Tag.« Emmi freute sich und füllte Müsli in ihre Tasse.

»Na, bravo. Alfons wird sich freuen«, lächelte Wilma und wandte sich dann an Carla. »Wo ist denn eigentlich der Conte?«

Carla hielt in ihrer Bewegung abrupt inne und warf Susa einen süßsauren Blick zu. »Er hat gesagt, dass er ein Date hat.« Sie konnte ihre Genugtuung nur schwer verbergen.

Susa war sich allerdings sicher, dass Bennett kein echtes Date hatte. Ganz so abgebrüht schätzte sie ihn nun auch wieder nicht ein. So erwiderte sie den Blick möglichst lässig und widmete sich ihrem Cappuccino, den ihr Maria gerade freundlich lächelnd hinstellte.

Maria sagte etwas auf Italienisch zu Carla, und Susa hörte dabei den Namen »Franco« fallen.

Carla, die nicht sicher sein konnte, wie schlecht das Italienisch der Freundinnen wirklich war, wandte sich notgedrungen an Wilma. »Meine Mama sagt, Bennett ist mit Franco am Strand, Franco hat sein Surfbrett dabei.«

»Ach, an den Strand wollten wir heute auch, nicht wahr, Emmi?« Susa sah Emmi an, die glücklich nickte. Bennett war also ein Surfer. Susa hatte vor zwanzig Jahren zusammen mit ihrem Vater einen Surfschein gemacht und war seitdem nicht mehr auf einem Board gestanden. Plötzlich verspürte sie Lust, es wieder auszuprobieren. Hier in der Nähe gab es einen besonders schönen Strandabschnitt, den ihnen Bennett empfohlen hatte. Von daher ging Susa davon aus, dass er dort sein würde. Sie hoffte es.

Wilma beeilte sich mit ihrem Frühstück, denn Mischa schwamm bestimmt schon im Pool, wie sie sagte. Sie wollte rasch zu ihm und ihn zu einem gemeinsamen Ausflug überreden. Laura, Emmi und Susa aßen noch fertig, während Wilma schon einmal vorging. Susa aß nur etwas Obst, mehr bekam sie nicht hinunter. Die Orangen schmeckten herrlich. Nach

Sonne, Urlaub, Dolce Vita. Sie ließ sich den fruchtigen, spritzigen Geschmack auf der Zunge zergehen. Gleich am Strand wollte sie Bennett die Pistole auf die Brust setzen und ihn so lange bearbeiten, bis er ihr endlich Betsys Geheimnis verriet. Sie trank entschlossen ihren letzten Schluck Cappuccino, stellte sich Bennett surfend auf dem Meer vor, und plötzlich wurde ihr ganz kribbelig im Bauch.

Kapitel 10

In ihrem hellblauen Cinquecento fuhren Laura, Emmi und Susa gen Meer. Im Radio dudelte Vito Lavitas »Danzare«, und sie sangen aus voller Kehle mit. Laura, die mit ihrer geschulten Stimme am höchsten kam, gab den Ton an, und Emmi und Susa krächzten lachend dazu.

Es war viel los auf der Straße zum Strand. Italiener hupten, Touristen suchten gestresst nach Parkplätzen. Die Frauen hatten dank ihres kleinen Cinquecento Glück, fanden eine winzige Lücke, und so war es nicht mehr weit zum Meer.

Die Sonne schien, Susa roch das Salzwasser und blickte sofort Richtung Wasser, auf dem einige Surfer zu sehen waren. Doch ob einer davon Bennett sein könnte, das erkannte sie nicht. Der Wind schien perfekt am heutigen Tag, so viele Surfer hatte sie in Italien noch nie gesehen.

»Mein Gott, was hast du denn für eine Menge Krempel eingepackt?«, beschwerte sich Laura keuchend und kämpfte mit dem blau-weißen Sonnenschirm, den man in den Sand stecken konnte, den lindgrünen Strandliegen und diversen Taschen. Giuseppe hatte Susa noch den Sonnenschirm mitgegeben. Für die »Bambina«.

»Das ist nicht alles für mich, sondern vor allem für Emmi«, erklärte Susa angespannt. Ihr Blick glitt immer wieder zu den Surfern.

»Und genug zu essen hast du hoffentlich auch?« Laura dachte mal wieder nur ans Essen.

»Maria hat irgendetwas eingepackt.« Susa konnte Bennett nirgends entdecken, was sie ganz nervös machte.

»Maria scheint eine Herzensgute zu sein, nicht so wie ihre Tochter.« Laura schnaufte schwer unter dem ganzen Gepäck. »Mann, habe ich einen Hunger.«

»Wieso hast du eigentlich immer Hunger, Tante Laura?«, fragte Emmi, die neben ihr hertrippelte.

»Weil ich ein Fressmonster bin«, lachte Laura und ließ einen Urschrei von sich. Emmi kreischte auf. Sie hatte sich wirklich erschreckt. »Du bist doof«, rief sie zu Laura und rannte vor. Laura wirkte sofort etwas geknickt.

»Na toll, ich mache es einfach immer wieder kaputt«, flüsterte sie Susa zu.

»Ach was«, versuchte Susa sie zu beruhigen. Dabei bräuchte sie gerade selbst jemanden, der sie zur Ruhe brachte. Wieso konnte sie Bennett nur nicht sehen? Surfte er vielleicht doch nicht an diesem Strandabschnitt?

Laura quasselte weiter. »Ich weiß, ich weiß. Emmi braucht noch ein bisschen mehr Zeit, das ist ja auch verständlich nach alldem. Immerhin schläft sie jetzt bei mir im Bett.« Laura bemühte sich wirklich, optimistisch zu sein.

»Kommt, ich will ins Wasser«, trieb Susa Laura an. Von dort würde sie die Surfer, die in ihren Wetsuits alle ähnlich aussahen, besser erkennen. Der Strand war ziemlich voll, eben typisch für Italien. An diesem Strandabschnitt jedoch gab es keine Mietliegen, Bars oder Cafés, so dass sich hier vor allem Einheimische, junge Familien und Surfer niedergelassen hatten. Ein paar Afrikaner liefen mit ihren Bauchläden herum und boten billigen Schmuck, Sonnenbrillen und Sonnenhüte an.

»Ich fließe gleich dahin wie Honig.« Laura stapfte durch den Sand und tupfte sich mit ihrem Strandtuch die nasse Stirn ab. »Wo wollen wir uns hinlegen?«

Susa scannte bereits wieder das Meer ab, doch von den Surfern sah auch von nahem keiner aus wie Bennett.

»Er ist hier nicht. Wir müssen an einen anderen Strand!«

»Susa! Wenn er hier nicht ist, wie willst du ihn denn dann finden? Und außerdem klebe ich am ganzen Körper, ich gehe keine hundert Meter mehr.«

»Da«, rief Emmi in dem Moment aufgeregt, »guckt mal, die riesige Sandburg!«

Ein Mann, der sich gerade bückte und von dem man nur den Rücken sah, baute an einer riesigen Sandburg. Susa und Laura folgten Emmi dorthin, legten ihre Matten und Taschen in den Sand daneben, und Susa versuchte frustriert, die Stange des Sonnenschirms mühevoll in den Sand zu bohren. Wieder ein verlorener Tag.

Plötzlich roch sie Bennetts frischen Duft hinter sich, seine warmen Hände umfassten die ihren, und mit gemeinsamer Kraft schafften sie es, die Stange tief genug in den Sand zu bekommen.

»Das hätte ich auch allein geschafft«, wies sie ihn rüde ab. Sie wollte auf keinen Fall, dass er sie hier vor Laura und Emmi einfach so küsste.

»Normalerweise bestimmt, aber heute geht hier so viel Wind, da muss die Stange wirklich tief im Sand stecken. Eigentlich braucht ihr dafür einen Sandbohrer.« Seine Stimme klang versöhnlich.

»Ach den, den hat mir Giuseppe mitgegeben.« Susa ärgerte sich über sich selbst. »Ich habe ihn im Kofferraum vergessen.«

Bennett lächelte erst sie an, dann Emmi. »Na, wie findest du meine Sandburg?«

»Oh, hast du die ganz allein gemacht?« Emmi sah ihn mit ihren großen Kinderaugen ehrfürchtig an.

Bennett nickte lächelnd. »Ja, das habe ich. Die Türmchen hier waren ziemlich schwer. Da wohnt eine Prinzessin drin. Die Prinzessin Luisa. Und da wohnt ihr Papa, der König Andrea.« Er konnte wirklich gut mit Kindern umgehen.

Unschlüssig stand Susa daneben. Sie hatte ihn zur Rede stellen wollen, aber nicht in Emmis Gegenwart.

Laura bemerkte ihr Dilemma und flüsterte ihr zu: »Ich gehe mit Emmi baden, dann kannst du dir das Schätzchen in Ruhe zur Brust nehmen, okay?«

»Okay, danke«, hauchte Susa. Bennett war gerade mit der Verschönerung seiner Sandburg beschäftigt, denn bei dem Wind bröckelte immer wieder etwas Sand herunter.

»Komm, Emmi, wir gehen schwimmen«, wandte sich Laura an Emmi, die Bennett mit offenem Mund angetan zugesehen hatte.

»Will aber mit Susa«, sagte Emmi nur, ohne Laura anzusehen.

»Ach komm, Emmi, ich komm dann nach, ja?«, bat Susa die Kleine lieb. Diese sah erst Susa, dann Laura an, zögerte noch einen Moment, nickte dann und rannte vor. Laura warf Susa einen etwas frustrierten Blick zu und trottete hinterher.

Ein braungebrannter Italiener mit starker Brustbehaarung und Goldkettchen sah ihr begeistert hinterher. Was für ein Vollweib, dachte er sicherlich. Susas Blick wanderte aufs Meer, und sie erkannte den riesigen Brummbär Franco auf seinem Surfbrett.

»Laura, sieh mal, da ist Franco!«

»Wo?«

»Da, auf dem Surfbrett.«

Er winkte ihnen freudig zu und sah plötzlich ganz elegant aus. Laura winkte lächelnd zurück.

Da hatte Susa eine Idee. Sie sah Bennett provozierend an. »Da du ja immer alles so gut kannst, kannst du mir doch sicher auch surfen beibringen? Also ich meine, ich habe vor ungefähr hundert Jahren einmal einen Schein gemacht, aber seitdem bin ich nie wieder auf einem Brett gestanden.«

Er seufzte und versuchte, die Aktion abzuwehren. »Das ist doch Unsinn, wenn du so gar nicht surfen kannst. Probier es dann erst mal besser auf einem See, da gibt es keine Wellen.«

»Ach komm, du bringst mir das einfach jetzt bei. Keine Widerrede.«

»Sehe ich aus wie ein Surflehrer oder was?«

Schmunzelnd nickte Susa. »Irgendwie schon. Was wehrst du dich denn so? Kannst du etwa mal etwas nicht außergewöhnlich gut?«

»Wenn ich will, kann ich alles«, konterte er schwach. »Zumindest fast alles. Das Ding ist aber, ich will nicht.« Er wirkte nervös, fuhr sich übers Gesicht. »Frag besser Franco, der surft eh gerade, da drüben, siehst du?«

Nun wunderte sich Susa doch ziemlich. Was zierte er sich denn so? Es wäre die Gelegenheit für ihn, ihr nah zu sein. Und sie ihm.

Ihre Stimme wurde leiser. »Ich möchte aber, dass *du* es mir beibringst.«

Er seufzte. »Du gibst ja eh keine Ruhe. Da drüben, das Board, das können wir nehmen.«

Triumphierend lächelte sie ihn an. Doch er ignorierte ihren Blick und ging vor zu seinen und Francos Sachen. Dort lag ein Surfboard, daneben ein buntes Segel in leuchtenden Farben. Es war riesig, und sie fragte sich, wie sie es in nassem Zustand aus dem Wasser hieven sollte.

Puh. Was hatte sie sich da nur eingebrockt! Sie würde eine ziemlich miese Figur darauf abgeben, aber das musste ihr jetzt egal sein. Denn sie hoffte, dass Bennett sich ihr durch diese gemeinsame Aktion ein wenig öffnen würde. Draußen auf dem Meer. Sie hoffte auf die Kraft der Natur.

»Los, pack mit an.« Gemeinsam schleppten sie erst das Board und dann zusammen das Segel zum Meer. Im niedrigen Wasser befestigte Bennett das Segel darauf. Er sah jetzt richtig blass aus, oder bildete sie sich das nur ein?

»So, wir waten jetzt mit dem Surfboard so weit hinaus, dass wir gerade noch stehen können. Dann tust du dir nicht weh, wenn du ins Wasser fällst, verstehst du?«

»Natürlich. Aber dann lass uns doch lieber gleich richtig ins Tiefe gehen«, sagte sie und stellte sich vor, wie sie sonst gleich kopfüber wie ein nasser Sack Kartoffeln vor ihm ins Wasser plumpsen, mit dem Kopf auf dem Boden aufprallen würde und bewusstlos von ihm aus dem Wasser gezogen werden musste.

Ziemlich harsch verneinte er. »Wir gehen nicht ins Tiefe. Bin ich hier der Surflehrer oder du?«

»Äh, du.«

»Dann hätten wir das ja geklärt. Also, bis dahin, wo wir noch stehen können.« Seine Stimme klang kühl.

Er zog das Board samt Segel ins Wasser. Da es hier sehr lange flach hineinging, wateten sie eine gefühlte Ewigkeit schweigend nebeneinander her, das Board zwischen sich auf dem Wasser schiebend. Laura und Emmi planschten ungefähr dreihundert Meter entfernt munter vor sich hin. Susa winkte den beiden bemüht fröhlich, aber eigentlich spürte sie eine große Anspannung. Dabei beobachtete sie Bennett aus den Augenwinkeln. Nichts war mehr von der romantischen Stimmung von gestern Nacht zu spüren. Bennett wirkte vielmehr konzentriert und abweisend. Plötzlich hatte sie das Gefühl, dass er seinen Kuss bereute. Oder was war sein Problem?

Das kühle Wasser umspielte ihre Beine, kleine Wellen schlugen gegen ihre Schenkel, ihr Bikiniunterteil wurde bereits nass.

Noch ein paar Schritte, dann ging ihr das Wasser bis zur Brust.

»Also, jetzt versuch erst einmal, dich aufs Board zu setzen. Du musst dich erst an das Geschaukel gewöhnen. Das Meer ist wirklich etwas anderes als der Wannsee. Das wackelt hier noch mehr als beim Reiten.«

»Hilfst du mir dann wie beim Reiten hoch?«, neckte sie ihn, doch er schüttelte nur angespannt den Kopf. »*Du* wolltest surfen, nicht ich.«

Susa versuchte sich mit den Armen hochzustemmen, doch selbst dabei fühlte sie sich wie ein Sack voller Wackersteine. »Auweia, das ist ja wirklich nicht so leicht.«

»Sag ich doch. Sollen wir gleich ins Tiefe?«, fragte er nun auch noch trocken.

»Nein, du hattest mal wieder recht«, entgegnete sie jetzt patzig. Was sollte das? Gestern Nacht gab er sich so charmant, und heute war er abweisend. Und wieso stört mich das eigentlich so?, fragte Susa sich.

Ihre Füße versanken unter Wasser etwas im feinen Sand, und sie fühlte, dass es hier auf dem Meeresgrund ein paar größere Sandlöcher gab. Okay, Susa, konzentriere dich, redete sie sich gut zu. Wenn du willst, schaffst du alles. Endlich gelang es ihr, sich aufs Board zu schwingen. Sie setzte sich seitlich auf und versuchte, ihr Gleichgewicht zu halten. Doch das Board schaukelte, als wäre es eine panische Robbe in Seenot. »He, was ist das denn, wackelst du da irgendwie dran herum?«, verdächtigte sie ihn, doch er schüttelte angespannt den Kopf. »Natürlich nicht«, presste er hervor und keuchte angestrengt.

Sie drehte sich irritiert zu ihm um, machte dabei eine zu schnelle Drehbewegung, plumpste unelegant ins Wasser und ging sofort komplett unter.

Im nächsten Moment fühlte sie sich unter Wasser so schwerelos wie eine Meerjungfrau, machte die Augen auf und versuchte sich zu orientieren. Da sah sie neben sich verschwommen Bennetts muskulöse Beine hektisch über einem der Sandlöcher strampeln. Er hatte keinen Boden mehr unter den Füßen, und anstatt zu schwimmen, strampelte er wie wild, um in der nächsten Sekunde ebenfalls unter Wasser zu verschwinden.

Mit großen Augen sahen sie sich kurz unter Wasser an, dann verstand sie anhand seines verzerrten Gesichtsausdruckes, dass dies kein Spiel war, und versuchte ihn, panisch und Wasser schluckend, an die Wasseroberfläche zu zerren. Susa war zwar eine gute Schwimmerin, aber sie befanden sich gerade über einem größeren Sandloch und hatten beide keinen Boden mehr unter den Füßen. Rasch schlang sie ihren Arm fest um seinen Körper, doch sein Gewicht machte es ihr nicht gerade leicht. Mit Mühe und Not gelang es ihr, ihn an den Rand des Sandloches zu schieben, so dass sie beide mit ihren nackten Füßen wieder den Boden unter sich spürten. Sie schnappten nach Luft, husteten, da sie ziemlich viel Wasser geschluckt hatten, sahen sich blass in die Augen und waren sich noch näher als jemals zuvor. Die Erde schien sich nicht mehr zu drehen.

Die Sonne brannte, man hörte das Stimmengewirr vom Strand, und Susa wurde klar, dass sie am helllichten Tag hätten ertrinken können, vermutlich hätte es nicht einmal jemand bemerkt. Denn der Strand war nicht bewacht, viele Kinder schrien laut herum, so dass ihre Hilferufe keiner gehört, geschweige denn ernst genommen hätte. Auch Laura und Emmi waren tief versunken in ihre Planschereien.

»Kannst du etwa nicht schwimmen?«, platzte es besorgt aus ihr heraus. »Ich denke, du surfst?« Aufgewühlt sah er sie an, schüttelte langsam den Kopf und presste hervor: »Nein, ich surfe nicht. Das da ist Francos zweites Surfbrett.« Er atmete flach. »Ich kann schwimmen. Ich meine, theoretisch. Ich habe es als kleines Kind gelernt. Es war ungefähr in Emmis Alter …«, er atmete jetzt schwerer, und Susa wurde schlagartig klar, dass es eine Panikattacke gewesen sein musste, die dieser große, sonst so stark wirkende Mann eben gehabt hatte.

»Und was ist dann geschehen?«, ihre Stimme wurde weicher.

»Dann … dann war ich mit meiner Mutter an diesem See bei Berlin, in einem Waldsee. Ich hatte sie überredet, mit mir schwimmen zu gehen. Es gab dort viele Seerosen und andere Wasserpflanzen. Sie verhedderte sich in einer Seerose, strampelte wie wild und war dann plötzlich – weg! Ich hatte gerade erst schwimmen gelernt, habe sie gesucht, nach ihr geschrien, aber das Wasser war so trüb, und wir waren da ganz allein und … ich konnte meine Mutter einfach nicht finden …« Seine Augen füllten sich mit Tränen. Susa sah ihn zutiefst schockiert an, hätte ihn am liebsten in den Arm genommen, spürte jedoch, dass er, der Mann, der immer stark sein wollte, es nicht zugelassen hätte. Er atmete schwer. »Und dann die Geschichte mit Betsy … Ich habe so versucht, ihr zu helfen, aber habe es wieder nicht geschafft. Ich … ich fühle mich so schuldig.«

Erschrocken sah sie ihn an. Wovon sprach er da?

»Susa, ich bitte dich … halte dich einfach fern von mir. Ich bringe den Frauen nur Unglück.«

Fassungslos starrte sie ihn an, nahm seine Hand, drückte sie fest und schüttelte ernst den Kopf. »Das ist totaler Blödsinn. Betsy war krank, sie hatte eine schwere Depression, und niemand hat Schuld. Es war ihre eigene Entscheidung.«

Er sah sie an, und sein Blick wurde finster. Seine grünblauen Augen schienen sich dunkler zu färben. Oder war es die Wolke, die sich gerade vor die Sonne schob?

Susa hielt den Atem an, denn sie wurde unsicher. Sie wusste schließlich immer noch nicht, was er vor ihr verheimlichte.

Sie sah ihm direkt in die Augen. »Bennett, bitte rede endlich mit mir! Was darf ich nicht wissen? Was hätte mir Betsy über dich erzählen können?« Abwartend starrte sie ihn an. Doch gerade, als er ansetzen wollte, etwas zu sagen, hörten sie Emmis helle Kinderstimme begeistert rufen: »Susa, komm schnell, ich kann schwimmen!«

Das Wasser plätscherte an ihrem Bauch, ihre Fingerkuppen waren bereits aufgedunsen vom Wasser. Susa starrte ihn an, er starrte zurück, dann quietschte Emmi wieder: »Susa, jetzt guck doch endlich, guck …«

Sie drehten sich beide in Emmis Richtung. Diese stand mit Laura einige hundert Meter von ihnen entfernt im flachen Wasser. Emmi strahlte sie an, Lauras Gesicht war inzwischen schon ganz rot von der Sonne. Laura kniff die Augen zusammen, sah Susa skeptisch an und rief: »Alles okay bei dir, Susa?«

»Ja, na ja …«, rief sie zurück. »Zeig mal, Emmi.« Susa watete auf die beiden zu und ließ Bennett mit dem Surfbrett einfach im Wasser stehen. Verdammter Mist, er war so kurz davor gewesen, es ihr zu sagen! Nur eine Minute, eine Sekunde hatte gefehlt. Doch jetzt war der Moment dahin.

Was verheimlichte er vor ihr? War er vielleicht ein Auslöser für Betsys so plötzliche, so schwere Depression? War er es, der Betsy so vollkommen aus der Bahn geworfen hatte?

Ihr Kopf dröhnte, doch Emmi ging jetzt vor. Sie sah so glücklich aus, ihre dunklen Augen leuchteten.

»Warte, Emmi, das will ich unbedingt sehen.« Susa war schon fast bei ihr und drehte sich noch mal kurz zu Bennett um. »Schaffst du es denn allein?« Er hielt sich am Surfboard fest, nickte nur wortlos und zog es mit ernster Miene Richtung Strand.

Mitleidig sah sie ihm einen Moment hinterher. Wie schrecklich für ein kleines Kind, die eigene Mutter ertrinken sehen zu müssen, sie einfach nicht mehr retten zu können.

Als sie bei Emmi angekommen war, raunte ihr Laura zu: »Du siehst blass aus. Hat er was Wichtiges gesagt? «

Susa schüttelte nur den Kopf, riss sich zusammen und lächelte Emmi bemüht an. »So, du kleiner Frosch, zeig mal, was du kannst, ich gucke zu.« Emmi grinste, hielt ihr Köpfchen schön über Wasser, kniff die Lippen zu und machte zwei, drei Schwimmbewegungen. Tatsächlich hielt sie sich selbst kurz ein paar Sekunden über Wasser. Schnell stellte sie sich wieder auf ihre Beinchen und sah Susa stolz wie Oskar an. »Und?«

»Wow, super! Du bist ja echt nicht untergegangen.«

»Wenn man schwimmt, geht man ja auch nicht unter«, sagte die Süße weise und lächelte. Susa umarmte sie fest und sah dabei zu Bennett, der sie gerade blass und ernst von weitem beobachtete. Er war mit seinem Board schon fast am Strand angekommen.

Emmi hatte so recht. Wenn man schwimmt, geht man nicht unter.

Also muss man im Leben einfach nur immer weiterschwimmen.

* * *

Als sie mit ihrem Cinquecento auf den Parkplatz des Agriturismo einbogen, kam ihnen Pepe freudig kläffend entgegengesprungen. Was hatte er denn? Er schien ja ganz aus dem Häuschen. Susa blickte sich verwirrt um. Und dann sah sie ihn. Schlagartig wurde ihr warm ums Herz.

Thomas. Er war tatsächlich gekommen! Er wollte kämpfen.

Thomas wartete vor Bennetts Büro und sah sich immer wieder beeindruckt um. Ein grüner Traveller-Rucksack stand neben ihm, er trug kurze beige Hosen und ein hippes, weißes Mitte-T-Shirt mit irgendeinem Label als Aufdruck. Sein Bart sah etwas ungepflegt aus.

»Das gibt's ja nicht, was macht denn Tommy-Tomate hier?«, entfuhr es Laura wenig begeistert. Es war ihr Spitzname für ihn, seitdem er einmal allergisch auf Wilmas selbstgezüchtete Tomaten reagiert hatte.

Emmi wiederholte begeistert: »Tommy-Tomate!«

»Hey, wir sind hier im Mädelsurlaub!« Laura schien wirklich sauer. Sie hatte Susas Gespräche mit Wilma ja auch nicht mitbekommen, und Susa hatte ihr nichts von ihrer heimlichen SMS an ihn erzählt. Susa dagegen fühlte sich zutiefst erleichtert. Thomas war sofort gekommen, dann schien ihm an Wilma ja doch noch einiges zu liegen.

Emmi juchzte. »Dann sind Matti, Timo und Lotta ja auch da!«

»Das hoffe ich mal ehrlich gesagt nicht«, sagte Susa und schälte sich aus dem Wagen.

»Wehe, die Gören sind auch mitgekommen«, murrte Laura, so dass es auch Emmi hören konnte.

Freudig ging Susa auf Thomas zu und umarmte ihn herzlich. »Thomas, wie schön, dass du da bist!«

Er lächelte etwas angespannt und flüsterte ihr bei der Umarmung ins Ohr: »Danke, Susa. Ich hoffe mal, ich komme nicht zu spät?«

»Das glaube ich nicht.« Sie schüttelte zaghaft den Kopf. Unruhig löste er sich, riss sich zusammen und sah ins Auto. »Wo ist Wilma denn? Hier auf dem Gelände ist sie nämlich nicht. War sie etwa nicht mit euch unterwegs?«

Laura und Susa sahen sich ertappt an, bemühten sich aber, sich nichts anmerken zu lassen. Denn Wilma war hundertprozentig noch mit Mischa auf ihrem romantischen Ausflug.

»Ähm, nein, wir waren am Meer, und Wilma hatte Lust, etwas anderes zu machen. Du kennst sie ja, sie will immer etwas Neues sehen … Aber stell dir vor, Emmi hat schwimmen gelernt«, versuchte Susa geschickt abzulenken.

»Ehrlich? Wie toll! Gratuliere.« Er lächelte Emmi an, kniete sich zu ihr, strich ihr lieb über den Kopf und fragte sie, wie sie den Urlaub bis jetzt fand. Er war geübt mit Kindern, das konnte man sehen. Emmi sprudelte sofort begeistert los, und Thomas hakte interessiert nach.

Mein Gott, Wilma, dachte Susa. Wie kannst du dich auf diesen Mischa einlassen, wo du einen so tollen Mann hast! Manchmal sieht man einfach nicht mehr, was man für einen Schatz zu Hause hat. Und so ein Mischa räumt die Spülmaschine ganz sicher auch nicht perfekt ein. Wenn er sie denn überhaupt einräumt.

Laura riss Susa aus ihren Gedanken und flüsterte ihr zu: »Was sagen wir ihm denn jetzt, wenn Wilma mit diesem Mr. Sunshine bis spät in die Nacht wegbleibt? Und dann noch womöglich Arm in Arm und knutschend mit ihm zurückkommt?«

»Keine Ahnung.« Susa dachte fieberhaft nach. »Wir rufen sie am besten auf dem Handy an.«

Laura wirkte erleichtert, zückte ihr Handy und versuchte heimlich Wilma anzurufen, während Susa Thomas und Emmi Richtung Pool lotste. Dabei sah sich Susa immer wieder kurz nach Laura um, doch diese schüttelte nur bedauernd den Kopf. Wilma schien ihr Handy auszuhaben oder nicht hören zu wollen. Na wunderbar.

Wie konnte Susa nur verhindern, dass Thomas Wilma womöglich bald Hand in Hand mit Mischa sah? Da fuhr Bennetts Defender mit den beiden Surfbrettern auf dem Dach auf den Parkplatz, dass die Kieselsteinchen flogen.

Susa zeigte Thomas den Pool und beobachtete dabei aus den Augenwinkeln, wie Bennett und Franco aus dem Defender ausstiegen. Franco unterhielt sich gleich freudig mit Laura und Emmi, während Bennett noch etwas im Wagen zusammensuchte.

»Wahnsinn. Sieht das klasse aus hier.« Thomas blickte sich beeindruckt um, ließ sich neben Susa auf eine Liege nieder, klemmte die Hände hinter den Kopf und genoss die Sonne. »Kostet das nicht ein kleines Vermögen?«

»Ich weiß auch nicht, warum, aber es war nicht so teuer. Ein Last-Minute-Schnäppchen«, hörte Susa sich sagen, während sie Bennett nicht aus den Augen ließ.

»Seltsam«, wunderte sich Thomas neben ihr. »So luxuriös habe ich mit Wilma und den Kindern noch nie Urlaub gemacht. Wieso eigentlich nicht? Man sollte sich öfter etwas gönnen.«

»Es war wirklich günstig«, versuchte Susa ihn zu beruhigen. »Du weißt doch, dass Laura und ich notorisch pleite sind. Normal hätten wir uns das nie leisten können.«

»Weil ihr Frauen euch viel zu viele Schuhe kauft«, frotzelte er. Thomas hatte seinen Sinn für Humor zum Glück nicht verloren. Er neckte einen gern, das mochte Susa an ihm. Sie grinste ertappt, denn sie hortete tatsächlich einige Paar Schuhe in ihrer kleinen Wohnung, hatte dafür einen eigenen Schrank, den sie selbst grün gestrichen hatte und ihren »großen Frosch« nannte. Immer wieder entdeckte sie so viele hübsche Schuhe, da konnte man einfach nicht widerstehen, beruhigte sie ihr aufkeimendes schlechtes Gewissen. Zum Beispiel ihre grünen Sandalen mit den bunten Schmetterlingen. Oder die rosa Ballerinas, in denen sie sich tatsächlich wie eine Primaballerina fühlte. Jedes Paar Schuhe hatte eine

Geschichte zu erzählen, und deshalb liebte sie sie auch so sehr.

»Also«, räusperte sich Thomas und versuchte, locker zu klingen. »Was hat dir Wilma erzählt?«, seine Miene wurde wieder angespannt. »Hat sie einen anderen? Liebt sie mich nicht mehr?«

»Natürlich liebt sie dich noch«, entfuhr es Susa, auch wenn sie es nicht sicher wusste. Unwohl setzte sie sich auf die Liege neben ihm. »Aber … ich glaube … der Alltag, die Sache mit Betsy … Ich fürchte, sie weiß gerade einfach nicht mehr, was sie an dir hat.«

Thomas sah sie getroffen an. »Sie hat also einen anderen.«

»Nein, du darfst das wirklich nicht falsch verstehen«, versuchte Susa die Sache ein wenig zu entschärfen. Denn mit Mischa oder Pedro war ja bisher noch nichts gelaufen. Zumindest wusste sie von nichts.

»Dann hat sie vor, sich zu trennen, ich kenne Wilma. Und was sie sich in den Kopf setzt, das zieht sie durch.«

Fassungslos sah Susa ihn an, diesen Mann, der so schnell resignierte.

»Willst du etwa überhaupt nicht kämpfen?«, entfuhr es ihr. »So schnell gibst du auf?« Der Mann reiste extra in die Toskana, um nach der ersten Minute die Segel zu streichen?

Susa hatte das Talent, viel zu schnell auszusprechen, was sie dachte, ohne darüber nachzudenken, wie es ankam.

Thomas sah sie nachdenklich an. »Du findest, ich bin ein Waschlappen? Genau wie Wilma. Weil ich viel im Haushalt mache, mich um die Kinder kümmere …« Thomas kam jetzt richtig in Fahrt. »Da wünscht ihr Frauen euch immer einen Mann, der genau das tut, aber wenn ihr dann so jemanden habt, dann wird er euch nach einiger Zeit zu langweilig, und ihr sucht euch einen verdammten Macho.« Er schnaubte frustriert durch.

»Moment mal«, konterte Susa. »Also, ich hätte gerne einen Mann, der etwas im Haushalt tut, und auch einen, der meine nichtgeborenen Kinder hütet. Und wenn ich so einen hätte, würde ich ganz bestimmt nicht herummeckern.« Gerade auch durch die intensiven Tage mit Emmi bemerkte Susa, wie sehr ihr ein eigenes Baby fehlte.

»Und außerdem«, fuhr sie erregt fort, »findet Wilma nicht *dich* langweilig, sondern ihr Leben. Das glaube ich zumindest«, fügte sie schnell noch hinzu. »Deine Socken könntest du ja wirklich mal wegräumen, wenn sie das so stört, das wird ja nicht zu viel verlangt sein.«

Das saß. Thomas starrte ertappt auf seine Füße und wackelte unsicher mit dem großen Zeh. »Aha«, brummelte er nur und starrte dann auf den Pool.

Er nahm sein Handy hervor und probierte es bei Wilma. Susa beobachtete ihn angespannt. Was, wenn sie jetzt ranginge und Thomas im Hintergrund Mischa hörte?

* * *

»Krass. Da oben wachsen ja Bäume.« Mischa, mit seiner Porsche-Sonnenbrille im braunen Haar, stand am Fuße des vierundvierzig Meter hohen Torre Guinigi und starrte fasziniert nach oben, während Wilma in ihrer Handtasche hektisch nach ihrem klingelnden Handy suchte.

»Kannst du das Ding nicht endlich mal abstellen?«

Sie ignorierte seine Bemerkung, fand das Handy, sah »Thomas« auf dem Display, zögerte einen kurzen Moment und drückte ihn schließlich weg. Was wollte der denn jetzt wieder? Oder war womöglich etwas mit den Kindern? Wilma bemühte sich, ruhig zu atmen und positiv zu denken. Wenn wirklich etwas passiert wäre, würde er noch eine WhatsApp hinterherschicken.

Mischa nahm seine Sonnenbrille ab und strich sich über sein verwegen in die Stirn fallendes Haar. Dabei sah er immer noch fasziniert nach oben, hinauf zu den Bäumen. Wilma betrachtete sein strahlendes Gesicht, das an einen neugierigen Jungen erinnerte.

Ihr Ausflug nach Lucca, einer wunderschönen Stadt an der Küste der Toskana, war bis jetzt sehr amüsant verlaufen. Mischa verstand es mit seiner lockeren Art, sie zum Lachen zu bringen, und das war etwas, was Wilma an Thomas schon lange vermisste. Mischa steckte den einen Bügel seiner Sonnenbrille lässig in seinen rechten Mundwinkel und ließ sie baumeln. »Total verrückt! Bäume, die auf Türmen wachsen.« Er grinste. »Sie wollen halt auch was sehen von der Welt. Wie ich.«

Wilma lachte. »Das sind Steineichen, und dieser Turm ist aus dem vierzehnten Jahrhundert und das Wahrzeichen von Lucca.« Sie hatte es vorhin heimlich in ihrem iPhone gegoogelt. Mischa schmunzelte und neckte sie. »Sie wissen wohl alles, schöne Frau.«

»Fast alles.« Wilma grinste. Ein Windstoß wehte ihren Sonnenhut fast herunter, sie nahm ihn ab. »Auf jeden Fall weiß ich, dass du da hochwillst.«

»Ich bin zutiefst beeindruckt. Gedanken lesen können Sie auch!«

Ein paar Minuten und zweihundertdreißig Stufen später standen sie atemlos oben, im Schatten der Steineichen. Was für eine herrliche Aussicht man über die Stadt hatte! Von hier aus sah man all die ziegelsteinfarbenen Dächer sowie die über vier Kilometer lange Stadtmauer um Lucca, die von Fahrradfahrern und Spaziergängern erkundet wurde.

Mischa wirkte nachdenklich. »Mit meiner Mutter bin ich als Kind auch einmal auf so einem ähnlichen Turm gewesen.

Irgendwo in Frankreich. Frag mich nur nicht, wo.« Bitter lachte er auf. »Sie war nicht sehr oft mit uns im Urlaub.«

»Oh. Das heißt, du bist meist mit deinem Vater allein verreist?«

»Nein.« Mischas Gesicht verriet Schmerz, er konnte ihn nicht überspielen. »Mein Vater hatte auch nie wirklich Zeit für mich. Außer, wenn ich ihm von guten Noten zu berichten hatte. Aber das kam selten vor.«

Wilma sah ihn mitleidig an. Hinter seiner coolen Schale steckte also auch nur ein verletzter Mensch. »Und wer hat sich dann um dich gekümmert?«

»Meine Großmutter. Eine tolle Frau.« Er sah Wilma durchdringend an. »Du erinnerst mich an sie und daran, wie sie früher aussah. So zart und schön. Sie hatte auch diese porzellanfarbene Haut und rötlich-blonde Haare.«

Wilma lächelte geschmeichelt. Sein Gesicht kam dem ihren langsam näher. Seine schokobraunen Augen, die von ein paar tiefen Lachfältchen umrundet wurden, blickten sie sehnsüchtig an. Wilma hielt den Blick. Ihr Magen flatterte, so wie er es schon so lange nicht mehr getan hatte. Sie schloss überwältigt die Augen. Doch da sah sie plötzlich vor ihrem inneren Auge den kleinen Timo mit einem blutenden Knie vor sich und erinnerte sich, wie sie letztes Jahr mit ihm in die Notaufnahme fahren musste. Thomas kam nach ihrem Anruf sofort aus dem Büro ins Krankenhaus und erzählte Timo, dass er jetzt ein tapferer Indianer sein musste. Sie erinnerte sich an Thomas' liebevollen Blick und Timo, der sich an seinen Papa klammerte. Wieso kam ihr ausgerechnet jetzt dieses Bild in den Sinn?

Als wäre sie von einer Biene gestochen worden, wich sie abrupt mit ihrem Kopf zurück. Mischa sah sie enttäuscht an, tat aber gleich darauf so, als reizte ihn dieses Spiel.

Es ging ihr eindeutig zu schnell. Einerseits sehnte sich zwar ein Teil von ihr nach seinen vollen, sinnlichen Lippen, wollte diese schmecken und küssen. Anderseits spürte sie auch eine tiefe Unsicherheit und ein schlechtes Gewissen gegenüber ihrer Familie. Musste man jedem Verlangen nachgeben? Nein, musste man nicht.

Aber man konnte. Hier oben auf diesem Turm schien die Welt eine andere zu sein. Es fühlte sich mindestens so romantisch an wie in Paris, auf dem Tour Eiffel. Ein älteres, weißhaariges Liebespaar neben ihnen nahm sich gerade zärtlich in den Arm und hielt sich einfach nur fest. Mein Gott, wie lange liebten die beiden sich wohl schon? Konnte man die Liebe konservieren? Wilma fühlte sich plötzlich schwach und ausgelaugt. Sie beobachtete Mischa, der wie ein verwundeter Tiger ein paar Schritte im Kreis ging. Er tat so, als sehe er sich die Stadt von oben an und als ob ihn ihre Abfuhr in keinster Weise berührte. Wilma ging zu ihm, legte ihre zarte Hand auf seinen muskulösen Arm, spürte seinen Atem. »Wie wäre es, wenn wir uns Fahrräder ausleihen und um die Stadtmauer radeln würden?«

»Wie originell. Du meinst, wie all die anderen Touristen hier?« Mischa klang sarkastisch und nun deutlich weniger charmant als vorhin. »Ich bin doch kein Holländer.«

Wilma musste insgeheim lächeln. Abfuhren schien der Herr nicht gewohnt zu sein. »Komm, dann trinken wir auf der *Piazza Anfiteatro* noch einen Cappuccino, und danach fahren wir ins Agriturismo zurück.«

»Mal sehen. Oder es fällt uns noch etwas anderes Spannendes ein.« Mischas Jagdinstinkt schien nun doch wieder geweckt zu sein. Wilma horchte kurz in sich hinein und merkte, dass sie seine Schmeicheleien sehr genoss.

* * *

»Und was soll ich deiner Meinung nach jetzt tun?« Thomas wirkte immer verzweifelter und strich sich nervös über die feuchte Stirn.

Susa blickte ihn überfordert an. »Ausgerechnet ich als Single soll wissen, wie man eine Beziehung rettet? Ich dachte eigentlich, wenn du kommst, dann weißt du das schon selber.«

Aus den Augenwinkeln sah sie Bennett, der zu Franco zum Restaurant ging und sie keines Blickes würdigte.

Thomas nickte bitter, starrte zum Pool. »Ich weiß es aber nicht. Nur eines: Wenn Wilma findet, ihr Leben ist langweilig, dann soll sie mehr daraus machen. Als Partner ist man auch nicht für alles verantwortlich.«

Da hatte er eindeutig recht.

»Aber was, wenn du dir etwas Romantisches, ganz Verrücktes einfallen lässt? Und dir dann … mehr Mühe gibst? Du weißt schon.« Sie wollte das eigentlich nicht sagen, es war ihr einfach so herausgerutscht. Doch er hatte verstanden, das sah sie an seinem düsteren Blick. »Aha«, sagte er wieder, und dann sagte er nichts mehr.

Seufzend stand Susa auf. Es zog sie zu Bennett, als wäre sie mit einem unsichtbaren Gummiband mit ihm verbunden. Sie musste endlich wissen, was er ihr vorhin im Wasser erzählen wollte. Es machte sie rasend, immer noch so im Dunkeln zu tappen und weiterhin nichts über Betsy und ihn zu wissen.

Ruckartig stand sie auf, ließ Thomas auf seiner Liege liegen und über sein Leben und die Liebe nachbrüten und stapfte entschlossen zu Bennett.

Je näher sie ihm kam, desto stärker schnürte ein imaginärer Gürtel ihr den Magen zu. Sie erhaschte seinen Blick und sah ihn auffordernd an. Doch Bennett, der mit Franco und Laura bereits am langen Holzesstisch saß, blickte rasch wieder weg. Er tat so, als lauschte er Franco, der ein begnadeter Geschichtenerzähler zu sein schien. Laura, die von der Sonne ziemlich derangiert aussah, saß Franco gegenüber und hörte amüsiert und fasziniert zu. Ihr Gesicht glänzte von zu viel Sonnencreme und Schweiß, und sie wischte sich immer wieder verschämt Stirn und Nase ab. Francos rotes T-Shirt spannte an seinem kugeligen Bauch, er trug eine dunkle Sonnenbrille und ein Goldkettchen um den Hals, das zwischen seinen schwarzen Brusthaaren in der Sonne aufblitzte und bei jedem Lachen vibrierte. Gerade als Susa Bennett ansprechen wollte, trat Carla mit einem Tablett voller Limonade mit Zitronenscheiben und frischer Pfefferminze aus dem Ristorante. Dazu Brot und Oliven.

»Ciao, Bella, das sieht ja köstlich aus«, freute sich Franco. Carla lächelte zurück, warf Bennett einen warmen, dann Susa einen kurzen, kühlen Blick zu.

Unglaublich. Susa hatte ihr doch überhaupt nichts getan!

Irritiert wandte sie sich Emmi zu, die sie etwas abseits entdeckt hatte. Diese spielte mit Pepe und versuchte, dem Hund Männchen beizubringen. Sie hatte offenbar jegliche Scheu vor ihm verloren, stellte Susa erleichtert fest.

Sie kniete sich zu Emmi und lobte sie. »Du machst das echt super. Vielleicht wirst du ja mal Dompteurin im Zirkus, was meinst du?«

»Au ja. Mit Affen, die sind so lustig!«

»Ich weiß, wie gerne du die magst, Süße.« Susa wuschelte ihr über den Kopf und überlegte, wie sie Bennett zur Rede stellen könnte. Er wich offensichtlich extra nicht von Francos Seite, um einer Auseinandersetzung mit ihr zu entgehen.

Carla hatte die Getränke serviert und warf Susa noch einen feindseligen Blick zu, bevor sie wieder ins Restaurant verschwand. Wo war ihr Problem? Was wusste sie von Bennett und Betsy?

Entschlossen ging Susa an den dreien vorbei, hinein durchs Restaurant, in die kleine Küche, die sie noch nie betreten hatte.

Carla machte sich gerade an der Espressomaschine zu schaffen, schäumte die Milch für einen Cappuccino auf und hatte Susa offenbar noch nicht bemerkt. Maria schien nicht da zu sein. Es duftete herrlich hier drin. Nach Basilikum, Pfefferminze und einem frisch gebackenen Zitronenkuchen, der auf einem Rost zur Abkühlung stand. Die Küche sah aus wie eine alte italienische Bauernküche, mit einem Kohleherd, der vermutlich nicht mehr benutzt wurde, denn ein neuer, verchromter Gastro-Herd stand neben einem Küchenbuffet, das in Eierschalenweiß gestrichen war. Über dem neuen Herd hingen getrocknete Kräuterbündel an einer Schnur, Koch- und Rührlöffel steckten in einer weißen Porzellandose. In der Mitte stand ein quadratischer, kleiner, alter Holztisch, der offensichtlich schon etliche Male überlackiert worden war. Der oberste hellgrüne Lack splitterte bereits wieder ab, und darunter kam ein hellblauer zum Vorschein. Auch hier hatte jemand sehr viel Geschmack bewiesen.

Sofort verspürte Susa Lust, selbst in dieser Küche herumzuwerkeln und ihre geliebten Cupcakes für die Freundinnen und vor allem für Emmi zu backen. Ihr Blick wanderte an eine Pinnwand rechts neben der Tür, wo sie immer noch unbemerkt von Carla stand. Dort hingen viele, teilweise vergilbte Zettel. Ein Kochrezept, »Tortellini Maria«, eine alte Einkaufsliste für Giuseppe, ein Werbezettel, auf dem ein Krankenhaus mit einem hübschen Park abgebildet war. Susa wollte gerade wieder zu Carla schauen, als sie innehielt und sich wunderte. War Maria krank, oder wieso hing hier ein Zettel einer Klinik? Susa las den Flyer: »Psicosomatica ospedal«. Psychosomatische Klinik.

Der Zettel sah schon etwas älter aus, war unten eingerissen, und rechts unten stand »Martedì« – in Betsys Handschrift! Susa durchfuhr es wie ein Blitz, ihr Magen rebellierte. Sie hatte diese kleine, schnörkelige Schrift eines verträumten Schulmädchens sofort erkannt.

Im selben Moment hörte Carla auf, die Milch aufzuschäumen, drehte sich um, sah Susa und zuckte zusammen. Die Untertasse fiel klirrend zu Boden.

»Che io sia maledetto!«, entfuhr es Carla. Sie stellte die Tasse ab und hob die Untertasse auf. »Hast du mich erschreckt! Was willst du hier?« Ihre Stimme klang kühl und bemüht beherrscht.

Susa überlegte nur eine Sekunde. »Betsy war in dieser Klinik, habe ich recht?« Sie deutete auf den Flyer. Carlas Miene gefror noch mehr, und sie schüttelte schnell den Kopf. Etwas zu schnell für Susas Geschmack, aber das konnte auch nur Einbildung sein.

»Wie kommst du darauf?« Carla schenkte Susa einen abfälligen Blick und floh an ihr vorbei, um den Cappuccino zu Bennett hinauszubringen.

Susa sah ihr frustriert hinterher. Von ihr würde sie auch nichts erfahren. Schnell las sie noch mal den Namen der Klinik und das, was Betsy geschrieben hatte, versuchte sich beides zu merken und ging wieder hinaus an die Sonne und die frische Luft.

Carla tuschelte Bennett gerade etwas ins Ohr, und dieser sah Susa ernst und traurig an. Ihre Blicke trafen sich. Dann stand Bennett abrupt auf und wandte sich an Franco, der mit Laura schäkerte.

»Franco, wenn ich dich und deine Surfbretter heute noch fahren soll, dann würde es mir jetzt passen.«

Sowohl Franco als auch Laura sahen überrascht und enttäuscht auf. Franco überlegte kurz und blickte Laura sehnsüchtig an; sein Handy piepte. Er schaute auf das Display, wurde sichtlich genervt und warf Bennett einen vielsagenden Blick zu.

»Donna?«, mutmaßte Bennett.

»Sì.«

Lauras Miene gefror sofort. Franco, der das nicht registriert hatte, fing sich, lächelte Laura wieder charmant an und verabschiedete sich galant von ihr. Er nahm deren Hand wie die einer Diva und hauchte einen Kuss darauf. »Es war mir eine Freude. Bis bald. Arrivederci.«

»Ciao, Bellas«, rief er Carla, Susa und Emmi, die immer noch etwas abseits mit Pepe spielte, lächelnd zu. Carla winkte ihm kurz und verschwand wieder ins Ristorante, nicht ohne vorher einen abweisenden Blick gen Susa zu werfen.

Franco folgte Bennett, der bereits zum Parkplatz ging, und Laura wandte sich sauer an Susa. »Na super, das war ja mal wieder typisch für mich, ein Griff ins Klo!«

»Wieso das denn? Er findet dich toll, das sieht man eindeutig.«

»Aber er ist verheiratet, jede Wette! Ich sage nur ›Donna‹!«, schnaubte Laura getroffen, stand auf und ging den Lavendelweg entlang zu ihrem Appartement. Susa folgte ihr. »Das sagt doch gar nichts, Laura, bitte.«

»Ach, hör mir auf! Hast du den Blick nicht gesehen, als er die SMS gelesen hat? Und wie Bennett geschaut hat? Ich kenne das schon!«

»Wenn Franco verheiratet wäre, würde er nicht so mit dir flirten.«

»Was hat denn das eine mit dem anderen zu tun? Meine Güte, bist du wirklich so naiv, Susa?« Laura wischte sich genervt den Schweiß von der Wange. »Italiener müssen flirten, das steckt in ihren Genen. Ich bin so dämlich! Die sind in Italien doch alle katholisch und mit Ende dreißig längst verheiratet. Zu Hause hat er bestimmt nicht nur seine gertenschlanke Donna, sondern auch noch fünf Bambini sitzen.« Ihrer Stimme vibrierte enttäuscht. Sie standen jetzt etwas von der Veranda entfernt, mitten auf dem Weg zu ihrem Appartement. Laura ließ sich außer Atem auf eine der kleinen Treppenstufen sinken. Die Hitze machte ihrem Kreislauf stark zu schaffen.

Mitleidig setzte sich Susa neben sie, und der Duft des Lavendels stieg ihr in die Nase. Sie musste sich jetzt um Laura kümmern, auch wenn sie innerlich brannte, die Neuigkeit, Betsys Schrift auf dem Flyer der Klinik entdeckt zu haben, mit Laura zu besprechen.

Laura wischte sich verschämt eine Träne weg, ein paar Bienen summten zwischen den Blüten. Die Steinfliesen fühlten sich warm an, fast zu heiß von der Sonne.

Laura hatte ihr immer noch nicht gesagt, was in New York damals vorgefallen war. Sie hatten die Zeit dazu noch nicht gefunden. Daher nutzte Susa die Gelegenheit, Laura nun darauf anzusprechen. »Willst du mir nicht endlich erzählen, wer dir in New York so weh getan hat?«

Verblüfft sah Laura auf. »Wie kommst du denn jetzt darauf?«

Wieso konnte sie, genau wie Betsy, nicht einfach sagen, was sie bewegte?

»Das merke ich dir doch an. Früher hast du so gerne einfach nur geflirtet. Wolltest heiße Affären und hast es genossen.«

»Tja, früher. Früher war eben alles anders.« Sie sagte es sehr leise und drehte ihren großen, schwarzen Rosenring am Mittelfinger. Betsy hatte ihn Laura zum dreißigsten Geburtstag geschenkt, daran konnte sich Susa noch ganz genau erinnern. Ein dicker Käfer flog vor Susas Gesicht herum, sie scheuchte ihn fort.

»Willst du es wirklich wissen?«, fragte Laura, nahm ihren schwarzen Ring nachdenklich vom Finger und strich über eine einzelne schwarze Plastikblüte.

* * *

Laura und Susa hatten sich auf der Terrasse ihres Appartements mit einem kühlen Eistee und einer Tafel Schokolade niedergelassen. Laura ließ ein Stück Zartbitterschokolade im Mund zergehen und suchte nach Worten für das, was Jack in ihr ausgelöst hatte. Doch sie fand sie nicht. Die Schokolade fühlte sich glatt, kühl und vertraut an, und der herbe Geschmack beruhigte Laura. Immer wenn sie an Jack dachte, wühlte es sie zutiefst auf. Darum versuchte sie, ihn krampfhaft zu verdrängen, wie all die negativen Gefühle der letzten Zeit. Ihre Schuldgefühle Betsy gegenüber, ihr Versagen als Ersatzmutter für Emmi, ihr Scheitern als Opernsängerin. All das kam in irgendeine Schublade, die gut verschlossen wurde. Dass Susa diese jetzt aufzerren wollte, gefiel Laura nicht. Aber sie wusste, Susa würde nicht lockerlassen. Sie hatte die letzten Wochen eindeutig mehr Biss bekommen.

Laura beobachtete die Freundin, die nachdenklich an einem Stück Schokolade lutschte. Susa drängte sie nicht und ließ ihr Zeit, immerhin. Ein Gecko schlich unter Lauras Stuhl herum, krabbelte dann in die Sonne und verharrte dort. Verharrte auch sie nicht schon viel zu lange in ihrer Gefühlswelt, vor allem was Jack betraf? Es lag schließlich schon deutlich länger zurück als die Sache mit Betsy.

Laura sah Susa an und gab sich einen Ruck. »Ich weiß einfach nicht, wie ich anfangen soll.«

»Lass dir Zeit. Ich höre dir zu. Das habe ich nämlich viel zu lange nicht mehr getan.«

Die Freundinnen lächelten sich an.

»Na gut.« Laura starrte den Gecko an. »Ich gebe es zu, ich möchte keinen Mann mehr an mich heranlassen. Weil … weil, wenn ich nicht liebe, kann ich auch nicht verletzt werden, das ist doch logisch, oder?«

Susa seufzte. »Ja, das ist es. Sich zu verlieben kann weh tun, sehr sogar. Aber selbst wenn man es nicht will, es passiert einfach, so sehr du dich auch dagegen wehrst.« Susa dachte dabei offensichtlich an Bennett. »Erzähl mir von Jack.«

»Jack. Ich habe ihn in Wagners Drive-in kennengelernt, der ist ziemlich bekannt in Brooklyn. Damals habe ich ihm Cheeseburger und Pommes serviert und ein bisschen mit ihm geplaudert, ab da kam er jeden Tag. Jeden Tag hat er einen Cheeseburger mit Pommes gegessen, nur um mich zu sehen.« Laura lachte wehmütig auf. »Danach hat er mir gestanden, dass er Cheeseburger hasst, dass ich die Bestellung beim ersten Mal falsch verstanden hatte und dass er mir nur nicht weh tun wollte.«

»Wie süß.« Susa lächelte und hörte gespannt zu.

»Erst nach zwei Wochen hat er sich dann endlich getraut, mich zu fragen, ob ich mit ihm ausgehen mag. Er ist so schüchtern, weißt du, ganz anders als die anderen Männer, die ich sonst so kenne.« Laura sah nachdenklich vor sich hin. Sie spürte tief in ihrem Herzen, dass sie ihn immer noch vermisste, aber auch, und das war neu, dass es nicht mehr ganz so weh tat wie die Wochen zuvor. Und dass es sich gut anfühlte, einer Freundin ihr Herz zu öffnen.

»Tja, und dann habe ich mich so richtig in ihn verliebt. Weil er so aufmerksam war und so witzig und weil er so fasziniert schien von mir. Aber drei Wochen später kam zufällig heraus, dass er in Tennessee eine Frau hat und drei Kinder, davon eines im Rollstuhl. Und dass er natürlich nicht vorhat, seine Familie wegen mir zu verlassen. Nicht, dass ich das dann jemals gewollt hätte.« Ihre Augen füllten sich mit Tränen, sie konnte nichts dagegen tun.

Susa nahm Lauras Hand, drückte sie fest und streichelte sie sanft. »Ach, Laura, wieso hast du mir denn nie etwas erzählt?«

»Weil es wieder kein Happy End gab. So wie es für mich nie ein Happy End gibt. Ich habe es so satt.« Sie wischte wütend ihre Tränen beiseite. »Betsy hat sich auch einfach so davongestohlen.« Es war ihr so herausgerutscht, aber es war das, was sie in diesem Augenblick fühlte. Betsy hatte sie alleingelassen mit all ihren Sorgen und Ängsten. Allein mit einem alten Vater, der irgendwann zum Pflegefall werden könnte, allein mit ihrer kleinen Tochter, deren Herz zu erobern eine der schwersten Aufgaben schien, die Laura je in Angriff genommen hatte, und allein mit ihrer Sehnsucht nach der großen Liebe. Traurig steckte sich Laura noch ein Stück Schokolade in den Mund.

Susa tat es ihr gleich. »Das hat sie, aber sie hat es einfach nicht mehr ausgehalten.« Susas Stimme klang brüchig, aber sie riss sich schnell wieder zusammen. »Laura, ich habe etwas herausgefunden.«

Sofort setzte sich Laura aufrecht hin. »Das sagst du mir jetzt erst?«

Susa beugte sich zu ihr vor, als ob sie Angst hatte, von irgendjemandem belauscht zu werden. »In Marias Küche hängt ein Werbeflyer einer Klinik für Psychosomatik hier ganz in der Nähe. Er sieht schon zerfleddert aus, und es ist etwas in Betsys Handschrift daraufgeschrieben.«

»Was? Auf dem Flyer einer italienischen Psycho-Klinik?«

»Ja, und als ich Carla darauf angesprochen habe, ob Betsy dort gewesen ist, hat sie ganz seltsam reagiert.«

Jetzt fühlte sich Laura hellwach. Sie wischte ihre Tränen beiseite und dachte fieberhaft nach. »Betsys Handschrift? Bist du sicher?«

»Ja, das bin ich.«

»Und was hat sie daraufgeschrieben?«

»›Martedì‹ stand da. Heißt das nicht Dienstag?«

»Keine Ahnung, aber ja, ich glaube schon. Du meinst also, Betsy war hier in Italien in dieser Psycho-Klinik? Wann soll das denn gewesen sein?«

»Ich weiß auch nicht, aber jedenfalls nicht während der Reisen mit uns. Ganz offensichtlich hatte sie Bennett ja mehrmals heimlich getroffen.«

Laura dachte angestrengt nach. Betsy war oft jobmäßig unterwegs, manchmal sogar für mehrere Wochen. Sie könnte sie alle angelogen haben und in einer dieser vermeintlichen Geschäftswochen hier gewesen sein. Laura fühlte ihren Puls rasen. Vielleicht hatte Susa da wirklich eine heiße Spur entdeckt?

Susa stand entschlossen auf. »Komm, wir fahren in diese Klinik. Vielleicht können die uns ja sagen, ob Betsy dort Patientin war.«

»Das dürfen sie nicht. Und selbst wenn, was sagt uns das?«

»Keine Ahnung. Aber vielleicht hat sie Emmis Vater ja dort kennengelernt. Was, wenn es einer der Pfleger oder einer der Ärzte ist?«

Laura schöpfte Hoffnung. Ein gutverdienender Arzt wäre besser als der Conte. Und besser für Susa, die sich in diesen Kerl so hoffnungslos verliebt hatte und bereits jetzt sehr zu leiden schien. Bei dem Gedanken an ihre und Emmis finanzielle Zukunft schnürte es Laura immer wieder die Kehle zu.

Ebenso energisch wie Susa stand auch sie auf. »Na gut. Wilma ist ja noch mit diesem Mischa unterwegs, das kann dauern. Wir beide fahren da jetzt sofort hin.«

»Und Emmi? Die können wir doch nicht in so eine Klinik mitnehmen.«

»Ach ja, Emmi.« Laura musste sich eingestehen, die Kleine in der Aufregung völlig vergessen zu haben. »Ich weiß, wir fragen einfach Thomas, ob er zwei Stündchen auf Emmi aufpassen kann.«

»Na, der wird sich freuen«, mutmaßte Susa amüsiert. »Endlich ist er seine drei Kinder los, und dann das.«

»Sein Pech, wenn er uns im Mädelsurlaub nachstellt. Fragst du ihn? Ich zieh mir schnell noch etwas anderes über, mache mich frisch, und dann fahren wir in diese Klinik.«

Susa nickte und ging schnellen Schrittes zurück zum Pool.

Lauras Bauch kribbelte. Auch wenn sie dieses Gefühl seit Wochen nicht mehr gespürt hatte, wusste sie: Ihr Bauch hatte sie noch nie getäuscht. Das konnte nur eines heißen: Sie waren auf der richtigen Spur!

Kapitel 11

Susa redete ohne Punkt und Komma auf Thomas ein und versuchte ihn dazu zu überreden, dass er ein paar Stunden auf Emmi aufpasste. Den wahren Grund konnte sie ihm nicht nennen, und so hielt sich sein Verständnis dafür, gleich als Babysitter missbraucht zu werden, in Grenzen. Hier am Pool im Schatten wollte er in Ruhe auf Wilma warten, doch Susa bat ihn eindringlich, da es sich um einen absoluten Notfall handelte. Thomas wunderte sich sehr über Susa und deren plötzlichen Aufruhr, doch seine eigentlichen Gedanken galten Wilma. Da sie sich noch immer nicht gemeldet hatte, ahnte Susa bereits die sich nähernde Katastrophe. Denn irgendwann würde Wilma mit Mischa zurückkehren, womöglich turtelnd. Aber da Wilma zum wiederholten Male nicht an ihr Handy ging, konnte sie die Freundin auch nicht warnen.

In ihrem Cinquecento machten sich Susa und Laura endlich auf zur Klinik. Susa hatte Thomas überreden können, wenn auch nur für eine, maximal eineinhalb Stunden.

Das Radio blieb aus, die Stimmung angespannt. Susa saß neben Laura auf dem Beifahrersitz und fühlte wieder diesen schrecklichen Kloß in ihrem Hals. Was würde sie in dieser Klinik erwarten? Würden sie dort womöglich wirklich etwas über Betsy erfahren?

Schweigend fuhren sie eine kleinere Landstraße entlang, vorbei an einer Herde Ziegen, vorbei an wild wuchernden Blütenbüschen. Einzig das Navi unterbrach die drückende

Stille, die männliche, dunkle Stimme aus dem Gerät gab ihnen Halt. »Folgen sie dem Straßenverlauf und an der nächsten Kreuzung rechts abbiegen.«

Laura lenkte den Wagen nach rechts und entdeckte ein Schild. »Da! ›Psicosomatica ospedale Borgo‹.«

Eine Schotterstraße führte auf ein großes, gemauertes Tor zu, das mitten in der Landschaft stand. Sie fuhren hindurch und konnten das Gebäude bereits von weitem erkennen. Es lag auf einem Hügel, auf dem Oliven- und Zitronenbäumchen wuchsen, umringt von riesigen Zypressen. Laura fuhr rasant auf den kiesunterlegten Besucherparkplatz, so dass die Steinchen flogen. Sie stiegen aus und sahen sich angespannt um. Auf einem Schild stand wieder »Psicosomatica ospedale Borgo«, auf einem kleineren Schild darunter las Susa: »Salute«. Es standen nur ein paar Autos auf dem Parkplatz, ein heller Kiesweg führte zum Gebäude, das mit Sicherheit einmal schlichte Eleganz verströmt hatte. Früher war dies bestimmt eine noble Klinik gewesen, allerdings wurde sie offensichtlich schon lange nicht mehr saniert und sah nun etwas baufällig aus.

»Ich kann das einfach nicht glauben, dass sie hier war. Sie hätte es uns doch erzählt?«, unterbrach Laura die Stille, während sie sich ihre riesige Sonnenbrille auf die Nase setzte.

»Sie hat uns eben nicht alles erzählt, das wissen wir doch mittlerweile.« Susa verletzte diese Erkenntnis noch immer, und sie wollte nicht weiter darüber reden. Sie betrachtete das große, hellgraue Gebäude, das irgendwie auch bedrohlich wirkte. »Komm, bringen wir es hinter uns, Emmi wartet.«

»Du hast recht, die arme Maus.«

Susa wurde immer mulmiger. Was genau sie hier zu erfahren hofften, wusste sie nicht. Noch weniger, wie sie die Krankenschwestern oder Ärzte dazu bringen sollten, ihnen zu sagen, ob Betsy hier Patientin gewesen war. Und selbst wenn,

Laura hatte ja recht. Was sagte ihnen das? Wie sollten sie herausfinden, ob Betsy mit einem der Pfleger oder Ärzte ein Verhältnis gehabt hatte, ob einer davon Emmis Vater war?

Sie kamen vor der alten, dunklen Eingangstür an, rechts und links davon standen Blumenkübel, in denen wuchernde, rote Hängegeranien wuchsen. In diesem Moment ging gerade die Tür auf, und eine kleine, gutgekleidete Italienerin mittleren Alters kam heraus. Sie trug mittellange schwarze Haare, eine teure Handtasche, nickte ihnen nur kurz zu und ging weiter Richtung Parkplatz. Vermutlich eine Besucherin, die sich Sorgen um eine Anverwandte machte. Susa hielt geistesgegenwärtig die Tür auf, und gefolgt von Laura trat sie ein.

Innen wirkte die Klinik ziemlich dunkel, zumindest im Vergleich zu draußen, wo die Sonne schien. Susas Augen hatten Schwierigkeiten, sich an das wenige Licht zu gewöhnen.

»Damn, ist das dunkel hier drin.« Laura trug noch immer ihre Sonnenbrille. Susa sah sie vielsagend an, Laura bemerkte ihren Fauxpas, und die beiden mussten kichern.

Eine jüngere Krankenschwester in einer weißen Tracht samt Häubchen mit schwarzen, zu einem Zopf gebundenen Haaren kam ihnen entgegen. Sie fragte etwas auf Italienisch.

Sofort hob Susa entschuldigend die Hände. »Scusi, mio non parlare italiano«, verkündete sie bemüht lächelnd. »Tedesca.« Die Frau verstand, drehte sich um und ging einfach weiter.

Laura und Susa sahen sich perplex an. Da kam die Schwester mit einem attraktiven Pfleger in ihrem Alter zurück, einem echten Sahneschnittchen. Genau der Typ, auf den Betsy stand, dachte Susa insgeheim. Durchtrainierter Body, hübsches Gesicht, und als er sie anlächelte, sah man seine blendend weißen Zähne. Er hatte glänzendes, dichtes schwarzes Haar. Ein wirklich schöner Italiener, fast wie gemalt.

»Na«, stupste sie Laura an und flüsterte: »Ganz ihr Beuteschema.«

»Habe ich auch sofort gedacht.«

»Guten Tag«, sagte der Pfleger mit leicht italienischem Akzent freundlich. »Kann ich Ihnen helfen?«

»Oh ja, bestimmt.« Susa versuchte, ruhig zu bleiben. »Wir vermuten, dass ihre Schwester«, sie deutete auf Laura, »hier einmal Patientin war. Eine gewisse Betsy, Betsy Winter, sagt Ihnen der Name etwas?«

Der Pfleger sah sie mit großen Augen an, und Susa registrierte, dass sich seine tiefschwarzen Pupillen bei Betsys Namen weiteten. Doch er riss sich zusammen und wendete sich an Laura. »Wieso fragen Sie nicht einfach Ihre Schwester, ob sie hier war?«

»Weil … das nicht mehr geht«, erwiderte Laura unsicher. »Sie ist … gestorben.«

Der Pfleger sah sie betroffen an. Susa spürte, dass er sie gekannt hatte und dass ihn ihr Tod zutiefst schockierte.

»Das … das tut mir so leid«, stotterte er. »Aber ich kann Ihnen leider keine Auskunft zu Patienten geben. Auch nicht zu verstorbenen. Ich meine, ob jemand Patient war oder nicht, darf ich Ihnen nicht sagen.«

»Bitte«, flehte Susa ihn an und sah sich rasch um, ob jemand in der Nähe stand. »Wir werden es auch niemandem verraten. Aber Sie haben Betsy gekannt, das merke ich. Und das bedeutet doch, dass sie hier gewesen sein muss.«

Er zögerte eine schier endlose Weile, bedeutete ihnen dann aber, mit ihm hinauszugehen. Angespannt öffnete er die hölzerne, schwere Türe und hielt sie ihnen auf.

Das Sonnenlicht blendete Susa so sehr, dass sie reflexartig ihre Hand als Schattenspender hochhielt. Der Pfleger ging vor ihnen her ein paar Schritte in den Klinikpark hinein, zog eine Packung Zigaretten und ein Feuerzeug aus seiner Kitteltasche und zündete sich eine an. Der Park sah nicht wirklich gepflegt aus. Ein paar Lorbeerbäumchen standen ziemlich verloren am Wegesrand, daneben wuchs ein verwilderter Rosenbusch mit kleinen roten Rosen. Nur ein Gemüsegarten, den vermutlich die Patienten selbst bewirtschafteten, wirkte ordentlich und gehegt. Hier wuchsen Tomaten, Salate, Kohlrabi.

Susa und Laura folgten ihm stumm. Erst als sie hinter einer größeren Eibenhecke standen, brachte er, während eine Rauchwolke aus seinem Mund stieg, gepresst hervor: »An was ist sie gestorben?« Er sah sie ahnungsvoll an, es klang nicht nach einer Frage. Susa nickte nur betroffen, bekam keinen Ton heraus. Der Pfleger schloss für einen Moment schockiert seine Augen. Susa sah ihn flehentlich an. »Sie hatte eine kleine Tochter. Sie heißt Emmi und ist fünf Jahre alt. Wir sind jetzt zwar für Emmi da, aber es geht der kleinen Maus nicht gut. Deshalb wäre es schön, wenn wir, also wenn Emmi endlich ihren Vater kennenlernen könnte.«

Mitleidig sah er sie an, nahm einen tiefen Zug aus seiner Zigarette und sagte weiterhin nichts.

Susa fuhr eindringlich fort: »Wir wünschen uns für die Kleine, dass sie jetzt, wo ihre Mama gestorben ist, wenigstens noch einen Papa hat, verstehen Sie?« Ihre Stimme überschlug sich. »Oder besser gesagt, *endlich* einen Papa. Betsy hat all die Jahre ein sehr großes Geheimnis um ihn gemacht.«

Laura sprang Susa zur Seite. »Wir wollen ihm nichts Böses, kein Geld oder so. Zumindest wenn er keines hat. Aber vielleicht freut er sich ja, dass er so eine süße Tochter hat. Emmi ist so lieb.«

Susa sah sie erleichtert an. Laura hatte Emmi offensichtlich die letzten Tage wirklich in ihr Herz geschlossen.

Der Pfleger blickte ergriffen vor sich hin und nahm erneut einen tiefen Zug. »Also, da kann ich Ihnen leider nicht weiterhelfen. Ich habe nicht mitbekommen, dass Betsy ... also, dass sie hier mit irgendjemandem ...« Er hielt abrupt inne. Eine leichte Eifersucht schwang in seiner Stimme mit. Oder bildete sich Susa das ein?

»Wie heißen Sie?« Vielleicht hatte sie seinen Namen ja schon einmal von Betsy gehört.

»Adelmo.«

»Adelmo?« Susa sagte der Name nichts und Laura offensichtlich auch nicht. »Ein sehr schöner Name.«

»Danke. Tut mir leid, dass ich Ihnen nicht weiterhelfen kann. Ich bin ganz sicher nicht der Vater – leider.« Er wandte sich zum Gehen, doch Susa hielt ihn spontan am Ärmel fest.

»Nein, bitte warten Sie.«

Er sah auf ihre Hand, die sich in seinem weißen Kittel festgekrallt hatte. Susa ließ sofort los.

»Entschuldigung. Wir sind einfach ... Es ist einfach so wichtig. Für die Kleine. Emmi würde ein Papa jetzt so guttun.«

Laura strich sich nervös durch die Haare. »Und wir haben das Gefühl, wir müssen etwas gutmachen. Wenn Sie verstehen, was ich meine.«

Adelmo nickte gerührt. »Zurückgelassene nach einem Suizid sind nicht nur Trauernde. Sie sind auch Opfer.«

Susa zuckte zusammen. Adelmo beschrieb genau das Gefühl, das die drei Freundinnen seit Betsys Tod in sich trugen, aber bisher nicht beschreiben konnten. Er sah erst Laura, dann Susa eindringlich an. »Sie haben auf gar keinen Fall Schuld an dem, was passiert ist, das wissen Sie hoffentlich? Keine von Ihnen!«

Susa nickte schwach. Ein Windhauch brachte kühlere Luft und ließ sie frösteln. Ein kleiner Vogel setzte sich auf den Ast eines Apfelbaumes und piepste. Susa merkte, dass es ihr guttat, diese Worte einmal aus einem therapeutisch geschulten Mund zu hören. Sie hatten keine Schuld. Niemand hatte das.

Sofort meldete sich ihre ständig zweifelnde Stimme in ihr: Susa, sei nicht wieder naiv, was sollten einem Ärzte und Therapeuten auch sonst sagen?

»Das kann Ihnen jeder Arzt bestätigen. Wenn sich jemand wirklich das Leben nehmen möchte, kann ihn keiner aufhalten. Man kann es vielleicht etwas hinauszögern, aber am Ende ist man leider immer machtlos.« Adelmo nahm einen Zug seiner Zigarette und verriet ihnen dann leise: »Wenn Betsy ihre kleine Tochter, ihre Familie und ihre Freundinnen, also Sie, nicht gehabt hätte, hätte sie es mit Sicherheit schon früher getan. Vermutlich haben Sie ihr noch ein paar Jahre geschenkt.«

Fassungslos starrte Susa ihn an. Betsy hatte diese dunklen Gedanken also schon früher in dieser Klinik geäußert? Sie wiederholte diese für sie neue Info zutiefst geschockt. »Sie hatte also schon früher … Selbstmordgedanken?«

Der Vogel piepste und flog davon. Adelmo zögerte. »Ja. Und weil sie es Ihnen allen nicht antun wollte, hat sie durchgehalten. Bis es wirklich nicht mehr ging. Aber mehr kann ich Ihnen beim besten Willen nicht sagen.«

Laura legte aufgewühlt ihre Hand auf Susas Arm. Lass gut sein, sollte das heißen. War es das jetzt? War es jetzt gut? Natürlich nicht. Aber Susa verstand das Ganze ein winziges bisschen mehr.

Adelmo knickte eine verwelkte Rosenblüte ab und fuhr fort: »Betsy kam, glaube ich, insgesamt zweimal hierher, für jeweils ungefähr drei Wochen.« Er strich mit seinem Finger über die Rose.

Schockiert starrten Susa und Laura ihn an. »Zweimal drei Wochen?« Susa sah in den Himmel. Er schimmerte blau, und keine einzige Wolke trübte das Bild. Der Kloß in ihrem Hals ließ sie kaum noch Luft bekommen.

»Wann soll denn das gewesen sein?«, presste Laura hervor. Sie verstand, genau wie Susa, die Welt nicht mehr. Betsy hatte ihnen nie von einem Klinikaufenthalt in Italien erzählt, geschweige denn davon, dass es ihr so lange schon so schlecht gegangen war.

Adelmo zuckte bedauernd die Schultern. »Das letzte Mal ist bestimmt zwei Jahre her.«

Susa nahm wieder Lauras Hand, die sich jetzt kalt und schweißig anfühlte. »Sie wollte uns nicht belasten, du kennst sie doch«, versuchte sie sich die Sache zu erklären. Susa hatte gewusst, dass Betsy sich oft ziemlich niedergeschlagen fühlte, aber dass sie damals schon so schwer krank war, hatte sie nicht geahnt. »Deshalb musste sie also oft ›jobtechnisch ins Ausland‹«, überlegte Susa laut.

Laura nickte und atmete schwer. »Aber das hätte sie uns doch sagen können!«

Adelmo flüsterte leise: »Sie hat sich unendlich für ihre Erkrankung geschämt.«

»Wieso?«, hauchte Susa erschüttert.

»Nach außen musste bei ihr immer alles perfekt sein«, sagte Laura betreten. »So eine dumme, bescheuerte Nuss.« Laura verbarg das Gesicht in ihren Händen.

Susa zitterte und wandte sich angespannt an Adelmo. »Gab es vielleicht einen Arzt oder einen Therapeuten, den sie hier besonders gern mochte?«

Adelmo überlegte, schüttelte dann den Kopf. »Sie mochte alle. Und alle mochten sie. Sie war ja nicht nur sehr attraktiv und charmant, sondern selbst als es ihr schon so schlecht ging, hatte sie immer einen fröhlichen Spruch parat. Aber als Angestellter darf man keine Beziehung zu den Patientinnen führen. Daran halten sich hier alle.«

Susa sah ihm an, wie sehr er diese Tatsache bedauerte.

»Wenn es anders wäre, hätte ich etwas mitbekommen.« Er starrte auf die verwelkte Rose in seiner Hand, schloss seine Faust, wie um die Blüte zu schützen.

»Danke«, sagte Susa gerührt. »Dass Sie für sie da waren. Sie sind ein guter Mensch, das spüre ich.«

»Lass uns gehen, mehr darf er nicht sagen«, sagte Laura leise, mit einem Blick auf die Uhr. »Und Thomas wird sonst stinksauer.«

»Also gut. Vielen Dank, Adelmo. Betsy hat Sie bestimmt sehr gemocht.«

Er nickte traurig und drückte seine Zigarette aus. Ohne ein weiteres Wort zu sagen gingen die Frauen ergriffen den Kiesweg Richtung Parkplatz entlang.

»Warten Sie«, hörte Susa ihn plötzlich rufen. War ihm etwa doch noch etwas eingefallen? Susa blieb sofort stehen, und auch Laura stoppte, zertrat dabei aber aus Versehen ein kleines lila Blümchen, das sich durch den Kies gekämpft hatte.

»Ja …?«, rief Susa hoffnungsvoll zurück. Er kam ihnen entgegen, wandte sich an Laura.

»Sie als Schwester können natürlich schon mit einem Arzt sprechen. Aber mehr als ihre Krankengeschichte werden Sie nicht erfahren.«

Laura sah Susa an, ihre Hand zitterte. » Danke … Aber dadurch finden wir Emmis Vater auch nicht.«

»Oder Sie fragen ihren Freund. Er weiß vielleicht etwas.«

»Ihren Freund? Welchen Freund?«, entfuhr es Susa angespannt.

Adelmo sah die Frauen verblüfft an. »Von ihm wissen Sie auch nichts?«

Laura und Susa schüttelten unisono den Kopf, und Susa ahnte schockiert, wen er meinte.

»Er hat sie jeden Tag hierhergebracht und abends wieder abgeholt.«

»Hatte ihr ›Freund‹ rein zufällig einen Defender? Einen Geländewagen?« Susas Stimme flatterte, während sie sprach.

Adelmo nickte heftig. »Genau. Dann kennen Sie ihn also doch.« Susas Magen schien sich zu verknoten, ihr Herzschlag wurde immer langsamer.

»Susa, komm. Bitte bleib ruhig.« Laura legte behutsam ihre Hand um Susas Schulter.

Susa schluckte und versuchte, tapfer zu bleiben. Jetzt hatte sie die Gewissheit, vor der sie sich so sehr gefürchtet hatte.

»Er hat sich wirklich sehr nett um sie gekümmert. Dafür, dass sie gar nicht zusammen waren.«

Susa hörte Adelmos Stimme wie durch einen Nebel. »Wie meinen Sie das?«

»Also zumindest sahen sie nicht nach einem Paar aus. Sie haben sich nie geküsst, und sie hat mir auch gesagt, dass es nur ein sehr guter Freund ist, mehr nicht.«

»Mehr nicht«, echote es in Susas Herzen, und es begann wieder schneller zu schlagen. Adelmo sah nun etwas unsicher aus. »Ich weiß es ja nicht hundertprozentig. Der Vater der Kleinen kann er natürlich trotzdem sein«, fügte er nachdenklich hinzu.

Laura sah Susa mitleidig an. »Ja, das kann er. Und ein Schuft noch dazu, auch wenn er sich nach außen rührend um Betsy gekümmert hat. Wer weiß, was er alles zu ihr gesagt hat, wenn sie allein waren ...«

Eine ältere, hagere Krankenschwester mit schwarzgrauem Dutt, die aussah, als wäre sie schon über hundert Jahre in dieser Klinik, kam wütend in den Park. Sie schien auf der Suche nach Adelmo zu sein, zumindest konnte man das ihrem italienischen Wortschwall und ihren Gesten, mit denen sie ihn ins Gebäude zurückzujagen versuchte, entnehmen.

Adelmo lächelte Susa und Laura entschuldigend an, vermutlich rauchte er hier öfter im Park und kannte das Gezeter bereits. Er antwortete ihr beschwichtigend auf Italienisch, nickte den beiden bedauernd zu und folgte der Schwester hinein. »Viel Glück noch bei der Suche!«, rief er ihnen zu, bevor er hinter der dicken Holztür verschwand.

»Schade, dass dieser Adonis nicht Emmis Vater ist. Der sieht ja so was von niedlich aus. Tja, Susa, spricht wieder alles für deinen Bennett. Den Conte«, resümierte Laura, während sie den Kiesweg zum Parkplatz zurückgingen. Sie hatten Emmi und Thomas nun über zwei Stunden alleine gelassen, hoffentlich gab das keinen Ärger.

Auf der Fahrt zurück hing jede ihren Gedanken nach. Susa wusste nicht so recht, was sie von all dem halten sollte. Sie waren zwar ein kleines Stückchen weitergekommen, aber mehr leider auch nicht. Susa, als Betsys beste Freundin, hatte von keinem der Klinikaufenthalte in Italien gewusst. Diese Erkenntnis bohrte sich wie eine spitze Nadel tief in ihr Herz. Für Susa hatte es ausgesehen, als wenn die Schwere der Erkrankung recht plötzlich gekommen war, ungefähr ein Dreivierteljahr vor Betsys Tod. Betsy hatte ihnen allen verschwiegen, dass es ihr schon seit Jahren schubweise so verdammt schlecht gegangen war. Genauso wie die Tatsache, dass sie Bennett seit Jahren gut kannte. Vielleicht nur rein platonisch, aber so richtig glauben konnte Susa das bei den beiden nicht. Sie hatten sich ganz sicher attraktiv gefunden und eine Liaison miteinander gehabt.

Wieso nur hatte Betsy so ein Geheimnis aus all dem gemacht? Susa merkte, wie sich ihre Hände zu Fäusten ballten. Sie konnte es nicht erwarten, zurück im Agriturismo zu sein und Bennett dort sofort zur Rede stellen. Diesmal kam er ihr nicht aus!

* * *

Wilma saß neben Mischa in dessen Volvo und betrachtete ihn heimlich verträumt von der Seite. Wie lässig er das Steuer mit einer Hand hielt und dabei schwungvoll den Kiesweg des Agriturismo hinauffuhr! Genau dieser Schwung fehlte Thomas, zumindest die letzten Jahre. Mischas Wangenknochen standen etwas hervor, so wie es Wilma bei den männlichen Models in den Modeschauen so gerne mochte. Allgemein fand sie Mischa wahnsinnig attraktiv.

Es war ein wundervoller Tag gewesen. Sie hatten in Lucca noch den Torre Delle Ore besichtigt, waren Hand in Hand über die *Piazza Napoleone* geschlendert, hatten Eis und Pizza gegessen und sich vor dem Museo Nazionale Guinigi schließlich geküsst. Mischa war dabei sinnlich und leidenschaftlich, viel zärtlicher, als sie es von diesem Mann erwartet hätte.

Der Tag ging viel zu rasch zu Ende. Wie sollte es nun weitergehen? Würde er sie bitten, mit in sein Appartement zu kommen? Was sollte sie dann tun? Wilma drückte auf den Knopf, um ihr Fenster zu öffnen, die frische Luft tat ihr gut, und sie brauchte unbedingt einen klaren Kopf. Mischa lächelte sie von der Seite an, zwinkerte ihr zu, öffnete auch sein Fenster und streckte seinen linken Arm senkrecht hinaus. »Streck deinen Arm auch so aus dem Fenster.«

»Wie?«

»So, ganz gerade, und dann beweg ihn auf und ab wie ein Vogel seine Flügel.«

»Wieso das denn, du Quatschkopf?«, grinste Wilma.

»Dann können wir zwei zusammen fliegen und sind frei wie der Wind.«

Wilma lachte, streckte ihren rechten Arm aus dem Fenster, wie ihr geheißen, und im Gleichtakt bewegten sie ihre Arme wie die Schwingen der Vögel. Was für eine verrückt-romantische Idee!

Wilma fühlte sich glücklich und schwerelos, flog weiter und schloss die Augen. Als sie sie wieder öffnete, bog Mischa bereits auf den Parkplatz des Agriturismo ein, und sie erblickte – Thomas! War das wirklich sein Kopf da hinten am Pool, oder war sie jetzt völlig verrückt geworden? Nein, es war tatsächlich Thomas, der es sich am Pool gerade auf einer Liege bequem zu machen schien.

»Das darf doch wohl nicht wahr sein …«, murmelte Wilma nervös.

»Was denn, Chérie?«

»Mein Mann. Mein Mann ist hier.«

»Wie bitte?« Mischas Miene verfinsterte sich augenblicklich.

»Dort am Pool. Ich hatte keine Ahnung, wirklich!«

Wilma hasste Überraschungen wie die Pest. Und wo waren die Kinder? Eine Welle der Sehnsucht und Vorfreude erfasste sie, doch im gleichen Moment fiel ihr ein, dass sie Mischa bisher verschwiegen hatte, dass sie Mutter war. Noch dazu Dreifach-Mama. Es hatte einfach keinen Grund gegeben, es ihm zu sagen. Dass es einen Mann in ihrem Leben gab, wusste er zwar, doch es schien ihn nicht sonderlich zu interessieren. Jetzt, wo dieser Mann in seinem Revier wilderte, allerdings schon.

Mischa stieg mit zusammengekniffenen Lippen aus und half Wilma aus dem Wagen.

»Ich muss da jetzt hin, tut mir leid.« Sie setzte ihren Sonnenhut auf, ging mit zitternden Beinen zum Pool, und Mischa folgte ihr.

»Ich komme mit.«

»Nein!«, entfuhr es Wilma, doch er lief bereits beschützend neben ihr her.

Thomas lag dort auf einer Liege, spielte gerade an seinem Handy herum, sah sie und starrte die beiden mit offenem

Mund an. Erst sie und dann Mischa, der seine Porsche-Sonnenbrille aufsetzte, wie ein Ritter seinen Helm, bereit zum Kampf. Thomas verstand und bat Emmi, die im Kinderbecken planschte, mit gepresster Stimme, bitte zu Carla zum Restaurant zu gehen. Zu Wilma sagte er nichts. Kein Wort. Thomas wartete, bis Emmi verschwunden war, ging dann ohne ein Wort zu sagen auf Wilma zu, direkt an ihr vorbei zu Mischa und versetzte ihm einen Fausthieb in den Magen.

»Thomas!«, schrie Wilma entsetzt auf.

Mischa, der mit dieser Aktion genauso wenig wie Wilma gerechnet hätte, krümmte sich unter Schmerzen zusammen. Dann reagierte er blitzschnell. Er versetzte Thomas einen ebenso heftigen Kinnhaken, und dabei fielen beide unter heftigem Gerangel ins Wasser. Wilma blieb geschockt neben dem Pool stehen und konnte nur zusehen, wie sich die beiden Männer, schwimmend und immer wieder untergehend, um sie prügelten.

»Thomas, Mischa, hört auf, hört sofort auf!«, schrie sie verzweifelt. Doch die beiden schienen nichts mehr zu hören, kloppten sich, als ginge es um ihr Leben, und drifteten im Wasser ab in den Nichtschwimmerbereich, immer wieder ging einer der beiden unter.

Panisch und hilfesuchend sah sich Wilma um, entdeckte von weitem Bennett an seinem Bürohäuschen und rief: »Bennett, komm bitte schnell, die bringen sich um!«

Bennett eilte herbei, erfasste die Situation sofort und sprang ohne nachzudenken hinein in den Pool. Sofort bekam er einen Fausthieb ab, ging unter, kam japsend nach oben und ging seltsamerweise sofort wieder unter. Wieso schwamm er denn nicht, sondern strampelte nur panisch herum? Wilma registrierte erschrocken, dass Bennett kurz davor schien, zu ertrinken, dass er Wasser schluckte und kaum mehr Luft bekam. »Thomas, Scheiße, Thomas, hört sofort auf, Bennett ertrinkt!«

Doch weder Thomas noch Mischa bekamen vor lauter Zorn aufeinander die brenzlige Situation mit.

Bennett ging zu Wilmas Entsetzen erneut mit schreckgeweiteten Augen unter.

* * *

Susa und Laura hatten gerade auf dem Parkplatz des Agriturismo geparkt und stiegen in sich gekehrt aus dem stickigen Cinquecento, in Gedanken noch ganz bei Adelmo in der Klinik. Bereits von hier aus konnten sie Wilmas verzweifelte Rufe hören.

»Bennett ertrinkt!«

»Hast du das gehört?«, versicherte sich Susa fassungslos, und Laura bestätigte verwirrt. Susa blickte Richtung Pool, und sofort ergriff sie eine nie gekannte Panik. Wie gelähmt sah sie gerade noch, wie Wilma mitsamt Kleid und Sonnenbrille zu den Männern in den Pool sprang, um Bennett zu helfen. Susas Herz stand eine Sekunde still. Bennett konnte doch nicht schwimmen! Was um Himmels willen machte er dann im Pool im Schwimmerbereich?

Sie spurtete los, rannte um ihr Leben und sprang ohne zu zögern zu Wilma und den Männern ins Wasser. Wilma versuchte bereits, den nach Luft schnappenden Bennett zum Rand zu ziehen, und Susa half ihr. Thomas und Mischa hatten jetzt endlich auch gemerkt, dass Bennett nicht spielte, und halfen erschrocken mit, ihn aus dem Wasser zu hieven. Laura stand inzwischen blass am Beckenrand und starrte den japsenden Bennett an, als wäre er bereits gestorben. Aus einer

Platzwunde auf der Stirn lief Blut über sein Gesicht und tropfte zu Boden, genau vor Susas Füße.

»Seid ihr wahnsinnig geworden? Was habt ihr da gemacht?«, schrie Susa die Männer an.

»Sie haben sich um mich geprügelt.« Wilma konnte es immer noch nicht fassen.

Thomas klopfte Bennett entschuldigend auf die Schulter. »Tut mir leid, Kumpel, ich dachte, du schauspielerst nur, damit wir aufhören.«

Bennett schüttelte blass den Kopf, sagte nichts, sah Susa einen Moment in die Augen und stand dann mit wackligen Beinen auf. Eine dicke, bläulich gefärbte Beule prangte bereits neben der Platzwunde auf seiner Stirn.

»Du musst zum Arzt, das muss genäht werden.« Susa wollte ihn vorsichtig berühren, doch Bennett wehrte unwirsch ab.

»Unsinn. Ich gehe zu Carla. Sie hat Verbandsmaterial und was zum Tapen da.«

Thomas und Mischa blickten erst sich, dann Wilma betreten an.

Susa folgte Bennett, drehte sich noch einmal kurz zu Wilma um und flüsterte ihr zu: »Laura soll dir erzählen, was wir alles herausbekommen haben. Du wirst es nicht glauben.«

Schnell lief sie Bennett den schmalen Natursteinweg zum Restaurant hinterher. Ihr Herz klopfte, ihr Puls raste. Gerade eben, als sie so eine schreckliche Angst um sein Leben hatte, wurde es ihr schlagartig bewusst: Sie hatte sich in Bennett verliebt und konnte nichts mehr dagegen tun.

* * *

Vorsichtig versorgte Carla Bennetts Wunde. Ein Erste-Hilfe-Set, auf dem ein rotes Kreuz prangte, lag auf dem Tisch, und Bennett, der blutend auf einem Stuhl auf der Terrasse saß, erklärte Carla in knappen Worten den Hergang. Eifersucht stieg in Susa auf und Angst um Bennett. Was, wenn er tatsächlich ertrunken wäre? Schon das zweite Mal innerhalb weniger Tage!

»Bennett, willst du nicht doch besser ins Krankenhaus?«, schlug sie vor. Carla schenkte ihr einen abfälligen Blick.

»Nein, will ich nicht.« Bennett warf Susa einen düsteren Blick zu, wartete tapfer und ohne zu jammern, bis Carla die Wunde mit einem Pflaster getapt hatte. Dann schob er sie sanft beiseite.

»Danke, Carla. Es geht schon wieder.«

»Das muss ein Arzt entscheiden.« Susa ließ nicht locker.

»So eine kleine Narbe wird mich schon nicht entstellen. Ich vertraue Carla voll und ganz.«

Über Carlas Gesicht huschte ein zufriedenes Lächeln, das registrierte Susa ganz genau. Merkte er denn gar nicht, wie falsch Carla war?

»Wenn du meinst, du kannst Carla vertrauen«, konnte sie sich nicht verkneifen. Die Frauen funkelten sich einen Moment lang an.

Bennett registrierte es, bedankte sich nett bei Carla und bat sie, ihn jetzt mit Susa alleine zu lassen. Sie hätten etwas zu besprechen.

Oh ja, das hatten sie. Enttäuscht verzog sich Carla ins Restaurant zurück.

In Bennetts Nähe fühlte sich Susa plötzlich so unsicher wie mit vierzehn bei ihrem allerersten Date. Mit wackligen Knien setzte sie sich zu ihm, starrte erst auf den alten Holztisch, dann auf die Weinreben, die über ihnen rankten. Die grünen

Weintrauben hingen prall und reif da, man musste einfach nur zugreifen.

»Also, was gibt es?«, wollte er wissen.

Er sah ihr in die Augen und musterte sie eingehend. Susa wich seinem Blick wieder aus, sie wusste nicht, wie sie beginnen sollte.

»Susa. Sag mir endlich, was los ist. Habe ich irgendetwas verpasst?«

»Du nicht. Aber ich, die letzten Jahre«, antwortete sie traurig. »Nämlich, dass du und Betsy ein Herz und eine Seele wart und ich nichts davon wusste.«

Getroffen sah Bennett sie an und stand so abrupt auf, dass sein Holzstuhl umfiel. Ohne den Stuhl wieder aufzuheben, bedeutete er ihr, mitzukommen. Offensichtlich wollte er partout nicht, dass Carla etwas mitbekam, dachte Susa. Seine Miene wurde ernst. Schnellen Schrittes ging er voran, einen der Wege des Agriturismo entlang, den Susa noch nicht erforscht hatte, da sie ein Schild mit der Aufschrift »Privato« immer davon abgehalten hatte.

Es ging noch höher den Hügel hinauf, am Castel vorbei, und obwohl Bennett noch immer erschöpft wirkte, hatte Susa Mühe, hinterherzukommen.

Endlich langten sie ganz oben an, wo sich ihnen ein herrlicher Ausblick bot. Man konnte bis zum Meer sehen, etwas weiter rechts den Ortskern von Casalappi, Sonnenblumenfelder, so weit das Auge reichte. Susa atmete schwer, denn ihre Anspannung drückte auf ihre Lunge.

»Woher weißt du es?«, wandte er sich an sie, richtete seine Augen dann aber wieder in die Weite, und auch sie folgte seinem Blick. Am Rande der Sonnenblumenfelder auf der linken Seite wuchsen rote und lila Blumen, der Himmel schien so blau wie das Meer, ein Adler oder Bussard kreiste in der Ferne.

»Adelmo ist ein sehr attraktiver Mann, und zudem gesprächig«, begann Susa.

»Du warst in der Klinik«, stellte er müde fest.

»Oh ja. Du hast leider nicht alle Spuren verwischt.«

»Betsy wollte nicht, dass ihr von ihren Klinikaufenthalten erfahrt, also habe ich lediglich ihren Willen respektiert.«

Susa schluckte und dachte über seine Worte nach.

»Und wieso wollte sie es nicht?« Ihre Stimme zitterte.

Er sah sie von der Seite an, atmete durch und blickte dann auf das alte Castel, das er von seinen Vorfahren geerbt hatte.

»Weil sie euch nicht damit belasten wollte. Weil sie nicht als die ›Depressive‹ gesehen werden wollte, sondern als junge, schöne, lebenslustige Frau. Nicht als Psychotante, die sich in irgendetwas hineinsteigert. Weil diese psychische Störung immer noch ein Tabu ist und nicht als ernstzunehmende Erkrankung gesehen wird. Wer weiß denn schon, dass sich Erkrankte oft nicht mehr allein durch reine Willenskraft aus ihrer Depression herausziehen können?« Er redete sich in Rage. »Betsy hatte panische Angst davor, euch, ihre besten Freundinnen und ihre Schwester, zu verlieren. Nur ihr Vater wusste ein wenig davon. Aber längst nicht alles.«

Sprachlos hallten seine Worte in Susa wider. Alfons wusste etwas? Ausgerechnet er?

»Betsy hatte Angst, dass ihr sie alle fallenlasst, das ist die bittere Wahrheit. Ich konnte es ihr einfach nicht ausreden.«

»Das ist doch totaler Blödsinn! Ich hätte sie nie im Stich gelassen, nie!« Susa merkte, dass sie ihre Tränen nicht mehr zurückhalten konnte. »Sie … sie hat *uns* am Ende im Stich gelassen«, entfuhr es ihr. »Aber ich … ich hätte nie …«, schluchzte sie auf.

Rasch nahm Bennett sie in seine Arme und hielt sie fest, ganz fest. Sein Geruch durchströmte ihren Körper, und sie fühlte sich plötzlich so wohl und geborgen.

Doch ihr Verstand schrie, es durfte nicht sein. Susa stieß ihn sanft von sich. »Bitte, Bennett, sag mir endlich, was zwischen euch passiert ist. Was hast du ihr angetan?«

Fassungslos sah er sie an. »Ich, *ihr* angetan? Wie kommst du denn darauf? Ich habe mich um sie gekümmert, habe sie wochenlang jeden Tag in die Klinik gefahren und wieder abgeholt. Habe jeden Abend lange mit ihr geredet. Ich …«, seine Stimme wurde brüchig. »Ich habe versucht, eine Frau vor dem Ertrinken zu retten, aber es ist mir wieder nicht gelungen.«

Seine Lippen bebten. Wie mit einem Baseballschläger vor den Kopf gestoßen, blickte Susa ihn an. Ihr Schädel schmerzte. Das war es also, warum er sich so für Betsy eingesetzt hatte! Er, der es als kleines Kind nicht geschafft hatte, seine Mutter zu retten, hatte versucht, diese Frau vor dem Ertrinken zu bewahren. Überwältigt und voller Mitgefühl sah sie diesen großen Mann an.

»Es tut mir so leid. Ich wollte dich nicht verletzen«, ihre Stimme wurde sanfter. »Es ist nur … wir haben eine Notiz von Betsy gefunden, dass Emmi damals in Casalappi gezeugt wurde.« Mehr sagte sie zunächst nicht.

Verwirrt sah er ihr in die Augen und schien eins und eins zusammenzuzählen. »Dann glaubt ihr also, dass ich …«

»Dass du Emmis Vater bist.«

Die Nachricht traf ihn wie einen Pfeil ins Herz, das sah Susa ihm an, denn den Stich spürte sie selbst. Fassungslos setzte er sich auf das verdorrte Gras und schüttelte blass den Kopf. »Das glaube ich nicht.«

Susa setzte sich zu ihm, ihre Knie hatten aufgehört zu zittern. »Dann habt ihr also nicht …?« Sie hoffte es so sehr!

»Doch. Aber nur ein einziges Mal, denn am nächsten Tag wollte sie nichts mehr von mir wissen. Ich habe es nicht verstanden, sie schien wie ausgewechselt, wollte nicht darüber reden. Trotzdem war ich erleichtert, dass sie mich wenigstens weiter als Freund akzeptierte.«

Susa knibbelte aufgewühlt an ihrer Unterlippe. Er hatte mit ihr geschlafen! Und so, wie er ihre Reaktion beschrieb, war er der Mann, der Betsy das Herz gebrochen hatte. Damit schien all ihre Hoffnung zunichtegemacht, es war aus. Eine Zukunft mit ihm war undenkbar, denn das konnte sie Betsy einfach nicht antun. »Und wieso glaubst du, dass du nicht Emmis Vater bist? Hast du in Biologie damals nicht aufgepasst?« Sie wurde kratzbürstig und bereute es sofort, ihn so anzufahren.

»Doch, das habe ich«, auch seine Tonlage wurde jetzt etwas schärfer. »Aber ich habe ein Kondom benutzt, wenn du es genau wissen willst. Und in welchem Jahr das war, weiß ich jetzt auch nicht mehr.«

»Ich kenne viele Frauen, die trotz Kondom schwanger wurden. Das sagt überhaupt nichts!«

»Natürlich, aber ich war ja mit Sicherheit nicht der Einzige … Wie alt ist Emmi jetzt genau?«

Susa versuchte sich zusammenzureißen und räusperte sich. »Im Februar ist sie fünf geworden. Das heißt, sie wurde im Sommer vor sechs Jahren gezeugt.«

Bennett schien zu rechnen und schluckte hart. »In diesem Sommer muss es gewesen sein. Scheiße!«

Susas Welt brach wie eine Pyramide aus scheppernden Konserven zusammen. Doch Bennett redete einfach weiter, als hätte er den Krach nicht gehört. »Aber sie hatte danach auch noch zwei andere … kürzere ›Beziehungen‹. Vermutlich nur, um mir weh zu tun.«

Susa starrte ihn an, schnappte nach Luft, verschluckte sich beinahe und spürte, wie ein kleines Fünkchen Hoffnung in ihr aufkeimte. Nach einer schier endlos dauernden Pause erzählte er ihr, dass Betsy ja nur tagsüber in der Klinik in Behandlung war. Abends und nachts hatte sie auf dem Agriturismo gelebt, und Bennett hatte natürlich mitbekommen, dass sie hin und wieder Besuch bekommen hatte.

Mit zitternden Lippen fragte Susa nach: »Und wer? Weißt du, wer sie besucht hat?«

Bennett zierte sich noch ein bisschen und brummelte dann: »Pedro. Und manchmal auch Franco. Natürlich nicht gleichzeitig!«

Susa hatte es geahnt. Betsy lebte lange als Single, denn mit der großen Liebe hatte es nie geklappt. Wieso sollte sie, die doch so eine Sehnsucht nach Liebe, Nähe und Wärme gehabt hatte, sich nicht auf den ein oder anderen Mann einlassen?

Doch mit dieser Info fühlte sich Susa genau da, wo sie schon zuvor feststeckten. Bennett könnte es sein, das hatten sie ja die ganze Zeit schon vermutet, Pedro nun doch auch und sogar Lauras Brummbär Franco.

Pedro hatte ihnen also etwas vorgespielt, indem er behauptet hatte, Betsy nicht zu kennen. Demnach hatte er etwas zu verbergen, war sich bewusst, dass er nicht gerade nett zu Betsy gewesen war. Das machte ihn ziemlich verdächtig, überlegte sich Susa.

Dass Betsy etwas mit Franco gehabt haben sollte, konnte Susa jedoch nicht wirklich glauben. Betsy hatte kräftige Männer mit Bierbäuchen unattraktiv gefunden, doch als Susa das Bennett sagte, lachte dieser nur. Er erzählte ihr, dass Franco vor einigen Jahren noch längst nicht so füllig gewesen war. Franco hatte die letzten beiden Jahre erst so zugelegt, weil seine Eltern aus Deutschland nach Italien zurückgekehrt waren. Seine Mamma bekochte ihren »Jungen« seitdem in ihrer neueröffneten kleinen Osteria ordentlich mit Pasta, und Franco, der gutes Essen liebte, langte ordentlich zu.

Susa lachte erleichtert auf und klammerte sich an dieser wunderbaren Möglichkeit fest, dass es Franco sein könnte, oder eben Pedro. Sie musterte Bennetts markantes Gesicht von der Seite. Wie gut er aussah, wie vertraut er ihr vorkam, obwohl sie ihn kaum kannte. Hatte ihre Liebe jetzt doch eine winzige Chance?

Bennett starrte betroffen in die Ferne, zwirbelte einen kleinen Ast in seinen Fingern. Aus der Ferne klangen die Stimmen der planschenden Kinder zu ihnen herüber sowie Carla, die die Bambini zur Räson rief.

Susa fasste sich ein Herz und fragte ihn möglichst unauffällig nach Franco aus. Ob er Frau und Kinder hatte oder ob er sonst gerade liiert war. Denn das würde vor allem Laura brennend interessieren. Bennett lächelte und verneinte. Es gab da zwar eine »On-Off-Beziehung« mit einer temperamentvollen Italienerin aus seiner Nachbarschaft, aber das war in Bennetts Augen nichts Ernstes. Susa spürte ihre Erleichterung. Für Laura.

Dann endlich, nach schier endlosen Sekunden, begann er stockend über Betsy zu reden. Dass sie ein paarmal hier in Casalappi bei ihm logiert hatte, um in diese Tagesklinik zu gehen. »Sie hat einen hervorragenden Ruf, auch wenn sie von außen inzwischen etwas heruntergekommen wirkt. Die Ärzte und Therapeuten sind phantastisch, und der Aufenthalt hier hat Betsy jedes Mal sehr geholfen«, versicherte Bennett. »Deshalb kam sie auch über mehrere Jahre immer wieder hierher.«

»Mehrere Jahre?«, wiederholte Susa leise. »Adelmo, der Pfleger, meinte, es wären nur etwa zwei Jahre gewesen, in denen Betsy jeweils drei Wochen dort war.«

»Ich glaube, es waren eher vier oder fünf Wochen jeweils, und das über mindestens vier Jahre.«

»Vier Jahre?«

»Adelmo arbeitete damals noch nicht im Borgo. Ich kenne die Klinikleiterin gut, sie kauft immer unser frisches Bio-Gemüse.« Er sah sie eindringlich an. »Susa, die Therapie dort hat Betsy so gutgetan, sie haben viel mit Hypnose gearbeitet. Betsy hatte danach wieder Kraft, für Emmi, für ihren Job. Ich verstehe, dass du enttäuscht bist. Euch hat sie immer gesagt, dass sie für ihren Job irgendwo hinreisen muss. In ein fernes Land, nicht wahr?«

Susa bestätigte zutiefst verletzt. Jedes Jahr flog Betsy mehrere Wochen nach Chile oder Kanada, zumindest hatte sie das die Freundinnen und ihre Familie glauben lassen. Betsy hatte sie alle angelogen. Wie einsam, wie verzweifelt musste sie gewesen sein? Wieso nur glaubten so viele, die an dieser heimtückischen psychischen Störung erkrankten, sich dafür schämen, sie verheimlichen zu müssen? Für eine Erkrankung, die ein jeder in seinem Leben bekommen konnte. Egal, ob Mann oder Frau.

Susa blickte in den Himmel, an dem sich eine ungewöhnliche, weich und wattig aussehende Wolkenformation gebildet hatte. Ein bisschen erinnerte sie diese an ein wolliges Schaf. Wie gerne hätte Susa Betsy jetzt in den Arm genommen und ihr gesagt, dass sie sie nie im Leben verloren hätte. Aber das Leben, die Zeit konnte man nicht zurückdrehen wie eine alte Taschenuhr. Man konnte nur das beeinflussen, was vor einem lag. Und selbst diesen Part nur zu einem gewissen Teil.

Susa und Bennett saßen beide schweigend und in Gedanken versunken auf der Anhöhe und starrten auf die Idylle, die sich vor ihnen erstreckte und völlig in Kontrast zu ihrem derzeitigen, konfusen Leben stand.

»Ich wäre so gerne Emmis Vater«, hörte Susa Bennett neben sich leise sagen. »Das kannst du mir glauben. Sie ist so eine süße Maus, und … ich wünsche mir ein eigenes Kind …«

Susas Herz setzte für eine Sekunde aus und begann dann umso mehr zu rasen. Bennett wünschte sich ein Kind. Susa hatte die letzten Jahre nur Männer kennengelernt, die keine Kinder wollten. Der Karriere wegen oder einfach, weil es ihnen zu stressig erschien. Susa presste ihre Hände fest aneinander, damit er nicht sehen konnte, wie sehr sie zitterten.

Bennett schien ein erstaunliches Gespür für sie zu haben. Er nahm ihre Hand, und Susa ließ ihn kraftlos gewähren. Sie schloss für einen Moment die Augen, versuchte, alle Widrigkeiten auszublenden, die sich ihrer Liebe in den Weg stellen wollten. Nur das Summen der Bienen und die Flügelschläge der Schmetterlinge drangen zu ihr durch. Sie spürte seine raue, aber warme, große Hand in ihrer.

Das Hupen eines Autos riss sie unsanft aus ihrem Glück, das keines sein durfte. Susa öffnete rasch die Augen, erblickte das verdorrte Gras zu ihren Füßen und entzog ihm ruckartig ihre Hand.

Seine Stimme hörte sich gekränkt an. »Was ist nur los mit dir? Wieso bist du dauernd so abweisend zu mir?«

Erst stockend, dann immer aufgebrachter berichtete Susa ihm von Betsys Notiz, die besagte, dass Emmis Vater ein Schuft gewesen sein sollte. »Sosehr ich mich auch zu dir hingezogen fühle, Bennett, ich kann mich nicht auf einen Mann einlassen, der meiner besten Freundin das Herz gebrochen hat. Das bin ich Betsy und ihrer Seele schuldig.« Dass sie die letzten Tage immer mehr daran glaubte, dass Betsys Seele irgendwie noch existierte, musste und wollte sie Bennett nicht verraten.

Seine Miene wirkte schlagartig verletzt. Er knickte den kleinen Ast in seinen Händen wütend entzwei, stand auf und funkelte Susa an. »Wenn du das … wenn du so etwas von mir glaubst und mir überhaupt nicht vertraust, dann hat das mit uns sowieso keinen Sinn. Und ich habe auch noch andere Sorgen, das kannst du mir glauben.«

Mit diesen Worten drehte er sich um und lief den Pfad zum Agriturismo alleine zurück.

Die Bienen hörten auf zu summen. Beängstigende Stille machte sich breit. Susa hörte nur noch ihr Blut in den Ohren rauschen und blieb erschöpft sitzen. Ihre Gedanken schmerzten, ihre Schläfe pochte. Wieso nur musste alles so kompliziert sein? Sie dachte an Betsy. Wie gerne würde Susa jetzt mit ihr darüber reden.

Pablo oder Franco. Franco oder Pablo. Bitte, lieber Gott, wenn es dich gibt, lass es einen von diesen beiden sein, dachte Susa und stand langsam auf.

* * *

»Wieso machst du das?« Thomas, an dessen linkem Auge sich bereits ein dunkelviolettes Veilchen entwickelt hatte, sah Wilma traurig von der Seite an.

»*Ich?* Wieso denn ich?«, brauste Wilma auf. »*Du* kommst mir doch einfach nachgereist und schlägst die Feriengäste zusammen.« Wilma konnte es immer noch nicht fassen. Sie lag neben Thomas auf einer Liege am Pool und versuchte, ruhig zu bleiben, was ihr zunehmend schwerfiel. Langsam ein-, dann wieder ausatmen, versuchte sie sich zu beruhigen.

»Wieso machst du unsere Beziehung kaputt? Unsere ganze Familie?« Thomas' Stimme klang zutiefst getroffen.

Wilma sah ihn wütend an. Diesen Schuh ließ sie sich nicht anziehen! »*Du* lässt dich doch seit Jahren gehen, gibst dir keine Mühe mehr. *Du* siehst mich überhaupt nicht mehr!«

Die anderen Gäste am Pool schauten unwohl auf, einige von ihnen taten so, als hätten sie nichts von diesem unschönen Ehestreit mitbekommen, und starrten weiter auf ihre Handys, Bücher oder E-Book-Reader.

Laura, die bei Emmi am Kinderbecken saß und mit ihr einen Wasserball auf dem Wasser hin- und herrollte, warf Wilma einen beschwichtigenden, mitleidigen Blick zu. Sie nahm Emmi an der Hand und entfernte sich mit ihr vom Pool.

Na wunderbar, dachte Wilma. Da musste sie wohl allein durch. Mischa hatte sich auch verzogen, dieser Feigling.

Thomas erwiderte nichts mehr, die Vorwürfe schienen zu sitzen. Seufzend sprühte Wilma ihre blasse Haut mit Sonnencreme Faktor fünfzig ein. Die Sonnenallergie an den Unterarmen wurde immer stärker.

Leise fragte Thomas schließlich doch noch nach. »Wieso hast du denn nie etwas gesagt?«

Wilma blieb für einen Moment der Mund offen stehen. »Wieso *ich* nie etwas gesagt habe? Ich habe ständig etwas gesagt. Aber du tust ja alles immer nur als typisch weibliche Befindlichkeit ab, nimmst mich nicht ernst, machst dir überhaupt keine Gedanken über uns. Bist du überhaupt bereit dazu, an unserer Beziehung zu arbeiten?«

Thomas schluckte unwohl, rieb sich über seinen Bart und ging in die Offensive. »Natürlich bin ich das. Aber du rennst ständig nur ins Yoga, neuerdings sogar zu diesem Turban-Guru, und denkst nur noch an dich. ›Sat nam‹. Ich, ich, ich. Was meinst du, wie ich diesen Egotrip satthabe!«

»Wie bitte? Das ist kein Egotrip, sondern ich achte nur auf mich und meine Gesundheit, und das solltest du auch mal wieder tun.« Wilma setzte sich störrisch ihre Sonnenbrille auf und legte sich wütend zurück auf die Liege. Unfassbar. Dieser Ignorant! Sie war ein einziges Mal bei diesem Guru, dem Meister ihrer Yoga-Lehrerin, gewesen, und das aus reiner Neugierde. Die Sonne schien jetzt auf ihr rechtes Bein, und sie deckte es sofort mit einem seidenen, bunten Tuch ab, um nichts zu riskieren. Sie hatte bereits zu viel riskiert.

Eine Weile sagte keiner von beiden mehr etwas.

»Das mit diesem Porschebrillen-Typen, ist das was Ernstes?«

Wilma schwieg, und auch Thomas sagte nichts mehr.

Auf einmal überkam Wilma Angst. Was, wenn sie ihm tatsächlich egal war, wenn diese Schlägerei nur im Affekt entstanden war? Ihr Herz verkrampfte sich. Eigentlich wollte sie ihren Mann doch gar nicht verlieren und sehnte sich so sehr nach dem kämpfenden, aufmerksamen Thomas, der er einmal gewesen war.

»Es ist deine Entscheidung.« Thomas starrte missmutig und stur zum Pool.

Sollte es das tatsächlich gewesen sein? Das Ende ihrer so verrückt und leidenschaftlich begonnenen Liebe? Einer Liebe, vom Schicksal bestimmt. Oder hatte das Schicksal nur sieben Jahre für sie vorgesehen? Sieben Jahre und drei Kinder. Oh Gott, die Kinder! Wie würden sie es aufnehmen? Sie hingen doch so sehr an Thomas, sie liebten ihren Papa.

Das Plätschern des Wassers drang leise zu ihr durch. Ein dicker Mann schwamm seine Runden, Gute-Laune-Musik klang aus einem der Appartements. Wilma zupfte das bunte Tuch zurecht und hoffte, dass gerade nur Thomas' verdammter verletzter männlicher Stolz aus ihm gesprochen hatte. Dass er um sie kämpfen würde, sofort. Gleichzeitig spürte sie, wie sich auch ihr Stolz zu Wort meldete. Laut, majestätisch und unaufhaltsam. Der Stolz einer Königin.

Ein Mann, der sie nicht wertschätzte, hatte sie nicht verdient. Punkt.

* * *

Laura saß mit Emmi auf der Terrasse, beide lutschten mit Zucker ummantelte Fruchtbonbons und spielten Mau-Mau. Emmi versuchte, ihre Tante hereinzulegen, doch Laura überführte sie grinsend. »Emmi, du schummelst ja!«

»Na und, du ja auch.« Die beiden grinsten sich an, und ein warmes Gefühl machte sich in Laura breit.

Da kam Susa blass und offensichtlich durcheinander dazu. Laura sah ihr sofort an, dass es wichtige Neuigkeiten gab, doch vor Emmi konnten sie nicht reden.

»Hallo, Susa«, plapperte Emmi freudig. »Spielst du mit? Wir schummeln beide.«

Susa schüttelte lächelnd den Kopf. »Nein, macht ihr nur. Ich bin müde und lege mich ein bisschen hin.« Sie warf Laura einen bittenden Blick zu.

»Wir sind gleich fertig, dann kannst du ja schon mal gucken gehen, was Carla morgen für die Kinder geplant hat, Emmi, ja?« Laura lächelte die Kleine an. Doch diese schüttelte den Kopf. »Nee, ich will weiterspielen.«

So sehr sich Laura auch darüber freute, sie platzte inzwischen fast vor Neugierde. Sie strich Emmi sanft übers Ärmchen. »Die Susa und ich müssen aber jetzt was Wichtiges besprechen.«

»Und was?«

Laura und Susa sahen sich kurz hilflos an. Dann hatte Susa eine Idee: »Vielleicht … eine kleine Überraschung für dich.«

Emmi strahlte. »Echt? Ohh. Bin fertig!« Sie warf ihre Mau-Mau-Karten auf den Tisch und flitzte los, zu Carla. Dabei rannte sie fast Wilma um, die in ihrem Bikini, um den sie das bunte Seidentuch gewickelt hatte, ernst auf das Appartement zukam.

»Und was soll das für eine Überraschung sein? Ich meine, die für Emmi? Wo kriegen wir die jetzt so schnell her?«, wollte Laura wissen. Sie hatte immer noch Angst, dass Emmi sich womöglich doch wieder von ihr abwandte.

»Keine Ahnung. Ein neues Wasserspielzeug oder so, da fällt uns schon was ein. Wilma, gut, dass du kommst.«

»Wenigstens irgendjemand, der sich über meine Anwesenheit freut.« Wilma setzte sich traurig zu den Freundinnen.

»Mit Thomas läuft's also nicht so gut?«, wollte Susa vorsichtig wissen.

»›Nicht so gut‹ ist untertrieben. Aber lasst uns später darüber sprechen. Erzähl du lieber, ob du endlich etwas aus Bennett herausbekommen hast.«

Laura rückte ihren Stuhl lautstark zurecht, wie Wilma brannte sie darauf, mehr zu erfahren. Susa begann aufgeregt von ihrem Gespräch mit Bennett auf den Hügeln des Agriturismo zu erzählen. Dass Betsy sie alle angelogen hatte, um sie nicht zu verlieren, und sie sich im Grunde ihres Herzens furchtbar einsam gefühlt hatte. Sie berichtete von Betsys zahlreichen, wochenlangen Klinikaufenthalten und dass sie alle nichts gemerkt hatten. Wilma konnte es nicht glauben, und Laura starrte schuldbewusst vor sich hin. Es war also noch schlimmer, als Adelmo gesagt hatte. Wieso musste ihre kleine Schwester nur immer allen diese absurde heile Welt vorspielen? Wieso konnte sie sich den Freundinnen nicht öffnen?

Eine Grille zirpte, und ein paar andere fielen in deren Konzert mit ein. Wie harmonisch, wie schön diese Geräusche klangen, wie Musik in ihren schmerzenden Ohren.

Laura wurde wieder erschreckend bewusst, wie wenig sie ihre Schwester die letzten Jahre gekannt hatte. Es tat ihr in der Seele weh, wenn sie daran dachte, was Betsy ganz allein hatte durchmachen müssen. Laura verstand Betsys Todessehnsucht jetzt ein kleines bisschen besser, da die Erkrankung offenbar schon so viele Jahre an ihr gezehrt und sie zermartert hatte.

Aber wieso nur hatte Betsy sich nicht auch ihre Hilfe geholt? Nicht nur die fremder Therapeuten? Vielleicht hätten sie mit ihrer gesammelten Kraft Betsys tragischen Tod verhindern können. Das Bonbon in Lauras Mund schmeckte plötzlich herb und gallig.

Gleichzeitig jedoch schwanden Lauras Schuldgefühle, die die letzten Monate so sehr geschmerzt hatten. Wenigstens ein kleines bisschen, denn offensichtlich wollte Betsy diese Entscheidung ganz bewusst allein treffen. Letztendlich lag es nicht daran, dass sie zu wenig Aufmerksamkeit bekommen hatte, nein. Sie wollte es den Freundinnen nicht sagen. Und jeder Mensch hatte doch das Recht, sein Leben selbst zu bestimmen.

Susas Worte drangen dumpf in Lauras wirre Gedanken. Sie beendete gerade ihren Bericht mit der Neuigkeit, dass laut Bennett sowohl Pedro als auch Franco als Emmis Vater in Frage kämen, und auch, warum.

Getroffen schreckte Laura auf. Was? Franco auch?

Laura fröstelte, und das bei fünfundzwanzig Grad. Die Kälte kroch ihr in den Nacken wie eine Blindschleiche. Die Sonne ging bereits unter, färbte sich von einem satten Gelb in ein helles Orange, hinüber in ein Orangerot, um dann in einem feuerroten Ball am Horizont im Meer zu versinken. Doch heute hatten die Frauen keinerlei Sinn dafür.

Laura zupfte an einer ihrer Haarsträhnen herum und versuchte sich Franco als schlanken Mann vorzustellen. Es gelang ihr nicht. Aber sie bemerkte, dass sich ihr Magen, jetzt, wo sie an ihn dachte, krampfartig zusammenzog, und das ausnahmsweise nicht vor Hunger. Auch, wenn sie ihre Gefühle zu verdrängen versuchte, sie hatte sich in Franco so richtig verliebt. Das, was sie eigentlich vermeiden wollte. Was nur, wenn er es war, nach dem sie suchten?

Dann musste sie ihn vergessen, dachte Laura bitter. Sie steckte sich eines der Zuckerbonbons in den Mund und dachte wehmütig an Jack. Endlich hatte sie ihn überwunden, nur um eine unglückliche Liebe gegen eine andere auszutauschen.

Wilma schob ihre *Dolce & Gabbana*-Sonnenbrille, die ihr immer wieder vom Haar zu rutschen drohte, energisch zurück. Sie regte sich maßlos über Pedro auf, der sie auf ihrer Trekkingtour so eiskalt angelogen hatte. Die Freundinnen stellten aufgebracht fest, dass ihn das und vor allem auch die Tatsache, dass er nicht einmal mit der Wimper gezuckt hatte, als er von Betsys Tod erfahren hatte, zu ihrem Hauptverdächtigen machte. Warum sonst hätte er Wilma so dermaßen ins Gesicht lügen sollen?

»Dieser Mistkerl«, entfuhr es Laura. Sie meinte damit nicht nur Pedro, sondern vor allem auch Franco. Warum war hier eigentlich niemand ehrlich?

Susa versuchte, Laura zu beruhigen. »Jetzt warte doch erst einmal ab. Dein Franco ist so ein Knuddelbär, der kann bestimmt keiner Fliege etwas zuleide tun.«

»Er ist nicht ›mein‹ Franco, solange es da eine On-Off-Donna gibt.« Laura seufzte auf. »Es hat sich einfach mal wieder bewahrheitet: Traue keinem Mann über dreißig.«

»Ach, Laura, es gibt sie, die große Liebe, auch für dich. Denk an Betsys Worte.« Doch selbst Susa schien ihnen nicht mehr zu trauen. »Was machen wir denn jetzt? Einen Vaterschaftstest? Heimlich, weil wir dem Vater ja erst mal nicht von unserem Verdacht erzählen wollten? Uns rennt die Zeit davon! Wir haben nur noch zwei Nächte.«

Wilma bedauerte. »Selbst bei einem Schnelltest würde es mindestens drei bis vier Tage dauern, bis das Ergebnis da wäre. Das habe ich gegoogelt. Und bis dahin sind wir schon wieder in Berlin und könnten den Vater nicht vor Ort zur

Rede stellen. Sofern wir das dann wollten. Und bald wieder einen Flug in die Toskana können wir uns alle nicht leisten.«

»Also, wenn es Pedro ist, würde ich es ihm wirklich lieber nicht sagen wollen, dass er eine Tochter hat«, wandte Laura angespannt ein. »Er ist ein armer Schlucker und würde Emmi vielleicht für immer nach Italien holen.« Nervös nahm sich Laura noch ein Zuckerbonbon. Hoffentlich war es nicht Franco. Bitte nicht.

Wilma bestätigte. »Laura hat recht. Pedro hat mir von seinem kleinen Neffen vorgeschwärmt. Er liebt Kinder, er wird für das Sorgerecht kämpfen.«

Susa seufzte. »Und wie kriegen wir es dann heraus, wenn nicht mit einem Vaterschaftstest? Aus der Nase ziehen lassen sich die Herren ja nichts.« Sie schnaubte. »Ich halte diese Ungewissheit nicht mehr aus!«

Die Anspannung der Freundinnen war förmlich mit den Händen zu greifen. Laura dachte fieberhaft nach, holte eine Tafel Toffee-Schokolade von drinnen, kam wieder heraus, brach sich eine Rippe ab und legte den Rest für alle auf den Tisch.

Susa nahm sich ein Stück, biss ab, und ein vertrauter, beruhigender Geschmack nach Karamell brachte ihr frische Energie. Entschlossen setzte sie sich auf: »Wir gehen morgen früh zu Pedro auf seine Ranch und stellen ihn zur Rede. Wir alle drei, mit geballter Kraft. Wenn wir ihm auf den Kopf zusagen, dass er eine Affäre mit Betsy hatte, wird er einknicken und hoffentlich endlich mit uns sprechen. Dann können wir für uns anhand des Zeugungstermins, je nachdem, wann er etwas mit ihr hatte, ableiten, ob er es war oder nicht. Ob wir ihm dann sagen, dass Emmi von ihm ist, überlegen wir dann spontan. Kommt darauf an, wie er sich morgen verhält.«

Laura fand den Plan gut, obwohl ihnen ohnehin nichts anderes übrigblieb. Sie hoffte so sehr, auch für Susa, dass sich

Pedro als Erzeuger herausstellen würde. Selbst wenn sie dann finanziell keine Unterstützung hätten. Sie würde ihm einfach nichts von Emmi sagen, aber sie mussten Gewissheit haben. Entschlossen verkündete sie: »Und wenn er nichts zugibt, können wir immer noch Speichelproben oder Haare für einen Vaterschaftstest einschicken. Zur Not auch noch kurz bevor wir wieder nach Hause fliegen. Ich muss wissen, ob es Franco war, der Betsy so verletzt hat.«

»Oder Bennett«, fügte Susa traurig an.

Alle willigten ein.

Die Situation blieb verzwickt, denn die Zeit bis zur ihrem Abflug rannte ihnen davon.

Kapitel 12

Die Uhr zeigte bereits kurz vor Mitternacht, doch Susa brauchte dringend frische Luft. Wilma und Laura machten sich fertig, ins Bett zu gehen, Emmi schlief schon lange tief und fest. An Schlaf war für Susa nicht zu denken, also beschloss sie, allein loszuziehen.

Ihr abendlicher Spaziergang durch das Agriturismo führte sie an den Appartements der anderen Feriengäste vorbei. Dort saßen noch einige bei Kerzenschein auf ihren Terrassen und unterhielten sich leise.

Ein Käuzchen rief, es war stockdunkel, als Susa weiter über das Grundstück lief. Da sah sie ein paar kleine, leuchtende Punkte. Glühwürmchen! Tanzend schienen sie ihr den Weg zu leuchten. Fasziniert betrachtete sie dieses Wunder der Natur und dachte an die Ereignisse des Tages. Plötzlich stand sie vor Bennetts Büro, das sie wohl unbewusst angesteuert hatte. Beim gemeinschaftlichen Abendessen auf der Veranda hatte Bennett gefehlt.

Erstaunt stellte Susa fest, dass in seinem Büro noch immer Licht brannte. Was machte er um diese Zeit denn noch?

Neugierig ging Susa zu dem kleinen Steinbau und schaute heimlich durchs Fenster. Bennett hatte in seinem Büro ein ziemliches Papierchaos veranstaltet und schien auf dem Boden sitzend irgendetwas zu suchen. Sein weißes T-Shirt betonte seinen gut gebauten Oberkörper, und endlich konnte Susa Bennett in Ruhe betrachten, ohne dass er es mitbekam.

Sein Gesicht sah angespannt aus, trotzdem wirkten seine Gesichtszüge freundlich. Seine blonden Haare standen noch zerstrubbelter ab als sonst, er schien angestrengt zu überlegen. Das sanfte Kribbeln in Susas Bauch setzte bei seinem Anblick sofort wieder ein. Noch immer war die Hitze des Tages zu spüren, und Susa versuchte sich mit einer Hand Luft zuzufächern. Bevor sie darüber nachdenken konnte, ob Bennett sie dadurch möglicherweise sehen konnte, war es bereits zu spät. Er hatte sie entdeckt und kam im nächsten Moment schon aus seinem Büro geschossen, bevor sie fliehen konnte.

»Was machst du da?« Seine Stimme klang gestresst.

Sie starrte ihn an, ihre Wangen glühten. »Ich … wollte nur einen kleinen Abendspaziergang machen, weil ich nicht schlafen kann. Und da habe ich diese wunderhübschen Glühwürmchen gesehen und das Licht.« Sie merkte selbst, dass es etwas seltsam wirken musste, wie sie hier wie eine Stalkerin am Fenster stand.

»Die tanzen hier um diese Jahreszeit immer für mich.« Bennett deutete auf die leuchtenden, grüngelben Punkte, und Susa musste unwillkürlich lächeln.

»Dein Büro sieht ganz schön chaotisch aus. Soll ich … Ich meine, ich könnte dir ja aufräumen helfen?« Susa merkte selbst, wie merkwürdig sie klang, doch sie sehnte sich so nach seiner Nähe.

Er zögerte einen kurzen Moment und nickte dann stumm, vielleicht ging es ihm ja ähnlich. So stürzten sie sich gemeinsam auf Quittungen und Steuerbescheinigungen, und Susa wurde schnell klar, dass Bennett seine Buchhaltung die letzten Jahre ziemlich hatte schleifenlassen. Das mussten die »Sorgen« sein, von denen er vorhin gesprochen hatte.

Das Agriturismo, sein Traum, schien rote Zahlen zu schreiben.

Zusammen wühlten sie sich durch die Belege, und Bennett saß dabei so dicht neben ihr, dass sie seinen Atem spüren und ihn riechen konnte. Sie wurde fast verrückt.

Drei Stunden, fünf Aktenordner und vier Schuhkartons voller zerknitterter Belege und Rechnungen später – es war mittlerweile kurz nach drei – wusste Susa, dass Bennett das Agriturismo von seinem Onkel mit hohen Schulden übernommen hatte und die Bank bis Monatsende die Zahlung einer Rate in Höhe von fünftausend Euro forderte. Wenn Bennett diese Summe nicht zusammenbekam und da sie ihm keiner seiner Freunde leihen konnte, stünde das Agriturismo vor dem Aus. Bennett würde das Castel, die ganze wunderschöne Anlage, die sich schon so lange in Familienbesitz befand, verkaufen müssen. Susa sah ihm an, dass er dies schon länger befürchtete, bisher aber immer wieder gut verdrängt hatte.

»Es tut mir so leid«, flüsterte sie, doch Bennett starrte nur stumm ins Leere.

»Lass mich jetzt bitte allein.«

Susa verstand, erhob sich und schlich nachdenklich den schmalen Steinweg zu ihrem Appartement zurück. Der Geruch des Lavendels erinnerte sie plötzlich stark an die Duftkissen ihrer geliebten Oma, die diese immer in ihrem Kleiderschrank zwischen ihren Wollpullis versteckt hatte. Ihre Oma hätte Rat gewusst. Aber auch sie lebte nicht mehr.

Wie konnte Susa Bennett bloß helfen? Das Geld musste man doch irgendwie zusammenbekommen. Bis zur nächsten Rate hätte er dann ausreichend Zeit, könnte beispielsweise die Zimmerpreise ein wenig anheben. Diese Anlage hier war so traumhaft schön, es durfte einfach nicht sein, dass er dies alles verkaufen musste.

Der Mond schien und erleuchtete die Anlage in fast unwirklichem Licht. Susa blieb stehen, betrachtete Bennetts zerplatzten Lebenstraum im Dunkeln und litt mit ihm. Es musste doch irgendeine Lösung geben! Einen zusätzlichen Kredit würde er angesichts seiner Schulden von keiner Bank mehr bekommen. Das Käuzchen rief erneut, und Susa merkte, wie zerschlagen sie sich fühlte.

Gerade als sie am Ziegenstall vorbeilief, hörte sie Wilmas Stimme und ihr neckisches Lachen, das sie die letzten Tage so oft gehört hatte. Schemenhaft machte Susa ein Pärchen aus, das durch die Nacht spazierte, und sie erkannte Wilma und … Mischa! Erschrocken dachte sie einen Moment darüber nach, die beiden zu stören, Wilma wachzurütteln und zu Thomas zu schicken, doch sie wusste, dass dies bei Wilma nur das Gegenteil bewirken würde. Susa atmete tief durch und beschloss, sich diesmal nicht einzumischen. Stattdessen würde sie Thomas morgen früh noch einmal eindringlich klarmachen, dass er mit aller Kraft um Wilma kämpfen und ausgefallenere Geschütze auffahren musste.

Bitte, Wilma, tue nichts, was du morgen bereuen wirst, flüsterte sie in die Nacht.

* * *

Wilma hörte ein Knacken im Dunkeln und schreckte zusammen. Sie hatte schon als Kind furchtbare Angst bei Nachtwanderungen gehabt, aber Mischas Angebot, mit ihr einen kleinen Spaziergang unter dem Sternenhimmel zu unternehmen, konnte sie vorhin dennoch nicht widerstehen. Was war schon dabei, es musste ja nichts passieren, beruhigte sie ihr schlechtes Gewissen gegenüber Thomas.

»Das war bestimmt ein Kobold«, neckte er sie. »Die gibt es in dieser Gegend in Norditalien häufig. Sie sind unberechenbar … und gefährlich.« Er stupste sie an.

»Ach ja?«, amüsierte sie sich.

»Jetzt lachst du noch.« Er machte eine schaurige Stimme. »Aber die holen sich immer die schönsten Frauen.«

»Alter Charmeur.« Wilma genoss es, mit Mischa zusammen zu sein und mit ihm zu lachen. Wann hatte sie zuletzt mit Thomas so viel Spaß gehabt?, fragte sie sich. Trotzdem war sie heute doch ein wenig geschmeichelt von seiner Schlägerei mit Mischa. Vielleicht gab es ja doch noch Hoffnung für sie beide?

Sie spürte plötzlich Mischas Hand, die die ihre fest umschloss. Es fühlte sich gut an und erstaunlich sicher. Seit ihrem Kuss in Lucca hatten sie sich nicht mehr berührt. Kein Wunder, nach der Schlägerei mit Thomas. Wilma horchte in sich hinein und fühlte die aufkommende Energie zwischen ihnen, fühlte sich stark.

Verträumt blickte sie in den Sternenhimmel. Was hatte das Universum nur mit ihr vor? Mischa sah ebenfalls nach oben, dabei schmerzte ihn offensichtlich sein Genick.

»Autsch. Mein Nacken. Dein Mann scheint ja ein ziemliches Arschloch zu sein.«

Die schöne Stimmung war mit einem Mal dahin.

»Du hast dich ja heute auch nicht gerade mit Ruhm bekleckert«, entfuhr es Wilma wütend. Sie merkte, dass sie Thomas unwillkürlich verteidigte. Denn wenn sich jemand vermutlich falsch verhielt, dann war es wohl sie. So außer sich hatte sie Thomas noch nie erlebt.

»Na gut, ich nehme das ›Arschloch‹ zurück. Du hättest ihn dir kaum ausgesucht, wenn er ein kompletter Idiot wäre.«

»Allerdings.«

»Aber was ich heute so gesehen habe, als ich euch am Pool beobachtet habe …«

»Du hast uns heimlich beobachtet?«

»Natürlich.« Er grinste.

»Und was meinst du, gesehen zu haben?«

»Dass *du* dich in eurer Beziehung weiterentwickelt hast und er nicht.«

Wilma schluckte. Er traf die Sache auf den Punkt. Konnte man das selbst als Fremder erkennen? Mischa schien tiefgründiger zu sein, als sie gedacht hatte.

»Du weißt zwar momentan nicht, was du willst. Aber lass dir eines gesagt sein: Sobald der erste Zweifel da ist, war's das. Ich weiß das aus eigener Erfahrung. Ist nur eine Frage der Zeit.«

Wilmas Magen rebellierte.

Er sah sie schweigend und intensiv an und zog sie plötzlich so zu sich, dass sich ihre Körper ein wenig berührten. Er roch gut.

Charmant lächelte er sie an. »Du bist eine ganz besondere Frau, weißt du das?«

Wilma grinste. »Na, wenn du das sagst.«

Mischa schien ihre Störrigkeit zu gefallen. Er lächelte, doch dann wurde seine Miene ernst. »Anfangs habe ich gedacht, das wird ein netter kleiner Urlaubsflirt, mehr nicht. Aber ich habe langsam das Gefühl, dass es irgendwie mehr werden könnte.«

»Irgendwie?«

»Lass es uns doch einfach herausfinden.« Seine braunen Augen zogen sie in seinen Bann. »Ich wollte dir doch mein Appartement zeigen, erinnerst du dich? Eine Flasche toskanischen Chianti habe ich auch noch.«

Sie lächelte. Doch tief in ihr wüteten zwei Kräfte, die ihr Herz beinahe in Stücke rissen.

* * *

Am nächsten Morgen wachte Susa auf, und ihr erster Blick fiel sofort auf Wilmas Bettseite. Oh nein, ihr Bett war leer! Wilmas Kissen und die Decke sahen zwar benutzt aus, aber sie war ja auch erst spät zu ihrem Nachtspaziergang mit Mischa aufgebrochen und zuvor schon im Bett gelegen.

Bitte nicht, durchfuhr es Susa. Wilma hatte die Nacht also bei Mischa verbracht. Damit standen Thomas' Karten äußerst schlecht, damit schien Wilmas Beziehung beendet.

Susa rieb sich schuldbewusst über die Augen. Wieso hatte sie die beiden gestern Nacht nicht doch noch gestört! Sie hätte es verhindern können, aber nichts getan. Wie gelähmt stand Susa auf, schlüpfte in ihre gelben Flipflops und schlurfte ins Wohnzimmer.

Dort saß sie. Wilma. In ihrem seidenen Nachthemd mit einer Tasse köstlich duftendem Espresso in der Hand. Susa fielen tonnenweise Steine von der Brust, erleichtert wünschte sie Wilma einen guten Morgen. Wilma sah so unschuldig und doch so verwegen aus, vielleicht hatte sie ja doch mit Mischa geschlafen? Bevor Susa sie fragen konnte, hörte sie Lauras und Emmis Stimmen von der Terrasse.

Emmi schrie von draußen: »Susa, komm mal schnell.«

»Wir reden später, okay?« Susa strich sanft über Wilmas Schulter.

Wilma nickte kaum merklich.

Seufzend trat Susa in ihrem Schlaf-T-Shirt auf die Terrasse. Die Sonne blendete sie, sie hielt ihre Hand als Schirm über die Augen. Laura und Emmi saßen hellwach und angezogen am Tisch in der Morgensonne, und Laura presste Emmi gerade einen frischen Orangensaft, den Emmi so liebte. Die sonnengereiften Orangen aus Bennetts Garten schmeckten auch wirklich köstlich, der spritzige Duft umwehte Susas Nase. Hier in Italien schien die Sonne morgens bereits so hell und warm, dass einem die Sorgen der Nacht geradezu surreal vorkamen.

Der Anblick der reifen, duftenden Orangen und des allgemein so liebevoll gestalteten Agriturismo erinnerte Susa an die gestrige Nacht. Bennett hatte ihr erzählt, dass das Grundstück, als er es von seinem Onkel übernommen hatte, bei weitem nicht so ausgesehen hatte wie heute. Er hatte all seine Kraft, all seinen Enthusiasmus in dieses Anwesen gesteckt und müsste woanders womöglich wieder ganz bei null anfangen.

»Susa, backst du mir heute deine rosa Cupcakes mit den weißen Sternchen?«, bettelte Emmi süß und trank den Saft. »Die sind sooo lecker. Und die Maria kennt keine Cupcakes, hat Carla gestern gesagt.«

»Maria kennt die nicht?«, lächelte Susa die kleine Maus an. »Na, das ist ja ein Ding.«

Emmi trug ein gelbes, sommerliches Kleidchen, das ihr bis zu den Knien ging. Sie sprang auf und buddelte in einem Blumentopf in der Ecke der Terrasse herum.

»Wo warst du denn so lange gestern Nacht?«, wollte Laura leise wissen, und Susa berichtete ihr rasch, wie es um Bennett und das Agriturismo stand. Laura hörte verwundert zu und bedauerte leise und mit ein wenig Ironie, dass Bennett, falls er doch der Vater wäre, dann ja leider doch keine so gute Partie war.

»Er ist es nicht«, zischte Susa ihr genervt zu.

»Ist ja gut«, seufzte Laura. »Franco aber hoffentlich auch nicht.«

Susa nickte verständnisvoll und wandte sich wieder an Emmi. »Süße, was machst du denn da? Ist das ein Regenwurm?« Emmi betrachtete den Wurm fasziniert, zog ihn mit ihren kleinen Fingern aus der Erde und ließ ihn baumeln. Sie grinste. »Bennett hat als Kind immer Regenwürmer gegessen«, kicherte sie. »Ich frag mal, ob er Hunger hat.«

Emmi sprang auf und rannte los.

Laura kommentierte amüsiert: »Sie findet Bennett jetzt ganz toll. Gestern hat er sie wohl noch mal auf diesem struppigen Esel reiten lassen.«

Susa atmete durch und dachte an Bennetts Geständnis, wie sehr er sich ein Kind wünschte. Doch zuerst musste er das Agriturismo, seinen Traum, irgendwie retten.

Im selben Moment schossen ihr Emmis Worte von eben in den Sinn. »Die Maria kennt gar keine Cupcakes.« Susa spürte plötzlich Adrenalin in ihren Adern. Was, wenn sie an ihrem letzten Abend ein spontanes Sommerfest organisieren würden, mit bunten Cupcakes, um damit Spendengelder für das Agriturismo zu sammeln? Vielleicht könnte man den Bürgermeister von Casalappi einladen, dem doch sicher daran gelegen war, die Touristen weiter hier zu halten?

Susa strahlte aufgeregt, erzählte ihre Idee sofort Laura und auch Wilma, die jetzt müde und gähnend in ihrem seidenen Nachthemd auf der Terrasse erschien. Susa sprudelte nur so über und schilderte Bennetts desaströse Lage. Wilma, ganz kluge Geschäftsfrau, fand die Idee gar nicht so schlecht. »Wenn der Bürgermeister ein Süßer ist, also auf süße, bunte Kuchen steht, könnte es klappen. Er hat zumindest am meisten Geld zur Verfügung.« Sie sah in sich gekehrt vor sich hin. Vermutlich dachte sie an ihre Nacht mit Mischa, an Thomas und die Kinder, daran, was sie bereits verloren hatte. Aber Susa konnte sie jetzt nicht darauf ansprechen, zumal Wilma über ihre Gefühle ja ohnehin nicht so gerne sprach. Wilma musste sich von allein öffnen, das hatte Susa gelernt.

Susas Gedanken kreisten sofort wieder um Bennett und ob sie ihm mit dieser Idee wirklich helfen konnte.

»Das Problem ist, Bennett hat diesen verfluchten Stolz.«

»Haben den nicht alle Männer?« Wilma fuhr sich übers Gesicht.

»Du hast recht.« Entschlossen stand Susa auf, ging zurück ins Appartement, zog sich in ihrem Schlafzimmer schnell ein grünes Strandkleid an, schminkte sich notdürftig und lief zum Restaurant, in der Hoffnung, Maria alleine anzutreffen. Wilma und Laura brauchten noch etwas, um sich anzuziehen, sie wollten sich gleich zum Frühstücken auf der Veranda des Restaurants treffen und danach direkt zu Pedro fahren.

Susa blieb also nicht viel Zeit, Maria davon zu überzeugen, in ihrem Heiligtum, ihrer Küche, backen zu dürfen. Sie wollte Bennett ihre fertigen, köstlichen Cupcakes unter die Nase halten, um ihn so mit deren hübschem Aussehen und ihrem herrlichen Geruch zu überzeugen, bevor sie ihm ihren Vorschlag mit dem Sommerfest unterbreitete. Betsy hatte sie auch so gemocht und war fasziniert gewesen von all den bunten Farben, Herzchen und Sternchen. Vielleicht konnte Susa Bennett dadurch überreden?

Glücklicherweise waren die anderen Feriengäste mit dem Frühstück bereits fertig, und Carla schien nicht da zu sein. Nervös ging Susa ins Restaurant, weiter den Gang entlang zur Küche. Vorsichtig lugte sie durch die Tür und sah, dass Maria gerade Pastateig mit ihren Händen knetete. Sie bereitete offenbar die Tortellini für heute Mittag vor. Dabei summte sie leise ein Liedchen und bemerkte Susa nicht.

Susa räusperte sich und lächelte Maria an, die Susa mit ihrem runden, freundlichen Gesicht erwartungsvoll ansah. Carla musste ihre große Nase von ihrem Vater geerbt haben, denn Marias Nase war klein und schön. Es roch nach Oregano und frischen Tomaten, nach Zitronen und Orangen. Maria trug wie immer ein schwarzes Kleid, vermutlich war in ihrer Familie kürzlich jemand verstorben, dachte Susa und war froh, dass dies bei ihnen nicht zur Tradition gehörte.

»Come stai?«, fragte Maria, da Susa noch immer nichts gesagt hatte. Susa lächelte sie einfach an und zuckte hilflos die Schultern, denn sie wusste nicht, wo und wie sie beginnen sollte. Wieso nur hatte sie in ihrem Italienischkurs vor gefühlten hundert Jahren so wenig aufgepasst, wieso nur hatte sie in ihren Urlauben immer Betsy reden lassen? Warum hatte sie ihr Leben bisher so wenig selbst in die Hand genommen?

Susa sammelte ihre letzten Brocken Italienisch zusammen und versuchte Maria aufzuzeigen, dass sie Bennett helfen wollte. Dass die Gefahr bestand, dass er bald das Agriturismo verkaufen musste.

»Kein Geld mehr«, versuchte Susa ihr mit Gesten klarzumachen. Verzweifelt warf sie immer wieder deutsche und englische Brocken dazwischen, in der Hoffnung, dass Maria sie verstand. Diese hatte sie erst sehr erschrocken angesehen, und als Susa ihr dann sagte, dass sie in ihrer Küche für Bennett Cupcakes, kleine bunte Kuchen mit Zuckerguss und Sternchen und Herzchen darauf, backen wollte, damit dieser eine wichtige Rate der Bank zurückzahlen konnte, strahlte Maria über das ganze Gesicht.

Befremdet sah Susa sie an. War ihr Italienisch in diesen paar Tagen schlagartig so gut geworden? Nein, natürlich nicht. Es stellte sich heraus, dass Maria doch besser Deutsch und Englisch sprach, als sie bisher zugegeben hatte. Sie hatte einfach keine Lust, sich ständig mit den Problemchen der Touristen zu beschäftigen.

Schlaue Frau, dachte Susa amüsiert, und gemeinsam begannen sie, Mehl, Eier, Zucker, Butter, Quark, Himbeeren und

Sahne bereitzustellen und den Teig für die ersten Cupcakes zuzubereiten.

Die Frauen arbeiteten Hand in Hand. Maria setzte Susa nebenbei einen italienischen Kaffee auf und freute sich sehr, neue Törtchen-Rezepte kennenzulernen. Dabei erzählte sie ihr in einem wilden Kauderwelsch, dass schon ihre Mutter hier im Restaurant des Castels gearbeitet und dass sie selbst als kleines Mädchen in den umliegenden Gärten gespielt hatte. Ein paar der Zitronenbäume waren so alt wie sie. Sie hing sehr an dem ganzen Anwesen, das konnte Susa deutlich spüren.

Maria schwärmte von Bennett, der das Ganze damals vor dem Notverkauf gerettet hatte. Sein Onkel mochte keine Touristen und vergraulte sie mit seiner mürrischen Art. Erst durch Bennetts sonniges Wesen war es wieder aufwärtsgegangen.

Gerade als sie den Teig mangels Cupcake-Förmchen in Eierbecher füllten, kam Bennett mit angestrengter Miene herein und war sichtlich irritiert, Susa hier zu sehen. Er informierte sie kühl darüber, dass Emmi mit Carla und den anderen Kindern bei den Zitronen- und Orangenbäumen war, und bestellte an Maria gewandt »due cappuccini« für Laura und Wilma, die beim späten Frühstück saßen.

Während Maria rasch die teuer aussehende, chromglänzende Kaffeemaschine betätigte, musterte Bennett Susa. »Was machst du hier?« Er deutete auf den Teig an ihren Händen, die Himbeeren und die anderen Zutaten. Mit seinem alten Sonnenhut, ganz ähnlich dem, den er damals in Florenz getragen hatte, sah er umwerfend aus. Seine Haut schimmerte in sommerlich-goldenem Braun.

Susa straffte ihre Schultern und antwortete selbstbewusst: »Ich zeige Maria ein köstliches Rezept.«

Bennetts grünblaue Augen blitzten kurz auf, dann drehte er sich auf dem Absatz um und ging. Susas Magen verkrampfte sich. Die kleinen Teigklumpen an ihren Fingern bröselten zu Boden und blieben auf den Terrakottafliesen liegen.

Maria brachte den Kaffee hinaus und kam kurz darauf wieder zurück, doch Susa stand immer noch genau so da wie gerade eben. Maria sah sie an und flüsterte in gebrochenem Deutsch: »Bennett nur hat eine Frau so angesehen wie dich.«

Susas Herz begann schnell zu schlagen. »Betsy, richtig?«

Maria wurde traurig und still, nickte bedrückt. »Betsy. Kluge, schöne Betsy.«

Überwältigt von dieser Info kämpfte Susa mit den Tränen. Ungeachtet Susas teigverschmierter Hände nahmen sich die beiden Frauen fest in den Arm, und Susa fühlte sich glücklich, geborgen und traurig zugleich. Maria löste sich als Erste wieder, und Susa spürte, dass diese Frau noch etwas auf dem Herzen zu haben schien.

Vorsichtig fragte Susa nach: »Wissen Sie vielleicht, warum Betsy damals so plötzlich Schluss gemacht hat mit Bennett?« Susa erklärte Maria, dass sie das unbedingt wissen mussten, weil sie den Vater der kleinen Emmi suchten.

Maria verstand und warf erschrocken ihre Hände in die Luft. »Perdinci!« Sie rang sichtlich mit sich, musste sich am Küchenbuffet abstützen.

Während Susa ihre Hände an dem alten Keramikbecken abwusch, beobachtete sie Maria und bat sie schließlich, sich mit ihr an den kleinen grünlackierten Küchentisch zu setzen. »Ich spüre doch, dass Sie etwas bedrückt, Maria.«

Maria nickte schwer und setzte sich. Ein kleines Wildblumensträußchen stand auf dem Tisch, und Maria strich gedankenverloren über eine gelbe Blüte. Nach einem langen Moment des Schweigens brach es nach und nach aus ihr heraus.

Susa erfuhr, dass Maria damals selbstverständlich mitbekommen hatte, dass sich Bennett und Betsy ineinander verliebt hatten. Aber auch, dass ihre Tochter Carla, die auf alle Frauen, die Bennett zu nahe kamen, rasend eifersüchtig war, sehr darunter litt. Maria stockte, knetete ihre Finger, drehte an ihrem goldenen Ehering, der sich schon tief in ihre Haut eingegraben hatte, und erzählte weiter.

Entsetzt erfuhr Susa, dass Carla Betsy damals von Bennetts Mailaccount eine Nachricht geschrieben hatte, in der stand, dass Bennett die Nacht mit ihr zwar schön fand, aber keine Beziehung mit Betsy wollte. Dass er seine Freiheit brauchte und gerne mit ihr befreundet bleiben wollte. Betsy hatte sich daraufhin natürlich sofort von Bennett zurückgezogen und ihn ab diesem Zeitpunkt nur noch als guten Freund gesehen. Susa starrte fassungslos ins Leere.

Maria beklagte sich sehr über diese Intrige ihrer Tochter, versuchte sie mit ihrer Liebe für Bennett, ihrer Liebe, die sie blind und hart hatte werden lassen, zu entschuldigen. Bennett wollte nie mit Carla zusammen sein, und das hatte die hübsche Carla, die sonst alle Männer um den Finger wickeln konnte, nie verwunden.

Die arme Betsy, dachte Susa erschüttert. Vielleicht wäre sie mit Bennett glücklich geworden, wenn Carla, dieses Miststück, damals nicht dazwischengefunkt hätte.

Maria blickte Susa betroffen an. »Ich noch was haben.« Sie zögerte einen Moment, stand dann auf und holte aus einer grünen Keramikdose einen zusammengerollten Packen DIN-A4-Seiten, den sie Susa gab. Das Papier fühlte sich kühl und glatt an und wurde von einem roten Geschenkband in einer lockeren Schleife zusammengehalten. Susa wagte es zunächst nicht, die Schleife zu öffnen, und überlegte fieberhaft, was darin stehen könnte.

Zittrig erzählte Maria weiter, dass sie diese ausgedruckten E-Mails vor ungefähr einem Jahr zufällig in Carlas Zimmer beim Saubermachen gefunden hatte. Carla, die die Mails des Agriturismo verwaltete, hatte, wie sie ihrer Mutter nach dem Fund beichtete, schon länger Betsys Mails von Bennetts Privataccount in seinem Namen beantwortet. Schließlich hatte Carla Betsy vor zwei Jahren auf diese Art klargemacht, dass sie hier in Casalappi nicht mehr erwünscht war, da Bennett nun mit Carla verlobt war.

Susas Atmung setzte aus. Wie bitte? Das hatte Carla einfach behauptet? Dieses intrigante Miststück! Deshalb ging es Betsy also immer schlechter. Vor allem auch, weil sie dadurch die letzten beiden Jahre nicht mehr in dieser Klinik in Casalappi war, die ihr immer so gutgetan hatte. Wer weiß, vielleicht wäre Betsy ohne Carlas Intrige heute noch am Leben? Susa fuhr sich mit der Hand über ihr eiskaltes Gesicht; die Kaffeemaschine, die sich aufheizte, gurgelte und dampfte. Carla wollte die beiden auseinanderbringen, wollte Betsy nicht mehr hier haben, weil sie Bennett selbst so sehr liebte!

»Und wieso hat Carla diese E-Mails ausgedruckt? Das ist ja so was von dämlich, ich fasse es einfach nicht!«

Marias Augen glitzerten, ihre Lippen bebten. »Ich nicht wissen.« Aber Maria hatte eine schlimme Vermutung. Vielleicht wollte ihre Tochter Bennett damit irgendwann so richtig weh tun, sollte er sich wirklich nie zu ihr bekennen. Carla, das Einzelkind, hatte schließlich immer alles bekommen, was sie wollte.

Fassungslos hörte sich Susa das Geständnis dieser armen Mutter an, der das unmögliche Verhalten ihrer Tochter sichtbar naheging. Jetzt wusste Susa, warum Betsy damals mit Bennett Schluss gemacht hatte und was die ominöse Notiz, in der Betsy Emmis Vater als Schuft bezeichnete, zu bedeuten hatte.

Susas Gefühle torkelten. Sie fühlte sich wie auf einem Ruderboot auf dem Ozean inmitten eines Orkans. Die Wellen brachen über ihr zusammen, sie ging unter, wurde wieder nach oben gespült. Aufgelöst bedankte sich Susa bei Maria, schnappte sich die Papierrolle und rannte damit hinaus auf die Veranda des Ristorantes, wo Wilma und Laura noch frühstückten. Die Freundinnen sahen Susa an, als stände ein Gespenst vor ihnen, denn Susas Miene verhieß nichts Gutes.

»Susa, was ist denn?«, erkundigte sich Wilma besorgt. »Was hast du da?«

Aufgeregt und leise bat Susa die Freundinnen, mit ihr zu kommen. Sofort ließen Laura und Wilma alles stehen und liegen.

An der nächsten Weggabelung, an einer Bank neben einem weißblühenden Busch, wo sie keiner hören konnte, brach es aus Susa heraus, und während sie Marias Worte wiedergab, begann sie hemmungslos zu weinen. Die Freundinnen ließen sich geschockt auf der Bank nieder, der liebliche Duft der Blüten umwehte sie und bildete damit einen Kontrast zu ihrer inneren Verfassung. Eine Biene summte Susa am Ohr. Sie öffnete mit fahrigen Bewegungen die Papiere, die Schrift der ausgedruckten Mails tanzte vor ihren Augen. Gemeinsam sahen sie sich die zahlreichen E-Mails an, überflogen sie kurz. Wilma und Laura regten sich unterdessen über diese Schlange Carla auf, die Betsys Leben zerstört hatte.

»Das habe ich mir doch sofort gedacht. Sie hat diesen falschen Blick und dieses falsch-freundliche Getue.« Wilma hatte Carla von Anfang an nicht gemocht. Aber eine derart perfide Intrige hätte auch sie ihr nicht zugetraut.

»Die ist doch krank«, echauffierte sich Laura. »Krank vor Eifersucht. Carla muss in diese Klinik.«

»Sie hat ihn geliebt, liebt ihn immer noch.« Aus Liebe hatte Carla das Leben zweier Menschen zerstört. Aus Liebe und rasender Eifersucht. Susa wurde bitter bewusst, dass sie ihren Glauben an das Gute im Menschen an diesem sonnigen Tag verloren hatte. Susa las mit zittrigen Händen Betsys Mails und spürte darin in jedem einzelnen Wort ihr großes Herz, ihre Liebe, Verzweiflung und grenzenlose Enttäuschung.

Laura schien von den Texten genauso überwältigt wie Susa, wischte sich heimlich eine Träne aus dem Augenwinkel und schrie dann plötzlich in einem hohen Ton spitz auf. »Da! Ich fasse es nicht. Da steht es, hier schreibt Betsy, wer Emmis Vater ist!«

Kapitel 13

Wie in Trance saß Susa auf dieser Bank und versuchte, das eben Erfahrene zu begreifen. Eine Wespe ließ sich auf ihrer Schulter nieder, doch sie registrierte sie nicht einmal. Ihr Magen fühlte sich an, als wäre er wie Marias Pastateig von starken Händen durchgeknetet worden. Wilma und Laura waren schon ins Appartement vorgegangen, denn Susa wollte noch einen Moment allein sein.

Da kam zu allem Überfluss Thomas in Shorts vom Pool auf sie zu. Auch das noch. Sie hatte im Moment keinen Kopf für ihn. Doch Thomas steuerte genau auf sie zu, lächelte sie traurig und nervös an. »Susa, gut, dass ich dich treffe. Weißt du, ob Wilma gestern Nacht … ob sie die Nacht mit ihm verbracht hat?«

Susa erkannte die Angst in seinem Blick, und er tat ihr augenblicklich leid. »Sie ist neben mir aufgewacht.«

Thomas atmete erleichtert aus und setzte sich ungefragt zu ihr auf die Bank. Das alte Holz knirschte unter seinem Gewicht, er roch nach Sonnencreme und Bier. »Ich halte das einfach nicht mehr aus, wie sie diesen Typen anlächelt, mit ihm flirtet und lacht … Bitte, Susa, sag mir, was ich tun kann. Ich weiß, dass ich Fehler gemacht habe, aber ich will Wilma nicht verlieren.«

Beeindruckt von seinen Worten, flüsterte Susa: »Das ist gut. Das ist sehr gut.«

Unsicher steckte Thomas die Hände in die Hosentaschen seiner beigen Shorts und sah sie erwartungsvoll an. »Ich weiß nicht weiter.«

Susa riss sich zusammen, denn vielleicht konnte sie wenigstens Wilmas Glück beeinflussen, wenn schon nicht ihr eigenes. »Du musst dir für sie etwas Besonderes ausdenken. Etwas Romantisches, aber auch irgendwie Magisches.«

Er seufzte. »Ich weiß, ich habe schon darüber nachgedacht, dass es irgendetwas Energetisches sein müsste. Weil ihr doch im Moment die Energie fehlt zwischen uns. Aber mir fällt einfach nichts ein.«

Susa horchte auf. »Natürlich, das ist es!«

»Was?«

Sie flüsterte es ihm ins Ohr. Thomas dachte eine Sekunde darüber nach, strahlte sie an und bedankte sich zutiefst erleichtert. »Susa, du bist die Beste, wirklich. Und wenn das dieser Bennett immer noch nicht gemerkt hat, dann ganz bald ein anderer.« Er drückte sie erleichtert und ging beschwingt wieder zurück in Richtung Pool.

Verblüfft blieb Susa auf ihrer Bank zurück. Hatte selbst er bemerkt, wie sehr sie sich in Bennett verliebt hatte? Sie stand auf, doch ihre Knie wurden butterweich, so dass sie sich wieder setzen musste.

Bennett, der Mann, den Betsy ihr geschickt hatte, war zu Recht sauer und genervt von ihr. Sie hatte ihn mit ihrem Misstrauen vergrault und enttäuscht. Ihn, der schon so oft enttäuscht wurde, zuletzt von Betsy, ausgelöst durch die Intrige von Carla.

Susa hatte alles kaputt gemacht. Sofort stiegen ihr wieder Tränen in die Augen.

Die Sonne brannte, es kamen immer mehr Wespen geflogen. Susa nahm ihre letzte Kraft zusammen und stand auf, doch ausgerechnet in diesem Moment kam ihr Bennett vom Parkplatz mit zwei großen Einkaufstüten beladen entgegen.

Er schien einen Moment zu zögern und ging dann einfach weiter auf Susa zu, Richtung Restaurant. Sie sah ihm betreten entgegen, und als er bei ihr anlangte, hielt sie ihn auf.

»Bennett, bitte warte, ich muss dir etwas sagen.«

Bennett hielt inne und murmelte leise: »Was denn noch?«

»Willst du nicht wissen, ob du Emmis Vater bist?«, brach es aus ihr heraus.

»Doch, natürlich will ich das. Ich werde einen Vaterschaftstest machen.«

»Den Test brauchst du nicht mehr zu machen.«

Blass und hoffnungsvoll sah er sie an. »Und wieso nicht?«

»Weil wir eine Mail von Betsy gefunden haben. Worin sie schreibt, dass … Franco der Vater ist.«

Bennett atmete hörbar aus, sein Geruch vernebelte ihre Sinne. »Ich habe doch gleich gesagt, dass ich es nicht sein kann.«

Susa nickte und fasste sich ein Herz. »Da ist aber noch etwas. Betsy hat dich damals sehr geliebt, aber Carla hat ihre Mails abgefangen … und ihr dann in deinem Namen geschrieben, dass du sie nicht mehr hier haben willst und Carla heiraten würdest.«

Fassungslos starrte er sie an. »Susa, weißt du eigentlich, was du da behauptest?«

»Ja, das weiß ich. Es gibt sogar Beweise. Carla war so dumm, die Mails ausgedruckt aufzuheben. Maria hat sie gefunden.«

Bennett setzte sichtlich geschockt seine Tüten ab, dabei fiel eine Tafel Schokolade auf den Boden. Er sagte nichts, keinen Ton.

»Bennett, es tut mir unendlich leid«, fuhr Susa nervös fort, »vor allem, dass ich dir zugetraut habe, mies zu Betsy gewesen zu sein.«

Am liebsten hätte sie ihm hier und jetzt ihre Liebe gestanden, aber der arme Mann schien komplett überfordert und musste erst einmal alles verdauen. Außerdem lagen ihr Liebesbekundungen nicht. In ihrer Beziehung mit Stefan damals war sie sehr schüchtern und zurückhaltend damit gewesen. Was auch sehr an Stefan lag, der ihr nie gesagt hatte, ob und was er für sie empfand. »Susa, du bist echt ein klasse Kumpel« war das höchste der Gefühle.

Dass Bennett in diesen Dingen anders tickte, spürte Susa.

Abwesend nahm er seine Einkaufstaschen wieder hoch und ging, ohne ein weiteres Wort zu sagen, Richtung Restaurant.

Angespannt folgte ihm Susa ein paar Schritte, da er im Restaurant vermutlich gleich auf Carla treffen würde. Und tatsächlich kam diese gerade mit Emmi und den anderen Kindern, die jedes ein Körbchen Orangen im Arm hielten, von ihrem Ausflug zurück. Bennett ging auf Carla zu, stellte seine Einkäufe ab, nahm Carla harsch am Arm und führte sie ins Restaurant hinein, damit die Kinder nichts mitbekamen.

Nachdenklich ging Susa zurück zum Appartement, wo Wilma und Laura schon auf sie warteten. In Carlas Haut wollte sie nun nicht stecken.

* * *

Laura lag apathisch und mit den Nerven am Ende auf dem Sofa. Wilma lief vor ihr auf und ab und versuchte Laura klarzumachen, dass Franco in Betsys Augen ja nur deshalb ein Schuft gewesen war, da er auf ihre Mail, in der sie schrieb, von ihm schwanger zu sein, nie geantwortete hatte. Betsy hatte die Mail an Bennett geschickt, mit der Bitte um Weiterleitung, da Bennett ein Freund war, dem sie vertraute. Doch Carla, das falsche Miststück, hatte sie Franco nicht gesendet. Er hatte also nie erfahren, dass er Vater einer Tochter war.

Auch Susa versuchte Laura Mut zuzusprechen, da sie davon überzeugt war, dass es ganz sicher ein Happy End mit Franco geben würde, aber Laura blieb skeptisch. Sie hatte Franco eine SMS geschickt, ob er heute Abend ins Agriturismo kommen könnte.

»Den Tag überlebe ich nicht«, fluchte sie aufgewühlt, »wann ist denn endlich Abend?«

»Das dauert noch etwas«, lächelte Susa sie aufmunternd an. »Bennett hat mir übrigens versichert, dass das nichts Ernstes ist mit Franco und seiner Donna.« Ein kleines, hoffnungsvolles Lächeln huschte über Lauras Gesicht.

Die Freundinnen beschlossen, an ihrem letzten Tag in Italien noch einmal kurz ans Meer zu gehen, um Abschied zu nehmen. Danach würden sie alle zusammen Maria und Giuseppe helfen, das Sommerfest vorzubereiten, auch wenn diese das partout nicht wollten. Maria und Giuseppe hatten darauf bestanden, das Fest im Wesentlichen allein auf die Beine zu stellen, und sich dabei als wahre Kommunikationstalente bewiesen, denn in nur kurzer Zeit hatte sich das Sommerfest auch in allen umliegenden Dörfern herumgesprochen. Es war eine Art Wiedergutmachung für das, was ihre Tochter getan hatte. Susa durfte später noch die von Maria gebackenen Cupcakes verzieren, ansonsten sollten die Freundinnen aber ihren letzten Abend in der Toskana und das Fest genießen. Giuseppe hatte auch den Bürgermeister eingeladen. Hoffentlich würde er kommen.

Wilma freute sich nun erst mal auf den kleinen Ausflug zum Strand. Vor allem, um all den Querelen hier aus dem Weg zu gehen. Denn Wilma hatte sich gestern Abend nach einem erneuten Kuss mit Mischa gestritten und wollte ihn jetzt nicht sehen. Weder ihn noch Thomas.

»Heißt das, dass du Thomas noch eine Chance geben willst?«, fragte Susa vorsichtig nach. Wilma zuckte angespannt die Schultern. »Das eine hat nichts mit dem anderen zu tun. Ich weiß es nicht. Thomas und ich … mir täte es für die Kinder so leid, und … es war einmal eine energetisch wirklich gute Verbindung. Aber jetzt spüre ich einen gravierenden Energiemangel.«

Laura verdrehte heimlich die Augen und meinte nur ironisch: »Hoffentlich hat Franco genug Energie für mich. Meinen letzten Lover habe ich plattgemacht.« Susa musste unwillkürlich lachen. Gut, dass Lauras ihren Humor nie verlor.

* * *

Laura genoss diese letzten Stunden mit den Freundinnen am Strand noch einmal in vollen Zügen, sog alles regelrecht in sich auf. Die Sonnenstrahlen glitzerten auf dem Wasser, am Horizont segelte ein großes Segelschiff vorbei. Emmi buddelte verträumt im Sand, Laura stand neben ihr und sah dem Schiff hinterher, während Susa und Wilma etwas abseits im Schatten unter dem Sonnenschirm lagen und lasen.

Während die Wellen Lauras Füße umspielten, versuchte sie, nicht an Franco zu denken. Aber ihre Gefühle gehorchten ihr nicht. Sie bezweifelte, dass es dieser Italiener ernst mit ihr meinte, und wusste nicht, wie er auf die Nachricht, dass er eine Tochter hatte, reagierte. Würde er mit nach Deutschland kommen oder versuchen, ihr Emmi wegzunehmen? Angst machte sich in Laura breit. Sie hatte Emmi die letzten Tage so sehr in ihr Herz geschlossen, dass es ein tiefes Loch hinterlassen würde, wenn man sie ihr jetzt wieder entriss. Ein weiteres tiefes Loch zu dem, das Betsy hinterlassen hatte. Sollte sie Emmi sicherheitshalber fragen, ob sie für immer bei ihr bleiben wollte? Damit sie ihrem Papa das heute Abend gleich sagte? Laura haderte sehr mit sich. Ihr schien es zu früh, viel zu riskant. Sie wollte die Kleine auf keinen Fall unter Druck setzen. Laura hatte Emmi zwar in diesem verrückten Urlaub lieben gelernt, aber ob das auch auf Gegenseitigkeit beruhte? Was, wenn Emmi antwortete, dass sie nicht für immer bei ihrer dicken Tante Laura leben wollte, sondern lieber hier in der Sonne, am Meer, bei ihrem Papa? Was dann?

Laura wischte sich den Schweiß aus dem Gesicht und lächelte Emmi unsicher an. Sie hatte eine hübsche Sandburg gebaut. Laura betrachtete ihre süße Maus stolz. Sie entdeckte in der Kleinen ihre Schwester, die in dem Alter sehr ähnlich ausgesehen hatte.

Laura wurde wieder schmerzlich bewusst, dass sie Betsy, mit der sie ihre gesamte Kindheit verbracht hatte, nie wieder sehen würde, und dieser Gedanke zerbrach ihr fast das Herz. Aber sie bemerkte auch, gerade hier am Meer, dass ihr nicht mehr sofort die Tränen kamen, wenn sie an Betsy dachte. Jetzt, wo sie Betsys Geheimnis kannte, begann sie zu verinnerlichen, dass sie keinerlei Schuldgefühle zu haben brauchte. Es hatte nichts mit ihr zu tun gehabt.

Sie stellte sich Betsy hier vor, wie sie am Strand den italienischen Machos den Kopf verdreht hätte, und ein Lächeln huschte über ihre Lippen. Laura beschloss, sich in Zukunft nur noch an die fröhliche Betsy zu erinnern, denn sie war sich plötzlich ganz sicher, dass es ihrer Schwester nun, wo auch immer sie war, endlich gut ging.

Sie sog den salzigen Geruch des Meeres in sich auf, und ihre Gedanken schweiften wieder zu Franco, in den sie sich so unsterblich verliebt hatte. Laura fragte sich, wie oft ein Mensch im Leben wohl seiner großen Liebe begegnen würde? Einmal, zweimal oder gar dreimal? Würde sie für immer allein bleiben, wenn Franco ihre Gefühle nicht erwiderte?

Emmi kreischte begeistert und riss Laura damit aus ihren Gedanken. »Guck mal, Tante Laura, da, ein kleiner Fisch!«

Laura lächelte. Mit einem Mal wurde ihr klar, dass es die kleinen Dinge im Leben waren, die einen glücklich machten. Das sah sie an Emmi, die ihr Lachen trotz ihres Schicksals nicht verloren hatte.

»Betsy«, murmelte Laura leise, während sie einen Schritt ins Wasser ging. »Ich werde mich um unsere Emmi kümmern, versprochen.« Die Sonne strahlte, und Laura spürte einen warmen Windstoß, der sie sanft berührte.

Überwältigt sah sie zu Wilma am Strand, die immer so fest an Betsys weitere Existenz in diesem Universum geglaubt hatte, und konnte es nun, genau wie Susa, ein kleines bisschen besser nachvollziehen. Doch letztlich war es egal, wer recht hatte. In ihren Herzen würde Betsy sowieso für immer weiterleben.

Wilma wurde gerade von einem durchtrainierten Italiener angequatscht und wehrte ihn charmant gestikulierend ab. Laura wünschte ihr so sehr, dass sie ihre Liebe zu Thomas wiederfinden und diesen Mischa zum Teufel jagen würde.

Die Stunden gingen viel zu schnell vorüber, und Susa drängte bald schon zum Aufbruch, da Maria sicher bereits mit den frisch gebackenen Cupcakes auf sie wartete. Und hübsch machen für das Sommerfest wollten sich die Frauen ja schließlich auch noch.

Die Freundinnen nahmen schweren Herzens Abschied vom Meer.

»Tschüss, Meer«, winkte Emmi. Sie packte noch etwas Sand und ein paar Muscheln, schien kurz zu überlegen und reichte Laura eine besonders hübsche weiße Muschel. »Die ist für dich.«

»Für mich? Oh, die ist ja schön!«, entfuhr es Laura überwältigt, während sie die Muschel anstarrte. Gerührt fuhr sie mit der Fingerspitze darüber und fühlte die Einkerbungen. Susa und Wilma freuten sich mit Laura.

»Die kriegt zu Hause einen ganz besonderen Platz«, verkündete Laura glücklich, und Emmi strahlte.

Die Freundinnen packten die Strandutensilien zusammen und machten sich auf den Weg ins Agriturismo. Ihr letzter Abend. Der Abend der Offenbarung.

Laura saß am Steuer des Wagens und baute vor lauter Aufregung, gleich Franco zu begegnen, fast einen Crash mit einem dreirädrigen Transporter, der Orangen geladen hatte.

»Himmel, was für ein Idiot, der hat mich total geschnitten!«

»Er hatte auch Vorfahrt«, entgegnete Wilma nur trocken. »Lass uns tauschen, ich glaube, es ist besser, wenn ich fahre, du bist gerade völlig unzurechnungsfähig.«

»Das kannst du laut sagen. Mein Gott, was ziehe ich denn gleich nur an?«

»Wenn Franco dich mag, ist ihm das egal«, sagte Susa lächelnd vom Rücksitz.

»*Wenn* er mich mag«, entgegnete Laura nervös.

* * *

Der Cinquecento bog auf den Parkplatz des Agriturismo ein, und Susas Augen suchten sofort Bennett. Sie hoffte so sehr, dass er ihr inzwischen verziehen hatte. Doch so verletzt, wie er gewirkt hatte, zweifelte sie daran. Ihr Flieger ging morgen in aller Herrgottsfrühe von Pisa nach Berlin. Es blieb also nicht mehr viel Zeit.

Sie konnte Bennetts Defender nirgends entdecken. War er etwa vor ihr geflohen? Ihr Herz schmerzte bei dem Gedanken daran, dass sie Bennett womöglich nie wiedersah. Das durfte auf keinen Fall passieren!

Doch was konnte sie jetzt noch tun? Entschuldigt hatte sie sich bereits. Sie konnte nur hoffen, dass das Sommerfest ein voller Erfolg würde und genug Spendengelder zusammenkämen. Sie wollte kämpfen, für ihn.

»Shit, Francos Moped! Er ist schon da, das überlebe ich nicht!«, hörte Susa Lauras hysterische Stimme. Laura wischte sich schnell den sandigen Schweiß des Strandes ab und zupfte an ihrem verschwitzen Strandkleid herum.

»Den hat bestimmt Bennett angerufen«, mutmaßte Wilma und stellte den Motor ab. Die Frauen schälten sich aus dem Wagen heraus. Susas Handflächen fühlten sich klamm an, ihr wurde kalt.

Laura blieb nervös am Wagen stehen. »Seht ihr Franco irgendwo?«

»Nein. Und Carla auch nicht.«

Vielleicht hielt sich Carla ja bei Bennett auf, wo auch immer der steckte, durchfuhr es Susa.

Die Freundinnen schnappten sich ihre Strandtaschen, den Sonnenschirm und Emmis Buddelsachen, Emmi flitzte vor, und Susa eilte gleich zu Maria in die Küche. Die anderen wollten sich erst einmal im Appartement frisch machen.

In der Küche duftete es bereits köstlich nach frisch gebackenen Cupcakes. Maria, mit einer Schürze voller Mehl, strahlte Susa entgegen und verkündete, wie begeistert sie war von den herrlichen Rezepten.

»Wo ist denn Bennett?«, rutschte es Susa heraus. »Ich meine, hat er schon etwas von den Vorbereitungen mitbekommen?«

Maria schüttelte lächelnd den Kopf. »Nein, nein, er vorhin ist weggefahren.«

Susa verkniff sich ihre neugierigen Nachfragen und machte sich stattdessen rasch an die Arbeit. Mit verschiedenen Spritzbeuteln voller Zuckerguss verzierte sie die Cupcakes mit rosa, gelber und grüner Glasur, mit Herzchen, Sternchen, Streuseln und vielem mehr.

»Und der Bürgermeister, hat er denn schon zugesagt?«, erkundigte sie sich nervös.

»Ich nicht wissen«, gestand Maria bedauernd.

Bitte, er musste einfach kommen!, betete Susa im Geiste. Das Fest durfte auf keinen Fall ein Reinfall werden. Sie musste doch den Verkauf des Agriturismo verhindern helfen, für Bennett. Vielleicht konnte sie ihm so zeigen, wie viel er ihr bedeutete.

* * *

Laura hatte sich zwar geduscht, aber dank Wilmas After-Sun-Lotion glänzte ihr Gesicht jetzt ziemlich fettig. Sie fühlte sich unwohl, wollte aber noch kurz bei den Ziegen nach Emmi sehen und dann diese fürchterliche Lotion wieder von ihrem Gesicht waschen. Da tippte ihr jemand von hinten auf die Schulter. Ahnungsvoll drehte sie sich um, und er stand tatsächlich vor ihr.

Franco. Groß, lächelnd, charmant wie eh und je. Seiner unbedarften Miene nach zu urteilen, hatte ihm Bennett noch nichts von seiner Vaterschaft erzählt.

Laura schämte sich für ihr glänzendes, sonnenverbranntes Gesicht und sah peinlich berührt zu Boden.

»Ciao, Laura. Come stai?«

»Was? Sì, sì, ganz gut.«

»Bennett hat es mir erzählt«, fuhr Franco nun ernst fort.

»Ach«, entfuhr es Laura entsetzt. Er wusste es also doch schon, dass er Emmis Vater war!

»Dass du gedacht hast, Donna ist meine Frau, mit der ich vier Bambini habe. Wie kommst du darauf?« Franco lächelte jetzt, er schien sich köstlich zu amüsieren.

Laura verstand, musste nun auch grinsen und zuckte verlegen die Schultern. »Na ja, hätte ja sein können.«

»Ist aber nicht so.« Franco strahlte sie an. »Meine Mamma sucht noch händeringend nach einer Frau für mich«, grinste er. »Aber das Herz«, er pochte auf seine Brust, »da muss es einfach stimmen.«

Laura starrte ihn völlig überfordert an. »Ich … ich sehe furchtbar aus«, sagte sie aus Versehen laut.

»Nein. Du bist wunderschön.«

»Ja, ja, mach dich nur lustig. Ich sehe aus wie eine glänzende, rote Grapefruit.«

Franco grinste, schüttelte den Kopf und sah sie ernst an. Seine braunen Teddy-Augen leuchteten warm.

Lauras Herz wagte es, ein wenig zu jubilieren. Sie erwiderte Francos Blick – sofort kam ihr Mozarts Arie »Dies Bildnis ist bezaubernd schön« in den Sinn, und sie begann unbewusst zu summen.

Franco stimmte ein. Die beiden sahen sich verliebt in die Augen, summten zusammen, und als das Lied zu Ende war, unterbrach Franco den magischen Moment leise: »Ich habe eine Überraschung für dich.«

»Eine Überraschung? Für mich?«

Franco platzte strahlend heraus: »Ich habe einen Freund, einen Beleuchter, am Teatro Comunale di Firenze, und der kennt den Regieassistenten gut. Er hat es geschafft, dich auf die Liste zu setzen.«

»Auf die Liste?«

»Auf die Liste mit den … Vorsingterminen.«

»Wie bitte? An der Oper in Florenz?« Laura klatschte begeistert in die Hände. »Die wollen *mich* dort sehen?«

Franco nickte erfreut. »Du bist da natürlich nicht die Einzige.«

»Natürlich, aber es ist … es ist Wahnsinn … eine riesige Chance. Die Chance meines Lebens. Danke, Franco!« Laura fiel ihm spontan um den Hals. Sie spürte seinen kugeligen Bauch in ihrem weichen Damenbauch und fühlte sich sofort wohl und geborgen. Franco packte sie mit seinen großen, bärigen Händen und drückte sie fest an sich. Als Franco sich schließlich wieder von ihr löste, zogen sich ihre Blicke an wie Magnete. Doch Laura wusste, dass sie es ihm sagen musste. Ihr Magen polterte.

Ihre Stimme bebte. Wie würde er reagieren?

* * *

Eine bunte Lichterkette erleuchtete die Veranda. Maria wuselte bereits hektisch am Buffet herum, auf dem nun Susas süße Cupcakes mit ihren verschiedenen Verzierungen standen. Alles war hübsch dekoriert und bereit für das große Fest. Neben dem Buffet stand ein Spendenkorb für den Erhalt des Agriturismo.

Susa, die sich zwischenzeitlich geduscht und umgezogen hatte, rückte nervös ein paar Cupcakes zurecht.

Da kamen die ersten Gäste, die von Maria und Giuseppe herzlich begrüßt und sofort mit Getränken versorgt wurden. Alle warteten gespannt auf den Bürgermeister.

Und dann kam er tatsächlich! Ein kleiner Italiener mit Halbglatze und einem kugeligen Bauch, der alle fröhlich begrüßte. Angetan blickte er sich um, und sein Blick blieb sofort am Buffet hängen. Seine kleinen Augen leuchteten beim Anblick der appetitlich aussehenden Cupcakes.

»Bitte, so greifen Sie doch zu«, beeilte sich Susa zu sagen und bat Maria zu dolmetschen. Der Bürgermeister nahm sich gerne einen Cupcake, kostete ihn, schloss die Augen und kaute genüsslich. Angespannt sahen ihm Susa, Maria und Giuseppe zu. Es ging schließlich auch um Marias und Giuseppes Existenz, sie hatten sich wirklich ins Zeug gelegt. Nach einigen Augenblicken öffnete der Bürgermeister wieder die Augen und strahlte. »Buonissimo!« Susa freute sich unbändig und bat auch die anderen Gäste zuzugreifen.

Diese kosteten und waren ebenso begeistert, schnatterten in fröhlichem Italienisch und zückten ihre Geldbörsen. Giuseppe legte stolz den Arm um seine Maria und plauderte mit dem Bürgermeister, der zugab, eine große Schwäche für kleine Kuchen zu haben. Natürlich sollte das Agriturismo auch in seinen Augen erhalten bleiben, für Casalappi. Der Tourismus war schließlich enorm wichtig für den kleinen Ort. Er versprach eine großzügige Spende und füllte sofort einen Scheck aus.

Erleichtert atmete Susa aus. Doch wo blieb Bennett?

Da kam Emmi vom Ziegenstall zu Susa gerannt und stopfte sich grinsend einen Cupcake mit einem rosa Herz in den Mund.

»Mmhm, lecker, Susa!«

»Na, wenn du das sagst, Maus«, lächelte Susa und strich der Kleinen über den Kopf. Ihre Augen suchten nervös nach Bennett, aber sie konnten ihn nicht finden.

Wilma, hübsch zurechtgemacht, aber etwas angespannt, gesellte sich zu ihnen. »Und, wie läuft es?«

»Meine Törtchen scheinen ganz gut anzukommen«, erwiderte Susa lächelnd, aber sie fühlte sich dennoch nicht ganz wohl. Denn was, wenn Bennett heute wirklich nicht mehr zurückkommen würde? Sondern erst morgen, wenn sie bereits wieder in Deutschland waren? Sie entschuldigte sich kurz bei Wilma, versuchte, Bennett am Handy zu erreichen, doch er ging nicht ran.

Die Sonne fing bereits an unterzugehen und färbte sich wie die letzten Tage gelborange ein. Die Stimmung der Gäste wurde immer ausgelassener.

Maria kam auf Susa zu und erzählte ihr in ihrem niedlichen Kauderwelsch, dass sie heimlich das Geld im Korb und den

Scheck des Bürgermeisters zusammengezählt hatte und tatsächlich genug zusammengekommen war, dass Bennett die Rate der Bank zahlen konnte. Sie wären fürs Erste also gerettet! Dank Susas Idee und Engagement hatten sie wieder ein Jahr Ruhe. Susa bedankte sich herzlich bei Maria, die ja mit Giuseppe das meiste vorbereitet hatte, nahm deren Hände in die ihren und drückte sie gerührt. Dann fasste sie sich ein Herz und fragte: »Maria, haben Sie irgendeine Idee, wo Bennett sein könnte? Und wo ist eigentlich Carla?«

Maria seufzte. Susa erfuhr, dass Bennett Carla gekündigt und vom Hof gejagt hatte und dann noch etwas erledigen wollte. Doch was genau, konnte Maria ihr nicht sagen.

»Er immer fliehen. Das ist nicht gut. Aber typisch Mann.« Maria lächelte Susa liebevoll an, strich ihr aufmunternd über den Arm. »Deutsche Männer sind noch mehr kompliziert als Italiener, oder?«

»Das sind sie«, lachte Susa bitter auf.

Leise sagte Maria: »Es mir tut so leid, was meine Carla gemacht.«

Susa nickte beruhigend, schließlich konnte Maria nichts dafür. Die beiden Frauen umarmten sich innig, dann wurde Maria von einer italienischen Freundin zu sich gewunken.

Wilma gesellte sich wieder zu Susa, auch sie wirkte etwas angespannt. »Ich glaube, ich gehe zurück ins Appartement, nicht, dass Thomas doch noch auftaucht. Mischa ist übrigens vorhin abgereist. Ich habe ihm gesagt, dass es mit uns nichts wird.«

»Oh, und wie geht es dir jetzt damit?« Susa war ehrlich überrascht.

»Gut. Im Moment freunde ich mich mit dem Gedanken an, als alleinerziehende Mutter in Berlin zu bleiben. Ich kenne genug Frauen, die gut ohne Männer klarkommen. Oft sogar besser.«

»Hat sich Thomas denn bei dir noch gar nicht gemeldet?«, fragte Susa vorsichtig nach.

»Nein, das hat er nicht. Wieso?«

»Nur so.«

Seltsam. Thomas wollte doch um Wilma kämpfen? Im selben Moment piepte Wilmas Handy. Hoffentlich ist es eine SMS von Thomas! Lass ihn keinen Rückzieher machen, dachte Susa besorgt.

»Das ist er.« Wilma las und sah Susa dann genervt an. »Was soll das denn jetzt?«

* * *

Wilma stapfte mit einer Taschenlampe bewaffnet durch die inzwischen tiefschwarze Nacht, stolperte beinahe über einen Blumenkübel und fluchte. Thomas hatte sie in seiner SMS gebeten, zum Parkplatz zu kommen. Was sollte diese alberne Schnitzeljagd? Wollte er jetzt etwa mit ihr Schluss machen?

Wilma beschloss, Thomas einfach zuvorzukommen. Am Ende doch die Verlassene zu sein, schmeckte ihr nicht. Wütend über Thomas, der sie mitten in der Nacht durch diesen Garten scheuchte, ging Wilma den Weg in Richtung Parkplatz entlang.

Da sah sie in der Dunkelheit zwei schemenhafte Gestalten, Arm in Arm. Eine große, korpulente Frau und einen noch größeren, stämmigen Mann, die sich leidenschaftlich küssten. Über Wilmas Gesicht huschte ein Lächeln. Laura und Franco! Wenigstens die beiden schienen endlich glücklich zu sein.

»Wilma? Bist du das?«, rief Laura, und Wilma konnte nicht umhin, den beiden guten Abend zu sagen.

»Ja, bin ich.« Vorsichtig winkte sie in die Nacht.

Laura kam mit Franco an der Hand auf Wilma zu und erzählte ihr glücklich, dass Franco nun wusste, dass er Emmis leiblicher Vater war. Er nickte überwältigt und konnte gar nicht mehr aufhören zu grinsen. »Ich bin Papa. Laura liebt mich. Ich bin der glücklichste Mann der Welt!« Sanft drückte er Laura an sich. »Ich habe plötzlich eine kleine Familie. Wenn das meine Mamma hört.« Er lachte.

»Das freut mich so für euch, Laura«, lächelte Wilma unwillkürlich. Auch wenn sie ihre Familie verloren hatte, sie gönnte Laura ihr Glück von ganzem Herzen.

»Wir wollen es Emmi aber vorerst nicht sagen, damit wir die Kleine nicht überfordern.«

»Verstehe. Das wäre wirklich alles ein bisschen viel für die Maus.«

Franco nickte. »Ich will sie in Ruhe kennenlernen. Und sie mich. Als neuen Partner von Laura.«

Diese strahlte.

Wilma lächelte. »Ich muss leider weiter. Thomas wartet auf mich.«

Laura sah sie eindringlich an. »Viel Glück, und mach keinen Unsinn.«

»Kennst mich doch.«

»Eben darum.« Laura schmiegte sich verliebt an Franco, und gemeinsam gingen die beiden weiter in die Nacht hinein.

Wilma seufzte fast unhörbar auf. In was hatte sie sich da selbst nur hineinmanövriert? Natürlich wollte sie das Leben genießen, aber nicht zu diesem Preis. Nur weil sie sich nach ein bisschen Spaß sehnte, stand sie womöglich nun bald allein da. Mischa hatte keine Lust auf drei Kinder, und Thomas bemühte sich einfach nicht mehr.

Der kleine Lichtkegel ihrer Taschenlampe leuchtete ihr den Weg und blieb auf einer dicken, braunen Nacktschnecke hängen. Genauso nackt und verletzlich fühlte sich Wilma. Sie nahm das glitschige Tier mit zwei Stöckchen auf und setzte es neben dem Weg im Gras wieder ab. »Nicht, dass du noch zertreten wirst«, murmelte sie. Ihr Weg führte sie weiter an Bennetts Büro vorbei.

»Nicht erschrecken«, hörte sie Thomas' angespannte Stimme aus der Dunkelheit plötzlich flüstern. Sie konnte ihn zunächst nur schemenhaft erkennen, doch sofort durchströmte ein wohliges Gefühl von Heimat ihren Körper.

Doch gleichzeitig wurde ihr wieder bewusst, dass sie selbst alles kaputt gemacht hatte. Durch einen einfachen Urlaubsflirt. Eine Tat, ein Satz, der alles zerstören konnte. Genau wie bei Betsy. Dieser eine verdammte Satz schoss ihr wieder durch den Kopf. Der Satz, der sie nachts seitdem so oft plagte. »Hör endlich auf zu jammern, Betsy, du musst dich selbst aus dem Sumpf ziehen«, rutschte ihr bei ihrem letzten Besuch in der Klinik heraus.

Einen Tag später hatte sich Betsy das Leben genommen. Mit Sicherheit hatte ihr Tod nichts mit Wilmas Satz zu tun, das wusste Wilma. Trotzdem konnte sie seitdem an nichts anderes denken. So sensibel, wie Betsy war.

Wilmas Schuldgefühle übermannten sie in dieser Dunkelheit erneut, und sie bat das Universum, ihr ein Zeichen zu schicken. Ein kleines Zeichen, liebe Betsy, dass ich kein Auslöser war.

In diesem Moment sah Wilma Punkte. Viele grüne Pünktchen tanzten leuchtend auf und ab. Fasziniert und zutiefst dankbar ging Wilma auf sie zu. Glühwürmchen! Ein schöneres, bewegenderes Zeichen hätte Betsy ihr nicht schicken können.

Thomas leuchtete Wilma mit seiner Taschenlampe angespannt den Weg. »Komm hierher, da sind noch mehr«, flüsterte er leise.

Und tatsächlich, hinter dem Steinhäuschen tanzten noch viel mehr Glühwürmchen für Wilma. Überwältigt sah sie Thomas im Schein seiner Taschenlampe in die Augen und konnte darin seine Nervosität erkennen.

»Die wollte ich dir zeigen. Und dich um Verzeihung bitten«, begann er unsicher. »Es tut mir so leid, dass ich mir vielleicht nicht mehr so viel Mühe gegeben habe, wie du dir eigentlich gewünscht hättest. Ich habe das überhaupt nicht gemerkt, ehrlich. Und dir vielleicht auch nicht immer zugehört. Das will ich ändern.«

»Wirklich?« Wilma lächelte ihn zutiefst erleichtert an.

»Wirklich.« Thomas' Anspannung wich aus seinem Gesicht. »Weißt du eigentlich, warum Glühwürmchen leuchten?«

»Nein.«

»Sie senden Lichtsignale aus, zur Kommunikation. Damit männliche und weibliche Tiere zusammenfinden.«

Wilmas Herz klopfte wieder, so wie sie es bei ihrem Mann die letzten Monate in all dem Alltags- und Kinderstress vermisst hatte. Endlich. Es war wieder da. Danke, Betsy, danke, Universum.

»Sie sollen uns neue Energie für unsere Beziehung geben«, grinste Thomas jetzt. »Und, spürst du sie schon?«

* * *

Susa stand zu später Stunde allein am Rand der Terrasse, nippte an ihrem Vino rosso, beobachtete erst die fröhlichen Gäste und dann den dunklen Himmel, an dem ein paar Sterne glitzerten.

Oh Betsy, dachte sie, wie gerne hätte ich das alles mit dir erlebt! Eines wusste sie jetzt genau: Auch ohne Betsy war dieser Urlaub mit ihren Freundinnen und mit Emmi für alle genau das Richtige gewesen, um den Verlust langsam zu verarbeiten. Ihre tief verwurzelte Trauer würde zwar nie ganz verschwinden, aber jetzt, wo sie wusste, dass Betsy schon so lange sehr krank gewesen war und so sehr gelitten hatte, konnte sie alles etwas besser verstehen. Wieso nur war diese Erkrankung noch immer so ein Tabu, so dass die Betroffenen daraus solch ein Geheimnis machten? Aus Angst, Freunde und Familie zu verlieren.

In dem Moment kam Laura zu ihr und nahm ihre Freundin liebevoll in den Arm. »Süße, ich habe Bennett gerade zurückkommen sehen. Er wartet auf dich, am Pool.«

Susa erstarrte, zögerte kurz und wischte sich die Tränen aus den Augen. »Was? Ich kann nicht! Sieh mich doch an!«

»Du bist schön wie immer, also los. Oder brauchst du vorher einen Schluck Mutwasser?«

Susa grinste schief. »Nein. Ich geh ja schon.«

Nervös stellte sie ihr Glas ab und ging los. Vorbei an schlafenden Blumen, der Lavendel duftete.

Als sie am wunderschön beleuchteten Pool ankam, blieb sie verwundert stehen. Bennett wartete in Badehose neben dem Becken und lächelte sie schüchtern an. Wie immer sah er einfach umwerfend aus. Susas Herz begann zu rasen.

»Was machst du da?«, fragte sie perplex.

»Ich habe auf dich gewartet … mein Leben lang.« Bennett lächelte noch immer, und Susas Herz hüpfte. »Susa, ich möchte dir etwas zeigen.« Kaum hatte er das ausgesprochen, ging er entschlossen ins Wasser, immer tiefer.

»Nicht!«, rief Susa besorgt, doch er begann bereits zu schwimmen, erst ganz vorsichtig, dann immer sicherer. Überwältigt sah sie ihm zu, ging näher, konnte es kaum glauben.

»Das habe ich für dich den ganzen Abend geübt, im Pool eines Freundes«, lächelte er ihr aus dem Wasser entgegen. Seine blonden, strubbeligen Haare standen in alle Richtungen ab. »Manchmal muss man einfach weitermachen, weißt du?«

Sie nickte sprachlos und kniete sich lächelnd zu ihm. »Du machst das toll, du großer Frosch.«

Er grinste, paddelte mit den Armen und Füßen dorthin, wo er wieder stehen konnte, und wurde schließlich ernst. »Susa, bitte bleib hier bei mir in Italien. Ich möchte mit dir zusammenleben, das meine ich ganz ernst. Für dich ist es auch Zeit für einen Neuanfang. Dein Job macht dir keinen Spaß mehr, und hier wärst du mehr als willkommen. Wilma kommt uns sicher gerne besuchen, und Laura bleibt mit Emmi auch hoffentlich hier, bei Franco, wenn sie das Engagement in Florenz bekommt.«

Susas Herz schien aufzuhören zu schlagen. Sie konnte nicht glauben, was Bennett da sagte. Doch dann erinnerte sie sich an ihren Eid. Daran, dass sie ihr Leben ab jetzt jeden Tag genießen wollten und ihre Träume nicht aufgeben, komme, was wolle! Und plötzlich wusste sie, von was sie träumte.

»Dein Zuhause ist hier bei mir«, sagte Bennett. »Susa, gib uns eine Chance! Wir führen das Agriturismo gemeinsam. Ich will keinen Tag mehr ohne dich sein, ich liebe dich, ich … will ein Kind mit dir!«

Er liebt mich, er will ein Kind mit mir, wiederholte sie in Gedanken. Ihr Herz schlug Saltos und trampelte vor Vergnügen. Vorsichtig beugte sie sich zu ihm hinunter und küsste ihn sanft.

Hand in Hand gingen sie zurück zu den Partygästen, zu Wilma und Thomas, Laura, Franco und Emmi. Bennett hatte sich Shorts und T-Shirt übergezogen und sah toll aus. Glücklich und stolz drückte Susa seine Hand.

»Wir wollten euch etwas sagen«, verkündete er freudig und strich sich durchs nasse Haar.

»Und was?«, wollte Wilma sofort neugierig wissen. Maria und Giuseppe kamen Arm in Arm ebenfalls näher.

»Dass wir nicht aufgeben. Niemals. Dass es sich lohnt zu kämpfen. Susa hat mir erzählt, was ihr für mich getan habt. Ihr seid der Wahnsinn. Danke. Und danke, Susa, für deinen Mut.«

Ergriffen und berührt klatschten die anderen Beifall und johlten. Susa lächelte verlegen in die Runde. Dann wandte sie sich an ihre Freundinnen und Emmi. »Ich werde bei Bennett bleiben. Erst mal für ein Jahr …«, und scherzend fügte sie hinzu: »Und wehe, ihr bleibt nicht auch in Italien oder kommt mich wenigstens ganz oft besuchen.«

»Au ja«, juchzte Emmi, und Laura und Franco sahen sich lächelnd an. Wilma drückte sanft Thomas' Hand, und Giuseppe umarmte seine Maria selig.

Bennett lächelte Susa glücklich an, gemeinsam liefen sie in die Nacht. Sie spürte seine Nähe, seinen Atem.

»Da, sieh!« Er deutete in den dunklen Nachthimmel, an dem ein einzelner kleiner Stern blinkte, und flüsterte: »Danke, Betsy.«

Susa schluckte ergriffen und flüsterte nun auch: »Danke, Betsy, dass es dich gab. Dass du mich zu ihm geführt hast, das werde ich dir nie vergessen.«

Bennett drehte sich zu ihr, nahm ihren Kopf sanft in seine großen Hände, sah ihr zärtlich in die Augen und küsste sie leidenschaftlich. Susa wurde ganz warm ums Herz. Als sie sich langsam voneinander lösten, sah sie, dass der kleine Stern erneut blinkte.

Anmerkung

Die Handlungen und Orte dieses Romans sind frei erfunden, ebenso die darin vorkommenden Personen. Eventuelle Ähnlichkeiten oder Namensgleichheiten mit lebenden oder verstorbenen Personen wären rein zufällig.

Danksagung

Ich bedanke mich zuallererst bei der wunderbaren Programmleiterin des Knaur Verlags, Christine Steffen-Reimann, die sofort an das Manuskript geglaubt hat, als ich es ihr ohne Agenten, einfach so geschickt habe. Es gibt sie, die kleinen, großen Wunder, man darf seine Träume einfach nicht aufgeben.

Ich danke meiner begabten Lektorin Julia von Natzmer, die dieses Buch hervorragend und einfühlsam betreut hat.

Ich danke dem Marketing für das wunderschöne Cover und dem ganzen restlichen Team des Verlages, ohne deren Einsatz mein Roman nicht zu seinen Lesern finden würde.

Ich danke all meinen Freundinnen – was wäre das Leben ohne sie? –, meiner Schwester und so vielen liebgewonnenen Autorenfreunden und -freundinnen. Um von all denen nur einige zu nennen: Katrin Helbing, Susanne Fülscher, Christine Otto, Babsy Tom, Ilona Schipke, Simone Geffert, Bettina Nissum, Olivia Klug, Claudia Kutzschbach, Silvia Leiting, Susanne Wiegand, Ulla Hassler, Martin Finke, Blanche Elliz, Sylvia Nagel, Eva Otto-Fulton, Käthe Niemeyer, Michael Meisheit, Nika Lubitsch, Daphne Unruh, Mike Beuke, Sabine Landgräber, Dorothea Kenneweg, Nora Melling, Elke Bergsma … Ihr und viele andere habt mir Mut gemacht und habt an mich geglaubt.

Ich danke all meinen zauberhaften Leserinnen und Lesern, meiner Familie, vor allem meinen drei Männern, Liam, Lenn und Martin, ohne deren Liebe und Unterstützung es nicht gegangen wäre.